新 制 多 益

VOCABULARY

核 心 準 備 策 略

2018 年起實施的新制多益，雖然題目的總數仍然訂為 200 題，但各部分的題目數量有變化，以往考生們感到特別困難的 Part 3、4、6、7 考法也更新了。

本書為了幫助考生們完整準備新制多益，針對新的考法與題目類型，提供核心準備策略與龐大的新制多益最新常考單字，並收錄 Part 5、6、7 的單字實戰問題。

關於新制多益測驗，你知道多少？

	YES	NO
Q1 Part 1 與 Part 2 的題數減少了	☐	☐
Q2 Part 3 的對話中，也會有 3 人以上的對話出現	☐	☐
Q3 Part 3 與 Part 4 中，也會出要看表格或圖片來回答的題目	☐	☐
Q4 Part 5 的題數減少了	☐	☐
Q5 Part 6 中，會出文法、單字問題與閱讀理解問題	☐	☐
Q6 Part 7 中，會出以三篇文章構成，考彼此關聯性的題目	☐	☐

※ 正確答案是全都 YES！就算只有一題選 NO，或是不太確定，也請務必仔細閱讀從下一頁開始的「新制多益改成這樣！」

新制多益改成這樣！

新制多益聽力測驗的變更事項

Part	各 Part 內容	未改制題數	新制多益題數	配分
1	照片描述 (Photographs)	10 題	6 題 （減少 4 題▼）	
2	應答問題 (Question-Response)	30 題	25 題 （減少 5 題▼）	
3	簡短對話 🆕 (Conversations)	30 題 10 個題組	39 題 （增加 9 題▲） 13 題組 （增加 3 題組▲）	495 分
4	簡短獨白 🆕 (Talks)	30 題 10 個題組	30 題 10 題組	
聽力測驗總題數 （時間總長）		100 題（45 分鐘）	100 題（45 分鐘）	

▶▶ Part 1 題數減少

· 題數從 10 題減少成 6 題（刪掉 4 題）。
· 題目類型與未改制的多益相同。

▶▶ Part 2 題數減少，取消題目範例的說明

· 題數從 30 題減少成 25 題（刪掉 5 題）。
· 題目類型與未改制的多益相同。
· 取消原本在正式答題之前的題目示範說明。

▶▶ Part 3 題數增加，增加新對話模式和新題型

· 題數從現在的 30 題、10 題組，增加到 39 題、13 題組（增加了 9 題、3 題組）。
· 新增了三人以上同時進行對話的「多人對話」形式。
· 除了未改制之每題組 3～4 句的對話篇幅之外，也新增每題組 5～9 句的對話篇幅。
· 新增掌握說話者意圖的題型，測驗是否能理解說話者所表達的語意與意圖。
· 新增看圖表資料解題的「圖表資料題」。

▶▶ Part 4 增加新題型

· 題數等同於未改制的 30 題、10 個題組。
· 題目類型等同未改制的多益。
· 增加詢問話者提及內容或句子意圖的「掌握意圖題」。
· 增加看圖表解題的「圖表資料題」。

新制多益改成這樣！

新制多益閱讀測驗的變更事項

Part	各 Part 內容	未改制題數	新制多益題數		配分
5	句子填空 （Incomplete Sentences）	40 題	30 題 （減少 10 題▼）		
6	段落填空 新 （Text Completion）	12 題 4 題組	16 題 （增加 4 題▲） 4 題組		
7	單篇閱讀 新 （Single Passage）	28 題 9 個題組	29 題 （增加 1 題▲） 10 題組 （增加 1 題組▲）	54 題 （增加 6 題▲） 15 題組 （增加 2 題組▲）	495 分
	雙篇閱讀 （Double Passage）	20 題 4 題組	10 題 （減少 10 題▼） 2 題組 （減少 2 題組▼）		
		48 題 13 題組			
	多篇閱讀 新 （Triple Passage）	-	15 題 （增加 15 題▲） 3 題組 （增加 3 題組▲）		
閱讀測驗總題數（時間總長）		100 題（75 分鐘）	100 題（75 分鐘）		

❯❯ **Part 5** 題數減少，文法題的出題比例增加
- ・從原本的 40 題中減少 10 題，共 30 題。
- ・題目類型等同未改制的多益。
- ・與字彙題相比，文法題的出題比率相對增加。

❯❯ **Part 6** 題數增加，新增新問題題型
- ・除了原本的 12 題之外，再增加 4 題，共 16 題命題。
- ・題組數不變，與未改制的多益題組數一樣為 4 個題組。
- ・所有題組皆新增一新問題題型：選擇空格中正確的句子。

❯❯ **Part 7** 題數增加，新增新文章類型與新問題題型
- ・除了原本的 48 題之外，再增加 6 題，共 54 題命題。
- ・新增 3 組多篇文章綜合題。
- ・新增訊息對話或網路聊天對話的訊息對話題。
- ・新增掌握意圖的問題，即找出題組中說話者所言的字句要表達的意圖。
- ・新增找句子正確插入位置的問題，即依題組的脈絡將指定句放入正確的位置。

新制多益就要這樣準備！

Part 1
最簡單的 Part 題數減少了！
準備「具體說明」照片的字彙吧！

深入分析

僅保留能分出應試者實力高下的重點考題！

| 題數減少 | • 題數從原本的 10 題減為 6 題，少了 4 題。 |
| | • 僅剩的這 6 題是足以分出應試者實力高下的重點考題。 |

準備策略

必須牢記字彙在描述照片時使用的具體表達法！

• 最近在 Part 1 中，經常出現具體描寫人與事物「特徵」的字彙，因此，必須確實記住這些單字在具體描述照片時的各種表達法。

• 錯誤描述事物的「狀態」或人的「動作」的陷阱選項也經常出現，因此，請確實牢記單字在具體描寫事物狀態或人的動作的各種表達法。

用本書好好準備新制多益 Part 1 吧！

1) Part 1 單字多數的主要表達法都有收錄，因此就算問題使用特別的表達法也能被識破。
   【例如】bottle（p.339 Day 18 新制多益滿分單字），browse（p.366 Day 20 新制多益核心單字）等。

2) Part 1 描寫事物的狀態或人的動作的單字主要表達法，大量的收錄於本書中。
   【例如】scrub（p.73 Day 3 新制多益滿分單字），unoccupied（p.506 Day 28 新制多益核心單字）等。

Part 2

題型維持不變，只是題數減少！
強化「注意力」和「分辨錯誤選項實力」！

深入分析

題數減少了，但出題類型與原本的方式一致。

題數減少	• 題數從原本的 30 題減為 25 題，少了 5 題。 • 題目類型與未改制的相同，要能徹底聽懂並了解 Part 2 的各種問題。
取消範例說明	• 原本可趁 Part 2 範例說明的時候，先看 Part 3 的題目或先解 Part 5 的題目，此部分刪除後約少了 30 秒的答題時間。

準備策略

必須確實清楚的分辨單字與表達句子的發音！

• 練習將注意力集中在每一題的前半段，藉此訓練專注力，聽清楚題目在問什麼。
• 發音相似的單字是 Part 2 常見的陷阱，應一一分辨並熟記。
• 針對自己常答錯的題目，分析原因，認清錯誤，降低答錯的機率。

用本書好好準備新制多益 Part 2 吧！

1) 為了掌握各國的發音差異，書中用音標標記並比較了美式與英式的發音！
   【例如】candidate 美 [ˋkændədət] 英 [ˋkændɪdət]（p.25 Day 1 新制多益核心單字）等。
2) 為了讓考生適應美式、英式、澳洲式發音，書中的單字使用不同的腔調錄製 mp3。
   【參考】p.13「配合不同學習需求的多版本 MP3」。

新制多益就要這樣準備！

Part 3　快速進入主題的對話內容與較複雜的新題型
「掌握脈絡」和「慣用語表現」是關鍵！

深入分析

出現以短句迅速展開對話的 3 人對話，及 5 句以上的來回對話！

3 人對話 新	• 在 3 位說話者之中有兩位為同性別，進行簡短幾句的對話。 • 題目可能會問 3 位說話者中，某兩位的共通點為何。
5 句以上的對話 新	• 說話者只有兩人時，會以較短的句子，進行約 5～10 句的對話。 • 必須從 5～10 句的連續短對話中找出答案，更難判斷答案的線索。

同時測驗「聽力」、「掌握脈絡」和「邏輯判斷」能力的出題方式！

掌握意圖題 新	• 題目中會問到說話者所說的某句話是什麼意圖。 • 題目中有時會出現英文口語的慣用語，而這種慣用語，不太容易從字面了解實際的意思。
圖表資料題 新	• 出現要聽對話、看圖表，選出正確答案的題目。 • 表格、圖示、簡圖等各型態的圖表資料都會出現在題目中。 • 聽對話的同時要看圖表資料，並依問題做邏輯性的判斷。

準備策略

以多益常考的主題為中心，牢記單字及其表達法並練習掌握對話脈絡吧！

• 按照書的 30 個主題牢記字彙與表達方式的話，只聽對話前半段也可以大致掌握對話的脈絡，並猜測出之後的發展。

請確實準備在新制多益對話中出現的慣用語表現！

• 在新制多益的對話中，有很多英文口語中使用的慣用語，很難只聽一次就馬上了解其實際的意思，因此必須確實地準備這些常出現的慣用語。

■ 新制多益聽力測驗 Part 3 對話主題與對話類型的出題比例

對話主題出題比例

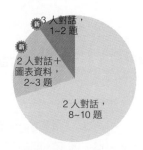

對話類型出題比例

■ 新制多益聽力測驗 Part 3 題目類型的出題比例

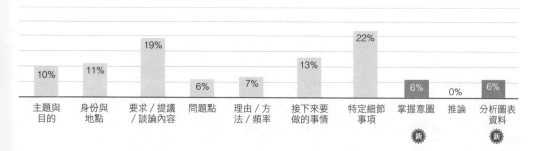

用本書徹底準備新制多益 Part 3！

1) 本書將新制多益的字彙分類成 30 個主題，可呼應 Part 3 不同主題的考試實況！
   【例如】Day 01 僱用（p.22），Day 13 顧客服務（p.238），Day 16 商業（p.292）等。
2) 3 人對話與 5 次以上的來回對話中出現的慣用語表現，在此提供可完整準備的內容整理！
   【參考】新多益必考慣用語 120（p. 568）。

新制多益就要這樣準備！

Part 4
簡短獨白的新題型變得更複雜！
牢記「各主題字彙」與「慣用語表現」很重要！

深入分析

新增的出題方向和 Part 3 一樣，但困難度較高！

掌握意圖題 新	• 題目中會問到說話者所說的某句話是什麼意圖。 • 說話者只有一個人，必須更專注才能聽出脈絡。
圖表資料題 新	• 出現要一邊聽獨白、看圖表，一邊選出正確答案的題目。 • 表格、圖示、簡圖等各型態的圖表資料都會出現在題目中。 • 聽對話的同時要看圖表資料，並依問題做邏輯性的判斷。

準備策略

以多益常考的主題為中心，牢記單字及其表達法並練習掌握獨白的脈絡吧！

• 按照書的 30 個主題牢記字彙與表達方式的話，只聽前面的幾句話也可以大致掌握獨白的脈絡。

• 特別是 Part 4 一個人說話的簡短獨白更難掌握通篇的意思，因此按照主題牢記字彙與表達方式，並練習掌握通篇大致的脈絡，猜測出之後的發展。

請確實準備在 Part 4 簡短獨白中出現的慣用語表現！

• 在新制多益 Part 4 的簡短獨白中，有很多英文口語中使用的慣用語，很難只聽一次就馬上了解其實際的意思，因此必須確實地準備這些常出現的慣用語。

■ 新制多益聽力測驗 Part 4 獨自主題的出題比例

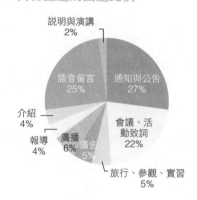

說明與演講 2%
語音留言 25%
通知與公告 27%
介紹 4%
會議、活動致詞 22%
報導 4%
廣播 6%
廣告 5%
旅行、參觀、實習 5%

■ 新制多益聽力測驗 Part 4 題目類型的出題比例

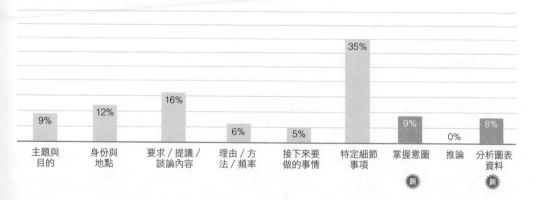

主題與目的	身份與地點	要求／提議／談論內容	理由／方法／頻率	接下來要做的事情	特定細節事項	掌握意圖	推論	分析圖表資料
9%	12%	16%	6%	5%	35%	9%	0%	8%

用本書徹底準備新制多益 Part 4！

1) 本書將新制多益的字彙分類成 30 個主題，可呼應 Part 4 不同主題的考試實況！
   【例如】Day 11 產品開發（p.202），Day 21 公司動向（p.380），Day 24 人事異動（p.436）等。

2) 在新制多益 Part 4 簡短獨白中出現的慣用語表現，在此提供可完整準備的內容整理！
   【參考】新多益必考慣用語 120（p. 568）。

新制多益就要這樣準備！

Part 5
每題解題時間減少了！
強化文法題、單字題的解題速度吧！

深入分析

每題解題時間減少，文法題的命題比例增加

題數減少	• 雖然 Part 5 的題數減少，但需要時間解題的 Part 6, 7 的題數增加。 • 在 75 分鐘不變的有限閱讀時間內，Part 5 所需的解題時間要減少。
文法題 命題比例增加	• 全部 30 題中，文法題的命題比例增加，單字題的命題比例相對減少。

準備策略

【文法】利用學習核心單字出題重點中的文法重點準備文法題吧！

• 不只單字本身，連衍生單字也一起記憶起來，確實地準備詞類問題！

• 記憶核心單字時，連該單字的主要文法重點也要一併學習，同時從實際文法問題中把各種考試重點也學起來吧！

【字彙】同義詞、常考語句、易混淆單字都一起學習並記憶吧！

• 與單字在意思上可以互換的同義詞請一起記憶，形態或意義相似而容易混淆的單字也要分辨清楚，這樣選出正確答案的速度就能提高。

用本書徹底準備新制多益 Part 5！

1) 與核心單字相關的文法重點也可一併學習！

【例如】appeal 是不及物動詞，經常和介系詞 to 連用。（p.31 appeal「出題重點」中的「文法」）等。

2) 完全收錄主要核心單字的同義詞、常考語句、易混淆單字！

【例如】likely 和 possible 的差異。（p.172 likely「出題重點」中的「易混淆單字」）等。

Part 6

新增加了需掌握整篇文章脈絡的閱讀理解問題！
快速又正確的「掌握上下文」是核心！

深入分析

所有題組皆增加一題：要求掌握文意的閱讀問題

選擇空格中 正確的句子 🔵	• 挑選正確的句子放入符合文章脈絡的空格中。 • 選項為句子時，因需要更多的解題時間，務必掌握上下文後，再選出正確答案。

準備策略

按主題學習單字，並學習同一單字在不同句子中呈現的意思差異，有助於確實理解上下文。

• 按照各主題記憶單字和其表達法，會更快速且正確地掌握文章的脈絡，對快速解開新題型的問題很有幫助。

• 考試中很喜歡出意思雖然類似，但填入後會跟上下文以及整體文章有落差的單字。因此單字在句子中如何被使用也要確實學起來，並且練習選出合乎文章脈絡的正確字彙。

用本書徹底準備新制多益 Part 6！

1) 可幫助快速掌握上下文的主題單字學習，及與考試相似的例句。
   【例如】Day 15 大量收錄了與 Part 6 常考主題「契約」有關的單字。

2) 整理了易混淆單字，可依據上下文判斷哪個才是正確、該被使用的單字。
   【例如】expire : invalidate 的區別（p.279 expire「出題重點」中的「易混淆單字」）。

新制多益就要這樣準備！

增加了棘手的新文章類型題組與新問題題型
學習「快速閱讀理解」與「慣用語表現」是關鍵！

深入分析

要求快速閱讀的新文章類型

多篇文章題組 新	• 結合 3 篇短文的其中 2 篇內容後，出需綜合解題的題目。
	• 3 篇短文的題組需快速閱讀，掌握各文章間的關係後，再判斷解題。
訊息對話 新	• 文章類型為 2 人或多人的訊息對話及網路聊天室。
	• 需快速閱讀對話並掌握對話者間的關係及對話的整體文意。

需要掌握文意的必出新問題題型

掌握意圖的問題 新	• 在訊息對話裡面，抓出其中的一句話，詢問說話者使用此句的意思。
	• 需透過該句子的前後文意與整篇對話來判斷說話者的意圖。
找句子正確插入位置的問題 新	• 在題組短文中找出最適合插入指定句的位置。
	• 需精準地掌握指定句的意思與整體文章的脈絡。

準備策略

記憶各主題的單字、例句，練習快速閱讀並掌握前後文吧！

• 常考的敘述按照各主題記憶單字和例句的話，能更快掌握文章大意與正確的前後文脈絡。

• 多篇文章是新類型的閱讀題，由三篇文章連結在一起，因此更難掌握前後文的脈絡，請按照閱讀的各主題記憶單字和例句，並練習掌握各種文章的大致脈絡，快速找出文章間的連結關係。

確實準備在新文章類型中會出現的慣用語表現吧！

• 在新文章類型的訊息對話題目中，會頻頻出現過去不常看到，且不容易掌握正確意思的慣用語，因此必須確實地準備。

■ 新制多益閱讀測驗 Part 7 文章主題及文章類型的出題比例

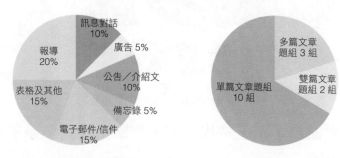

各文章主題的出題比例　　　　　文章類型出題比例

■ 新制多益閱讀測驗 Part 7 題目類型的出題比例

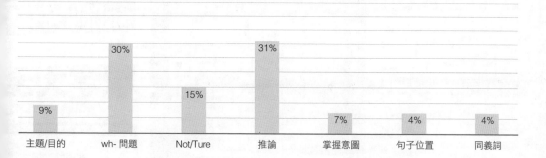

主題/目的	wh- 問題	Not/Ture	推論	掌握意圖	句子位置	同義詞
9%	30%	15%	31%	7%	4%	4%

用本書徹底準備新制多益 Part 7！

1) 包括多篇閱讀在內的 Part 7，可以用常考的主題別單字學習來提高閱讀理解速度！
   【例如】Day 01 僱用（p.22），Day 07 行銷（p.130），Day 15 契約（p.274）等。

2) 針對新制多益 Part 7 訊息對話文中出現的慣用語，提供能完整準備的內容！
   【參考】新多益必考慣用語 120（P. 568）。

Brand New

[新制多益,]
[權威登場！]

多益考試為了跟上時代改制，你跟上新制多益了嗎？

新制多益
NEW TOEIC
單字大全
Vocabulary

多益改制，仍是首選！

我們多益書籍的出版目標是「讓大家透過多益學習正確的英文」！

多益學習的基礎，就是單字。在本書製作時，我們挖空心思的思考如何讓大家用更有趣、更簡單的方法記住新制多益單字，並且特別注意到有何新的變化。終於完成了這本《新制多益單字大全》的出版。

使多益的改制完全在掌握之中的《新制多益單字大全》

本書將超過 7600 個新制多益常考單字，依照 30 天可確實執行的進度，按主題分別整理，並且單字的例句與實戰模擬試題，也都經過改寫，真實反映了多益最新改版的出題狀況，讓讀者在學習的同時，也能夠有效掌握實際測驗的內容。甚至以往沒有，但此次改版新加入的母語人士常用慣用語的部分，讀者也能透過「新制多益必考慣用語 120」有效地學習和準備。

從新手到高手都可以學習的《新制多益單字大全》

本書的架構，能夠滿足各種程度的學習需求，從多益初學者到以高分為目標的學習者都能使用。讀者可以依照自己的目標分數，集中學習「新制多益基礎單字」、「新制多益 800 分單字」、「新制多益 900 分單字」等適合自己程度的單字。

讓單字學習可以簡單、有趣又有效的《新制多益單字大全》

為了讓大家更簡單、有趣的記住單字，書中每個主題之前都構思了可以透過聯想幫助記憶的趣味漫畫。此外為了有效記住最新常考單字，我們還提供不同版本的MP3 音檔。除了收錄所有核心單字美式、英式、澳洲式發音及例句，能夠提升多益聽力的完整版本以外，也提供只有單字和字義的集中記憶版本，可配合學習者的需求使用。並且為了讓學習更加有趣，我們也開設了多益學習網站 www.Hackers.co.kr。本站不但是韓國英語學習網站的領導者，也充分展現出我們「從交流中建立共同學習的社群」的理念。（編按：本站為韓國原書提供之服務，與本出版社無關，懂韓文的讀者可自行前往查看。）

學習不只是一個人的練習，更重要的是透過學習形成互助的群體，在互助中建設健康的競爭與合作並存的社會，這就是我們出版的精神。從這個角度來看，這本以熱情的精神撰寫的書，不止希望讀者透過學習提高多益成績，更希望在每位讀者的心中深植健全的哲學，共同創造更美好的社會。

David Cho

目錄

Hackers TOEIC Vocabulary

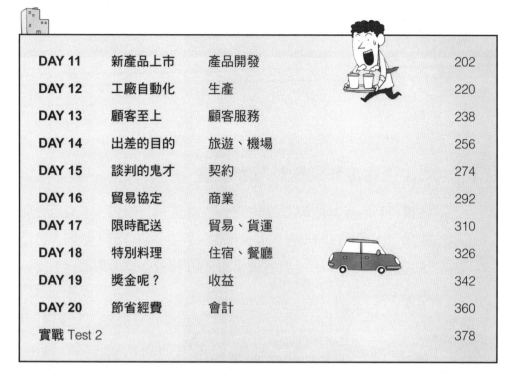

本書的特色 1

① **30 天完成新制多益單字學習**

本書將新制多益最新常考單字分成 30 天進行學習。不論是一個
人學習，還是以讀書會的方式學習，只要立定目標，依照本書建
議的計畫（p.18~21）踏實地學習，30 後就會發現單字實力大幅
進步。

② **收錄大量新制多益常考單字**

本書收錄了新制多益出題頻率最高的 7600 多個單字與慣用語。
除了 Part 5、Part 6 的常考單字以外，也網羅了 Part 7 和聽力測
驗的重要單字，只要這一本就能徹底學習新制多益所需的所有單
字。

③ **收錄新制多益最新出題重點**

針對新制多益核心單字，書中整理了新制多益最新出題傾向，讓
讀者能夠一目了然。了解每個單字的常考語句、易混淆單字、相
關文法重點，以及 Part 7 經常使用的同義詞替換方式，就等於掌
握新制多益的出題模式。除了單字考題以外，這些資訊也有助於
解決測試文法能力的題目。

 可依照出題頻率進行短期學習

新制多益測驗 Part 5、6、7 出題頻率最高的單字，收錄於每天學習內容的前半部，讓讀者可以優先學習比較重要的單字。這部分的單字也用星星符號標示出題頻率，並且以頻率排序，可以先從出題頻率比較高的單字開始學習。

③ **可依照目標分數學習自己需要的單字**

每天學習內容的後半部，分別列出達成目標分數所需要的「新制多益基礎單字」、「新制多益 800 分單字」、「新制多益 900 分單字」。讀者可依照自己的目標，集中學習適合自己程度的單字。

⑥ **主題性構成的聯想學習**

本書收錄的單字，依照新制多益的 30 個常考主題區分，並且提供將單字串聯在一起的小故事。依照主題進行聯想學習，不但能自然記住相關的單字，還能同時掌握單字在句子裡的用法，讓單字實力大增。

⑦ 反映新制多益最新出題傾向的例句

對於出題頻率較高的核心單字,提供了接近新制多益常用句型和措辭的例句,讓單字學習更有深度。這些反映出題傾向的精選例句,不僅有助於單字記憶,也能自然提升對於實際測驗的熟悉度。

⑧ 提供可反覆學習的精選試題和實戰模擬試題

學習新制多益單字,不止要把單字背起來,也必須練習用這些單字實際解答題目。每一天的學習結束後,都有練習題可以測試學習成果。另外,書中也提供三組模擬 Part 5、6、7 的題目,訓練實際考試的解題能力。

⑨ 適合各種不同學習法的多版本 MP3

學習單字的時候,最重要的就是反覆學習。如果只是用看的,往往會因為不熟悉單字發音而在聽力測驗中吃虧。因此,我們製作了多版本的 MP3 音檔,讓學習者能夠邊聽邊記單字。

⑩ 掌握學習目標的 Self-Test

在學習單字的時候,很多人一拿到單字書就毫無目標地拚命讀,其實這是最沒有效率的做法。本書提供的 Self-Test(p.16)讓你可以迅速判斷自己的程度,掌握最有效率的學習目標。

⑪ 提供「新制多益必考慣用語 120」

新的多益測驗修改方向,將在題目中加入老外常使用的慣用語!新制多益 Part 3、4、7 中常出現的慣用語表現,若不知道正確的意思,很容易會因照著字面的解讀而產生誤解,因此必須確實地整理出來。熟悉「新制多益必考慣用語 120」中提供的 120 個豐富的慣用語表現後,就能完美地應對這類題目了。

⑫ 收錄方便查詢的單字索引

學習過的單字,難免會有忘記意思的時候。書末收錄的單字索引,讓你能快速找到學過的單字,並且再次複習。在其他地方看到不認識的新制多益單字時,也可以藉由索引表,將本書當成字典來查詢。

本書的構成 1

新制多益核心單字

① 單字小故事

DAY
01

NEW TOEIC Vocabulary

擺脫失業

雇用

只要知道主題，就能掌握新制多益！
在雇用員工的主題中，出題方向主要是招聘公告、新進員工的提問，以及面試結果通知信等等。讓我們一起來認識雇用主題中經常出現的單字吧！

---

② 新制多益核心單字　③ 出題頻率　④ 出題類別　⑤ 字義　⑥ 英文例句和中文翻譯

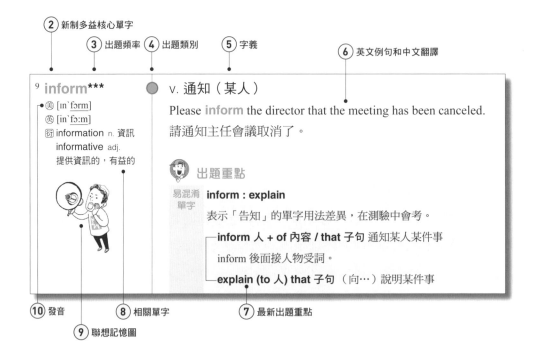

9 **inform*****
- 美 [ɪnˋfɔrm]
- 英 [ɪnˋfɔːm]
- 衍 information n. 資訊
  informative adj.
  提供資訊的，有益的

v. 通知（某人）

Please **inform** the director that the meeting has been canceled.
請通知主任會議取消了。

👩 **出題重點**

易混淆單字 　**inform : explain**

表示「告知」的單字用法差異，在測驗中會考。

──**inform 人 + of 內容 / that 子句** 通知某人某件事

　　inform 後面接人物受詞。

──**explain (to 人) that 子句**（向⋯）說明某件事

---

⑩ 發音　　　⑧ 相關單字　　　⑦ 最新出題重點
⑨ 聯想記憶圖

---

* v. 動詞｜n. 名詞｜adj. 形容詞｜adv. 副詞｜prep. 介系詞｜phr. 片語｜衍 衍生詞｜同 同義詞｜反 反義詞

1 單字小故事

在學習每天的單字之前，可以先輕鬆瀏覽用當天的單字構成的有趣漫畫和學習重點。

2 新制多益核心單字

收錄 Part 5, 6, 7 出題頻率最高的單字，依不同主題分為 30 天。每天的順序先從漫畫裡的單字開始，然後從出題頻率最高的單字開始排列，讓讀者可以一開始就學到最重要的單字，使學習效果極大化。

3 出題頻率

核心單字的出題頻率以星號表示，星號越多表示頻率越高。

4 出題類別

核心單字旁邊的圓圈，表示出題類別，填滿的圓圈表示主要出現在 Part 5, 6，白色的圓圈表示主要出現在 Part 7。

5 字義

這裡標示的字義，以新制多益常考的意思為主，同時也標示出詞性。

6 英文例句和中文翻譯

提供接近新制多益常用句型和措辭的例句，以及句子的中文翻譯。

7 最新出題重點

這個部分說明單字在新制多益測驗中常見的出題模式，包括測驗中的常考語句、易混淆單字、文法重點、Part 7 的同義詞變換，請務必記起來！

8 相關單字

單字下方整理出衍生詞、同義詞、反義詞，在記憶單字的同時，可以多學到幾個相關的單字。

9 聯想記憶圖

收錄核心常考單字的聯想記憶圖片，可以很容易地記憶單字的意思。

10 發音

如果英式發音與美式發音不同，就會標示兩種發音。為了應對聽力測驗，發音不同的部分以底線標示，以便識別。（依照國內習慣，美式發音以 K.K. 音標表示，英式發音以 D.J. 式音標表示。）

本書的構成 2

新制多益滿分單字

1 新制多益基礎單字

參加新制多益測驗前必須知道的基礎單字，依照常出現的題目類別分為 LC（聽力）和 RC（閱讀）。如果有不知道的單字，請做記號並且反覆背誦。

2 新制多益 800 分單字

以 800 分為目標的人需要知道的單字，依照常出現的題目類別分為 LC、Part 5&6和 Part 7。如果有不知道的單字，請做記號並且反覆背誦。

3 新制多益 900 分單字

以 900 分為目標的人需要知道的單字，依照常出現的題目類別分為 LC、Part 5&6和 Part 7。如果有不知道的單字，請做記號並且反覆背誦。

其他要素

1 Daily Checkup

收錄可以測驗每天單字學習成果的練習題。

2 實戰 Test

每當完成十天的學習之後，可以利用模擬新制多益測驗的考題，習慣實際考試的感覺。

3 正確答案與解析

提供實戰 Test 的答案和解析。

4 新制多益必考慣用語 120

學習在新制多益 Part 3、4、7 題目中常出現的慣用語，完整準備新多益考試內容。

5 索引

收錄所有「核心新制多益單字」和「新制多益滿分單字」，可以輕鬆找到單字在哪一頁。「核心新制多益單字」以套色表示，以便區分。

配合不同學習需求的多版本 MP3

新制多益核心單字

收錄每天前半部的核心常考單字，包含美式、英式、澳洲式發音。因應每個人不同的學習需求，提供可快速學習、複習的「基本學習」版，以及包含例句的「深入學習」版，讀者可依照自己的情況選用，一邊聽一邊記單字。

1	核心單字基本學習	單字英文發音（美→英 / 澳→澳 / 英）→中文意義
2	核心單字深入學習	單字英文發音（美→英 / 澳）→中文意義 →例句（美→英 / 澳）

新制多益滿分單字

收錄每天後半部的補充單字，依照目標分數，分為「基礎」、「800分」、「900分」三個部分。為了方便快速學習大量單字，這裡的錄音內容都是一次美式發音、一次英式或澳洲式發音、一次中文意義。讀者可依照自己的程度選擇要聽的部分。

3	新制多益滿分單字：基礎	單字英文發音（美→英 / 澳）→中文意義
4	新制多益滿分單字：800分	單字英文發音（美→英 / 澳）→中文意義
5	新制多益滿分單字：900分	單字英文發音（美→英 / 澳）→中文意義

其他

本書的其他部分也提供了 MP3 音檔，也就是說，整本書的所有部分都有音檔，就算真的懶得翻書，讀者真的能夠「用聽的」完成全書學習。

6	Daily Checkup MP3	每日測驗中的句子唸兩遍（美→英 / 澳）
7	實戰Test1~3 MP3	實戰測驗中的句子唸兩遍（美→英 / 澳），文章唸一遍（美）
8	新制多益必考慣用語120 MP3	慣用語英文發音（美→英 / 澳）→中文意義

新制多益單字的出題傾向和學習法

新制多益單字的學習

在新制多益中，單字考題佔很大的比重。不管是聽力或閱讀、短篇或長篇的談話、文章，想要正確又迅速地聽懂、讀懂，就必須對商務及日常生活領域的基本單字有相當程度的了解。此外，對於 Part 5 約 10 題、Part 6 約 6 題、Part 7 約 2 題的單字考題，如果想提高答題的正確率，就必須採取以單字用法為中心的學習策略。所以，除了學習新制多益常考單字的意義外，也必須透過例句學習單字的用法。

單字考題出題傾向

Part 5

單字考題出題數：佔 Part 5 的 30 題中約 10 題

出題傾向：以前，通常只要知道正確選項的單字意義，就能夠答對，但最近經常在錯誤選項中混雜意思相近的單字，這種題目不僅需要了解單字的正確意義，還需要了解用法和文法才能答對。

學習方法：透過教材中的例句，確實了解單字是用在哪種狀況、主要和哪些單字搭配使用，並且充分學習出題重點裡的常考語句、易混淆單字部分。

例題

> Experts place the ------- of the painting at about $2 million, but believe it will sell for much more than that when it is offered at the auction.
>
> (A) aspect　(B) degree　(C) value　(D) privilege

四個選項中，最符合句意的是「價值」，所以答案是 (C) value。(A) aspect 表示「方面」，(B) degree 表示「學位」，(D) privilege 表示「特權」。

Part 6

單字考題出題數：佔 Part 6 的 16 題中約 6 題

出題傾向：除了看空格所在的句子本身，最近也有越來越多的題目需要掌握前後句、甚至整篇文章的脈絡才能解答。

學習方法：透過教材中的例句，確實了解單字是用在哪種狀況、主要和哪些單字搭配使用，並且充分學習出題重點裡的常考語句、易混淆單字部分。

例題

> The engineers in our department are ------- in several areas. In addition to having master's degrees, they are knowledgeable in the process and manufacturing techniques used at the factory. Furthermore, they all have experience in designing a variety of mechanical systems.

(A) vulnerable   (B) restricted   (C) interested   (D) proficient

如果只看空格所在的句子，所有選項都是可能的答案，所以需要確認前後文的內容。因為這段話是在說明工程師的能力，所以答案是 (D) proficient（熟練的）。(A) vulnerable 表示「脆弱的」，(B) restricted 表示「受限的」，(C) interested 表示「有興趣的」。

Part 7

單字考題出題數：佔 Part 7 的 54 題中約 2 題

出題傾向：考介系詞、動詞片語等各種單字形態的同義詞問題，有增加的趨勢。

學習方法：透過教材中的例句，確實了解單字是用在哪種狀況、主要和哪些單字搭配使用，並且充分學習出題重點裡的同義詞部分。

例題

> Following Thomas Burgerlin's retirement as vice president of sales, several people were promoted, leaving an opening for someone at the middle-management level.

The word "opening" in paragraph 1, line 2 is closest in meaning to

(A) introduction   (B) vacancy   (C) expanse   (D) launch

opening 在這裡表示「空缺」的意思，所以答案是 (B) vacancy（空缺）。

適合我目前程度的學習法 1

● 如果你已經決定自己的目標分數，請直接翻到後面（p.18~21），查看目標分數對應的學習計畫。
● 如果還沒決定目標的話，請透過以下的 Self-Test，了解自己現在的程度，並且選擇適合自己程度的學習計畫。

Self-Test

1. 你認識下面這些單字嗎？

> accessible　expand　means　outstanding　postpone

　A. 都是不認識的單字
　B. 認識其中 1~2 個單字
　C. 認識其中 3~4 個單字
　D. 都是認識的單字

2. 你覺得聽英文、讀英文句子並且理解其中意義很困難嗎？

　A. 就算是簡單的句子我也不懂
　B. 簡單的句子我可以稍微理解，但句子變長就很難理解
　C. 大部分的句子我都能了解意思，但很難掌握複雜句子的結構
　D. 就算是比較長的複雜句子，我也能輕易理解

3. 你能區分以下單字的詞性嗎？

> competition　competitive　competent　compete　competitively

　A. 我不知道「詞性」是什麼
　B. 我能區分其中 1~2 個
　C. 我能區分其中 3~4 個
　D. 我能區分每個單字的詞性

4. 你知道新制多益每個 Part 的題目型態嗎？

　A. 完全不知道
　B. 我只知道分成聽力和閱讀測驗
　C. 我知道每個 Part 會考怎樣的題目
　D. 除了每個 Part 的題目型態，我還知道準備每個 Part 的學習法

5. 你知道下面這兩個單字的關係嗎？

> allow　prevent

   A. 我完全不知道這兩個單字是什麼意思

   B. 我知道其中一個單字的意思

   C. 我大概知道這兩個單字是什麼意思，但不知道它們有什麼關係

   D. 我很清楚這兩個單字的關係

6. 你對於以前參加英語能力測驗的成績滿意嗎？

   A. 我幾乎絕望了

   B. 我應該還需要長期的努力

   C. 再努力一點應該就可以了

   D. 我大致上覺得滿意

7. 你能區分以下單字的用法嗎？

> notify　announce　reveal

   A. 連意思都不太清楚

   B. 知道意思，但完全不知道用法

   C. 我能區分其中兩個單字的用法

   D. 我能明確地區分這三個單字的用法

8. 在參加英語測驗的時候，你經常因為不認得單字而無法答題嗎？

   A. 一整頁裡面沒有幾個單字是認識的

   B. 就算讀了題目也不知道在講什麼

   C. 經常憑感覺回答，很難掌握題目正確的意思

   D. 整面考題裡面幾乎沒有不知道的單字，而且能正確理解並回答題目

※請依照 A＝0 分、B＝1 分、C＝2 分、D＝3 分的方式計算總分。

總分：＿＿＿＿＿＿＿＿ /24分　　　　　　　　☞ 請翻到後面，查看結果與學習計畫

適合我目前程度的學習法 2

目標分數 600~700（Self-Test 0~11 分）：二階段學習

第 1~15 天	第 16~30 天
新制多益核心單字（單字）	新制多益核心單字 （單字、例句、出題重點） 新制多益滿分單字 （基礎單字部分）

學習日	30 天完成的建議學習計畫	建議搭配學習內容
第一階段 第 1~15 天	**新制多益核心單字（單字）** 每天學習兩個 DAY 的內容，把前半部的新制多益核心單字和字義背起來。	核心單字基本學習 MP3 Daily Checkup Daily Checkup MP3
第二階段 第 16~30 天	**新制多益核心單字** （單字、例句、出題重點） 每天學習兩個 DAY 的內容，確認自己是否記住了新制多益核心單字和字義，沒記住的單字就做上記號，並且集中背誦。另外，也請利用實戰 Test 練習 Part 5&6 的題目。	核心單字深入學習 MP3 實戰 Test 1~3 實戰 Test 1~3 MP3
	新制多益滿分單字（基礎單字部分） 每天學習兩個 DAY 的內容，背誦「新制多益基礎單字」這個部分。	新制多益滿分單字：基礎 MP3

* 每階段完成後，學習一次「新制多益必考慣用語 120」。

目標分數 800（Self-Test 12~17 分）：三階段學習

第 1~10 天	第 11~20 天	第 21~30 天
新制多益核心單字 （單字）	新制多益核心單字 （單字、例句） 新制多益滿分單字 （基礎單字部分）	新制多益核心單字 （單字、例句、出題重點） 新制多益滿分單字 （800 分單字部分）

學習日	30 天完成的建議學習計畫	建議搭配學習內容
第一階段 第 1~10 天	**新制多益核心單字（單字）** 每天學習三個 DAY 的內容，把前半部的新制多益核心單字和字義背起來。	核心單字基本學習 MP3 Daily Checkup Daily Checkup MP3
第二階段 第 11~20 天	**新制多益核心單字（單字、例句）** 每天學習三個 DAY 的內容，確認自己是否記住了新制多益核心單字和字義，然後搭配例句再學習一次。	核心單字深入學習 MP3
	新制多益滿分單字（基礎單字部分） 每天學三個 DAY 的內容，把「新制多益基礎單字」裡不認識的單字做上記號，並且加以背誦。	新制多益滿分單字：基礎 MP3
第三階段 第 21~30 天	**新制多益核心單字（單字、例句、出題重點）** 每天學習三個 DAY 的內容，複習新制多益核心單字的例句和出題重點。也請利用實戰 Test 練習 Part 5&6 的題目。	核心單字深入學習 MP3 實戰 Test 1~3 實戰 Test 1~3 MP3
	新制多益滿分單字（800 分單字部分） 每天學習三個 DAY 的內容，背誦「新制多益 800 分單字」這個部分。	新制多益滿分單字：800分 MP3

* 每階段完成後，學習一次「新制多益必考慣用語 120」。

適合我目前程度的學習法 3

> **目標分數 900**（Self-Test 18~24 分）：三階段學習

第 1~10 天	第 11~20 天	第 21~30 天
新制多益核心單字（單字、例句） 新制多益滿分單字（基礎單字部分）	新制多益核心單字（單字、例句、出題重點） 新制多益滿分單字（800 分單字部分）	新制多益核心單字（單字、例句、出題重點、相關字） 新制多益滿分單字（900 分單字部分）

學習日	30 天完成的建議學習計畫	建議搭配學習內容
第一階段 第 1~10 天	**新制多益核心單字**（單字、例句） 每天學習三個 DAY 的內容，搭配例句把單字的意義記起來。	核心單字深入學習 MP3 Daily Checkup
	新制多益滿分單字（基礎單字部分） 每天學習三個 DAY 的內容，把「新制多益基礎單字」裡面不認識的單字做上記號，並且加以背誦。	新制多益滿分單字： 基礎 MP3
第二階段 第 11~20 天	**新制多益核心單字**（單字、例句、出題重點） 每天學三個 DAY 的內容，確認自己是否記住新制多益核心單字和字義，然後學例句和出題重點。	核心單字深入學習 MP3
	新制多益滿分單字（800 分單字部分） 每天學三個 DAY 的內容，把「新制多益 800 分單字」裡不認識的單字做上記號，並且加以背誦。	新制多益滿分單字： 800 分 MP3
第三階段 第 21~30 天	**新制多益核心單字** （單字、例句、出題重點、相關字） 每天學習三個 DAY 的內容，確認自己是否記住了新制多益核心單字的意義、複習例句和出題重點，然後背誦衍生字。也請利用實戰 Test 練習 Part 5&6 的題目。	核心單字深入學習 MP3 實戰 Test
	新制多益滿分單字（900 分單字部分） 每天學習三個 DAY 的內容，背誦「新制多益 900 分單字」這個部分。	新制多益滿分單字： 900 分 MP3

* 每階段完成後，學習一次「新制多益必考慣用語 120」。

新制多益單字高手學習計畫：按照每日的分配進度學習

不論 Self-Test 結果如何，對於想要完全精通這本書的內容、成為新制多益單字高手的人，我們建議每天學習一個 DAY 的內容，按照以下的計畫進行。

第 1~30 天

新制多益核心單字（單字、例句、出題重點、相關字）
新制多益滿分單字（基礎單字、800 分單字、900 分單字）

學習日	30 天完成的建議學習計畫	建議搭配學習內容
第 1~30 天	**新制多益核心單字** 每天學習一個 DAY 的內容，背誦單字的意義，並且紮實地學習例句、出題重點和相關字。也請利用實戰 Test 練習 Part 5&6 的題目。	核心單字深入學習 MP3 Daily Checkup 實戰 Test
	新制多益滿分單字 （基礎單字部分） 把每個 DAY 的新制多益基礎單字、800 分單字、900 分單字中不認識的單字做上記號，並且加以背誦。	新制多益滿分單字：基礎 MP3 新制多益滿分單字：800 分 MP3 新制多益滿分單字：900 分 MP3

* 全書學完後，學習一次「新制多益必考慣用語 120」。

DAY 01

擺脫失業

雇用

只要知道主題，就能掌握新制多益！

在雇用員工的主題中，出題方向主要是招聘公告、新進員工的提問，以及面試結果通知信等等。讓我們一起來認識雇用主題中經常出現的單字吧！

1 résumé**

美 [ˌrɛzʊˈme]
美 [ˌrɛzjuˈmei]

n. 履歷表

Fax your **résumé** and cover letter to the above number.
請把你的履歷表和求職信傳真到上面的號碼。

2 opening**

美 [ˈopənɪŋ]
美 [ˈəupəniŋ]

同 vacancy
空缺，職缺

n. 空缺，職缺；開張，開始

There are several job **openings** at the restaurant right now.
那間餐廳目前有幾個職缺。

JX Finances officially announced the **opening** of its first international branch.
JX Finances 公司正式宣布第一間海外分公司開始營業。

 出題重點

文法	**an opening** 空缺（可數名詞）
	opening 表示「空缺、職缺」時是可數名詞，前面要有不定冠詞 an，或是用複數形 openings。
同義詞	表示「空缺」時，**opening** 可以換成 **vacancy**。

3 applicant***

[ˈæpləkənt]

衍 apply v. 申請，適用
application n.
申請，申請書，適用
appliance n.
器具，電器

n. 申請者，應徵者

Applicants are required to submit a résumé.
應徵者必須提交一份履歷表。

出題重點

常考語句	**complete/submit/receive + an application**
	application 主要和 complete, submit, receive 等與製作、提出有關的動詞一起使用。
易混淆單字	**applicant** 申請者 **application** 申請，申請書，適用
	要區分人物名詞 applicant 和抽象名詞 application 的差異。請不要和字根相同但意思完全不同的 appliance（電器）搞混。

4 requirement***

美 [rɪˋkwaɪrmənt]
美 [rɪˋkwaɪəmənt]
衍 require v. 要求
同 prerequisite
必要條件

n. 必要條件

A driver's license is a **requirement** of this job.
駕照是這份工作的必要條件。

 出題重點

常考語句 **a requirement + of/for** …的必要條件
requirement 經常和介系詞 of 或 for 搭配使用。

5 meet***

[mit]

同 satisfy, fulfill
滿足（要求、條件）

v. 滿足，符合（要求、條件等）

Applicants must **meet** all the requirements for the job.
應徵者必須符合這份工作的所有必要條件。

出題重點

常考語句 **meet one's needs** 滿足…的需要
meet requirements 符合必要條件
meet customer demand 滿足顧客需求
meet expectations 符合期待
meet 的意思除了我們熟知的「見面」以外，在多益測驗中經常以「滿足，符合」的意義出題。

6 qualified***

美 [ˋkwɑləˌfaɪd]
美 [ˋkwɔlɪfaɪd]
衍 qualify v. 使…有資格
qualification n. 資格
qualifier n.
預賽，通過預賽者
同 certified
有保證的，經證明的

a. 有資格的，勝任的

People with master's degrees are **qualified** for the research position.
有碩士學位的人，有資格得到研究工作的職位。

 出題重點

常考語句 **be qualified for** 有…的資格
qualifications for …的資格
qualified、qualification 經常和介系詞 for 一起使用。

7 **candidate*****
美 [ˋkændədet]
英 [ˋkændidət]
同 applicant 應徵者

n. 候選者，應徵者
Five **candidates** will be selected for final interviews.
將有五位候選者獲選參加最終面試。

8 **confidence****
美 [ˋkɑnfədəns]
英 [ˋkɔnfidəns]
派 confident adj.
有信心的，有自信的

n. 信心，自信；信任
We have **confidence** that she can handle the position.
我們有信心她能勝任這個職位。
The recommendations showed **confidence** in his abilities.
這些推薦信表現出對他的能力的信心。

 出題重點

常考 語句	**1. show/express + confidence in** 表現對…的信心 confidence 經常和 show, express 等表達情感的動詞及介系詞 in 搭配出題。 **2.** ⌈ **confidence in** 對…的信心 　　└ **in confidence** 祕密地 confidence 經常和介系詞 in 一起使用，但要注意意思會隨著介系詞 in 的位置而有不同。

9 **highly*****
[ˋhaɪlɪ]

adv. 很，非常
Mr. Monroe's experience makes him **highly** qualified for the job.
Mr. Monroe 的經歷使他很有資格獲得這份工作。

 出題重點

常考 語句	**highly + competent/recommended/qualified/competitive/profitable** 非常有能力的／推薦的／有資格的／競爭的／有利益的 highly 和 very、most 一樣是強調副詞，主要以修飾形容詞或過去分詞的形式出題。

10 professional*** ●

[prə`fɛʃənl]

衍 profession n. 職業
professionally adv.
專業地，職業地

adj. 專業的，職業的

Jeff is known as a **professional** photographer.
Jeff 以職業攝影師的身分為人所知。

n. 專家

Merseyside Hospital is looking for a certified health
professional.
Merseyside 醫院正在尋找有證照的醫療專業人士。

11 interview*** ○

美 [`ɪntə,vju]
英 [`ɪntəvjuː]

n. 面試

The **interviews** are being held in meeting room three.
面試正在第三會議室舉行。

v. 面試

The manager **interviewed** almost 100 applicants.
那位經理面試了將近 100 位應徵者。

12 hire*** ●

美 [haɪr]
英 [`haɪə]

v. 雇用

The company expects to **hire** several new employees next month.
公司預計下個月雇用幾名新員工。

13 training*** ○

[`trenɪŋ]

n. 訓練

This company offers on-the-job **training** for new staff.
這間公司為新員工提供工作現場的訓練。

14 reference*** ●

[`rɛfərəns]

衍 refer v. 參照

n. 推薦信；參考

Philip asked his previous employer to write a **reference** letter
for him.　Philip 請他的前雇主為他寫一封推薦信。
The database contains **reference** material on all aspects of labor
law.　這個資料庫包含關於勞動法規各方面的參考資料。

¹⁵**position*****
[pə`zɪʃən]

n. 職位；位置

The advertised **position** provides health care and other benefits.
廣告上的職位提供醫療保健和其他福利。

v. 放置

The secretary **positioned** the chairs around the table before the meeting began.
祕書在會議開始前把椅子擺放在桌子周圍。

出題重點

常考語句	**accept a position** 接受職位 **apply for a position** 應徵職位 position 會和表示應徵、接受的動詞一起使用。

¹⁶**achievement*****
[ə`tʃivmənt]

n. 成就，達成

List all of your **achievements** from previous jobs on your résumé.
請在你的履歷表中列出在上一份工作中的所有成就。

出題重點

易混淆單字	**achievement** 成就，達成 **achiever** 有成就的人 主要以區分抽象名詞 achievement 和人物名詞 achiever 的題型出題。

¹⁷**impressed*****
[ɪm`prɛst]

adj. 感到印象深刻的

The CEO was **impressed** by his assistant's organizing skills.
執行長對他助理的組織能力印象深刻。

出題重點

┌ **impressed** 感到印象深刻的

└ **impressive** 令人印象深刻的

請不要搞混這兩個很相似的單字。impressed 用來說明人的情感，impressive 則是說明引起情感的人事物。

---

¹⁸**excellent*****

[ˋɛksələnt]

adj. **優秀的，傑出的**

Because of her **excellent** managerial skills, Erin was hired for the job.

Erin 因為她優秀的管理能力而被錄用從事那個工作。

---

¹⁹**eligible****

[ˋɛlɪdʒəbl]

衍 eligibility n.
合適，合格

反 ineligible 沒有資格的

adj. **有資格的，合適的**

The part-time workers are also **eligible** for paid holidays.

兼職員工也有資格獲得帶薪休假。

出題重點

常考
語句

be eligible for + membership/compensation/position

有資格成為會員／得到補償／得到職位

be eligible to do 有資格做…

eligible 主要與介系詞 for 或 to 不定詞連用。介系詞 for 後面會接 membership, compensation, position 等表示待遇或職位的名詞。

易混淆
單字

eligible : allowed

請區分這兩個有「允許」意義的單字在用法上的差異。

┌ **eligible** 有資格（做…）的

　用來表示某人符合特定條件而擁有資格。

└ **allowed** 被允許的

　用來表示特定行為是被允許的。

Business dinners are included as allowed expenses.

商務上的晚餐包含在允許的支出項目中。

20 identify **
- 美 [aɪˋdɛntəˏfaɪ]
- 英 [aɪˋdentifai]
- 衍 identification n.
  識別，身分證明

v. 辨認，認出

Staff members wear uniforms so that they are easy for customers to **identify**. 員工穿著制服，讓顧客容易認出他們。

21 associate **
- 美 [əˋsoʃɪet]
- 英 [əˋsəuʃieit]
- n. 同事 adj. 副的
- 美 [əˋsoʃɪet]
- 英 [əˋsəuʃiət]
- 衍 association n.
  協會，聯合

v. 使有關聯

Two of the applicants were **associated** with a competitor.
有兩名應徵者和競爭公司有關係。

 出題重點

| 常考 語句 | **be associated with** 和…有關聯 |

in association with 和…聯合

被動語態 be associated 和名詞 association 經常在試題中出現，主要和介系詞 with 連用。

 prerequisite

22 condition **
- [kənˋdɪʃən]

n. 條件

The **conditions** of employment are listed in the job opening notice. 雇用的條件列在職缺公告裡。

23 employment **
- [ɪmˋplɔɪmənt]
- 衍 employ v. 雇用
  (= hire ↔ lay off,
  dismiss, fire)
  employee n. 員工
  employer n. 雇主
- 反 unemployment 失業

n. 雇用

The company announced **employment** opportunities in personnel department.
公司宣布了人事部門的雇用（工作）機會。

24 lack **
- [læk]

v. 缺乏…

Carl **lacked** the ability to get along well with his coworkers.
Carl 缺乏與同事相處融洽的能力。

n. 缺乏

Due to a **lack** of funds, the project has been temporarily halted.
由於資金的缺乏，這項計畫暫時被中止了。

25 managerial**

㊀ [ˌmænɪˋdʒɪrɪəl]
㊂ [ˌmænəˋdʒɪərɪəl]
㊕ manage v.
經營，管理
㊁ supervisory
管理的，監督的

 adj. 管理的

Mike is seeking a **managerial** position in the accounting field.
Mike 正在尋找會計領域的管理職位。

🗣️ 出題重點

常考
語句 **managerial staff / experience**
管理人員，經營團隊／管理經驗

managerial 經常和 staff 及 experience 搭配出題。

26 diligent**

㊀ [ˋdɪlədʒənt]
㊂ [ˋdɪlɪdʒənt]
㊕ diligence n. 勤勉，
勤奮
diligently adv.
勤勉地，勤奮地

○ adj. 勤奮的

Carmen is one of the most **diligent** workers in the company.
Carmen 是公司裡最勤奮的員工之一。

27 familiar**

㊀ [fəˋmɪljə]
㊂ [fəˋmɪlɪə]
㊕ familiarize v. 使熟悉
㊁ unfamiliar
不熟悉的，陌生的

 adj. 熟悉的，親近的

Staff must review the handbook to become **familiar** with it.
員工必須複習手冊以熟悉內容。

🗣️ 出題重點

常考
語句 **be familiar with** 對⋯熟悉

familiar 經常和介系詞 with 搭配出題。

28 proficiency**

[prəˋfɪʃənsɪ]
㊕ proficient adj.
熟練的，精通的

○ n. 熟練，精通

Overseas workers need proof of **proficiency** in a second language.
海外員工需要有精通第二語言的證明。

29 **prospective**★★
[prə`spɛktɪv]
㊟ prospect n.
展望,預期

adj. 預期的,未來的

Prospective employees were asked to come in for a second interview.

有可能成為員工的人,被要求前往參加第二次面試。

30 **appeal**★★
[ə`pil]
㊟ attract 吸引

v. 呼籲,有吸引力

The 10 percent pay increase **appealed** to the staff.

百分之 10 的加薪對員工很有吸引力。

😊 **出題重點**

文法	**appeal to + 名詞** 向…呼籲,對…有吸引力
	appeal 是不及物動詞,經常和介系詞 to 連用。
同義詞	表示引起某人的興趣或注意時,**appeal to** 可以換成 **attract**。

31 **specialize**★★
[`spɛʃəlˌaɪz]

v. 專攻,專門從事

Most of the programmers **specialized** in software design in college.

這些程式設計師大部分都在大學時期專攻軟體設計。

32 **apprehensive**★★
[ˌæprɪ`hɛnsɪv]
㊟ concerned 擔心的

adj. 擔心的,憂慮的

Many people feel **apprehensive** before an important job interview.

許多人在重要的工作面試前會感到憂慮。

33 **consultant**★★
[kən`sʌltənt]
㊟ consult v. 諮詢…

n. 顧問

Emma currently works in London as an interior design **consultant**.

Emma 目前在倫敦擔任室內設計顧問。

出題重點

常考語句	**consult + 專家** 諮詢…
	consult with + 身分對等的對象 和…商議、商談
	consult + 書籍/資料 查閱…

向 doctor 等專家諮詢時，consult 後面不加介系詞，但如果是和 friend 等身分對等的人商議的時候，要和介系詞 with 連用。也請記住表示「查閱書籍、資料」時不能加介系詞。

| 易混淆單字 | ┌ **consultant** 顧問 |
| | └ **consultation** 諮詢 |

主要以區分人物名詞 consultant 和抽象名詞 consultation 的形式出題。

³⁴entitle*
[ɪn`taɪtl]

v. 給…權利

Executives are **entitled** to additional benefits.
主管有獲得額外福利的權利。

 出題重點

| 常考語句 | **be entitled to + 名詞** 有得到…的權利 |
| | **be entitled to do** 有做…的權利 |

entitle 主要以和介系詞 to 或 to 不定詞連用的被動態出題。

³⁵degree*
[dɪ`gri]

n. 學位

A bachelor's **degree** in engineering is a requirement for this position.
工程學士學位是這個職位的必要條件。

³⁶payroll*
美 [`pe͵rol]
英 [`peirəul]

n. 薪水帳冊，發薪名單

Fifteen new employees were added to the **payroll** last month.
上個月，15 名新員工被加入薪水帳冊了。

出題重點

常考語句 **on the payroll** 是某公司的員工

是從「名列發薪名單中」的意義衍生的用法。

Sullivan Printing currently has 22 staff members on the **payroll.**

Sullivan Printing 公司目前有 22 名登記在案的員工。

---

³⁷**recruit***

[rɪ`krut]

n. 新進人員

園 recruitment n.
新進人員招募
recruiter n.
招募方，招募者

v. 招募（新進人員等）

The firm **recruits** promising graduates on a yearly basis.

這間公司每年招募前途看好的畢業生。

---

³⁸**certification***

⑱ [͵sɚtɪfəˋkeʃən]

⑲ [͵sə:tifiˋkeiʃən]

園 certify v. 證明
certified adj.
被證明的，有認證的
certificate n. 證書

credential(n).

n.（資格）證明

Obtaining accounting **certification** takes approximately a year.

取得會計證照需要大約一年。

出題重點

常考語句 **professional certification** 專業資格證明

a birth certificate 出生證明

請區分意思相近的 certification 和 certificate。certification 主要表示專業能力的資格證明，而 certificate（證書）可以用在資格證明以外的情況，例如 birth certificate 等一般的證書。

---

³⁹**occupation***

⑱ [͵ɑkjəˋpeʃən]

⑲ [͵ɔkjuˋpeiʃən]

園 occupy v. 佔據
（場所、職位等）
occupational adj.
職業上的
occupant n.
佔有者，居住者

圊 job, vocation 職業

n. 職業

Journalism is an interesting and challenging **occupation**.

新聞業是一種既有趣又具有挑戰性的職業。

出題重點

易混淆
單字 ┌ **occupation** 職業

└ **occupant** （住宅的）居住者，（土地的）佔有者

主要以區分抽象名詞 occupation 和人物名詞 occupant 的形式
出題。

[40]**wage***
[wedʒ]

● n. 工資，薪水

Workers with formal education may earn higher **wages** than
those without.

受過正式教育的勞工，可能會比沒受過正式教育的勞工獲得
更高的薪水。

 出題重點

易混淆
單字 **wage : salary : compensation**

請比較這三個有「薪水」意義的單字用法。

┌ **wage** 薪水

│ 主要表示藍領階級、以時間或月份計算的薪水。

├ **salary** 薪水

│ 主要表示白領階級、以整個年度計算的薪水。

└ **compensation** 補償，報酬

salary 或 wage 主要表示對於工作本身的酬勞，而
compensation 則包括除此之外的報酬。

（ex. injury compensation 傷害補償）

DAY 01 Daily Checkup

請把單字和對應的意思連起來。

01 applicant
02 impressed
03 training
04 meet
05 familiar

ⓐ 訓練
ⓑ 熟悉的，親近的
ⓒ 辨認，認出
ⓓ 滿足，符合
ⓔ 申請者，應徵者
ⓕ 感到印象深刻的

請填入符合文意的單字。

 新制多益會這樣出題！
名詞 skill 經常會跟 excellent、
useful 之類的形容詞一起出現。

06 Mark's _____ language skills helped him to get the job.

07 The _____ with a business major wants to work as a manager.

08 The store will _____ five people to work at the recently opened branch.

09 New employees _____ practical experience, so extra training is required.

ⓐ candidate　ⓑ excellent　ⓒ managerial　ⓓ lack　ⓔ hire

10 During the _____ , Jennifer was asked some difficult questions.

11 Only those who are proficient in programming are _____ to apply.

12 A _____ attitude is required to complete long-term projects successfully.

13 Veronica's greatest _____ was winning a profitable contract with Bethel.

ⓐ qualified　ⓑ diligent　ⓒ prospective　ⓓ interview　ⓔ achievement

Answer　1.ⓔ 2.ⓕ 3.ⓐ 4.ⓓ 5.ⓑ 6.ⓑ 7.ⓐ 8.ⓔ 9.ⓓ 10.ⓓ 11.ⓐ 12.ⓑ 13.ⓔ

新制多益基礎單字

LC		
☐ application form	phr. 申請書
☐ career	n. 職業，生涯
☐ completion	n. 完成
☐ fair	adj. 公平的
☐ graduation	n. 畢業
☐ in fact	phr. 事實上
☐ job fair	phr. 就業博覽會
☐ job offer	phr. 工作雇用通知
☐ list	n. 列表，名單；v. 列出
☐ newcomer	n. 新進成員
☐ part-time	adj. 兼職的
☐ previous job	phr. 上一份工作
☐ secretary	n. 祕書
☐ send in	phr. 遞交
☐ tidy	adj. 整齊的，整潔的
☐ trainee	n. 受訓者

desk tidy 筆筒 (handwritten note)

RC		
☐ apply for	phr. 申請…
☐ aptitude	n. 才能，資質
☐ be admitted to	phr. 被允許進入…
☐ be advised to do	phr. 被建議做…
☐ criteria	n. 標準（criterion 的複數形）
☐ decade	n. 十年
☐ employ	v. 雇用
☐ insufficient	adj. 不充分的，不足的
☐ minimum	n. 最低限度；adj. 最小的
☐ party	n. 團體；當事人；宴會
☐ plentiful	adj. 充足的
☐ profession	n. 職業

LC	□ achieve one's goal	phr. 達到某人的目標
	□ apprentice	n. 見習生，學徒，徒弟
	□ dress formally	phr. 穿著正式
	□ dressed in suit	phr. 穿西裝的
	□ figure out	phr. 想出，弄懂
	□ full time work	phr. 全職工作
	□ job opportunity	phr. 工作機會
	□ job search	phr. 求職，找工作
	□ job seeker	phr. 求職者
	□ lay out	phr. 展開，展示，擺出
	☑ letter of recommendation	phr. 推薦信
	□ pay raise	phr. 加薪
	□ practical experience	phr. 實際經驗
	□ proof of employment	phr. 在職證明書
	□ reapply	v. 再次申請
	□ recommendation letter	phr. 推薦信
	□ reference letter	phr. 推薦信
	□ send off to	phr. 寄出給…
	□ set up an interview	phr. 安排面試
	□ take an examination	phr. 接受測驗
	□ training center	phr. 訓練中心
	□ waiting room	phr. 等候室
	□ well-educated	adj. 受過良好教育的，有教養的
	□ work station	n. 工作站
	□ zealous	adj. 熱衷的，熱情的
Part 5, 6	□ cover letter	phr. 求職信
	□ devoted	adj. 奉獻自我的
	□ energetic	adj. 精力充沛的
	□ enthusiastic	adj. 熱情的
	□ excel	v. 勝過，優於（他人）
	□ exclude	v. 排除，除外
	□ fluently	adv. 流暢地
	□ get through	phr. 通過（測驗等）

☐ match	v. 和…相配、相稱	
☐ necessity	n. 需要，必要性	
☐ qualification	n. 資格，資格證明	
☐ relevant	adj. 有關的	
☐ sign up for	phr. 登記參加…，報名…	
☐ talented	adj. 有天賦的，有才能的	
☐ visiting	n. 參觀，拜訪	
☐ workforce	n. 勞動力，員工數	

Part 7	☐ address the audience	phr. 對聽眾演說
	☐ be influenced by appearance	phr. 被外表影響
	☐ bilingual	adj. 雙語的
	☐ curriculum vitae	phr. 履歷書
	☐ diploma	n. 畢業證書
	☐ endurance	n. 忍耐力
	☐ external	adj. 外部的
	☐ fluency	n. 流暢
	☐ fluent in	phr. 說某種語言很流利的
	☐ human resources	phr. 人力資源
	☐ improperly	adv. 不適當地
	☐ in a positive manner	phr. 積極地
	☐ in the field of	phr. 在…領域
	☐ inexperience	n. 沒經驗
	☐ lack confidence	phr. 缺乏自信
	☐ make A a regular habit	phr. 把 A 變成習慣
	☐ make a commitment to	phr. 為…奉獻，對…作出承諾
	☐ make a point of -ing	phr. 特意做…，重視做…
	☐ manpower	n. 人力
	☐ master's degree	phr. 碩士學位
	☐ novice	n. 新手，沒經驗的人
	☐ paycheck	n. 薪水，付薪水的支票
	☐ self-motivation	n. 自我激勵
	☐ send a notification	phr. 寄出通知
	☐ vacancy	n. 空位，職缺
	☐ wanted	adj. 被徵求的，被招募的
	☐ work history	phr. 工作經歷，就業史

新制多益900分單字

LC			
	☐ credential	n. 證書	certificate
	☐ firsthand	adj. 第一手的，直接的	
	☐ hiring committee	phr. 雇用委員會	
	☐ not to mention	phr. 更不用說…	
	☐ on occasion	phr. 偶爾	occasionally
	☐ overqualified	adj. 超過必要資格的，條件太好的	
	☐ screening	n. 篩選	

Part 5, 6			
	☐ lag	v. 落後，延遲	jet lag
	☐ on the waiting list	phr. 在候補名單上	
	☐ oriented	adj. 以…為方向的，以…為目的的	
	☐ pertaining to	phr. 與…有關	
	☐ questionably	adv. 可疑地	
	☐ regularity	n. 規律性，定期	
	☐ replenish	v. 補充，重新補足	supply provide
	☐ simplicity	n. 簡單，簡潔	
	☐ stellar	adj. 主要的，顯著的；星形的	central, major
	☐ versatile	adj. 多才多藝的；多功能的	skilled talented

Part 7			
	☐ adept	adj. 熟練的	
	☐ against all odds	phr. 不管遇到什麼困難	
	☐ command	n. 命令，指令，控制，控制權	
	☐ commensurate	adj. 相稱的	comparable, parallel, corresponding
	☐ computer literate	phr. 懂得使用電腦的	人
	☐ eagerness	n. 熱切	yearn
	☐ familiarize oneself with	phr. 使自己熟悉…	
	☐ increment	n. 增加，增額	
	☐ interpersonal skills	phr. 人際關係能力	
	☐ mindful	adj. 留心的	
	☐ preeminent	adj. 優秀的，卓越的	
	☐ preliminary	adj. 預備的，初步的	
	☐ prerequisite	n. 必要條件；adj. 必備的	
	☐ probationer	n. 試用人員	
	☐ sternly	adv. 嚴格地，嚴厲地	

literate (n)
literacy (n)

increase, growth.

DAY 02

服裝規定

規則、法律

只要知道主題，就能掌握新制多益！

　　在規則、法律的主題中，出題方向主要是規則、法律的説明文，規則、法律的變更通知等等。讓我們一起來認識規則、法律中經常出現的單字吧！

遵守服裝規定的社會

1 **attire****
美 [ə`taɪr]
英 [ə`taɪə]

● n. 服裝，衣著
Professional business attire is required of all staff giving presentations.
所有發表簡報的員工都必須穿著專業的商務服裝。

2 **code***
美 [kod]
英 [kəud]

○ n. 規範，慣例；密碼
Employees are expected to follow the dress code.
員工被希望能遵守服裝規範。

3 **concern*****
美 [kən`sɝn]
英 [kən`sə:n]
衍 concerning prep.
關於…
concerned adj.
擔心的，有關的
同 matter 問題，事情
worry 使擔心
involve 牽涉到…

● n. 擔心，憂慮
The board voiced concerns about safety at the meeting.
董事會在會議上說出了對於安全的憂慮。
Members violating rules have become a concern for club management.
違反規定的成員成為了俱樂部管理的一個問題。

v. 使…擔心；關係到，影響到
Citizens are concerned about the new trade protocol.
公民對於新的貿易協定感到擔憂。
The recent work hour change will not concern the design department.　最近的工時改變將不會影響到設計部門。

😮 出題重點

常考語句	**concern + about/over** 關於…的憂慮／擔心
	questions concerning 關於…的問題
	請熟悉和 concern 一起使用的介系詞 about, over。也會考 question 和介系詞 concerning 搭配的問題。concerning 的意思和 about, regarding 相同。
同義詞	**concern** 當名詞，表示問題、事情時，可以換成 **matter**；當動詞表示使擔心時，可以換成 **worry**；表示狀況或行動對某人造成影響時，可以換成 **involve**。

⁴ **policy***
美 [ˈpɑləsɪ]
美 [ˈpɔləsɪ]

n. 政策，規定；保險單

The employee benefit **policy** will be expanded next year.
員工福利政策明年將會擴大。

Companies must distribute health insurance **policies** to all workers.
公司應該將健康保險單發給所有員工。

⁵ **comply***
[kəmˈplaɪ]
衍 compliance n. 遵守

v. 遵守，遵從

Employees must **comply** with the regulations governing computer use.
員工必須遵守管理電腦使用的規定。

 出題重點

易混淆 單字 | **comply : observe : obey : fulfill**

請區分這四個有「遵守」意義的單字。

comply with 遵守，遵從（規則、要求等）

comply 是不及物動詞，要和介系詞 with 搭配使用。

observe 遵守（規則、要求等），觀察…

是及物動詞，所以不用介系詞，直接接受詞。

All operators of machinery must **observe** the safety guidelines.
所有操作機械者都必須遵守安全守則。

obey 遵從（指示等），服從（人）

是及物動詞，帶有服從他人的語感。

Staff must **obey** the director's specific requests.
員工必須服從主管的具體要求。

fulfill 滿足（條件等）

是及物動詞，帶有滿足特定條件的語感。

Staff are urged to **fulfill** their job requirements in a timely manner.
員工被催促要及時完成要求的工作內容。

6 regulation*

[ˌrɛgjəˈleʃən]

回 regulate v. 管理，控制（= control）

 n. 規定

Regulations regarding lunch breaks were established.
關於午休時間的規定已經建立了。

 出題重點

常考語句

safety regulations 安全規定

customs regulations 海關規定

因為規定通常有許多條，所以通常用複數形 regulations。

7 exception*

[ɪkˈsɛpʃən]

回 exceptional adj.
例外的，傑出的
exceptionally adv.
例外地，非常地
except prep.
除了…之外

n. 例外

Management decided not to make any **exceptions** to the rules.
管理階層決定不讓這些規定有任何例外。

 出題重點

常考語句

with the exception of 除了…以外

with very few exceptions 幾乎沒有例外

主要是考介系詞 with 的部分。

8 adhere*

美 [ədˈhɪr]

美 [ədˈhiə]

v. 遵守，堅持

All staff should do their best to adhere to the company's
policies.
所有員工都應該盡力遵守公司政策。

adhere to
omply

 出題重點

常考語句

adhere to + policies/rules/standards
遵守政策／規則／標準

adhere 是表示「遵守」的不及物動詞，後面要使用詞性為介系詞的 to。

9 severely*

美 [sə`vɪrlɪ]
英 [si`viəli]
衍 severe adj.
　嚴重的，嚴格的
同 sternly 嚴格地
反 leniently 寬大地

adv. 嚴格地，嚴重地

Those who share company data with outside parties will be **severely** punished.

將公司資料分享給外部人士者，將受到嚴格處罰。

10 refrain*

[rɪ`fren]

v. 克制，抑制

Guards should **refrain** from making personal calls during a shift.

警衛應該避免在值勤時打私人電話。

 出題重點

文法　**refrain from** 抑制⋯，避免做⋯

refrain 是不及物動詞，必須使用介系詞 from。

11 permission***

美 [pə`mɪʃən]
英 [pə`mɪʃən]
衍 permit v. 允許

n. 允許，許可

The CEO gave managers **permission** to hold a weekend workshop.

執行長給了經理們舉辦週末研討會的許可。

12 access***

[`æksɛs]
衍 accessible adj.
　可接近的，可利用的
　accessibility n.
　易接近性

n. 使用權，接近；通道

Only authorized personnel may gain **access** to client files.

只有經授權的員工才能得到客戶檔案的使用權。

There is direct **access** to the subway near our new office.

我們的新辦公室附近有直接往地下鐵的通道。

v. 接近，到達⋯

Click on the link to **access** the detailed job description.

請點連結查看詳細職務說明。

😀 **出題重點**

常考語句	**have access to** 有接近／使用…的權限
	access the documents 存取文件
	名詞 access 經常和介系詞 to 搭配使用。但請記住，動詞 access 是及物動詞，後面不能接介系詞 to。
易混淆單字	**access : approach**
	試題中會考表示「接近」的單字用法差異。
	┌ **access** 使用權，接近
	是不可數名詞，所以不用加冠詞。
	└ **approach** （對學問等的）接近、處理的方法
	是可數名詞，要加冠詞 an。
	A new **approach** to web design has been introduced.
	一個網頁設計的新方法獲得採用了。

---

¹³**thoroughly*****
美 [ˋθɝolɪ]
英 [ˋθʌrəlɪ]
派 thorough adj.
徹底的，完全的

thoroughly

adv. 徹底地；完全地，非常

Please read the user manual **thoroughly** before installing this software.
安裝這個軟體之前，請仔細閱讀使用者手冊。

The staff was **thoroughly** impressed with the new health insurance policy.
員工對新的健康保險政策印象非常深刻。

---

¹⁴**revise*****
[rɪˋvaɪz]
派 revision n.
修訂，變更

v. 修訂，變更（意見、計畫等）

The office's policies regarding vacations have been **revised**.
關於休假的辦公室（公司）政策已經修訂了。

---

¹⁵**approach*****
美 [əˋprotʃ]
英 [əˋprəutʃ]

n. 接近方法，處理方法

The manager has a strict **approach** to enforcing office regulations.
經理執行辦公室規定的方式很嚴格。

---

v. 接近，靠近

Police **approached** carefully to arrest the suspect.

警方小心接近，以逮捕嫌疑犯。

---

¹⁶**approval*****

[ə`pruvl]

衍 approve v. 認可
（↔ reject, turn down）

同 permission 許可，認可

 n. 批准，認可

Please obtain the supervisor's **approval** before purchasing supplies.

採購用品前請獲得主管批准。

😀 出題重點

> 常考語句 **obtain approval (for)** 獲得（對於…）的批准
>
> approval 主要和動詞 obtain 連用，介系詞後面接受詞（批准的事項）。

---

¹⁷**form*****

美 [fɔrm]

英 [fɔ:m]

v. 塑造，形成…

衍 formal adj.
正式的，形式的
formation n. 形成

 n. 種類，類型，形式

Visitors are required to present a **form** of identification to security guards.

訪客必須向守衛人員出示一種身分證明。

😀 出題重點

> 常考語句 **a form of identification** 一種身分證明
>
> 美國不像我國一樣發行身分證，而是用駕照等各種 form（形式）的 identification（身分證明），所以才會說身分證明是 a form of identification（一種身分證明）。

---

¹⁸**immediately*****

[ɪ`midɪtlɪ]

衍 immediate adj.
立即的

adv. 立即，馬上

Effective **immediately**, taxes will be automatically deducted from each paycheck.

稅金將從每次發放的薪資中自動扣除，此規定立即生效。

出題重點

常考語句	**immediately after** 在…之後馬上

immediately upon arrival 到達後馬上

immediately 經常和 after 或 upon arrival 等表示時間的詞語連用。

---

¹⁹**inspection*****
[ɪn`spɛkʃən]
衍 inspect v. 檢查，視察

n. 檢查，視察

The facility **inspection** should be conducted at least once a month.　設施檢查應該每月至少進行一次。

---

²⁰**arrangement*****
[ə`rendʒmənt]
衍 arrange v.
　安排，準備

n. 安排，準備，布置

The manager made **arrangements** for purchase of new machinery.　經理為新機械的採購做了安排。

 出題重點

常考語句	**make arrangements to do** 準備做…的安排

make arrangements for 為…做安排

arrangement 經常和動詞 make 連用，表示「準備，安排」的意思，請注意這時候必須使用複數形 arrangements。

---

²¹**procedure*****
魇 [prə`sidʒə]
魇 [prə`si:dʒə]
衍 proceed v. 進展，進行
procedural adj. 程序上的

n. 手續，程序

The **procedure** for patent applications is outlined on the APTO Web site.
APTO 網站上大略敘述了申請專利的手續。

---

²²**negative*****
[`nɛgətɪv]

adj. 負面的，消極的

The new vacation policy received **negative** feedback from the employees.　新的休假政策得到了員工的負面反應。

²³mandate***
[`mændet]

v. 使…成為必須（做）的，授權給…

The board of directors has **mandated** an increase for research funding.　董事會下令增加研究資金。

n. 授權，命令

Congress gave the committee a **mandate** to make budget cuts.
議會給了委員會刪減預算的權限。

²⁴effect***
[ɪ`fɛkt]
衍 effective adj. 有效的
effectively adv.
有效地

n.（法律等的）效力，效果，影響

The incentive policy will be in **effect** starting next week.
獎勵金制度將從下週開始生效。

v. 造成（結果）

He **effected** a sudden change in the company's expansion plan.
他對公司的擴張計畫做出了突然的改變。

 出題重點

常考語句　**in effect**（法律等）有效力的，實施的

　　　　come into effect 實施，生效

　　　　take effect（法律等）生效，實施

　　　　have an effect on 對…有影響

　　　　secondary effect 次級效應

　　　　effect 的慣用語很常考，所以請牢記這些慣用語。

文法　請區分 **effect**（n. 效果，影響）和 **effective**（adj. 有效的）的詞性。

同義詞　表示法律或規定實施而生效的慣用語 **put into effect** 可以換成 **apply**。

²⁵drastically**
[`dræstɪklɪ]
衍 drastic adj. 激烈的，極端的

adv. 激烈地，大幅地，徹底地

Fines for breaking rules have been **drastically** increased.
違反規則的罰金被大幅增加了。

²⁶**according to**** ●·········· phr. 根據…，依照…

All transactions must be handled **according** to the guidelines.
所有交易都必須依照指導方針處理。

²⁷**enable**** ○ v. 使…能夠（做某事）
[ɪn`ebl]

Jenny's promotion **enabled** her to participate in the board meeting.
升職使 Jenny 能夠參加董事會議。

²⁸**standard**** ● n. 標準
美 [`stændɚd]
英 [`stændəd]
衍 standardize v.
使標準化

The company must make changes to the current safety **standards**.
那間公司必須改變目前的安全標準。

²⁹**constant**** ● adj. 持續的，不斷的
美 [`kɑnstənt]
英 [`kɔnstənt]
衍 constantly adv.
不斷地

The store received **constant** inquiries about its new return policy.　這間店一直收到關於新退貨政策的詢問。

³⁰**act**** ○ n. 法案，法令；行為，行動
[ækt]

The new **act** makes it easier to file personal income tax forms online.
新法令使線上提交個人所得稅申報表更容易。

The **act** of merging with another company is complicated and takes a lot of time.
和另一家公司合併的行動很複雜，而且要花很多時間。

v. 擔當；行動

A lawyer always **acts** on behalf of his clients.
律師總是擔任代表自己客戶的人。

31 compensation**

美 [ˌkɑmpənˈseʃən]
英 [ˌkɔmpenˈseiʃən]
衍 compensate v.
　　賠償，報償

n. 賠償（金），報酬

Employees will receive **compensation** based on their performance and evaluation.

員工會得到根據工作表現和評價而定的報酬。

 出題重點

常考語句 **compensation for** 對於⋯的補償
請記住會和 compensation 連用的介系詞 for。

32 ban**

[bæn]

n. 禁止，禁令

The government placed a **ban** on carrying a large volume of liquid on board a plane.

政府禁止攜帶大量液體登機。

v. 禁止

The company **banned** the use of the Internet for personal purposes.

公司禁止為了個人目的使用網路。

33 obligation**

美 [ˌɑbləˈgeʃən]
英 [ˌɔbliˈgeiʃən]

n. 義務，責任

All researchers have an **obligation** to publish at least one paper every year.

所有研究員都有每年發表至少一篇論文的義務。

34 authorize*

[ˈɔθəˌraɪz]
衍 authorized adj.
　　經授權的
　　authorization n. 授權
　　authority n.
　　權力，當局

v. 批准⋯，授權⋯做某事

Allocations of funds must be **authorized** by management.

資金分配必須經過經營團隊批准。

😀 出題重點

> 常考語句 **an authorized service center** 授權服務中心
> **unauthorized reproduction** 未經授權的重製
> unauthorized（未經授權的）也很常考，請一併記起來。

³⁵prohibit*

[prə`hɪbɪt]
㊉ prohibition n. 禁止
㊀ forbid 禁止

v. 禁止

The museum **prohibits** visitors from taking pictures.
這間博物館禁止參觀者拍照。

😀 出題重點

> 常考語句 **prohibit A from -ing** 禁止 A 做…
> **forbid A + from -ing/to do** 禁止 A 做…
> prohibit 和 forbid 都有「禁止」的意思，但可用的句型不太一
> 樣。prohibit 的受詞後面接 from -ing，forbid 的受詞後面可以
> 接 from -ing 或 to 不定詞。

³⁶abolish*

㊎ [ə`bɑlɪʃ]
㊍ [ə`bɔlɪʃ]
㊉ abolition n. 廢除

v. 廢除（制度、法律等）

Congress decided to **abolish** taxes on imported fruit.
議會決定廢除對進口水果的課稅。

³⁷enforce*

㊎ [ɪn`fors]
㊍ [ɪn`fɔːs]
㊉ enforcement n. 執行

v. 執行，實施（法律）

All departments must **enforce** the no smoking policy.
所有部門都必須實施禁菸規定。

😀 出題重點

> 常考語句 **enforce regulations** 執行規定
> enforce 經常和表示法令、規則等意義的名詞搭配出題。

38 habit*

[ˋhæbɪt]

衍 habitual adj.
習慣性的

n. 習慣

Setting goals should be a regular **habit**.

設定目標應該成為一種經常的習慣。

39 legislation*

[ˏlɛdʒɪsˋleʃən]

衍 legislate v. 立法
legislator n.
立法者（議員等）

n. 立法；法律，法規

The committee unanimously voted for the new export limitation **legislation**.

委員會全體一致投票通過新的出口限制法規。

40 restrict*

[rɪˋstrɪkt]

衍 restriction n. 限制
restrictive adj. 限制的

同 limit 限制，限定

v. 限制，限定

Access is **restricted** to authorized personnel.

進入的權利僅限於得到授權的人員。（未經授權不得進入）

DAY 02 Daily Checkup

請把單字和對應的意思連起來。

01　access

02　approval

03　immediately

04　negative

05　approach

ⓐ　負面的

ⓑ　立即

ⓒ　處理方法

ⓓ　禁止

ⓔ　批准

ⓕ　使用權

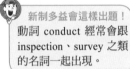

新制多益會這樣出題！
動詞 conduct 經常會跟
inspection、survey 之類
的名詞一起出現。

請填入符合文意的單字。

06　The accountant was _____ to use the company credit card.

07　A(n) _____ of office equipment will be conducted on Monday.

08　The new computer sign-in system will go into _____ tomorrow.

09　The proper _____ for reporting tardiness is described in the handbook.

ⓐ inspection　ⓑ effect　ⓒ authorized　ⓓ procedure　ⓔ concern

10　The _____ for the meeting will be carried out by the personnel department.

11　The head of the department has a(n) _____ to evaluate employees regularly.

12　Secretarial staff _____ reviewed the new work schedule before finalizing it.

13　The assistant will _____ the policy to reflect the result of the board meeting.

ⓐ obligation　ⓑ drastically　ⓒ revise　ⓓ thoroughly　ⓔ arrangements

Answer　1.ⓕ 2.ⓔ 3.ⓑ 4.ⓐ 5.ⓒ 6.ⓒ 7.ⓐ 8.ⓑ 9.ⓓ 10.ⓔ 11.ⓐ 12.ⓓ 13.ⓒ

新制多益基礎單字

LC		
	□ bend over	phr. 彎腰
	□ by oneself	phr. 獨自，獨力
	□ date	n. 日期
	□ get used to	phr. 習慣…
	□ if it's okay with you	phr. 如果你可以接受的話
	□ in case of	phr. 萬一…
	□ in rows	phr. 一排排地
	□ item	n. 項目
	□ legal	adj. 法律的，合法的
	□ let go	phr. 釋放，放開
	□ ruler	n. 尺
	□ stop	v. 停止
RC	□ busy	adj. 忙碌的
	□ curriculum	n. 課程
	□ dress	n. 服裝；v. 穿衣
	□ enough	adj. 足夠的；n. 足夠充分的數量
	□ finish	v. 結束，完成
	□ have a problem (in) -ing	phr. 做…時有問題
	□ large	adj. 大的，寬大的
	□ law firm	phr. 法律事務所
	□ loudly	adv. 大聲地
	□ plus	prep. 加上…，還有…
	□ protect	v. 保護
	□ seldom	adv. 很少（做…）
	□ theft	n. 竊盜
	□ try	v. 試圖，努力
	□ witness	n. 目擊者，證人
	□ write	v. 寫

by no means ⊝

新制多益800分單字

LC	☐ against the law	phr. 違法的
	☐ by all means	phr. 務必；當然可以 ⊕
	☐ by mistake	phr. 搞錯地，不小心
	☐ come to an end	phr. 結束
	☐ company regulations	phr. 公司規定
	☐ give directions	phr. 給予指示；指引方向
	☐ hold up	phr. 支撐，支持
	☐ if I'm not mistaken	phr. 如果我的了解沒錯的話
	☐ in progress	phr. 進行中的
	☐ keep in mind	phr. 記得，記在心上
	☐ legal counsel	phr. 法律諮詢
	☐ self-defense	n. 自我防禦，正當防衛
	☐ suspect	n. 嫌疑犯；v. 懷疑
	☐ take one's advice	phr. 接受某人的勸告
	☐ to one's advantage	phr. 對某人有利地
	☐ under control	phr. 在控制中
	☐ under the supervision of	phr. 在…的監督下
Part 5, 6	☐ abuse	n. 濫用 v. 濫用
	☐ alert	v. 提醒…注意；adj. 警覺的
	☐ assessment	n. 評價
	☐ at all times	phr. 隨時，永遠
	☐ authorization	n. 授權，委任
	☐ concerning	prep. 關於…
	☐ consideration	n. 考慮
	☐ declaration	n. 宣言，聲明
	☐ defensive *offend*	adj. 防禦的；保護的；保衛的
	☑ depiction	n. 描寫，敘述
	☑ disobedient	adj. 不服從的，違抗命令的；違反的
	☐ endure	v. 忍耐，忍受
	☑ exemplary	adj. 模範的，懲戒性的，示範的
	☐ ignore	v. 不顧，不理會，忽視
	☐ illegal	adj. 違法的
	☐ in accordance with	phr. 與…一致，依照…

□ indecisive	adj. 無法解決的；優柔寡斷的	
□ obey	v. 服從，遵守	
□ observance	n. 遵守	
□ on-site	adj. 現場的，就地的	
□ penalty	n. 處罰，罰款	
□ pointed	adj.（說話或表現等）尖銳的，深刻的，中肯的	
□ precious	adj. 貴重的	
□ principle	n. 原理，原則	
□ punishment	n. 處罰，刑罰	
□ regulate	v. 規定，調節	
□ restricted area	phr. 限制區	
□ restriction	n. 限制，限定	
□ safety inspection	phr. 安全檢查	
□ suppress	v. 鎮壓，阻止	
□ tensely	adv. 繃緊地，緊張地	
□ unauthorized	adj. 未經授權的	
□ with respect to	phr. 關於…	

Part 7

□ accuse	v. 控告，譴責	
□ assess	v. 評價	
□ attorney	n. 律師	
□ be absent from	phr. 缺席…	
□ be allowed to do	phr. 被允許做…	
□ by way of	phr. 經由…，藉由…	
□ distrust	v. 不信任；n. 懷疑	
□ from this day onward	phr. 從今天起	
□ have permission to do	phr. 有做…的許可	
□ in a strict way (= strictly)	phr. 嚴格地	
□ make clear	phr. 解釋清楚	
□ ministry	n.（政府的）部	
□ newly established	phr. 新成立的	
□ put into effect	phr. 使生效	
□ registration confirmation	phr. 登記確認	
□ stand over	phr. 監督	
□ warn	v. 警告	
□ without respect to	phr. 不顧…，不論…	

smock: a loose coverall reaching down to the ankle.

新制多益900分單字

LC		
	☐ commonplace	n. 尋常的事物；adj. 平凡的，普通的
	☐ protective smock	phr. 防護服
	☐ testimony	n. 證詞

Part 5, 6		
	☐ accordance	n. 一致，符合
	☐ compel	v. 強迫 =force
	☐ crucial	adj. 重要的
	☐ effortlessly	adv. 不費力地，輕鬆地
	☐ in observance of	phr. 紀念…
	☐ inadvertently	adv. 不慎地，不經意地
	☐ judicial	adj. 司法的，審判的
	☐ keenly	adv. 敏銳地，銳利地；強烈地；熱心地
	☐ lawsuit	n. 訴訟
	☐ observant	adj. 善於觀察的，遵守的
	☐ off-limits	adj. 禁止進入的
	☐ ordinance	n. 法令
	☐ pulled	adj. 撤回的，撤銷的
	☐ punctuality	n. 守時
	☐ reprimand	v. 訓斥，斥責
	☐ resolution	n. 決議，決心
	☐ stiff	adj. 硬的，僵硬的；嚴厲的
	☐ substantiate	v. 證實
	☐ trespass	v. 侵入（別人的土地）
	☐ violate	v. 違反

Part 7		
	☐ at the discretion of	phr. 由…裁定
	☐ bound	adj. 有義務的，一定要做什麼的
	☐ circumscribe =limit	v. 限制
	☐ enactment	n. 制定，法令
	☐ impeccable	adj. 無可挑剔的
	☐ infringement	n. 侵害
	☐ legitimate	adj. 合法的，正當的
	☐ petition	n. 請願書
	☐ when it comes to	phr. 說到…，關於…

只要知道主題，就能掌握新制多益！

在一般工作的主題中，出題方向主要是要求製作報告，或是期限變更、準備會議等等。讓我們一起來認識在一般工作的主題中經常出現的單字吧！

能者多勞

¹ **accustomed***
[ə`kʌstəmd]

adj. 習慣的

All our employees are **accustomed** to using the new design software.

我們所有員工都已經習慣使用新的設計軟體了。

 出題重點

> 文法 **be accustomed to -ing** 習慣做…
>
> accustomed 常和介系詞 to 連用，請注意 to 後面接的不是動詞原形，而是動名詞。

² **corporation***
美 [ˌkɔrpə`reʃən]
英 [ˌkɔ:pə`reiʃən]
衍 corporate adj.
法人的，公司的

n. 股份（有限）公司，法人

Delroy Lee heads a multinational telecommunications **corporation** based in Virginia.

Delroy Lee 領導一間總部位於維吉尼亞州的跨國電信公司。

 出題重點

> 文法 請區分 **corporation**（n. 法人）和 **corporate**（adj. 法人的）的詞性。請注意不要在應該使用名詞 corporation 的地方填入形容詞 corporate。

³ **demanding****
美 [dɪ`mændɪŋ]
英 [di`mɑ:ndiŋ]
衍 demand v. 要求

adj. 要求很多的，吃力的

Although Ms. Jenkins is a **demanding** supervisor, she has a reputation for being fair.

雖然 Ms. Jenkins 是一位很苛求的主管，但是她也有處事公平的好名聲。

⁴ **colleague*****
美 [`kɑlig]
英 [`kɔli:g]
同 associate, coworker, peer 同事

n.（工作上的）同事

Regular social activities can improve cooperation among **colleagues**.

定期的社交活動可以增進同事之間的合作。

⁵ **division*****

[də`vɪʒən]

衍 divide v. 劃分

n. 部門

The technician will transfer to the automobile **division** after training.

那位技師會在訓練後調到汽車部門。

 出題重點

易混淆
單字 **division : category : compartment**

測驗中會考有「區分」意義的單字用法差異。

division 部門

公司或政府的部門

category 分類

集合了一些相似事物的分類

The manual is divided into several **categories**.
這本手冊裡面劃分為幾個類別。

compartment 區劃，隔間

列車裡的小隔間或交通工具裡的置物櫃

Passengers are advised to keep their belongings in the overhead **compartment**.
建議乘客將隨身物品放置於艙頂置物櫃。

⁶ **request*****

[rɪ`kwɛst]

同 commission v.
委託…創作（藝術作品等）

n. 要求

Factory tours are available upon **request**.
只要申請就會提供工廠導覽。

v. 要求

Mike **requested** a copy of the contract from the sales director.
Mike 要求業務部部長給他一份合約複本。

出題重點

| 常考語句 | **upon request** 有人提出要求時 |

upon request 有人提出要求時

request for 對於…的要求

request that + 主詞 + 動詞原形 要求…做…

be requested to do 被要求做…

名詞 request 經常和介系詞 for 連用，但動詞 request 是及物動詞，所以不加介系詞，直接接受詞。動詞 request 後面接 that 子句時，請記得 that 子句的動詞要用原形。

---

7 **efficiently***

[ɪˋfɪʃəntlɪ]

㊧ efficient adj. 有效率的

efficiency n. 效率

adv. 有效率地

The software helps employees work more **efficiently**.

那套軟體幫助員工更有效率地工作。

---

8 **manage***

[ˋmænɪdʒ]

㊧ management n.

管理，經營團隊

manageable adj.

可管理的，可處理的

㊀ handle 處理

succeed 成功

v. 經營，管理；設法做到，勉強做到

The boss decided Colleen could **manage** the new store.

上司決定 Colleen 可以管理新的店面。

They **managed** to do the assigned work in time.

他們勉強及時完成了分配的工作。

 出題重點

常考語句

manage to do 設法做到…，勉強做到…

under the new management 在新的經營團隊下

manage 和 to 不定詞連用，表示「設法做到…」的意思。很多人知道 management 是「管理」的意思，但它也可以是集合名詞「經營團隊」。

文法　請區分 **manage**（v. 管理）和 **manageable**（adj. 可管理的）的詞性。

9 submit***

[səbˋmɪt]

衍 submission n.
提交，提交物

同 turn in, hand in 提交

v. 提交

Applicants should **submit** a résumé to the personnel manager.
應徵者應該將履歷表交給人事經理。

 出題重點

常考
語句

1. submit A to B 提交 A 給 B

submit 和介系詞 to 的部分都會考。

2. submit a résumé/receipt/recommendation/proposal
提交履歷表／收據／推薦信／提案書

submit 經常和 résumé, receipt, recommendation, proposal 等
表示資料或表格的名詞搭配出題。

10 directly***

美 [dəˋrɛktlɪ]
美 [daiˋrektli]

衍 direct v. 指導
adj. 直接的
direction n. 方向

adv. 直接地

All regional branches report **directly** to the head office in Washington.
所有地區分公司都直接向位於華盛頓的總公司報告。

 出題重點

常考
語句

report/contact/call + directly 直接報告／聯絡／打電話

directly 經常和 report, contact 等表示「報告」或「聯絡」的
動詞搭配出題。

11 remind***

[rɪˋmaɪnd]

衍 reminder n. 作為提醒
的事物，備忘錄

v. 提醒，使想起

Ms. Williams **reminded** Mr. Johnson of his lunch meeting.
Ms. Williams 提醒 Mr. Johnson 他的午餐會議。

出題重點

常考
語句

remind 人 + of 內容 / that 子句 提醒某人某事

remind 人 to do 提醒某人做某事

be reminded to do 被提醒做某事

remind 主要和介系詞 of 或 that 子句、to 不定詞連用。被動態
在測驗中也很常出現，不要忽略了。

---

[12]**instruct*****
[ɪn`strʌkt]
衍 instruction n. 指示
instructor n. 講師

v. 指示，教導

The manager **instructed** the staff to read the conference
materials beforehand.
經理指示員工事先閱讀會議資料。

---

[13]**deadline*****
[`dɛd͵laɪn]

n. 截止期限，最後期限

The team worked together closely and finished the project ahead
of the **deadline**.
那個團隊密切合作，在期限之前完成了專案。

---

[14]**sample*****
美 [`sæmpl]
美 [`sɑ:mpl]

n. 樣本，樣品，試用品

We need to prepare **samples** of our products for the fair.
我們需要為展覽會準備一些產品的樣品。

v. 試吃，抽樣檢查

The customer **sampled** some cake at the opening of the bakery.
那位顧客在烘焙坊開幕時試吃了一點蛋糕。

---

[15]**notify*****
美 [`notə͵faɪ]
美 [`nəutifai]
衍 notification n. 通知
同 inform 通知，告知

v. 通知，告知

All staff applying for leave must **notify** their supervisors in
writing.
所有申請休假的員工，都必須以書面方式通知上司。

常考
語句

notify : announce : reveal

測驗中會考表示「通知」的單字用法差異。

┌ **notify 人 + of 內容 / that 子句** 通知某人某事

notify 後面接人當受詞。

The manager **notified** some factory workers of the changed schedules.

經理向一些工廠員工通知變更的時間表。

├ **announce (to 人) that 子句** （向⋯）宣布⋯

announce 後面接宣布的內容，而通知的對象前面一定要加 to。

The director **announced** to shareholders that he would retire.

那位董事向股東宣布自己將會辭職。

└ **reveal 內容 (to 人)** 揭露／洩露⋯（讓⋯知道）

reveal 後面接很少人知道的祕密等等，而透露的對象前面一定要加 to。

Ms. Stone **revealed** her plans to the other managers.

Ms. Stone 向其他經理透露了她的計畫。

---

¹⁶**perform*****

🇺🇸 [pɚˋfɔrm]
🇬🇧 [pəˋfɔːm]
同 conduct 做，進行，實施
complete 完成

v. 執行，實施（工作、任務、義務等）

All work on the assembly line stopped while equipment repairs were being **performed**.

進行設備維修期間，組裝線上所有工作都停止了。

¹⁷**monitor*****

🇺🇸 [ˋmɑnətɚ]
🇬🇧 [ˋmɔnitə]
n. 監視器（螢幕）

v. 監視，監控，監督

The new director will **monitor** progress on the project.

新任主管將監督這個專案的進度。

18 deserve***

美 [dɪˋzɝv]
美 [dɪˋzəːv]
衍 deserved adj.
應得的（獎賞、懲罰、補償等）

v. 值得，應該得到

The person with the highest performance evaluation **deserves** the Employee of the Year Award.
業績評價最高的人，應該得到年度員工獎。

 出題重點

| 常考語句 | **well-deserved advancement** 應得的晉升 |

deserve 衍生的形容詞 deserved（應得的）也很常考。

19 assignment***

[əˋsaɪnmənt]

n. 工作，任務，作業

Walter took the **assignment** in India because he was promised a promotion there.
Walter 接受了在印度的工作，因為他得到了在那裡獲得升職的承諾。

20 entire***

美 [ɪnˋtaɪr]
美 [ɪnˋtaɪə]
衍 entirety n.
全部，全體

adj. 整個的

The **entire** team gathers every Monday morning to discuss plans for the week.
整個團隊會在每週一上午討論當週的計畫。

21 release**

[rɪˋlis]

v. 發表，公開

The company **released** its annual report.
那間公司發表了年度報告。

n. 發行，上市

The new clothing line will be ready for **release** by early next year. 新的服裝系列將會在明年初準備好上市。

 出題重點

| 常考語句 | **press release** 新聞稿 |
| | **release date** 發表日，（新產品）發售日、公開日 |

請記住 release 常考的複合名詞形式。

22 extension**

[ɪkˋstɛnʃən]

囹 extend v. 延長，延伸
extensive adj. 廣泛的

n. 延長，延期；（電話的）分機

The manager granted an **extension** of the deadline.

經理准許了截止日期的延期。

To reach Mr. Jackson, call our main office and press **extension** number 727.

聯絡 Mr. Jackson，請打電話到我們總公司後按分機號碼 727。

23 electronically**

働 [ɪˌlɛkˋtrɑnɪklɪ]
働 [ilekˋtrɔnikəli]
囹 electronic adj. 電子的

adv. 以電子方式（利用電腦、經由電腦傳輸）

It saves time and resources to send invoices **electronically.**

以電子方式寄送發貨單，可以節省時間和資源。

24 attendance**

[əˋtɛndəns]

囹 attend v. 出席，參加
attendant n.
服務員，侍者

n. 出席，出勤

Attendance records are taken into consideration when determining eligibility for promotion.

決定升職資格時，出勤紀錄會納入考量。

 出題重點

常考
語句

attendance records 出勤紀錄

a certificate of attendance 修業證書

attendance 和 records 形成複合名詞，請注意這時候使用的是複數形 records。

25 absolutely**

[ˋæbsəˌlutlɪ]

囹 absolute adj.
完全的，絕對的

adv. 絕對地，完全地

It is **absolutely** necessary that everyone on the board is in agreement with the plan.

董事會的每個人都同意那項計畫，是絕對必要的。

26 delegate**

v. [ˋdɛləˌget]
n. [ˋdɛləgɪt]
囹 delegation n. 代表團，（權限的）委任

v. 委任（權限等）

Managers must be skilled in **delegating** responsibilities to subordinates.　經理必須擅長把職責委任給下屬。

n. 代表

A **delegate** sent to the trade fair returned with a profitable business deal.

派往貿易展覽會的代表，帶回一筆很有利潤的交易。

 出題重點

易混淆
單字　─**delegate** 一名代表
　　　─**delegation** 代表團

請不要把表示一名代表的 delegate 和表示代表團的 delegation 搞混了。

²⁷**attentively****
[ə`tɛntɪvlɪ]

adv. 專心地，聚精會神地

Stockholders listened **attentively** as executives explained the company strategy.

主管們說明公司策略時，股東們注意聆聽。

²⁸**supervision****
美 [ˌsupɚ`vɪʒən]
英 [ˌsjuːpə`viʒən]
衍 supervise v. 監督
supervisor n.
監督者，主管

n. 監督

Close **supervision** ensures high quality.

密切的監督能確保高品質。

 出題重點

易混淆
單字　─**supervision** 監督
　　　─**supervisor** 監督者，主管

請區分抽象名詞 supervision 和人物名詞 supervisor。

²⁹**workshop****
美 [`wɝk ʃɑp]
英 [`wɜːkʃɔp]

n. 專題討論會，研討會

Mr. Kim was asked to speak at the **workshop** on Friday.

Mr. Kim 受邀星期五在研討會演講。

30 draw**

[drɔ]

同 attract 吸引，引起
（注意、興趣等）

v. 拉，吸引

The company's annual conference usually **draws** 800 employees from around the world.

那間公司的年會通常會聚集來自全世界的 800 名員工。

 出題重點

常考語句	**draw + praise/inspiration + from 人**
	得到來自某人的稱讚／靈感
	draw 會和 praise, inspiration 等表示稱讚、靈感的名詞連用。
同義詞	表示吸引人們前往的時候，**draw** 可以換成 **attract**。

31 revision**

[rɪˋvɪʒən]

衍 revise v. 修訂
revised adj. 修訂的

n. 修訂

The team manager will make **revisions** to the proposal.

團隊經理會對這個提案進行修訂。

 出題重點

常考語句	**make a revision** 修訂
	revised edition 修訂版
	revised policy 修訂過的政策
	過去分詞 revised 經常和 edition, policy 等名詞連用。

32 reluctantly**

[rɪˋlʌktəntlɪ]

adv. 不情願地，勉強地

Ms. Danvers **reluctantly** agreed to cut the advertising budget.

Ms. Danvers 勉強同意刪減廣告預算。

33 acquaint**

[əˋkwent]

衍 acquaintance n.
相識的人

v. 使…認識，使…熟悉

The training program **acquaints** new employees with company procedures.

這個訓練計畫讓新員工熟悉公司的作業程序。

出題重點

| 常考
語句 | **acquaint A with B** 使 A 熟悉 B（= familiarize A with B）
測驗中主要是考和 acquaint 搭配的介系詞 with 的部分。 |

---

³⁴**convey****

[kən`ve]

衍 conveyor n.
運輸／輸送用的東西

v. 傳達（事情）

The secretary urgently **conveyed** the message to the director.
祕書緊急將訊息傳達給主任。

 出題重點

| 常考
語句 | **convey A to B** 把 A 傳達給 B
請把和 convey 連用的介系詞 to 一起記下來。 |

---

³⁵**check****

[tʃɛk]

n. 檢查

同 inspect, examine
檢查

v. 檢查，查明；確認

Please **check** your computer regularly for disk errors.
請定期檢查您的電腦是否有硬碟錯誤。

Click this link to **check** for the latest updates.
點這個連結查看最近的更新。

出題重點

| 常考
語句 | **check A for B** 檢查 A 是否有 B
check for A 檢查是否有 A
check 經常以 check A for B 的句型出現在測驗裡，這時候
check 後面接檢查的對象，for 後面接檢查要找出來的東西。 |

---

³⁶**headquarters****

美 [`hɛd`kwɔrtəz]
英 [`hɛd`kwɔːtəz]

n. 總部，總公司

The company **headquarters** is located in London.
公司總部位於倫敦。

37 file**
[faɪl]
n. 檔案

v. 把…歸檔；正式提起或提出（文件、申請、告訴等）

Old accounting documents are **filed** in the storage room.
舊的會計文件被歸檔到儲藏室。

The department **filed** an insurance claim for the water damage in the conference room.
那部門針對會議室水災中所受的損害提出保險理賠申請。

 出題重點

常考
語句　**file a claim** 提出保險理賠申請

當動詞的 file 會和 claim 等表示要求的名詞搭配出題。

38 oversee**
美 [`ovɚ`si]
英 [`əuvə`si:]
同 supervise 監督

v. 監督

Natalie will **oversee** the office relocation process.
Natalie 會監督辦公室的搬遷過程。

39 involved*
美 [ɪn`vɑlvd]
英 [in`vɔlvd]
衍 involve v. 使產生關係
　　involvement n. 牽連

adj. 有關的，牽涉在內的

Dr. Mair was deeply **involved** in the decision-making process.
Dr. Mair 深入參與了決策過程。

 出題重點

易混淆
單字　**be involved in** 牽涉…，參與…

測驗中會考和 involved 搭配的介系詞 in 的部分。

40 concentrate*
美 [`kɑnsən͵tret]
英 [`kɔnsəntreit]
衍 concentration n.
　　集中，專注
　　concentrated adj.
　　（精神）集中的，
　　濃縮的

v. 集中，專注

The sales team **concentrated** on developing new strategies.
業務團隊專注於開發新的策略。

出題重點

常考
語句　**concentrate on** 專注於…

concentrate A on B 把 A 集中於 B

當不及物動詞時常用 concentrate on，當及物動詞時常用 concentrate A on B。測驗中常考介系詞 on 的部分。

DAY 03 Daily Checkup

請把單字和對應的意思連起來。

01　acquaint

02　draw

03　extension

04　deadline

05　submit

ⓐ　使⋯認識，使⋯熟悉

ⓑ　提交

ⓒ　拉，吸引

ⓓ　截止期限

ⓔ　發行，上市

ⓕ　延長；分機

請填入符合文意的單字。

> 新制多益會這樣出題！
> 動詞 listen 經常會跟 attentively、carefully 之類的副詞一起出現。

06　Randy's _____ schedule made him work all last week.

07　The interns listened _____ to the trainer's instructions.

08　Mr. Rose _____ a survey on the employees' working conditions.

09　The employees _____ to take a break for their efforts on the project.

ⓐ attentively　ⓑ performed　ⓒ deserve　ⓓ demanding　ⓔ oversee

10　A supervisor must be on hand to _____ the power station at all times.

11　Customer service staff attended a(n) _____ about handling complaints.

12　The _____ office facility is being renovated for the first time in 40 years.

13　Cheryl _____ agreed to work overtime because she had plans with friends.

ⓐ entire　ⓑ workshop　ⓒ reluctantly　ⓓ monitor　ⓔ convey

Answer　1.ⓐ 2.ⓒ 3.ⓕ 4.ⓓ 5.ⓑ 6.ⓓ 7.ⓐ 8.ⓑ 9.ⓒ 10.ⓓ 11.ⓑ 12.ⓐ 13.ⓒ

新制多益基礎單字

LC	□ a sheet of	phr. 一張…
	□ business card	phr. 名片
	□ cartridge	n.（印表機的）墨水匣
	□ daily	adj. 每天的；adv. 每天，天天
	□ edit	v. 編輯，校訂
	□ hand	n. 手；v. 傳遞
	□ in order to do	phr. 為了做…
	□ laptop	n. 筆記型電腦
	□ name tag	phr. 名牌
	□ on vacation	phr. 休假中的
	□ paper jam	phr.（影印機的）卡紙
	□ paperwork	n. 文書工作
	□ partition	n. 隔板，分割
	□ rush hour	phr.（上下班的）交通尖峰時段
	□ section	n. 部分，區域
	□ sheet	n. 一張紙，床單
	□ tabletop	n. 桌面
	□ telephone call	phr. 一通電話
	□ trash bin	phr. 垃圾桶
	□ upstairs	adj. 樓上的；adv. 往樓上，在樓上
RC	□ as if	phr. 彷彿…，好像…
	□ as well as	phr. 除了…還有／也
	□ be aware of	phr. 知道…
	□ be known as	phr. 以身為…為人所知
	□ be likely to	phr. 很可能…的
	□ detail	n. 細節
	□ offering	n. 提供的東西
	□ on one's own	phr. 獨自，獨力

alphabet

新制多益800分單字

LC

☐ adjust the mirror	phr. 調整鏡子（後視鏡）
☐ advance reservation	phr. 事先預約
☐ arrange an appointment	phr. 安排會面
☐ bulletin board	phr. 布告欄
☐ call back	phr. 回撥電話
☐ confused	adj. 困惑的，混亂的
☐ deadline	n. 截止期限，最後期限
☐ errand	n. 差事，任務
☐ extend an invitation	phr. 邀請
☐ get a permit	phr. 得到許可
☐ hand in	phr. 提交
☐ have a day off	phr. 休假一天
☐ have a long day	phr. 度過很勞累的一天
☐ head up	phr. 領導，帶頭
☐ in a hurry	phr. 急忙，匆忙
☐ in alphabetical order	phr. 按字母順序
☐ in luck	phr. 幸運的
☐ leave A up to B	phr. 把 A 交給 B 處理
☐ leave A with B	phr. 把 A 交給 B 處理
☐ listing	n. 列表，一覽
☐ make a call	phr. 打電話
☐ make a correction	phr. 修正，訂正
☐ make a final change	phr. 做最後的變更
☐ make a note of	phr. 把…記下來
☐ make an impression	phr. （使人）留下印象
☐ move ahead with	phr. 使…有進展
☐ on a business trip	phr. 出差中的
☐ on a weekly basis	phr. 以每週為單位
☐ on business	phr. 為了公事，因為工作（出差）
☐ on duty	phr. 值班的
☐ pick up the phone	phr. 接電話
☐ scrub	v. 用力擦洗，刷洗
☐ seal	n. 印章，封條；v. 密封

□ speak into the microphone	phr. 對麥克風講話	
□ speak on the phone	phr. 講電話	
□ stand in a line	phr. 排隊	
□ take a message	phr. （接電話時）記錄留言	
□ take apart	phr. 拆開；仔細檢查，仔細分析	
□ utility provider	phr. 公共服務提供者	

Part 5, 6

adept (a)

□ acquired	adj. 習得的	
□ adapt	v. 適應	
□ administer	v. 管理	
□ clerical	adj. 辦事員的；事務性的	
□ conclusive	adj. 決定性的，確實的	
□ delete	v. 刪除	
□ editorial	adj. 編輯的，社論的	
□ endless	adj. 無盡的，無休止的	
□ in one's absence	phr. 在某人不在的情況下	
□ on purpose	phr. 有目的地，故意地	
□ overseas	adj. 海外的；adv. 到海外	
□ perceive	v. 察覺，感知	
□ reminder	n. 提醒者，作為提醒的事物	
□ strive	v. 努力，奮鬥	
□ translate	v. 翻譯	

Part 7

□ boardroom	n. （董事會）會議室	
□ familiarize	v. 使熟悉	
□ in person	phr. 當面，親身	
□ including	prep. 包括…	
□ on time	phr. 準時	
□ panic	n. 驚慌，恐慌	
□ past due	phr. 過期的	
□ put forward	phr. 把…提前	
□ regard A as B	phr. 認為 A 是 B	
□ return one's call	phr. 回…的電話	
□ secretarial	adj. 祕書的	
□ take charge of	phr. 負責…	
□ take on responsibility	phr. 負起責任	
□ throw one's effort into	phr. 為…盡全力	

LC	□ arrange items on the shelf	phr. 把物品排列在架上
	□ call in sick	phr. 打電話請病假
	□ cover one's shift	phr. 代替某人值班
	□ day-to-day operation	phr. 日常營運
	□ in line with	phr. 與…一致，依照…
	□ officiate	v. 執行職務
	□ on hold	phr. 保留的，（電話）等待通話的
	□ set down to work	phr. 開始工作
	□ stay awake	phr. 保持清醒
	□ strew	v. 撒，使散落
	□ take the place of	phr. 代替…
	□ take turns	phr. 輪流
Part 5, 6	□ behind schedule	phr. 落後進度的
	□ condense	v. 濃縮，縮減（文章等）
	□ follow up on	phr. 追蹤…的情況
	□ in writing	phr. 以書面方式
	□ popularize	v. 使大眾化，普及
	□ productively	adv. 有生產力地
	□ sincerity	n. 真誠
	□ utilization	n. 利用，使用
Part 7	□ administrative	adj. 管理的，行政上的
	□ be affiliated with	phr. 隸屬於…
	□ conglomerate	n. 企業集團
	□ default	n. （債務）不履行，違約
	□ impending	adj. 即將到來的，臨近的
	□ proponent	n. 支持者，擁護者
	□ proprietor	n. （商店、土地等的）所有人
	□ site inspection	phr. 實地視察
	□ subordinate	n. 下屬，部下
	□ subsidiary	n. 子公司
	□ take initiative	phr. 帶頭，倡導，發起
	□ telecommute	v. 遠距離辦公

Hackers TOEIC Vocabulary

業務祕訣

一般工作（2）

只要知道主題，就能掌握新制多益！

　　在一般工作的主題中，出題方向主要是討論團隊內的工作行程、對新企劃的工作分配等等。讓我們一起來認識在一般工作的主題中經常出現的單字吧！

聰明伶俐！辦公室的寵兒！

1 lax*
[læks]
同 negligent
疏忽的，粗心的

adj.（行動等）鬆懈的，散漫的

As of late, the staff has been rather **lax** in turning in reports.

最近，員工在提交報告方面顯得有點散漫。

2 procrastinate*
[pro`kræstə‚net]
衍 procrastination n.
拖延
反 hurry, hasten 匆忙

v. 拖延

Mr. Jones **procrastinated** with his fund request and missed the deadline.

Mr. Jones 拖延資金申請，而錯過了最後期限。

3 combined*
[kəm`baɪnd]
衍 combine v.
使結合，使合併
combination n.
結合，組合
同 joint 聯合的，共同的

adj. 聯合的，結合的

Retail Specialists employs professionals with a **combined** experience of 30 years in sales.

Retail Specialists 公司雇用了在業務方面的資歷合計有 30 年的專家們。

 出題重點

> 常考
> 語句
> **combined experience** 合計資歷（年數）
> **combined effort** 共同的努力
> combined 經常和 experience, efforts 這種累積起來效果會增加的名詞連用。

4 accomplish*
美 [ə`kɑmplɪʃ]
美 [ə`kɔmplɪʃ]
衍 accomplishment n.
成就
accomplished adj.
熟練的，有造詣的
同 achieve, fulfill 達成

v. 達成

Careful planning is essential for **accomplishing** goals.

仔細的計畫對於達成目標是必需的。

 出題重點

> 常考
> 語句
> **accomplished author** 很有造詣的作家
> accomplished 經常和 author 等表示職業的名詞搭配出題。

adept
skilled
talented
& versatile

5 **voluntarily***
美 [ˈvɑlənˌtɛrəlɪ]
英 [ˈvɔləntərili]
衍 voluntary adj. 自願的
volunteer n.
自願者，義工
反 grudgingly
不情願地，勉強地

adv. 自願地，自動自發地

He **voluntarily** took on the challenging assignment in order to gain experience.

為了獲得經驗，他自願接下那個有挑戰性的任務。

6 **undertake***
美 [ˌʌndəˈtek]
英 [ˌʌndəˈteik]

v. 從事，承擔（工作）

She had to **undertake** the task on short notice.

她當時必須在突然通知後馬上接下工作。

7 **assume*****
美 [əˈsjum]
英 [əˈsjuːm]
衍 assumption n. 假設
同 presume 假設
take on, undertake
承擔（工作、責任等）

v. 假定，以為；承擔（責任、角色）

The management **assumes** employees are satisfied.

經營團隊假定員工是滿意的。

The marketing department will **assume** responsibility for the project.

行銷部將會負起那個專案的責任。

 出題重點

同義詞 當 **assume** 表示「假設某件事是事實」時，可以換成 **presume**；表示「承擔或負責某件事」時，可以換成 **take on** 或 **undertake**。

8 **occasionally*****
[əˈkeʒən̩lɪ]
衍 occasion n. 場合
occasional adj.
偶爾的

adv. 偶爾

Staff should **occasionally** take time to relax so they do not get tired.

員工應該偶爾花時間放鬆，才不會疲勞。

9 **employee*****
[ˌɛmplɔɪˈi]

n. 員工，受雇者

There are only three **employees** working under Ms. Anderson.

只有三名員工在 Ms. Anderson 手下工作。

10 assist***
[ə`sɪst]
衍 assistant n.
　助理，助手
　assistance n.
　協助，援助

v. 協助，援助

A staff member **assisted** with preparations for the conference.
一名員工協助了會議的準備工作。

 出題重點

常考語句　**assist with** 協助處理…
測驗中常考的題目是選擇和 assist 連用的介系詞 with。

11 satisfied***
[`sætɪsˌfaɪd]

adj. 感到滿意的，滿足的

Not everyone was **satisfied** with changes to the overtime policy.
不是每個人都對加班政策的改變感到滿意。

 出題重點

常考語句　**be satisfied with** 對…感到滿意
satisfied 會和介系詞 with 連用出題。

12 manner***
美 [`mænɚ]
英 [`mænə]

n. 方式；態度

Sean was annoyed by the **manner** in which his boss gave him orders.
Sean 因為上司下達指令的態度而生氣。

13 responsible***
美 [rɪ`spɑnsəbl]
英 [rɪ`spɔnsəbl]
衍 responsibility n.
　責任

adj. 應該負責的，負責任的

Businesses are **responsible** for ensuring customer satisfaction.
企業有責任確保顧客滿意。

 出題重點

常考語句　**be responsible for** 對於…有責任
hold A responsible for B 認為 A 應該對 B 負責
responsible 會和介系詞 for 連用出題。

┌─ **responsible** 應該負責的

└─ **responsive** 反應靈敏的

區別這兩個形態相似但意義不同的單字,是試題中會考的題目。responsive 經常以 be responsive to(對⋯反應靈敏)的句型出題,一定要記起來。

Sales personnel need to be **responsive** to shoppers' needs.
業務人員應該對購物者的需求反應靈敏。

---

14 conduct***

[kən`dʌkt]
n. 行為;處理,實施
美 [`kɑndʌkt]
英 [`kɔndʌkt]
同 carry out, perform
進行,執行

v. 進行(任務等)

IJMR Ltd.'s technology department will **conduct** the research study.
IJMR 公司的技術部門將進行調查研究。

 出題重點

常考
語句
conduct an inspection 進行檢查

conduct a seminar 籌辦研討會

conduct a research study 進行調查研究

conduct 主要和表示調查或研究的名詞搭配出題。

---

15 adjust***

[ə`dʒʌst]
衍 adjustment n. 適應,
調整
adjustable adj.
可調整的,可調節的
同 adapt 適應

v. 調整,適應

The employees quickly **adjusted** to the new e-mail system.
員工很快就適應了新的電子郵件系統。

 出題重點

常考
語句
adjust to 適應⋯

adjust A to B 使 A 適應 B

adjust 經常和介系詞 to 搭配出題。

同義詞 表示適應變化時,**adjust** 可以換成 **adapt**。

16 personnel***
@ [ˌpɝ-sn̩ˈɛl]
@ [ˌpɜːsəˈnel]

n.（總稱）員工，人員；人事部門

We often use an agency to find reliable temporary **personnel**.
我們經常利用仲介機構尋找可靠的臨時員工。

 出題重點

常考
語句
| **sales personnel** 業務（部）人員 |
personnel 主要和表示公司部門的名詞組合成複合名詞。

17 agree***
[əˈgri]
⑰ agreement n.
同意，協議

v. 同意

The team **agreed** on the recommendations of the advisor.
那個團隊同意了顧問的建議。

 出題重點

常考
語句
agree on + 意見 同意（意見），對⋯意見一致
agree to + 提案/條件 贊成⋯
agree + to 不定詞 同意做⋯
agree with + 人 同意某人
agree 經常和介系詞 on, to, with 或不定詞連用出題。

18 supervise***
@ [ˈsupɚˌvaɪz]
@ [ˈsjuːpəvaɪz]

v. 監督，指導

Ms. Wilson **supervises** the employees in sector B.
Ms. Wilson 監督 B 區的員工。

19 coworker***
@ [ˈkoˌwɝkɚ]
@ [ˈkəuˌwɜːkə]

n. 同事，共同工作者

Coworkers who live near each other often travel to work together.
住在彼此附近的同事經常一起通勤上班。

20 direct ***

美 [də`rɛkt]
美 [dai`rekt]
衍 direction n.
　方向，指示，指導
　director n.
　指導者，導演
　directly adv.
　直接，馬上

v. 引導，指揮，指導

The receptionist **directs** new employees to the auditorium where orientation will be held.

接待員引導新進員工到即將舉行新進人員訓練的禮堂。

 出題重點

常考語句　**direct A to B** 引導 A 到 B，為 A 說明怎麼去 B
　請記住和 direct 連用的介系詞 to。

21 confidential **

美 [͵kɑnfə`dɛnʃəl]
美 [͵kɔnfi`dɛnʃəl]
衍 confidentiality n.
　機密性
　confidentially adv.
　祕密地
同 classified, secret
　機密的

adj. 機密的，祕密的

Internal documents must be kept **confidential**.

內部文件必須保密。

 出題重點

同義詞　表示資料、資訊屬於機密時，**confidential** 可以換成 **classified** 或 **secret**。

22 assign **

[ə`saɪn]
衍 assigned adj.
　被分配的
　assignment n.
　課題，任務（＝task）

v. 分配，指派

The office manager **assigned** desks to the new recruits.

辦公室經理分配了座位給新進員工。

23 leading **

[`lidɪŋ]
n. 領導，帶領

adj. 領導的，領先的，主要的

Shepherd Inc. is a **leading** exporter in the wood furniture industry.

Shepherd 公司是木製家具業的主要出口商。

 出題重點

常考語句　**leading company** 領先的公司，主要的公司
　請記住 leading 在多益測驗中會出現的這個慣用語。

24 formal**
美 [ˈfɔrml]
英 [ˈfɔːməl]

adj. 正式的

The awards ceremony requires wearing **formal** business attire.
這場頒獎典禮要求穿著正式商務服裝。

25 remove**
[rɪˈmuv]

v. 去除，把…免職

The vice president was **removed** from his position because of a scandal.
那位副總裁因為醜聞而遭到免職。

🗣 **出題重點**

常考語句　**remove A from B** 把 A 從 B 去除，把 A 從 B 免職
請記住和 remove 連用的介系詞 from。

26 collect**
[kəˈlɛkt]

v. 收集，收取

The author **collected** management ideas from around the world for his book.
那位作者為了他的書收集了來自世界各地的管理理念。

27 coordinate**
美 [koˈɔrdṇet]
英 [kəuˈɔːdneit]
衍 coordinator n. 協調者
coordination n. 協調

v. 協調

The Chicago office **coordinated** the planning process.
芝加哥分公司協調了計畫過程。

28 hardly**
美 [ˈhɑrdlɪ]
英 [ˈhɑːdli]

adv. 幾乎不…

She was **hardly** ever late for her shift.
她值班幾乎不曾遲到。

出題重點

| 常考語句 | **hardly ever** 幾乎不曾…
hardly 會和表示強調的 ever 連用出題。 |
| 易混淆單字 | ┌ **hardly** 幾乎不…
└ **hard** 硬的，努力地
測驗會考這兩個形態相近的單字之間的意義差別。
The staff worked **hard** to meet the deadline.
員工為了趕上期限而努力工作。 |

---

[29]**abstract**＊＊
[`æbstrækt]

adj. 抽象的

Copland spent thousands of dollars on an **abstract** painting for the lobby.　Copland 公司花了數千美元在大廳的抽象畫上。

Ideals such as loyalty may seem **abstract**, so employees need specific examples.

像是「忠誠」這種理想可能看起來很抽象，所以員工需要具體的例子。

---

[30]**directory**＊＊
🇺🇸 [də`rɛktərɪ]
🇬🇧 [dai`rektəri]

n. 通訊錄；工商名錄；電話簿

The company **directory** shows where the marketing department is.　這份公司通訊錄顯示行銷部在哪裡。

---

[31]**accountable**＊＊
[ə`kaʊntəbl]

adj. 應負責任的

All employees are **accountable** for the duties they have been assigned to complete.

所有員工都有責任讓他們分配到的職責完成。

出題重點

| 常考語句 | **be accountable for A** 對 A 應負責任的
hold A accountable for B 認為 A 對 B 有責任
be accountable to A 對於 A 有說明義務的
請把和 accountable 連用的介系詞 for 和 to 記起來。 |

32skillfully**
[`skɪlfəlɪ]

adv. 巧妙地，熟練地

Brenda **skillfully** edited the report to fit on one page.
Brenda 巧妙地編輯報告，讓它符合一頁的大小。

33exclusive**
[ɪk`sklusɪv]

adj. 獨有的，排外的

Delegates with special passes have **exclusive** access to a tour of the facilities.
有特別通行證的代表，可以獨享參觀設施的權利。

34intention**
[ɪn`tɛnʃən]
同 intent n. 意向，
意圖；意思，含意
intend v. 打算…
intentional adj.
有意的
intently adv. 專注地

n. 意圖，意向

She had every **intention** of attending the conference, but could not.
她十分願意參加會議，但是無法參加。

 出題重點

常考語句	**have every intention of -ing** 十分願意做…
	會考選擇 intention 部分的題目。請注意表示目的的 purpose 或 objective 不能用在這個句型裡。
易混淆單字	┌**intention** （可數名詞）意圖，意向 └**intent** （不可數名詞）意圖，意向
	intention 是可數名詞，大多以 intention of -ing 的形式出題。
	intent 是不可數名詞，大多以 intent to do 的形式出題。
	The manager showed **intent** to buy new office furniture next month. 經理表現出在下個月購買新辦公室家具的意圖。

35transform**
美 [træns`fɔrm]
英 [træns`fɔːm]
同 transformation n.
變化，變形

v. 改變，轉變

Computerization has **transformed** the way companies do business.
電腦化改變了企業做生意的方式。

36 respectful*

[rɪ`spɛktfəl]

關 respect v. 尊敬
n. 尊敬
respectfully adv.
尊敬地
respectable adj.
體面的，得體的；
值得尊敬的

adj. 尊重的，尊敬的

Sales clerks are reminded to be **respectful** to all clients.
銷售員被提醒要尊重所有顧客。

 出題重點

常考語句 **respect for** 對⋯的尊重

with respect 尊重地

名詞 respect 經常和介系詞 for, with 一起出現。

37 duplicate*

美 [`djupləkɪt]

美 [`dju:plikit]

同 copy 副本

反 original 正本

n. 副本

A **duplicate** of each contract is kept in the company records.
每份合約的副本都保存在公司的紀錄中。

 出題重點

常考語句 **in duplicate** （文件）一式兩份地

make duplicates of 製作⋯的複本

duplicate 會以 in duplicate 等慣用語形式出現在測驗中，請熟記。

38 contrary*

美 [`kɑntrɛrɪ]

美 [`kɔntrəri]

n. 相反（的情況）

Techworld is in financial trouble, despite claims to the **contrary**.
Techworld 公司陷入財務困境，雖然他們聲稱情況正好相反。

 出題重點

常考語句 **evidence to the contrary** 證明事實正好相反的證據

on the contrary 正好相反，相反地

to the contrary 在名詞後面做修飾，表示「和什麼相反的」。

on the contrary 主要用在句首，表示轉折語氣「正好相反」。

³⁹disturbing*

(美) [dɪs`tɝ·bɪŋ]
(英) [dis`tə:biŋ]
disturb v. 打擾
disturbance n.
打擾，擾亂

adj. 令人不安的，令人焦慮的，煩擾人的
Shareholders found reports of the CEO's incompetence **disturbing.**
股東覺得關於執行長的無能的報告令人焦慮。

⁴⁰engage*

[ɪn`gedʒ]
(衍) engagement n.
會面的約定
（= appointment）
engaging adj.
有吸引力的，迷人的

v.（使）參加，（使）從事
Each worker was **engaged** in at least two projects.
每位員工都參與至少兩項專案。

 出題重點

常考
語句

engage in 參加…，從事…
be engaged in 參加…，從事…
當不及物動詞時用 engage in，當及物動詞時用 be engaged in
的形態。

⁴¹foster*

(美) [`fɔstɚ]
(英) [`fɔstə]

v. 促進，培養
Staff dinners helped **foster** better work relations.
員工聚餐幫助培養了更好的工作關係。

出題重點

易混淆
單字

foster : enlarge
區分這兩個單字的用法差異，是測驗中會考的題目。

foster 促進，培養
表示促進事情或培養關係。

enlarge 擴大，放大
表示擴大事物的大小。
The company will **enlarge** the parking lot.
公司將會擴大停車場。

⁴²**neutrality***

美 [nju`træləti]

美 [nju:`træliti]

衍 neutral adj. 中立的
n. (汽車排檔的) 空
檔，中立國
neutrally adv. 中立地

n. 中立，中立性

Managers must display complete **neutrality** in disagreements between employees.
在員工意見不合時，經理必須展現出完全的中立。

⁴³**widely***

[`waɪdlɪ]

衍 wide adj. 寬的
width n. 寬度
widen v. 使變寬
widening n.
擴大，擴張

adv. 廣泛地

Ben Hurley is a **widely** admired business leader.
Ben Hurley 是一位廣受敬佩的企業領袖。

 出題重點

常考
語句

1. be widely advertised 被廣泛宣傳的

widely admired 廣受敬佩的

widely 主要和 admired 等表示「受到肯定或關注」的單字
連用出題。

2. a wide range of 種類廣泛的…

形容詞 wide 會以 a wide range of 的形式出題。請注意這裡
的 wide 不能換成 high。

DAY 04 Daily Checkup

請把單字和對應的意思連起來。

01 assume
02 abstract
03 occasionally
04 responsible
05 directory

ⓐ 協助，援助
ⓑ 假定，承擔
ⓒ 通訊錄
ⓓ 抽象的
ⓔ 偶爾
ⓕ 應該負責的

新制多益會這樣出題！
助動詞之後要接原形動詞。
看著空格後面的名詞並選擇
與此名詞相配的動詞吧。

請填入符合文意的單字。

06 Members can _____ points and use them to get prizes.
07 The manager will _____ the move to the new building.
08 The software was _____ from the computers and reinstalled.
09 Allison _____ Mark with his report so he could finish it on time.

ⓐ supervise ⓑ assisted ⓒ collect ⓓ contrary ⓔ removed

10 The guest speaker had a pleasant _____ that participants enjoyed.
11 Managers are _____ for ensuring that projects remain on schedule.
12 Mr. Mills is one of the _____ figures in coaching management styles.
13 Thousands of _____ customers take advantage of our discounts daily.

ⓐ lax ⓑ satisfied ⓒ accountable ⓓ manner ⓔ leading

Answer 1.ⓑ 2.ⓓ 3.ⓔ 4.ⓕ 5.ⓒ 6.ⓒ 7.ⓐ 8.ⓔ 9.ⓑ 10.ⓓ 11.ⓒ 12.ⓔ 13.ⓑ

新制多益基礎單字

LC		
	☐ bookcase	n. 書櫃，書架
	☐ bookshelf	n. 書架
	☐ case	n. 情況
	☐ central office	phr. 中央辦公室
	☐ copy machine／*photocopier*	phr. 影印機
	☐ fax	n. 傳真
	☐ file folder	phr. 資料夾
	☐ greet	v. 向…打招呼，迎接…
	☐ handwriting	n. 字跡，筆跡
	☐ keypad	n.（電話、電腦等的）數字鍵盤
	☐ knife	n. 刀
	☐ log on to	phr. 登入…
	☐ online	adj. 網路上的；adv. 在網路上
	☐ photocopier	n. 影印機
	☐ photocopy	n. 影印的複件；v. 影印
	☐ print out	phr.（用印表機）列印
	☐ right away	phr. 馬上，立即
	☐ spell	v. 用字母拼出來
	☐ wrap	v. 包起來，包裝
RC	☐ fold	v. 摺疊
	☐ least	adj. 最小的，最少的
	☐ paper	n. 文件
	☐ planning	n. 計畫，策畫
	☐ post	v. 張貼，公布
	☐ press the button	phr. 按下按鈕
	☐ server	n. 服務生，（網路）伺服器
	☐ store opening	phr. 店面開幕
	☐ task	n. 任務，工作

(throw off) blindness 盲

脫

新制多益800分單字

LC	□ be satisfied with	phr. 對⋯感到滿意	
	□ be seated	phr. 入座，坐著	
	□ be surrounded by	phr. 被⋯圍繞	
	□ business contacts	phr. 業務上認識的人或公司	
	□ chairperson	n. 主席	
	□ copy editor	phr. 文字編輯	
	□ deep end	phr. 深水區；深深，極為	
	□ double-sided	adj. 雙面的	
	□ drawer	n. 抽屜	
	□ get one's approval	phr. 得到⋯的批准	
	□ halfway	adv. 在中途；adj. 中途的	
	□ hand over	phr. 交出⋯	
	□ in a pile	phr. 成一堆	batch.
	□ It could have been worse.	phr. 幸好情況沒變得更糟。	
	□ just in time	phr. 正好在時間內	
	□ literacy	n. 讀寫能力	read & write.
	□ litter	cat litter 貓砂 n. 垃圾；v. 亂丟垃圾，在⋯亂丟東西	
	□ make a selection	phr. 做出選擇	
	□ make room for	phr. 為⋯留出空間	
	□ out of paper	phr. 用完紙的 run out of	
	□ raise one's hand	phr. 舉手	
	□ report a problem	phr. 報告問題	
	□ sort	n. 種類；v. 分類	
	□ stationery	knife n. 文具類	
	□ take another look	phr. 再看一次	
	□ take A out	phr. 拿出 A	
	□ typewriter	n. 打字機	
	□ work in groups	phr. 分組進行工作	
	□ writing pad	phr.（筆記用的）便箋簿	
Part 5, 6	□ anticipation	n. 預期，期待	
	□ automobile	n. 汽車	
	□ be asked to do	phr. 被要求做⋯	
	□ be paid for	phr. 收到⋯的報酬	

□ be qualified for	phr. 有…的資格
□ casual	adj. 非正式的，休閒的
□ draft	v. 起草（計畫、文件等）；n. 草案，草稿，草圖
□ draw on	phr. 利用，依靠
□ excuse	n. 理由，藉口；v. 原諒，寬恕
□ head office	phr. 總公司
□ in anticipation of	phr. 預計到…，預料到…
□ in light of	phr. 考慮到…，鑒於…
□ instrument	n. 器具，儀器，樂器
□ popularly	adv. 一般地，普遍地
□ regarding	prep. 關於…
□ routinely	adv. 日常地，常規地
□ supplementary	adj. 增補的；補充的；追加的
□ work overtime	phr. 加班工作
□ workplace	n. 工作場所，職場

Part 7	□ acting	adj. 代理的；n. 演戲
	□ be full of	phr. 充滿…
	□ convert A to B	phr. 把 A 轉換成 B
	□ count on	phr. 依靠…，指望…
	□ do one's best	phr. 盡最大的努力
	□ fill with	phr. 用…填滿
	□ get along with	phr. 和…相處融洽
	□ go down the steps	phr. 下樓梯
	□ key to success	phr. 成功的關鍵
	□ lose one's temper	phr. 發脾氣
	□ make a copy	phr. 複印
	□ obsess about	phr. 對…執著、念念不忘
	□ overtime hours	phr. 加班時數
	□ personal effects	phr. 個人持有物，私人物品
	□ reunion	n. 團聚，重聚
	□ sales representative	phr. 銷售員，推銷員
	□ seamless (= without trouble)	adj. 無縫的，沒有接續問題的
	□ submit A to B	phr. 提交 A 給 B
	□ succeed in -ing	phr. 在做…方面成功
	□ time-consuming	adj. 很花時間的

新制多益900分單字

LC		
	□ bookkeeping	n.（會計）簿記
	□ have one's hands full	phr. 非常忙碌
	□ make an outside call	phr. 打外線電話
	□ motivation	n. 動機，誘因
	□ newly listed	phr. 新列入的
	□ prioritize	v. 優先處理，按優先順序處理
	□ sit in alternate seats	phr. 彼此隔著一個位子坐，交互入座
	□ written authorization	phr. 書面授權
	□ written consent	phr. 書面同意

Part 5, 6		
	□ acquaintance	n. 相識的人
	□ dimension	n. 尺寸，大小
	□ directive	adj. 指導的，指揮的
	□ discerning	adj. 有識別力的
	□ elegantly	adv. 優雅地
	□ expectant	adj. 期待著的
	□ invaluable	adj. 非常貴重的，無價的
	□ propel	v. 推進，推
	□ realization	n. 領悟，了解；實現
	□ recline	v. 斜倚，後傾，（座椅靠背）後仰
	□ repository	n. 貯藏處
	□ respective	adj. 各自的，分別的
	□ spontaneously	adv. 自發地，自然發生地
	□ trivial	adj. 瑣碎的，微不足道的
	□ turn in	phr.（業績、收益等的）上繳；（文件的）提出

Part 7		
	□ ambiance	n.（場所的）氣氛
	□ aspiration	n. 志向，抱負
	□ creditable	adj. 值得稱讚的，可尊敬的
	□ eminent	adj. 卓越的，名聲顯赫的
	□ endeavor	v. 努力，盡力
	□ entrust A with B	phr. 委託 A 處理 B
	□ on edge	phr. 急切的，忐忑不安的
	□ reach one's full potential	phr. 發揮最大的潛能

DAY 05

Hackers TOEIC Vocabulary

祕密武器

一般工作（3）

只要知道主題，就能掌握新制多益！

在一般工作的主題中，出題方向主要是與其他部門的工作協調、部門負責人間的資訊對話等等。讓我們一起來認識在一般工作的主題中經常出現的單字吧！

工會的祕密武器

因為沒有 sophisticated 的機器，timely 處理工作會有 realistically 的問題！

必須 promptly 購買設備才行！

但我們現在沒有 accessible 的資金。

不答應是嗎？！那就別怪我們用祕密武器了⋯

吱-

不買機器的話我就猛刮！

刮黑板！

啊！拜託快停下來啊！！好啦！我們會 implement 購買機器的計畫！

1 sophisticated*

- 美 [sə`fistə͵ketɪd]
- 英 [sə`fisti͵keitid]
- 衍 sophistication n.
  精密，老練
- 同 complex 複雜的
  refined 優雅的

adj.（機器）精密的，複雜的；高雅的

A **sophisticated** surveillance system was installed.
精密的監視系統已經安裝了。

The decorator exhibited a **sophisticated** taste in art.
這位室內裝潢師展現了高雅的藝術品味。

2 timely**

[`taɪmlɪ]

adj. 及時的，適時的

The report was completed in a **timely** manner.
那份報告及時完成了。

 出題重點

文法	**in a timely manner** 及時地
	測驗中會考選擇 timely 或介系詞 in 的部分的題目。

3 realistically*

- 美 [͵riə`lɪstɪk͵lɪ]
- 英 [͵riə`listikəli]
- 衍 realistic adj. 現實的
  realism n. 現實主義

adv. 實際上，在現實情況下

We cannot **realistically** expect to have the presentation ready on time. 現實來說，我們不能期望及時準備好簡報。

 出題重點

常考語句	**cannot realistically expect + to** 不定詞 / **that** 子句
	現實上不能期望…
	realistic + expectation/goal/alternative/chance
	符合現實的期望／目標／替代方案／機會
	realistically 主要和動詞 expect 搭配使用，而 realistic 會和 expectation, goal 等表示期望的名詞連用。

4 promptly***

- 美 [`prɑmptlɪ]
- 英 [`prɔmptli]
- 衍 prompt adj. 迅速的，
  及時的 v. 導致，促使
  （某事發生）
- 同 immediately,
  instantly 立即

adv. 迅速地；準時地

It is company policy to respond **promptly** to all inquiries.
迅速回應所有詢問是公司的政策。

The train will leave **promptly** at 4 p.m.
列車將於 4 點整出發。

出題重點

| 文法 | 請區分 **promptly**（adv. 迅速地）和 **prompt**（adj. 迅速的）的詞性。 |

| 易混淆
單字 | **promptly：abruptly**
表示「迅速」「突然」的單字用法差異，在測驗中會考。
┌ **promptly** 迅速地
│ 表示不拖延、迅速做某事時使用。
└ **abruptly** 突然地
表示意料之外的狀況忽然發生時使用。
The paper mill's owner **abruptly** declared bankruptcy today.　那家造紙廠的業主今天突然宣布破產。 |

5 **accessible**＊＊＊
 美 [æk`sɛsəbl]
 英 [ək`sesəbl]
 access n. 使用權，接近 v. 接近…
 accessibility n. 可接近性；（空間、網頁等）無障礙

adj. 可進入的，可利用的

The 18th floor is only **accessible** to executive staff.
18 樓只有主管級的員工可以進入。

Please make the manual **accessible** to all employees.
請把這本手冊編排得讓所有員工容易理解。

 出題重點

| 常考
語句 | **make A accessible to B**
讓 A 對 B 而言可以使用／容易理解
accessible by bus/subway/train
可以搭公車／地下鐵／火車前往的 |

6 **implement**＊＊＊
 美 [`ɪmpləmənt]
 英 [`implimənt]
 囫 implementation n. 實施
 同 carry out, execute 實施，執行

v. 實施，執行

Board members voted to **implement** an innovative marketing campaign.　董事會成員投票決定實施創新的行銷活動。

 出題重點

| 常考
語句 | **implement a plan** 實施計畫
implement measures 實施措施
implement 會和表示計畫、方法的名詞連用出題。 |

7 **feedback*****
[ˈfidˌbæk]

n. 回饋意見，反應

Feedback from colleagues can be of great assistance.
來自同事的回饋意見會有很大的幫助。

8 **outstanding*****
[ˈaʊtˈstændɪŋ]
同 exceptional
優秀的，非常傑出的
overdue, unpaid
逾期的，未付的

adj. 傑出的；（負債等）未償付的

The director presented an **outstanding** business plan.
那位董事提出了一個很優秀的事業計畫。

By clearing its **outstanding** debt, Cottonvale was able to
finance new product development.
藉由清償未付的債務，Cottonvale 公司得以為新產品開發投
注資金。

9 **inform*****
美 [ɪnˈfɔrm]
英 [inˈfɔːm]
衍 information n. 資訊
informative adj.
提供資訊的，有益的

v. 通知（某人）

Please **inform** the director that the meeting has been canceled.
請通知主任會議取消了。

 出題重點

易混淆
單字 │ **inform : explain**

表示「告知」的單字用法差異，在測驗中會考。

┌ **inform 人 + of 內容 / that 子句** 通知某人某件事

inform 後面接人物受詞。

└ **explain (to 人) that 子句** （向⋯）說明某件事

explain 後面接說明的內容，說明的對象前面要加 to。

The CEO **explained** to the board that the company was
in trouble.
執行長向董事會說明公司遇到了麻煩。

¹⁰replacement*** ●
[rɪˈplesmənt]

n. 代替；代替物，代替者

We need a **replacement** for this broken laptop.
我們需要這台壞掉的筆記型電腦的代替品。

Human resources is looking for a **replacement** for Mr. Winters.
人事部正在尋找接替 Mr. Winters 的人。

¹¹announcement*** ●
[əˈnaʊnsmənt]
衍 announce v. 宣布

n. 公告，宣布

Mr. Dane posted an **announcement** about the general meeting.
Mr. Dane 張貼了關於大會的公告。

¹²department*** ○
㊤ [dɪˈpɑrtmənt]
㊧ [dɪˈpɑːtmənt]

n.（組織、機構的）部門

Report payroll problems to the finance **department**.
請向財務部門報告發薪的問題。

¹³permanently*** ○
㊤ [ˈpɝmənəntlɪ]
㊧ [ˈpɜːmənəntli]
同 indefinitely 無期限地

adv. 永久地

The computer files have been **permanently** deleted and cannot be retrieved.
那些電腦檔案已經被永久刪除，而且無法回復了。

¹⁴fulfill*** ●
[fʊlˈfɪl]
衍 fulfillment n. 滿足
（感），實現履行
同 meet 滿足，符合

v. 滿足（條件等），履行（諾言、義務等）

The final product design **fulfilled** the terms of the contract.
最終的產品設計滿足了合約中的條件。

¹⁵outline*** ●
[ˈaʊtˌlaɪn]

n. 概要，大綱

Begin making the report by arranging the main ideas in an **outline.**
製作報告的時候，要先把主要的概念安排成一份大綱。

v. 概述，略述

The salesman **outlined** the features of the vacuum cleaner.
那位推銷員大略說明了吸塵器的特色。

[16] **explain*****
[ɪk`splen]
㈜ explanation n. 解釋，說明，給出的原因

v. 說明

The manager **explained** the new regulations to everyone in the department.
經理向部門裡所有人說明了新的規定。

[17] **contain*****
[kən`ten]
㈠ include 包含

v. 包含，容納

The filing cabinet **contains** copies of all our invoices.
那個檔案櫃裡放了我們所有發票的複本。

 出題重點

㈠義詞 當有「包含」的文意時 **contain** 可以用 **include** 來替換。此外，若 **contain** 表示「（情緒的）克制」或「遏制，制止」的意思時，可以用 **control**、**hold back** 來替換。

[18] **compile*****
[kəm`paɪl]

v. 匯編（資料等）；收集

The assistant **compiled** a list of tablet computer manufacturers.
那位助理匯編了一份平板電腦製造商的名單。

Ms. Atkins will **compile** all year-end reports and submit them to Ms. Woo.
Ms. Atkins 會收集所有的年度報告，並且提交給 Ms. Woo。

subsequent***
[`sʌbsɪ͵kwɛnt]

adj. 後來的，隨後的

Some employees received separation pay **subsequent** to the company's closing.
一些員工在公司停業後收到了遣散費。

出題重點

> 常考語句 **subsequent to** 在…之後
>
> 請記住和 subsequent 連用的介系詞 to。

---

20 overview***
- (美) [`ovəˌvju]
- (英) [`əuvəˌvju:]

n. 概要，概觀

Scott gave an **overview** of the topic before the presentation.
Scott 在簡報前說明了關於主題的概要。

---

21 provider***
- (美) [prə`vaɪdə]
- (英) [prə`vaidə]

n. 供應者，提供者

There are numerous Internet and cable **providers** in the city.
市內有許多提供網路與有線電視服務的業者。

---

22 matter***
- (美) [`mætə]
- (英) [`mætə]
- v. 有關係，要緊

n. 問題，事情

Please deal with personal **matters** outside the office.
請在辦公室外處理個人事務。

---

23 expertise**
- (美) [ˌɛkspə`tiz]
- (英) [ˌekspə:`ti:z]
- (衍) expert n. 專家

n. 專門知識，專門技術

This kind of project falls outside the firm's area of **expertise**.
這種案子在公司的專業領域範圍之外。

出題重點

> 常考語句 **have expertise in A** 有 A 方面的專業知識
>
> **area of expertise** 專業領域
>
> 請記住 expertise 在測驗中常考的慣用語。

²⁴demonstrate**

[`dɛmənˌstret]

衍 demonstration n.
證明，示範

同 prove 證明
explain 說明

v. 證明；（用模型、實驗等）說明；示範操作

Sales figures **demonstrate** that the advertising campaign was successful.

銷售數字證明廣告活動是成功的。

Our representative will **demonstrate** how to use the instrument.

我們的代表將會示範如何使用這台儀器。

 出題重點

易混淆單字	**demonstrate : display**

表示「展示」的單字用法差異，在測驗中會考。

┌ **demonstrate** 示範操作

一邊展示某個東西的實物，一邊進行說明。

└ **display** 展示，陳列

把某個東西展示出來，讓人能夠看到。

We will **display** several machines at the next trade show.
我們將在下次商展展出幾台機器。

²⁵remainder**

美 [rɪ`mendɚ]

英 [ri`meində]

衍 remain v.
剩下，保持…

remaining adj.
剩下的，剩餘的

同 balance 結餘

n. 剩餘（的東西）

Audits will continue throughout the **remainder** of the month.

會計稽核會在這個月剩餘的期間持續進行。

 出題重點

常考語句	**throughout the remainder of + 期間**

remainder 主要以 throughout the remainder of the month（在這個月剩餘的整個期間）這種用法出現在測驗中，表示一定期間裡剩餘的部分。

易混淆單字	┌ **remainder** 剩餘的東西 └ **reminder** 作為提醒的東西

區分這兩個形態相似但意義不同的單字，在測驗中會考。

Management issued a **reminder** to submit monthly reports by Friday.
經營團隊發出了提醒，要求在週五之前提交月報。

26 essential**
[ɪ`sɛnʃəl]

● adj. 必要的，不可或缺的，本質上的

Perseverance is **essential** to success in business.
堅持不懈的精神對於事業的成功而言是必要的。

🗣️ 出題重點

常考語句　**be essential to/for** 對於…是必要的
請把和 essential 連用的介系詞 to 和 for 一起記下來。

27 divide**
[də`vaɪd]
衍 division n.
　部門，分割
　dividend n.
　紅利，股息
同 break up 把…分開

● v. 劃分，分開

Required overtime will be **divided** equally among employees.
必要的加班時間會平均分配給員工。

🗣️ 出題重點

常考語句　**divide A into B** 把 A 分成 B
　　　　　be divided into 被分成…
divide 經常和介系詞 into 搭配出題，所以請一起記下來。

易混淆單字　**divide : cut**
請區分表示「分割」的單字用法差異。

　divide 劃分
　　表示把什麼東西分成幾個部分時使用。
　cut 削減
　　表示把什麼東西減少時使用。

The firm decided to **cut** 80 full time positions.
那間公司決定要裁掉 80 個全職工作。

28 major**
(美) [`medʒə]
(英) [`meidʒə]

● adj. 主要的，重大的

A **major** figure in publishing, Ms. Yarrow is highly influential.
身為出版界的重要人物，Ms. Yarrow 非常有影響力。

The new manager has had a **major** impact on productivity.
新的經理對生產力造成了重大的影響。

acting according to certain accepted standard,

²⁹ compliance **

[kəm`plaɪəns]
衍 comply v.
　　遵守（規定）

n.（對於命令、法規的）遵守

Government officials will inspect the plant's **compliance** with safety guidelines.

政府官員將視察工廠遵守安全方針的情形。

 出題重點

常考語句	**in compliance with** 遵守…
	out of compliance with 不遵守…
	請將 compliance 多益出題的表現方式記起來。

³⁰ clarify **

美 [`klærə͵faɪ]
英 [`klærɪfaɪ]

v. 闡明

The notice **clarified** some details of the vacation policy modifications.

那則通知詳細說明了一些關於休假政策修改的細節。

³¹ face **

[fes]
n. 表面，外表
同 confront 面對

v. 面對（問題等）；面向…，正對…

Businesses are **faced** with the challenge of foreign competition.
企業面臨國外競爭的挑戰。

The elevator **faces** the lobby of the building.
電梯正對著這棟建築的大廳。

³² follow **

美 [`fɑlo]
英 [`fɔləu]
衍 following prep.…之後
　　adj. 隨後的
同 monitor 監控
　　pay attention to
　　注意…
　　understand 了解

v. 跟隨…；密切注意；（清楚地）聽懂，了解

The guests **followed** the guide into the exhibition hall.
訪客們跟著導覽員進入了展覽廳。

Bill **followed** the conversations at the meeting closely.
Bill 很專注地聽會議上的對話。

The manager realized the staff was not **following** his talk.
經理發現員工沒有聽懂他說的話。

出題重點

易混淆單字 **follow : precede**

請區分表示「接在…之後」、「在…之前」的單字差異。

┌ **follow** 跟隨…，接在…之後

│ 表示跟在什麼後面。

└ **precede** 在…之前

表示順序在什麼之前。

An emergency consultation **preceded** the decision to sell the company.
在決定出售公司之前，先進行了緊急的諮詢。

同義詞 **follow** 表示密切注意某件事的進展時，可以換成 **monitor** 或 **pay attention to**；表示跟上或聽懂別人說的話時，可以換成 **understand**。

---

³³**aspect****
[ˋæspɛkt]

n. 觀點，方面

Every **aspect** of the problem must be taken into consideration.
這個問題的每個方面都必須加以考量。

---

³⁴**apparently***
[əˋpærəntlɪ]
圓 seemingly 表面上

adv. 看起來…，似乎

Apparently, Mr. Jones was not invited to this meeting.
Mr. Jones 似乎沒有受邀參加這場會議。

---

³⁵**aware***
美 [əˋwɛr]
英 [əˋwɛə]
衍 awareness n.
察覺，意識

adj. 知道的，意識到的

Workers should be made **aware** of safety procedures.
應該讓工人知道安全程序。

出題重點

常考語句 **be aware + of / that 子句** 知道…

aware 會和介系詞 of 或 that 子句連用出題。

36 extended*

[ɪk`stɛndɪd]

㊀ extend v. 延長，延伸
extension n. 延長，擴大

adj.（期間等）延長的，延伸的

The accounting department works **extended** hours on the first week of every month.
會計部在每個月的第一週會加班。

 出題重點

常考語句	**work extended hours** 加班
	extended lunch break 加長的午休時間
	在試題中，extended 經常修飾工作或用餐的時間。

37 accidentally*

[͵æksə`dɛntl̩ɪ]

㊀ accident n.
意外，事故
accidental adj.
偶然的

㊉ deliberately 故意地

adv. 意外地，偶然地

Alison **accidentally** made some errors in the financial statements.
Alison 在財務報表中意外犯了一些錯誤。

38 advisable*

㊍ [æd`vaɪzəbl̩]
㊍ [əd`vaɪzəbl̩]

㊀ advise v. 勸告
advice n. 勸告

adj. 可取的，明智的

It is **advisable** to update computer equipment regularly.
定期升級電腦設備是明智的做法。

39 concerned*

㊍ [kən`sɜ·nd]
㊍ [kən`sɔːnd]

㊀ concern n. 擔心 v. 使擔心，與…有關

adj. 擔心的；有關的

Management is **concerned** about security.
經營團隊對於安全感到擔心。

The report is mainly **concerned** with current investments.
這份報告主要和目前的投資有關。

 出題重點

易混淆單字	**be concerned about** 擔心…
	be concerned with 和…有關
	請注意會隨著使用介系詞 about 或 with 而有意義上的差異。

⁴⁰**speak***

[spik]

● v. 講話

Mr. Brooke **spoke** to his clients about a new venture.

Mr. Brooke 對他的客戶談論一個新創的事業。

 出題重點

易混淆
單字

speak : tell : say

表示「說」的單字用法差異，是測驗中會考的題目。

┌ **speak to 人 about 內容** 對某人談論某件事

speak + 語言 說某種語言

speak 通常是表示「對⋯說話」的不及物動詞，聽者的前面
必須加 to，但在 speak English 這種表示「說某種語言」的
情況，是當成及物動詞使用。

├ **tell 人 that 子句** 告訴某人某件事

tell 是第 4 類句型動詞，後面通常是接人物受詞和 that 子句。

Mr. Bennett **told** reporters that he would retire soon.

Mr. Bennett 告訴記者，說他很快就會退休。

└ **say (to人) that 子句**（對某人）說某件事

say 是第 3 類句型動詞，後面通常會接 that 子句當受詞，
而聽者前面一定要加 to。

The customer **said** to the clerk that he was happy with the
purchase.

顧客對店員說，他對購買的商品很滿意。

DAY 05 Daily Checkup

請把單字和對應的意思連起來。

01 outline   ⓐ   概述，略述

02 permanently   ⓑ   公告，宣布

03 announcement   ⓒ   回饋意見，反應

04 feedback   ⓓ   永久地

05 contain   ⓔ   迅速地；準時地

                          ⓕ   包含

> 新制多益會這樣出題！
> 被動態 was asked 後面常
> 接 to 不定詞。請仔細思
> 考此句的管理者被要求
> 要做什麼。

請填入符合文意的單字。

06 John will fill in as a _____ until someone else is hired.

07 The manager was asked to _____ the new leave policy to his staff.

08 Everyone must _____ the director of their preferred vacation dates.

09 The company is recruiting employees to work in its marketing _____ .

ⓐ department   ⓑ inform   ⓒ clarify   ⓓ replacement   ⓔ aware

10 Good organizational skills are _____ when planning an event.

11 The instruction manual will _____ how to put the desk together.

12 Ramps were installed in the building to make it _____ to wheelchair.

13 Programmers _____ comments about the updated version into one document.

ⓐ explain   ⓑ essential   ⓒ face   ⓓ accessible   ⓔ compiled

新制多益滿分單字　一般工作（3）

Cashier,

新制多益基礎單字

LC		
□ briefcase	n. 公事包	
□ business trip	phr. 出差	
□ come over	phr. 順道來訪	
□ counter	n. 櫃台 adj. 相反的	
□ e-mail	n. 電子郵件 v. 寄電子郵件	
□ filing cabinet	phr. 檔案櫃	
□ folder	n. 資料夾	
□ headache	n. 頭痛	
□ internship	n. 實習身分，實習期間	
□ redo	v. 重做	
□ routine	n. 例行事務 adj. 例行的	
□ table lamp	phr. 桌燈	
□ thanks to	phr. 多虧有…	
□ timetable	n. 時間表	
□ window display	phr. 櫥窗展示	

RC		
□ chief	adj. 首要的；首席的；n. 領導人；首領	
□ conceal	v. 隱藏	
□ correct	adj. 正確的 v. 修正	
□ economic	adj. 經濟的	
□ embrace	v. 擁抱、接受	
□ expected	adj. 預期的	
□ forum	n. 論壇，討論會	
□ instead of	phr. 代替…，而不是…	
□ mission	n. 任務	
□ programming	n.（電視、廣播的）節目編排；（電腦的）程式設計	
□ remaining	adj. 剩餘的	
□ rush	v. 匆忙行事	
□ unfortunately	adv. 不幸地，遺憾地	

LC		
□ archive	n. 檔案保管處，資料庫	
□ be unwilling to do	phr. 不願意做…	
□ be up late	phr. 熬夜到很晚	
□ blackout	n. 停電	
□ board meeting	phr. 董事會議	
□ board of directors	phr. 董事會	
□ cross one's arms	phr. 交叉手臂	
□ depressing	adj. 令人沮喪的	
□ drag	v. 拖，拉	
□ fold in half	phr. 對半摺	
□ fold up	phr. 摺疊起來	
□ frighten	v. 使驚嚇	
□ keep going	phr. 繼續維持，堅持下去	
□ long-term	adj. 長期的	
□ look up	phr. 查詢…，查找…	
□ look up to	phr. 尊敬…	
□ make a presentation	phr. 發表簡報	
□ make a revision	phr. 修訂	
□ make an error	phr. 犯錯	
□ meet the deadline	phr. 趕上截止期限	
□ meet the requirements	phr. 符合要求條件	
□ mess up	phr. 搞砸（計畫）	
□ My schedule doesn't permit it.	phr. 我的行程不允許（排不進去）。	
□ obvious	adj. 明顯的	
□ office supplies	phr. 辦公用品	
□ overlook	v. 忽視 =ump[e, look down.	
□ overnight	adv. 一整夜，一夜之間	
□ papers	n. 文件，論文	
□ proofread	v. 校對	
□ rearrange	v. 重新安排（行程），重新排列	
□ recondition	v. 修復	
□ rest one's chin on one's hand	phr. 用手托著下巴	
□ stool	n. （沒有椅背的）凳子	

□ timecard	n. 工作時間記錄卡，（打卡鐘用的）出勤卡	
□ wipe	v. 擦，拭去	
□ work additional hours	phr. 工作額外的時數（加班）	
□ work shift	phr. 輪班工作的時間	

Part 5, 6

□ burdensome	adj. 讓人負擔很重的，煩人的
□ circulate	v. （使）循環，（使）流通
□ commend	v. 稱讚
□ company	n. 同伴（們），朋友（們），結伴者；客人；公司
□ discourage	v. 使…洩氣，使…打消念頭
□ distraction	n. 讓人分心的事物，分散注意力的事物
□ failure	n. （機器之類的）故障
□ followed by	phr. 接下來是…，隨之而來的是…
□ interruption	n. 中斷，打擾
□ make sure	phr. 確認
□ mislabeled	adj. 貼錯標籤的，錯誤標示的
□ observant	adj. 善於觀察的，遵守的
□ persuade	v. 說服
□ proposed	adj. 被提議的
□ rephrase	v. 改用別的措詞表述

手寫註記：praise approve compliment acclaim

Part 7

□ concisely	adv. 簡潔地
□ disapproval	n. 不贊成
□ disapprove	v. 不贊成
□ do A a favor	phr. 幫 A 一個忙
□ do a good job	phr. 做得好
□ draw a distinction between	phr. 劃分…之間的區別
□ exposed	adj. 露出的，暴露的
□ intensive	adj. 集中的，密集的
□ problematic	adj. 成問題的，造成困難的
□ project coordinator	phr. 專案負責人
□ project management	phr. 專案管理
□ seating capacity	phr. 座位數，座位容量
□ take care of	phr. 照顧…，負責…
□ take on	phr. 接下（角色、工作）
□ tremendous	adj. 巨大的
□ under the new management	phr. 在新的經營團隊下

→ protective smock

新制多益900分單字

LC		
	□ astute	adj. 敏銳的，精明的
	□ bring along	phr. 帶著…，帶…過去
	□ compartment	n. 區劃，隔間
	□ give way to	phr. 對…讓步
	□ overwork	n. 過勞；v. 過勞
	□ put down	phr. 放下…，寫下…
	□ reach the solution	phr. 得出解決方法
	□ recharge	v. 再充電
	□ smock	n. 罩衫，作業服
Part 5, 6	□ accessibility	n. 可接近性，無障礙
	□ coordinator	n. 協調者
	□ customary	adj. 慣常的，習俗上的
	□ disrupt	v. 打斷，中斷，擾亂
	□ elevate	v. 使升高
	□ formality	n. 正式手續，禮節，俗套
	□ restraint	n. 限制，抑制
	□ sign out	phr. 簽名登記外出；（電腦）登出
	□ undeniable	adj. 無可否認的
	□ violation	n. 違反，違背
Part 7	□ aggravate	v. 使惡化，加重
	□ contingency	n. 意外事故，偶發事件
	□ draw the line at	phr. 在…劃線，拒絕做…以上程度的事
	□ draw up	phr. 起草（文件）
	□ evacuate	v.（從建築物、場所）撤離…
	□ in commemoration of	phr. 紀念…
	□ on probation	phr.（員工）在試用期中
	□ overestimate	v. 高估，估計過高
	□ privilege	n. 特權，優待
	□ restructure	v. 改組（企業）
	□ segregate A from B	phr. 把 A 從 B 隔離
	□ trigger	v. 觸發，引起
	□ wary of	phr. 對…小心謹慎

DAY 06

假日休息

休閒、社交

只要知道主題，就能掌握新制多益！

在休閒、社交的主題中，出題方向主要是各地區辦理活動的廣告、公司研討會、宴會的公告等等。讓我們一起來認識在休閒、社交的主題中經常出現的單字吧！

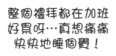

假日就是要休息啊！

整個禮拜都在加班好累呀…真想痛痛快快地睡個覺！

星期六

親愛的～我們講好今天去郵票 collection exhibition，然後去買東西對吧？

嗯

星期日

聽說今天 celebrity 樂團有 live 公演，improvise 歌曲和演奏非常 popular 呢！我們也一起去吧！

喔

粉碎

看完公演的晚上，為了流浪狗收容中心贊助金的 donation，我們還得去見 alumni。

粉碎 粉碎
粉碎
粉碎
粉碎
粉碎

假日拜託讓我休息一下吧！

1 collection***
[kəˈlɛkʃən]
衍 collect v. 收集
　 collector n. 收藏家
　 collectable n.
　 值得收藏的東西

n. 收藏品，收集的東西；（款項的）收取

The museum has a unique **collection** of stamps.
那間博物館有很獨特的郵票收藏。

Toll **collection** operates by means of an electronic system.
道路收費是藉由電子系統運作的。

 出題重點

常考
語句

1. ceramic tiles collection 瓷磚收藏

　　toll collection 道路收費

　　請記住 collection 在多益中會考的慣用語。

2. collect A from B 從 B 收集／收取 A

　　請把和 collect 連用的介系詞一起記下來。

易混淆
單字

—**collection** 收藏品（集合名詞）
—**collectable** 值得收藏的東西（單一物品）

區分這兩個形態相近但意義不同的單字，在測驗中會考。

2 exhibition*
美 [ˌɛksəˈbɪʃən]
美 [ˌɛksiˈbiʃən]
衍 exhibit v. 展示
　 n. 展示

n. 展覽

The gallery hosted an **exhibition** of urban scenic photographs.
那間藝廊主辦了一場城市風景的攝影展。

3 celebrity**
美 [səˈlɛbrətɪ]
美 [siˈlebriti]

n. 名人

Many **celebrities** attended the city's summer park festival.
許多名人參加了這個城市的夏季公園節慶。

4 live*
[laɪv]
v. 居住，生活 [lɪv]
衍 living adj. 活的，
　 活著的；現存的

adj. 現場表演的，（廣播、電視）直播的

Finnegan's café hosts a **live** music performance every Saturday.
Finnegan's 咖啡店每週六都會舉行現場音樂表演。

出題重點

易混淆
單字

live 現場的

alive 活著的

請記住 live 只能用來修飾名詞，而 alive 只能當成補語。

The bird is still **alive**. 那隻鳥還活著。

5 **improvise***

[`ɪmprəvaɪz]

圖 improvisation n.
即興演出

v. 即興演奏，即席演講，即興創作

The performers **improvised** a jazz melody.

演奏者們即興演奏了一段爵士旋律。

6 **popular***

（美）[`pɑpjələ]

（英）[`pɔpjulə]

圖 popularity n.
普及，流行

adj. 受歡迎的

Broadway musicals are so **popular** that they frequently go on

tour. 百老匯音樂劇很受歡迎，所以經常巡迴演出。

 出題重點

易混淆
單字

popular : likable : preferred : favorite

區分表示「受到喜愛」的單字用法差異，是測驗中會考的題目。

popular 受歡迎的

用來表示人事物有很多人喜愛。

likable 討人喜歡的

用來表示人事物令人產生好感。

Likable managers receive greater respect from staff.

討人喜歡的經理會得到員工更多的尊重。

preferred 被偏好的，比較好的

用來表示在一些東西之中，相對而言比較偏好的。

Please select your **preferred** means of transportation

below. 請在下面選擇您偏好的交通方式。

favorite 最喜愛的

用來表示在一些對象之中最喜愛的。

His **favorite** pastime is fishing.

他最喜愛的休閒活動是釣魚。

7 **donation***
(美) [do`neʃən]
(英) [dəu`neiʃən]
衍 donate v. 捐贈
　 donor n. 捐贈者
同 contribution 捐獻

n. 捐贈，捐獻

The library is accepting **donations** of children's books.
那家圖書館正在接受童書捐贈。

 出題重點

易混淆單字	┌ **donation** 捐贈 └ **donor** 捐贈者
	區分抽象名詞 donation 和人物名詞 donor 的題目，在測驗中會考。
文法	請區分 **donation**（n. 捐贈）和 **donate**（v. 捐贈）的詞性。

8 **alumni****
[ə`lʌmnaɪ]

n. 校友們，畢業生們

St. John's University **alumni** were invited to the graduation ceremony.
St. John's 大學的校友們受邀參加畢業典禮。

9 **present*****
v. [prɪ`zɛnt]
adj. [`prɛzn̩t]
衍 presentation n.
　 簡報，上演
　 presenter n.
　 贈送者；提出者
　 presently adv.
　 目前，現在

v. 提出，出示

Please **present** valid tickets at the door.
請在門口出示有效的門票。

adj. 現在的；出席的

The **present** owner of the resort intends to renovate it.
度假村的現任業主打算進行整修。

Famous athlete Matt London was **present** at the game.
知名運動員 Matt London 參加了那場比賽。

出題重點

常考語句	**present A with B** 向 A 提供 B **present B to A** 把 B 提供給 A 介系詞 with 後面接提供的事物，to 後面接提供的對象。

休閒、社交

01 02 03 04 05 DAY 06 07 08 09 10

Hackers TOEIC Vocabulary

10 admission***
[əd`mɪʃən]
衍 admit v. 准許…入場

n. 入場

Those wishing to visit the exhibit will be charged an extra **admission** fee.
想參觀展覽的人，會被收取（要支付）額外的入場費。

 出題重點

常考
語句
free admission 免費入場

admission + fee/price 入場費

請記住 admission 在多益中會考的慣用語。

11 banquet***
[`bæŋkwɪt]

n. 宴會

The hotel has facilities for large-scale wedding **banquets**.
這間飯店有供大規模婚宴使用的設施。

12 anniversary***
美 [ˌænəˈvɝsərɪ]
英 [ˌæniˈvɔːsəri]

n. 週年紀念日

The couple celebrated their 50th **anniversary** with a party.
這對夫妻開派對慶祝結婚 50 週年。

13 required***
[rɪ`kwaɪrd]

adj. 必要的，必需的

Proper swimming attire is **required** when using the hotel pool.
使用旅館的游泳池時，必須穿著適當的游泳服裝。

 出題重點

常考
語句
be required for 對於…是必要的

be required to do 必須做…

require 經常和介系詞 for 或 to 不定詞連用，主要考被動態。

***＝出題率最高　**＝出題率高　*＝出題率中

bench. 長椅

¹⁴succeed***

[sək`sid]

延 success n. 成功
successful adj.
成功的
successive adj.
接連的，連續的
successively adv.
連續地，相繼地

v. 成功；接著發生；繼任

Peggy **succeeded** in convincing her family to visit Hawaii.
Peggy 成功說服她的家人去夏威夷。

Mr. Chambers will **succeed** Ms. Shipman as head of the
Tourism Board after she retires.
Mr. Chambers 將在 Ms. Shipman 退休後接任觀光局長。

¹⁵rest***

[rɛst]

同 remainder 剩餘的東
西，其餘的人，殘餘

v. 休息

adv./adj.

Hikers can **rest** on the bench halfway up the hill.
健行者可以在半山腰的長椅上休息。

n. 休息；剩餘部分

The tour group had a **rest** before visiting the palace.
旅行團在參觀宮殿前休息了一下。

 出題重點

常考
語句 表示使用後剩下的東西，或者表示剩下的人時，**rest** 可以換
成 **remainder**。

¹⁶fund-raising***

[`fʌnd͵rezɪŋ]

n. 募款

Auctions are a popular form of **fund-raising**.
拍賣是一種很流行的募款形式。

¹⁷resume***

美 [rɪ`zum]
美 [rɪ`zju:m]

v. 繼續，重新開始

The play will **resume** after a short intermission.
舞台劇將會在短暫休息後繼續演出。

● Part 5,6 常見單字　○ Part 7 常見單字　　**休閒、社交** | 117

休閒、社交

01
02
03
04
05
DAY 06
07
08
09
10

Hackers TOEIC Vocabulary

¹⁸**issue★★★**

[ˋɪʃo]

v. 發行，發放
(= distribute)

同 edition（初版、再版）版本

○ n. （期刊的）一期；問題，爭議

Jack's cake recipe was in the April **issue** of *Baker Monthly*.
Jack 的蛋糕食譜刊登在《Baker Monthly》的四月號。

There are many perspectives on the **issue** of global warming.
關於全球暖化的問題，有許多的觀點。

 出題重點

常考語句　**common issue** 共同的問題

address an issue 處理（討論）問題

請記住 issue 在多益中會考的慣用語。

同義詞　表示雜誌等期刊的一次發行時，**issue** 可以換成 **edition**。

---

¹⁹**subscription★★★** ●

[səbˋskrɪpʃən]

衍 subscribe v. 訂閱

● n. （定期刊物的）訂閱

I would like to get a **subscription** to the *Weekly Herald*.
我想要訂閱《Weekly Herald》。

---

²⁰**appear★★★** ●

美 [əˋpɪr]

英 [əˋpɪə]

衍 appearance n. 出現

反 disappear 消失

● v. 出現，現身

The novelist **appeared** at the bookstore to sign autographs.
那位小說家現身書店進行簽名。

 出題重點

常考語句　**it appears that** 子句 似乎…

appear in court 出庭

請記住 appear 常考的慣用語。

---

²¹**accompany★★** ●

[əˋkʌmpənɪ]

● v. 陪同，伴隨

Mary **accompanied** her grandmother to the mall.
Mary 陪她的祖母一起去購物中心。

Be careful because strong winds often **accompany** rain in the mountains.　在山中強風通常伴隨著降雨而來，請小心。

²²**edition****
[ɪˋdɪʃən]

n.（出版品的）版本

A revised **edition** of the economics book will be published soon.
這本經濟學書籍的修訂版即將出版。

²³**specifically****
美 [spɪˋsɪfɪklɪ]
英 [spəˋsifikəli]

adv. 明確地，具體地；特別，特別地

The package terms **specifically** stated that guests would stay at a hotel. 套裝方案的條款明確說明賓客將會住在旅館。

Campgrounds around the lake are worth visiting, **specifically** the Milligan site.
湖周圍的營地很值得參觀，特別是 Milligan 營地。

²⁴**anonymous****
美 [əˋnɑnəməs]
英 [əˋnɔniməs]

adj. 匿名的，不具名的

The charity received \$6,000 from an **anonymous** donor.
那個慈善機構收到來自匿名捐贈者的 6,000 美元。

²⁵**commit****
[kəˋmɪt]
衍 commitment n.
投身，奉獻
同 dedicate 奉獻
devote 奉獻（自身、
努力、時間、錢等）

v. 奉獻，使致力於某事

The store is **committed** to providing excellent customer service.
這間店致力於提供優秀的顧客服務。

 出題重點

| 常考語句 | **be committed to -ing** 獻身於…，致力於…
這裡的 to 是介系詞，所以後面要接動名詞，在測驗中會考。 |

²⁶**informative****
美 [ɪnˋfɔrmətɪv]
英 [inˋfɔ:mətiv]
衍 inform v. 通知，告知
informed adj.
根據情報的
information n. 資訊

adj. 提供資訊的，有益的

The documentary was **informative** and interesting.
那部紀錄片既有知識性又有趣。

 出題重點

| 常考語句 | **informative + brochure/booklet** 很有益的摺頁／小冊子
informative 主要修飾 brochure, booklet 等印刷媒介。 |

27 audience** ['ɔdɪəns]

n. 聽眾，觀眾

The **audience** applauded the singer enthusiastically.
觀眾為那位歌手熱烈鼓掌。

28 author**
美 ['ɔθɚ]
英 ['ɔ:θə]

n. 作家，作者

All of the **author**'s short stories are popular.
這位作家的所有短篇故事都很受歡迎。

29 note*
美 [not]
英 [nəut]
n. 筆記
衍 notable adj.
　顯要的，顯著的
同 state （正式地）陳述

v. 注意到；提及

Please **note** the intricate details of the architecture.
請注意這棟建築物複雜精細的細節。

🦁 出題重點

同義詞 表示特別提到某事時，**note** 可以換成 **state**。

30 antique* [æn'tik]

n. 古董

Antiques are popular for home decor.
古董是很流行的家飾品。

31 manuscript* ['mænjə,skrɪpt]

n. 手稿，原稿

The author is working on several **manuscripts**.
那位作家正在處理幾份手稿。

32 beneficial*
美 [,bɛnə'fɪʃəl]
英 [,benɪ'fɪʃəl]
衍 benefit n. 利益
反 harmful 有害的

adj. 有益的，有利的

The organization's work is **beneficial** to the community.
這個組織進行的工作對社區有益。

出題重點

常考
語句
be beneficial for 人 對…有益
be beneficial to 對…有益
請把和 beneficial 連用的介系詞 for 和 to 一起記下來。

---

33 **upcoming***
[`ʌp͵kʌmɪŋ]
同 forthcoming
即將到來的

adj. 即將來臨的
A reporter spoke to a candidate for the **upcoming** election.
記者和接下來的選舉的一位候選人談話。

 出題重點

常考
語句
upcoming school year 即將到來的學年（下個學年）
upcoming event 即將舉辦的活動
upcoming mayoral election 即將進行的市長選舉

upcoming 經常和 year, event, election 搭配出題，請記下來。

---

34 **lend***
[lɛnd]

v. 借出
The library **lends** a variety of audio-visual materials.
這間圖書館出借多種視聽資料。

 出題重點

易混淆
單字
lend : borrow : rent
區分表示「借」的單字用法差異，是測驗中會考的題目。

┌ **lend** 借出
　用於借出東西而不收錢時。

├ **borrow** 借入
　用於免費借入東西時。
　We **borrowed** umbrellas at the front desk.
　我們在櫃台借了雨傘。

└ **rent** 租借
　用於以一定費用租借房屋或車輛時。
　Mark **rented** a car for the journey.
　Mark 為了旅行租了一台車。

35 current*

- 美 [`kɝənt]
- 英 [`kɔːrənt]
- 衍 currently adv. 目前
- 同 present 現在的
  valid 有效的

adj. 現在的，目前的；現行的，通用的

Current subscribers to the magazine will receive a free supplement.

雜誌目前的訂閱者將收到免費的別冊。

出題重點

易混淆單字 **current** 表示「現在的」時，可以換成 **present** 或 **contemporary**；表示「現行的、現在使用的」時，可以換成 **valid**。

36 local*

- 美 [`lokl]
- 英 [`ləukəl]
- 衍 locality n.
  場所，所在地
  locally adv. 局部地
  localized adj.
  當地的，局部的

adj. 地方的，當地的

The tournament will be held at the **local** high school.

錦標賽將在地方的高中舉行。

出題重點

常考語句 **local high school** 地方的高中，本地的高中

high school 可以視為複合名詞，所以請注意不是用副詞 locally 修飾 high，而是用形容詞 local 修飾整個名詞詞組。

37 variety*

- [və`raɪətɪ]
- 衍 various adj. 多樣的
  vary v. 變化，不同
- 同 range 範圍

n. 多樣性，變化

The newsstand sells a **variety** of magazines and newspapers.

這個報攤販賣多種雜誌與報紙。

出題重點

常考語句 **a (large/wide) variety of + 名詞複數形**（很）多樣的…

variety 會以 a variety of 的形式出題，這時候經常會搭配 large 或 wide。請注意 a variety of 後面要接名詞複數形。

38 **advocate***
[ˋædvəkət]
v. 擁護
反 opponent 反對者

n. 擁護者

The writer is an **advocate** of public education.
那位作家是公共教育的擁護者。

 出題重點

常考
語句
an advocate of …的擁護者
測驗中會考和 advocate 連用的介系詞 of 的部分。

39 **contributor***
名 [kənˋtrɪbjʊtə]
動 [kənˋtrɪbjutə]
衍 contribute v. 捐贈
contribution n.
捐贈，貢獻

n. 投稿人，捐贈者

The doctor is a regular **contributor** to the medical journal.
那位醫師是這份醫學期刊的定期撰稿人。

 出題重點

常考
語句
contributor to …的投稿人
contributor 經常和介系詞 to 連用出題，請一起記下來。

40 **defy***
[dɪˋfaɪ]
衍 defiance n. 反抗

v. 反抗；使（說明、描寫等）不可能

The documentary series **defies** conventional wisdom about fitness.
這系列的紀錄片挑戰了關於健康的傳統知識。
The play **defied** all description.
那齣舞台劇好到無法以言語形容。
（那齣舞台劇讓言語的形容變得不可能。）

 出題重點

易混淆
單字
defy description 難以形容
defy description 表示很特別而難以形容，或者好到令人難以置信的意思。這是多益常用的表達方式，請記起來。

41 fascinating*
- 美 [`fæsn̩ˌetɪŋ]
- 英 [`fæsineitiŋ]
- 衍 fascinate v. 使著迷
  fascination n. 魅力

adj. 迷人的，美妙的

Many **fascinating** pieces of art were on display.
許多迷人的藝術作品展示出來了。

 出題重點

常考語句
 ┌ **fascinating** 迷人的
 └ **fascinated** 著迷的

fascinating 是形容令人著迷的人事物，而 fascinated 是形容因為某個對象感到著迷的人。請區分兩者差異，不要搞混。

42 showing*
- 美 [`ʃoɪŋ]
- 英 [`ʃəuiŋ]

n.（電影、舞台劇等的）上映，上演；展示

We attended the premiere **showing** of the Rita Garner movie.
我們參加了 Rita Garner 的電影首映會。

There will be another **showing** of this artist's work.
會有另外一場展示這位藝術家作品的展覽。

DAY 06 Daily Checkup

請把單字和對應的意思連起來。

01 celebrity   ⓐ 作家
02 accompany   ⓑ 名人
03 author   ⓒ 多樣性
04 present   ⓓ 必需的
05 required   ⓔ 出示
                        ⓕ 陪同，伴隨

請填入符合文意的單字。

> 新制多益會這樣出題！
> 介系詞 at 之後常常會接 banquet、seminar 等帶有某種活動意思的名詞。

06 The city hospital is celebrating its 100th _____ .
07 Steak and cocktail will be served at the _____ .
08 _____ was conducted by the school for a new gym.
09 All the _____ applauded after the musical performance.

ⓐ audience   ⓑ fund-raising   ⓒ subscription   ⓓ anniversary   ⓔ banquet

10 Ms. Williams _____ Mr. James as director after he retired.
11 Bob _____ himself to helping with organizing the charity event.
12 The basketball team _____ after a three-hour training session.
13 The sightseeing tour will _____ immediately after the lunch break.

ⓐ resume   ⓑ committed   ⓒ improvise   ⓓ succeeded   ⓔ rested

Answer   1.ⓑ 2.ⓕ 3.ⓐ 4.ⓔ 5.ⓓ 6.ⓓ 7.ⓔ 8.ⓑ 9.ⓐ 10.ⓓ 11.ⓑ 12.ⓔ 13.ⓐ

新制多益滿分單字　休閒、社交

新制多益基礎單字

LC		
	□ backpack	n. 背包
	□ bike	n. 腳踏車，摩托車
	□ cabin	n. 飛機機艙，小木屋
	□ climb a mountain	phr. 爬山
	□ film festival	phr. 電影節
	□ fishing	n. 釣魚
	□ gallery	n. 藝廊
	□ invitation	n. 邀請
	□ lawn	n. 草坪，草地
	□ paint	n. 顏料；v. 繪畫
	□ painting	n. 繪畫
	□ play cards	phr. 玩撲克牌
	□ public library	phr. 公共圖書館
	□ race	n. 賽跑，競賽；v. 競賽
	□ resort	n. 度假村
	□ theater	n. 戲院
	□ watch a film	phr. 看電影
RC	□ adventure	n. 冒險
	□ art museum	phr. 美術館
	□ begin	v. 開始
	□ bring	v. 帶來
	□ care for	phr. 照料…，喜歡…
	□ concert	n. 音樂會，演唱會
	□ length	n. 長度
	□ leisure	n. 休閒，閒暇
	□ librarian	n. 圖書館館員
	□ menu	n. 菜單，供應的餐點，選單
	□ sightseeing	n. 觀光

propel / sever

LC

□ amusement park	phr.	遊樂園
□ ancient history	phr.	古代歷史
□ artifact	n.	人工製品，文物
□ auditorium	n.	禮堂
□ be booked up	phr.	被預約滿了
□ box office	phr.	售票處；（電影）票房
□ cheerful	adj.	高興的，令人愉快的
□ choir	n.	唱詩班
□ entertain	v.	娛樂，招待，款待
□ flower arrangement	phr.	插花（作品）
□ flower bed	n.	花圃
□ go to a film	phr.	去看電影
□ grip	v.	緊握，緊抓
□ have a race	phr.	賽跑，競賽
□ jog along the street	phr.	沿著街道慢跑
□ musical instrument	phr.	樂器
□ oar	n.	槳，櫓；v. 划動，划行
□ oil painting	phr.	油畫
□ outdoor	adj.	戶外的
□ paddle	v.	用槳划船；用手、腳划水游泳；n. 槳
□ premiere	n.	首映，首演
□ rake leaves	phr.	（用耙子）耙樹葉
□ recreational activity	phr.	娛樂活動
□ right	n.	權利；adj. 對的
□ running time	phr.	（電影）片長
□ sail a boat	phr.	坐帆船航海
□ slide down	phr.	滑下去
□ splash	v.	濺，潑（水）
□ sport tournament	phr.	體育競賽
□ stadium	n.	體育場
□ stay up	phr.	熬夜
□ stroll	v.	散步，閒逛
□ take a break	phr.	休息一下

premium (a.)
premiere (v.)

stroll around

休閒、社交

01 02 03 04 05 **DAY 06** 07 08 09 10

Hackers TOEIC Vocabulary

☐ take A for a walk	phr. 帶 A 去散步	
☐ take a photograph	phr. 拍照片	
☐ take a walk	phr. 散步	
☐ take great pleasure	phr. 很喜歡，很樂意	
☐ touch up a photograph	phr. 修飾照片	
☐ vacation package	phr. 套裝度假方案	
☐ wait for seats	phr. 等待座位	
☐ wait in line	phr. 排隊等候	
☐ water the plants	phr. 為植物澆水	

Part 5, 6		
☐ amuse	v. 娛樂，使開心	
☐ artistic	adj. 藝術的	
☐ donate	v. 捐贈	
☐ even though	phr. 即使…，雖然…	
☐ exhibit	n. 展示（會）；v. 展示	
☐ exist	v. 存在	
☐ free admission	phr. 免費入場	
☐ make oneself at home	phr. 把這當自己家一樣	
☐ municipal	adj. 市的，市立的	
☐ several	adj. 幾個的	
☐ spectator	n.（體育賽事的）觀眾	
☐ usher	n.（典禮、電影院等帶位的）引導員	
☐ win a contest	phr. 在競賽中獲勝	

Part 7		
☐ admission to	phr.（場所）的入場	
☐ contestant	n. 參加競賽者	
☐ delight	n. 愉快	
☐ do one's hair	phr. 做頭髮	
☐ enjoyable	adj. 有樂趣的，令人愉快的	
☐ group rate	phr. 團體價	
☐ head for	phr. 前往…	
☐ out of order	phr. 故障的	
☐ periodical	n. 期刊；adj. 週期性的	
☐ playing field	phr. 運動（比賽的）場地	
☐ register for	phr. 登記、報名參加…	
☐ show up	phr. 出現，出席，現身	
☐ take a tour	phr. 參觀，遊覽	

enthusiastically promote鼓勵 ✓

新制多益900分單字

LC	☐ be in line	phr. 排隊	
	☐ for a change	phr. 為了改變一下	
	☐ pass the time	phr. 消磨時間	
	☐ pose	v. 擺姿勢；n.（拍照的）姿勢	
	☐ stay tuned	phr. 鎖定頻道	
	☐ vacate *vacancy vacate*	v. 空出（房屋或房間）	
Part 5, 6	☐ appreciative	adj. 感謝的	
	☐ casually	adv.（服裝）休閒地，非正式地	
	☐ enlightening	adj. 有啟發性的 *inspirational*	
	☐ enthusiastically	adv. 熱情地，熱心地	
	☐ excellence	n. 優秀，卓越	
	☐ excursion *getaway*	n. 遠足，短途旅行	
	☐ festivity	n. 慶典，慶祝活動	
	☐ flock	v. 聚集，群集，蜂擁；n. 一群（人、羊、鳥等）	
	☐ intriguingly	adv. 有趣地；讓人引起好奇心地	
	☐ leg room	phr.（在汽車等交通工具）腿部的空間	
	☐ mural *wall painting*	n. 壁畫	
	☐ portrait	n. 肖像畫	
	☐ publication	n. 出版，出版品	
	☐ sculpture	n. 雕塑品	
	☐ transferable	adj. 可轉移的，可轉讓的	
	☐ unsanitary	adj. 不衛生的	
Part 7	☐ be in the mood for -ing	phr. 有做…的心情	
	☐ botanical garden	phr. 植物園	
	☐ censorship	n.（對媒體、出版品等的）審查制度	
	☐ have yet to do	phr. 還沒做…，還需要做…	
	☐ intermission	n.（音樂會、舞台表演中途的）休息時間	
	☐ memoirs	n. 回憶錄，自傳	
	☐ must-see	phr. 一定要看的東西	
	☐ rally	n.（汽車或摩托車）拉力賽	
	☐ ridiculous	adj. 荒謬的，滑稽的	
	☐ roam around	phr. 到處逛	

stroll around.

銷售策略
行銷(1)

Hackers TOEIC Vocabulary

只要知道主題，就能掌握新制多益！

　　在行銷的主題中，出題方向主要是制定銷售策略、執行市場調查、獲利檢討等等。讓我們一起來認識在行銷的主題中經常出現的單字吧！

成功的銷售策略祕密是？

最近 survey 的結果 analysis 80% 以上的 respondents 選擇了我們的產品「辛拉麵」。

80%

辛拉麵　金拉麵　兒熊麵　其他

以卓越的銷售 monopoly 市場，在 competition 中也 consistently 維持了銷售量。

我們銷售團隊的策略是不論如何都要增加 demand。隨時都必須 do our utmost！

請給我兩碗「辛拉麵」。

社區餐廳

你知道吧？吃別牌的麵可會出大事的！

可是我想吃「金拉麵」…

同樣的午餐第100天…

1 **survey*****
㊣ [ˋsɝˋve]
㊐ [ˋsəːvei]
v.（用問卷）調查
㊣ [səˋve]
㊐ [səːˋvei]

n. 調查，意見調查

Customer **surveys** help to improve product quality.
對顧客的意見調查有助於改善產品品質。

2 **analysis*****
[əˋnæləsɪs]
㊐ analyze v. 分析
　analyst n. 分析師

n. 分析

The latest market **analysis** shows an increase in used car purchases.
最新的市場分析顯示二手車購買量增加。

 出題重點

常考語句	**reliable analysis** 可靠的分析
	market analysis 市場分析
	請記住 analysis 在多益中會考的慣用語。
易混淆單字	**analysis** 分析
	analyst 分析師
	區分抽象名詞 analysis 和人物名詞 analyst 的題目，在測驗中會考。

3 **respondent***
㊣ [rɪˋspɑndənt]
㊐ [rɪˋspɔndənt]
㊐ respond v.
　回答，回應

n. 回答者，受訪者

Almost all survey **respondents** rated the product highly.
調查中幾乎所有受訪者都對產品評價很高。

4 **monopoly***
㊣ [məˋnɑplɪ]
㊐ [məˋnɔpəli]
㊐ monopolize v.
　獨佔，壟斷

n.（商品的）獨佔，壟斷

Panatronic has a virtual **monopoly** on the manufacture of digital recorders.
Panatronic 公司實質上已經獨佔了數位錄音機的製造。

出題重點

常考語句	**have a monopoly on** 擁有對…的獨佔地位
	這是多益常考的表達方式，請熟記。

⁵ **competition*****

美 [ˌkɑmpə`tɪʃən]

美 [ˌkɔmpi`tiʃən]

衍 compete v. 競爭
（= contend）
competitive adj.
競爭的，有競爭力的
competitor n. 競爭者
（= rival）

n. 競爭

Competition in the game software market has increased.
遊戲軟體市場的競爭變得更激烈了。

 出題重點

易混淆
單字　**compete for** 為了…而競爭

請把和動詞 compete 連用的介系詞 for 一起記下來。

---

⁶ **consistently*****

[kən`sɪstəntlɪ]

衍 consistent adj.
始終一貫的

adv. 一貫地，始終如一地

The factory has **consistently** provided the highest grade
products.　這家工廠持續提供最高級的產品。

 出題重點

常考
語句　**consistently + produce/provide** 持續生產／提供

consistently 會和表示生產、提供的動詞連用出題。

---

⁷ **demand*****

美 [dɪ`mænd]

美 [di`mɑ:nd]

衍 demanding adj.
要求過高的

反 supply 供給

n. 需求

The company could not meet the increased **demand** for mobile
devices.　那家公司無法滿足行動裝置增長的需求。

v. 要求

Mr. Hawkesby **demanded** that the clause be removed.
Mr. Hawkesby 要求刪除那項條款。

 出題重點

常考
語句　**demand for** 對…的需求、要求

demand 經常和介系詞 for 搭配出題，請一起記下來。

demand that + 主詞 (+ should) + 動詞原形

動詞 demand 接 that 子句當受詞時，that 子句裡面要使用動詞
原形。

8 **do one's utmost*** ◯

同 do one's best
盡自己所能

phr. 盡全力

Sun Manufacturing **does its utmost** to ensure the quality of its products.

Sun Manufacturing 公司盡全力確保產品品質。

9 **expand*****

[ɪkˋspænd]

衍 expansion n.
擴張，膨脹
expansive adj.
廣闊的

v. 擴張，擴大

Brahe Optics has **expanded** its marketing and sales division.

Brahe Optics 擴大了行銷和業務部門。

 出題重點

文法 **expand + the market/the division** 擴大市場／部門

expand 通常會和 market, division 等名詞搭配出題。

10 **advanced*****

美 [ədˋvænst]
英 [ədˋvɑːnst]

衍 advance v.（知識、
技術等）進步，進展
advancement n.
前進，進展

adj. 高階的；先進的

Modern cell phones are very **advanced** compared to those from a decade ago.

和十年前的產品相比，現代的行動電話非常先進。

The company is already in the **advanced** stages of the product design.

這家公司已經處於產品設計的先進階段。

11 **postpone*****

美 [postˋpon]
英 [pəʊstˋpəʊn]

v. 使延期，延後

Organizers **postponed** the conference on management strategies because of bad weather.

由於天氣不佳，主辦者延後了那場關於管理策略的會議。

12 **additional*****

[əˋdɪʃənl]

衍 addition n.
增加，加法
additive n.
添加物，添加劑

adj. 額外的，附加的

Several investors decided to purchase **additional** stocks.

幾位投資者決定認購額外的股票。

常考
語句

additional + information/detail 進一步的資訊／細節

additional 經常和 information, detail 搭配使用。additional 也可以換成 further。

---

[13] **appreciate*** **
[əˋpriʃɪˌet]
衍 appreciation n.
感謝，欣賞
appreciative adj.
感謝的，讚賞的
同 value 尊重；重視，珍視

v. 感謝；賞識；欣賞

Benson Co. **appreciates** your continued business.
Benson 公司感謝您保持業務往來。

The supervisor **appreciated** Gloria's excellent organizing skills.
主管很欣賞 Gloria 優秀的組織能力。

The gallery was filled with people **appreciating** the masterpieces. 藝廊裡擠滿了欣賞名作的人。

---

[14] **demonstration*** **
[ˌdɛmənˋstreʃən]
衍 demonstrate v.
證明，示範操作…

n. 證明；說明，示範操作

The salesclerk offered to provide a **demonstration** on how to use the photocopier.
那位銷售員主動示範了那台影印機的使用方法。

The short software **demonstration** showed how much money the business could save.
那段簡短的軟體示範顯示出企業可以省下多少錢。

---

[15] **buy*** **
[baɪ]

v. 買，購買

The acquisitions department **buys** all of the office equipment.
採購部門購買所有辦公室設備。

---

[16] **examine*** **
[ɪgˋzæmɪn]
衍 examination n.
檢查，測驗
同 investigate 調查
check out 檢查

v. 檢查，審查

Research and Development will **examine** food consumption trends in foreign markets.
研究暨開發部門會檢視國外市場的食品消費趨勢。

出題重點

同義詞 表示調查趨勢或新資訊時，**examine** 可以換成 **investigate**。

---

¹⁷**effective*****
[ɪ`fɛktɪv]
衍 effectively adv.
　　有效地
同 efficient 有效率的
　　valid 有效的

adj. 有效的；（法律等）生效的，已實行的

An **effective** advertising campaign is one that people remember for a long time.

讓人們記得很久的，就是有效的廣告活動。

Increased tax deductions will be **effective** as of June 1.

稅的扣除額增加將從 6 月 1 日起生效。

 出題重點

常考
語句　**run effectively** 有效地運作

副詞 effectively 經常和 run 等表示運作的動詞搭配。

---

¹⁸**like*****
[laɪk]
prep. 像…一樣，好像…
　　（= such as）
衍 likeness n.
　　相似，相近

v. 喜歡

Consumers **like** products that look high-end but are less expensive.

消費者喜歡看起來高級但不貴的產品。

---

¹⁹**especially*****
[ə`spɛʃəlɪ]

adv. 尤其，特別

Manufacturers of large vehicles are facing an **especially** difficult year for sales.

大型車製造商正面臨銷售特別困難的一年。

---

²⁰**closely****
美 [`kloslɪ]
英 [`kləuslɪ]
衍 close adj. 接近的 adv.
　　接近地 v. 結束，完結

adv. 仔細地，嚴密地

Marketing departments monitor the latest trends **closely**.

行銷部門仔細觀察最新的趨勢。

 出題重點

常考
語句　**closely + watch/examine** 仔細觀察／檢視

closely 常和 watch, examine 等表示觀察、調查的動詞搭配。

21 reserve**

美 [rɪˋzɝv]
英 [rɪˋzɜːv]
衍 reservation n. 預約
reserved adj.
被保留的

v. 預約，保留；保存

The secretary will **reserve** hotel rooms for anyone going to the convention.

祕書會為任何參加會議的人預約飯店房間。

Some funds have been **reserved** to pay for the banquet.

部分資金被預留，用來支付宴會費用。

22 cooperate**

美 [koˋɑpəˌret]
英 [kəʊˋɔpəreit]
衍 cooperation n.
協力，合作
cooperative adj.
合作的

v. 協力，合作

The two companies **cooperated** on developing the promotional campaign for the new spring collection.

這兩間公司合作開發了春季新系列產品的促銷活動。

 出題重點

> 常考
> 語句
>
> **cooperate with + 人** 和⋯合作
>
> **cooperate on + 事** 合作進行⋯
>
> 選擇和 cooperate 連用的介系詞 with 或 on，在測驗中會考。

23 very**

[ˋvɛrɪ]

adv. 非常，很

The survey was **very** effective at identifying the target market.

這項調查對於找出目標市場非常有效。

 出題重點

> 易混淆
> 單字
>
> **very : far**
>
> 請區分修飾形容詞、表示「非常」的副詞的用法差異。
>
> **very** 非常
>
> 強調形容詞或副詞時通常會使用的單字。
>
> **far** 遠遠地，極為
>
> 通常和比較級或 too 搭配使用，表示超過一定的標準。
>
> This year's advertising campaign has been **far** more effective than last year's.
>
> 今年的廣告活動遠比去年的來得有效。

²⁴consecutive**

[kən`sɛkjʊtɪv]
📖 consecutively adv.
　連續地
🔄 successive 連續的

adj. 連續的

The Barkley Company achieved high sales growth for the third **consecutive** year.

Barkley 公司連續第三年達成了大幅度的銷售額成長。

 出題重點

常考語句	**for the third consecutive year** 連續第三年
	for three consecutive years 連續三年
	和序數連用時，year 用單數形；和基數連用時，year 用複數形。

²⁵expectation**

[ˌɛkspɛk`teʃən]
📖 expect v. 預期，期待
🔄 anticipation 預期

n. 預期，期待

The **expectation** is that costs will be cut.

預期成本將會被縮減。

 出題重點

常考語句	**meet/surpass + expectations** 符合／超出預期
	above/beyond + one's expectations 超乎預期
	expectation 經常以慣用語形式出題，請一併記起來。

²⁶publicize**

🇺🇸 [`pʌblə͵saɪz]
🇬🇧 [`pʌblɪsaiz]

v. 公布；宣傳

New regulations are **publicized** on the government Web site.
新的規定公布在政府網站上。

The hospital **publicized** its newly built wing to attract more patients.
這間醫院宣傳新落成的大樓，以吸引更多病患。

²⁷raise**

[rez]
n. 加薪
🔄 voice 說出（心情、意見等）

v. 提高，增加；提出（疑問）

We used mass-mailing methods to **raise** awareness of our brand.
我們採用大量寄發郵件的方式，提升我們品牌的認知度。

The president **raised** questions about the quality of the new product.
總裁對新產品的品質提出了問題。

 出題重點

易混淆
單字
1. raise : lift

表示「提高」的單字用法差異，在測驗中會考。

raise 提高；提出（疑問）

表示提高價格等，或者表示提出疑問。

lift 抬起，舉起

表示把有些重量的東西抬起來。

The worker **lifted** the boxes off the truck.
工人把箱子從卡車上抬下來。

2. raise 提高

rise 升高

不要搞混這兩個形態相似的單字。raise 是及物動詞，後面要接受詞，而 rise 是不及物動詞，後面不會接受詞。

---

²⁸**extremely****

[ɪk`strimlɪ]

阀 extreme adj. 極度的，極端的 n. 極端

adv. 極度地，非常

Internet service providers struggle to survive in today's **extremely** competitive market.
網路服務供應商在今日極為競爭的市場中力求生存。

 出題重點

易混淆
單字
extremely : exclusively

請區分表示「極度地」、「獨佔地」的單字用法差異。

extremely 極度地

用於強調程度非常大的時候。

exclusively 獨佔地

用於表示使用權限定於特定範圍的時候。

The upper deck is used **exclusively** by Pacific Class passengers.
上層甲板僅限 Pacific Class 的乘客使用。

29 affect**

[ə`fɛkt]

同 influence 影響

v. 影響，對…產生不好的作用

The frozen-food industry can **affect** the canned goods market.

冷凍食品業可能會影響罐裝食品的市場。

 出題重點

易混淆 單字

affect v. 對…造成影響

effect n. 效果，效力

請區分形態相似的 affect 和 effect 在詞性和意義上的差異。

The new tax came into **effect** Monday despite protests.

儘管有人抗議，新的稅目還是在星期一生效了。

30 target**

美 [`tɑrgɪt]

英 [`tɑ:gɪt]

n. 目標

Sales for this quarter are right on **target**.

本季的銷售額剛好達到目標。

v. 以…為目標

The advertisement **targets** the age range of 25-40 years.

這個廣告以 25-40 歲的年齡範圍為目標。

31 campaign**

[kæm`pen]

n. 活動，競選活動

The mayor's election **campaign** focused on his strong record in office.

市長的競選活動焦點放在他任期內的有力政績。

32 probable*

美 [`prɑbəbl]

英 [`prɔbəbl]

派 probably adv. 可能

adj. 有可能的

One of the **probable** causes for low sales was the lack of promotion.

低銷售量的可能理由之一是缺乏促銷。

出題重點

probable : convincing

請區分這兩個和真實性有關的單字用法差異。

┌─ **probable** 有可能的

　　表示可能會發生，或者可能發生過的意思。

└─ **convincing** 有說服力的

　　表示讓人相信是事實。

Many consumers found the new advertisement **convincing**.
許多消費者認為新廣告很有說服力。

---

³³**focus***
美 [ˋfokəs]
英 [ˋfəukəs]
n. 焦點

 v. 聚焦，集中

Management decided to **focus** resources on expanding its business.
經營團隊決定將資源集中於擴張事業。

 出題重點

常考
語句
focus A on B 把 A 集中於 B
be focused on 被集中於…
focus 和介系詞 on 都是會考的部分，有時也會以被動態的形式出題。

---

³⁴**seasonal***
[ˋsizənəl]
衍 seasoned adj.
　經驗豐富的
　seasonally adv.
　季節性地，定期地

 adj. 季節的，季節性的

The sugarcane industry is vulnerable to **seasonal** variations.
甘蔗產業容易遭受季節性變動的影響。

 出題重點

常考
語句
seasonal + variations/demands/changes
季節性的變動／需求／改變
seasoned traveler 經驗豐富的旅行者
請區分形態相近的 seasonal（adj. 季節性的）和 seasoned（adj. 經驗豐富的）在意義上的差別。

35 impact*

[`ɪmpækt]
同 influence 影響

 n. 影響，衝擊

Price fluctuations had a major **impact** on the market.
價格波動對市場造成了重大的影響。

出題重點

常考語句 **have an impact on** 對…造成影響／衝擊

impact 經常以慣用語形態出題，請一起記下來。

36 comparison*

美 [kəm`pærəsn̩]
美 [kəm`pærɪsn̩]
衍 compare v. 比較
comparable adj.
可比較的，比得上的

 n. 比較

Online advertising is cheaper in **comparison** with television.
和電視（廣告）比起來，線上廣告比較便宜。

出題重點

常考語句 **in comparison with** 和…比起來

comparison 會以 in comparison with 的形態出題，請務必牢記。

37 gap*

[gæp]

 n. 差距

Severe deficits can occur when there is a huge **gap** between exports and imports.
當出口與進口之間有巨大的差距時，可能會發生嚴重的貿易逆差。

 出題重點

常考語句 **gap between A and B** A與B的差距
generation gap （世代間的）代溝

請把和 gap 搭配的 between 記起來。

gap : hole

請區分有「缺口」意義的單字用法差異。

┌ **gap** 缺口；差距

　表示事物之間在水準上的差距。

└ **hole** 洞

　表示東西上面的洞。

There was a large **hole** in the floor under the sofa.
沙發下面的地板上有個大洞。

---

³⁸**mounting***

[`maʊntɪŋ]

衍 mount v. 增加，上升

adj. 增加中的，上升中的

There is **mounting** pressure from management to increase productivity.

經營團隊要求提高生產力的壓力越來越高。

 出題重點

常考
語句

mounting pressure 增加中的壓力

mounting tension 逐漸升高的緊張情勢

mounting 主要和 pressure, tension 等名詞搭配出題。

---

³⁹**reflective***

[rɪ`flɛktɪv]

衍 reflect v. 反映
reflection n. 反映

adj. 反映的

Shrinking profits are **reflective** of the current state of the company.

縮減中的利潤反映出公司目前的狀況。

 出題重點

常考
語句

be reflective of 反映出…

請把和 reflective 搭配的介系詞 of 一起記下來。

DAY 07 Daily Checkup

請把單字和對應的意思連起來。

01 advanced   ⓐ   競爭

02 effective   ⓑ   預期

03 competition   ⓒ   增加中的，上升中的

04 comparison   ⓓ   比較

05 expectation   ⓔ   高階的，先進的

                                  ⓕ   有效的

請填入符合文意的單字。

06 There will be a _____ to show how the modular furniture works.

07 Mr. Ashford has served for three _____ years for the company.

08 The company _____ on maintaining the quality of its products.

09 The store opened several new branches in response to growing _____ .

ⓐ focuses   ⓑ demand   ⓒ consecutive   ⓓ reflective   ⓔ demonstration

10 The marketing team is _____ for their creative ideas.

11 The board _____ the meeting as the president was out of town.

新制多益會這樣出題！
名詞 meeting 經常會跟 postpone、arrange 之類的動詞一起出現。

12 It is predicted that the merger will _____ the company's market share.

13 _____ funds will be available if more money is needed to make the product.

ⓐ postponed   ⓑ examine   ⓒ additional   ⓓ expand   ⓔ appreciated

Answer   1.ⓔ 2.ⓕ 3.ⓐ 4.ⓓ 5.ⓑ 6.ⓔ 7.ⓒ 8.ⓐ 9.ⓑ 10.ⓔ 11.ⓐ 12.ⓓ 13.ⓒ

新制多益基礎單字

LC	□ after all	phr. 最終，終究
	□ answer the phone	phr. 接聽電話
	□ as it is	phr. 照現在這樣
	□ be based on	phr. 根據…
	□ be familiar with	phr. 熟悉…，熟知…
	□ concrete	adj. 具體的
	□ conflict with	phr. 和…衝突
	□ on display	phr. 展示中的，陳列中的
	□ shadow	n. 影子
RC	□ around the world	phr. 在世界各地，環繞全世界
	□ array	n. 行列，一系列
	□ attempt	v. 企圖；n. 企圖
	□ audiovisual	adj. 視聽的
	□ avoid	v. 避免
	□ based	adj. 以…為基礎、基地的
	□ cinema	n. 電影院
	□ competitive	adj. 競爭的，有競爭力的
	□ conclude	v. 下結論
	□ energy drink	phr. 能量飲料（提神飲料）
	□ find out	phr. 找出，發現
	□ informal	adj. 非正式的，不拘禮節的
	□ marketplace	n. 市場
	□ practice	n. 練習，慣例
	□ public relations (PR) department	phr. 公關（公共關係）部門
	□ sales	adj. 業務的，銷售的
	□ strict	adj. 嚴格的
	□ tool	n. 工具
	□ typical	adj. 典型的，代表性的

LC	□ a piece of equipment	phr. 一件設備
	□ all the way	phr. 自始至終，完全地
	□ appealing	adj. 懇求的，有吸引力的
	□ at once	phr. 立刻，同時
	□ definite	adj. 明確的，確切的
	□ distinguish	v. 區分
	□ extraordinary	adj. 非凡的，非常特別的
	□ good for	phr. 對…有效、有益的
	□ in bloom	phr. （花）盛開的
	□ in reference to	phr. 關於…，有關…
	□ market stall	phr. 市場攤位
	□ mechanism	n. 機械裝置，機制
	□ metropolitan area	phr. 大都會地區
	□ national holiday	phr. 國慶日；國定假日
	□ on schedule	phr. 按照預定時間
	□ over the Internet	phr. 在網路上
	□ preview	n. 預覽，預展，預映，（電視節目等的）預告
	□ public display	phr. 公開展示
	□ run a campaign	phr. 舉辦活動
	□ serve a customer	phr. 服務顧客
	□ spouse	n. 配偶
	□ upside down	phr. 上下顛倒，倒置
	□ vending machine	phr. 自動販賣機
	□ visible	adj. 可見的，顯而易見的
Part 5, 6	□ as opposed to	phr. 而不是
	□ boldly	adv. 大膽地
	□ call on	phr. 號召，動員
	□ excluding	prep. 除了…以外
	□ expectancy	n. 期待，渴望
	□ forgetfully	adv. 不注意地，健忘地
	□ noteworthy	adj. 值得注意的
	□ perception	n. 感知，感覺
	□ potentially	adv. 潛在地，可能地

	☐ randomly	adv. 隨機地，任意地
	☐ suitable	adj. 合適的
Part 7	☐ a complete line of	phr. 一系列完整的…（產品）
	☐ accept the offer	phr. 接受提議
	☐ astonishingly	adv. 令人驚訝地
	☐ be noted for	phr. 因為…而有名
	☐ claim	n.（事實、所有權的）主張，要求
	☐ classified ad	phr. 分類廣告
	☐ compilation	n. 選輯，編輯物
	☐ comprehensible	adj. 可理解的
	☐ criticize	v. 批評，批判
	☐ dumping	n. 傾銷
	☐ first priority	phr. 第一優先
	☐ fixed price	phr. 固定的價格
	☐ have control over	phr. 對…有控制權
	☐ have little chance of -ing	phr. 做…的機率很低
	☐ in favor of	phr. 支持…，有利於…
	☐ keep A informed of B	phr. 持續告知 A 關於 B 的事
	☐ make an assessment	phr. 做出評價
	☐ mediate	v. 調停
	☐ minimize the risk of	phr. 把…的風險減到最小
	☐ modestly	adv. 謙虛地
	☐ persistent	adj. 持續的，不斷的
	☐ publicity	n. 宣傳，媒體的關注
	☐ release date	phr. 發行日期
	☐ stay competitive	phr. 維持競爭力
	☐ striking difference	phr. 顯著的差異
	☐ take a long time	phr.（事物）花很長的時間
	☐ take action	phr. 採取行動
	☐ trademark	n. 商標
	☐ turn to	phr. 轉向…，求助於…
	☐ unacceptable	adj. 不能接受的
	☐ verify	v. 證明，證實
	☐ with the exception of	phr. 除了…以外
	☐ without notice	phr. 在沒有通知的情況下

reconcile

retrievable

LC	☐ all-out	phr. 用盡全力的
	☐ all walks of life	adj. 各行各業
	☐ at a stretch	phr. 連續地
	☐ back up	phr. 支持，證實，（交通）使堵塞
	☐ focus group	phr. 焦點團體（市場調查的對象）
	☐ misleading	adj. 誤導的，使人誤解的
Part 5, 6	☐ capture	v. 引起（注意）；奪得，捕獲
	☐ consolidate	v. 鞏固（權力等）
	☐ contend	v.（對於問題、困難）全力對付，奮鬥
	☐ gauge	v. 測量，估計
	☐ momentum	n. 動力，氣勢
	☐ recognizable	adj. 可辨認的
	☐ segment	n. 部分，片段
	☐ telling	adj. 有效的，透露真相的
Part 7	☐ confiscation	n. 沒收，徵收
	☐ constitute	v. 構成…
	☐ drive up	phr. 使（價格等）上升
	☐ endorsement	n. 背書，為產品代言
	☐ feasibility study	phr. 可行性研究
	☐ intervention	n. 介入
	☐ irretrievable	adj. 不能恢復的，無法挽回的
	☐ jeopardize	v. 使…受到危險，危及
	☑ legible	adj.（字樣）易讀的
	☑ lose ground	phr. 落後，失去地位
	☐ public profile	phr. 公眾形象，知名度；向大眾公開的簡介
	☐ reputable	adj. 聲譽好的
	☐ set forth	phr.（旅行）啟程；說明
	☐ set out	phr.（旅行）出發，開始
	☐ setback	n. 挫折，失敗
	☐ take a stand against	phr. 反對…
	☐ underlying	adj. 根本的，潛在的
	☐ vanish	v. 消失，不見

行銷(1)

01
02
03
04
05
06

**DAY
07**

08
09
10

Hackers TOEIC Vocabulary

DAY 08

國際行銷

行銷 (2)

只要知道主題，就能掌握新制多益！

在行銷的主題中，出題方向主要是以市場調查結果，作為制定銷售策略基礎…等等。讓我們一起來認識在行銷的主題中經常出現的單字吧！

國際行銷策略的可行性

儘管辦了盛大的 advertisement，「焦糖餅」糖果只得到少量的 customers marginal 青睞。

你知道「焦糖餅」銷售下跌，對公司而言會留下多麼不好的 influence 嗎？

所有人 instantly 要交出貝可行性，且 creative 和 aggressive 的銷售策略！

那個…部長，我要呈上一個 aim 全世界、劃時代的 strategy 提案！

請 NASA 協助我們，在宇宙撒下「焦糖餅」糖果吧！

1 **advertisement**
***

美 [ˌædvəˈtaɪzmənt]
英 [ədˈvəːtismənt]

n. 廣告

Sales have been propelled by the new **advertisement.**
銷售情況受到了新廣告的推動。

2 **marginal***

美 [ˈmɑrdʒɪnl]
英 [ˈmɑːdʒɪnəl]
衍 margin n. 頁邊留白，
　（保留的）餘地，利潤

adj. 微小的；邊緣的

Customers showed only **marginal** interest in the new tablet
computer.
消費者對於新款平板電腦只表現出些微的興趣。

The maintenance department decorated the **marginal** area of the
company premises.
維護部門裝潢了公司房舍的邊緣區域。

 出題重點

易混淆
單字 | **marginal : approximate**

區分表示大略範圍的單字用法差異，是測驗中會考的題目。

┌ **marginal** 邊緣的，接近邊緣的
│ 表示偏離中心的意思。
└ **approximate** 接近的，大約的
　表示接近正確的數值、位置或時間，但不是完全準確。

The accountant figured an **approximate** amount of tax
the company needs to pay.
會計師算出了那間公司需要支付的約略稅額。

3 **customer*****

美 [ˈkʌstəmɚ]
英 [ˈkʌstəmə]
同 patron 老主顧

n. 顧客

Telephone representatives should make the needs of **customers**
their priority.
電話客服專員應該把顧客的需求當成第一優先。

4 **influence***

[ˈɪnfluəns]
衍 influential adj.
　有影響力的
同 affect 影響

v. 影響

Demand for housing directly **influences** the cost of homes.
住宅需求直接影響房屋的價格。

n. 影響

Product reviews have a profound **influence** on sales.
產品評論對於銷售有很深刻的影響。

 出題重點

常考
語句 **have an influence on** 對…有影響

influence 和介系詞 on 經常以慣用語的形式連用出題。

5 **instantly***
[`ɪnstəntlɪ]
衍 instance n. 例子，
場合
instant adj. 立即的

adv. 立即，馬上

The brand logo should be **instantly** recognizable.
品牌標誌應該要能讓人立刻辨認出來。

 出題重點

易混淆
單字 **instantly : urgently : hastily**

區分表示「立即」的單字用法差異，是測驗中會考的題目。

—**instantly** 立即

用在某件事立即發生的時候。

—**urgently** 緊急地

用在需要緊急處理某種狀況的時候。

Action is urgently needed to avoid a financial crisis.
需要（採取）緊急的行動，以避免金融危機。

—**hastily** 匆忙地，倉促地

用在不經慎重考慮就匆忙做某事的時候。

The boss acted too hastily in accepting Mr. Binny's resignation.
上司太過倉促地接受了 Mr. Binny 的辭職。

6 **creative***
[krɪ`etɪv]
衍 create v. 創造
creativity n. 創造性，
創造力
creatively adv.
創造性地；有創造力地

adj. 創造性的，有創意的

Mr. Beaumont came up with a **creative** idea.
Mr. Beaumont 想出了一個有創意的點子。

7 **aggressively****

[ə`grɛsɪvlɪ]

同 aggressive adj.
進取的，積極的

反 passively 被動地

adv. 積極地

The best sales representatives **aggressively** seek out potential clients.

最優秀的業務專員會積極尋找潛在客戶。

8 **aim****

[em]

同 intention 意圖，打算

v. 以…為目標

Sport Apparel developed athletic gear **aimed** at teenagers.

Sport Apparel 公司開發了以青少年為目標客層的運動器具。

n. 目標，目的

The division head will outline the **aims** of the marketing strategy.

部門負責人將概述行銷策略的目標。

🦁 出題重點

常考語句	**aim to do** 以做…為目標
	產品 + aimed at 以…為目標客層的產品
	動詞 aim 可以和 to 不定詞連用，也可以用 aimed at 的形態修飾名詞。
同義詞	表示「人的行動、言語所要達成的目標」時，**aim** 可以換成 **intention**。

9 **strategy****

[`strætədʒɪ]

同 strategic adj.
策略性的
strategically adv.
策略性地

n. 策略

Management's **strategy** for expansion has been successful.

經營團隊的擴張策略很成功。

10 **indicate*****

[`ɪndəˌket]

同 indicative adj.
指示的，表示的
indication n.
指示，徵兆
indicator n. 指標

同 show 顯示

v. 指出，顯示

Studies **indicate** that consumers prefer attractively packaged products.

研究指出，消費者偏好包裝得吸引人的產品。

¹¹attract***
[əˋtrækt]
🔄 attractive adj.
　吸引人的
　attraction n. 吸引力

v. 吸引，引起（興趣等）

The automaker is making an effort to **attract** younger buyers.
那間汽車製造商正努力吸引較年輕的買家。

¹²experience***
[ɪkˋspɪrɪəns]

n. 經驗，體驗

All of the invited guests had a pleasant **experience** at the store opening.
在那間商店的開幕活動中，所有受邀的賓客們都有很愉快的體驗。

v. 體驗，經歷

Customers can **experience** the new service free for a limited time.
顧客可以在限定期間內免費體驗新的服務。

¹³analyze***
[ˋænḷˌaɪz]
🔄 analysis n. 分析
　analyst n. 分析師

v. 分析

Researchers were asked to **analyze** the survey data.
研究員被要求分析調查的資料。

¹⁴introduce***
[ˌɪntrəˋdjus]
🔄 introduction n.
　介紹，引進
　introductory adj.
　介紹的

v. 介紹，發表（商品）

ElectroLife **introduced** a new line of vacuum cleaners.
ElectroLife 公司發表了新系列的吸塵器。

¹⁵advise***

[əd`vaɪz]

㊇ advice n. 勸告，忠告

advisor n. 顧問

advisory adj. 勸告的

v. 勸告，建議

Coburn Law Firm **advises** clients on intellectual property matters.

Coburn 法律事務所提供客戶關於智慧財產權問題的建議。

 出題重點

常考語句	**advise A to do** 建議 A 做…
	advise A on B 給 A 關於 B 的建議
	測驗會考在 advise 的受詞後面填入 to 不定詞的題目。

¹⁶subscribe***

[səb`skraɪb]

㊇ subscription n. 訂閱，訂閱費

subscriber n. 訂閱者

v. 訂閱

Subscribing to the monthly fashion magazine costs only $40 a year. 訂閱這本時尚月刊，每年只要 40 美元。

¹⁷absence***

[`æbsn̩s]

n. 不在，缺少；缺席，缺勤

The **absence** of competition will help product sales.

缺少競爭有助於產品的銷售。

Staff members must strictly observe the new policy on **absences**. 員工必須嚴格遵守新的缺勤規定。

 出題重點

常考語句	**during/in + one's absence** 在某人不在的時候
	請把和 absence 搭配使用的介系詞 during 和 in 一起記下來。

¹⁸means***

[minz]

n. 方法，手段

Direct surveys are one **means** of gathering consumer feedback.

直接調查是收集消費者回饋意見的一種方法。

 出題重點

常考語句	**by means of** 藉由…
	請記住 means 經常以 by means of 的形式出題。

means : instrument

測驗中會考關於「方法」的單字用法差異的題目。

— **means of** …的方法／手段

means 表示「方法」，搭配介系詞 of 使用。

— **instrument for** …的工具

instrument 表示「工具」，搭配介系詞 for 使用。

The internet is an invaluable **instrument for** conducting research.

網路是進行研究的寶貴工具。

---

[19]**prefer*****

美 [prɪˋfɝ]

英 [prɪˋfəː]

衍 preference n. 偏好

v.（比其他的東西）更喜歡，偏好

Customers **prefer** Luster Shampoo to any other competing brand.

顧客們偏好 Luster 洗髮精勝過其他任何競爭品牌。

---

[20]**advantage*****

美 [ədˋvæntɪdʒ]

英 [ədˋvɑːntɪdʒ]

衍 advantageous adj. 有利的

反 disadvantage 不利（條件）

n. 優點，優勢

One **advantage** of consumer testing is the development of marketing insight.

消費者測試的一項優點是能夠發展出行銷方面的洞見。

 出題重點

常考
語句
take advantage of 利用…

請務必記住 advantage 經常以 take advantage of 的形式出題。

易混淆
單字
advantage : benefit

關於「好處」的單字用法差異，在測驗中會考。

— **advantage** 優點，優勢

表示讓人比起其他人更有優勢的特定事項。

— **benefit** 好處

表示某個事物或某件事帶來的好處。

VIP Club members receive a range of **benefits**.

VIP 俱樂部會員會得到多種好處。

21 forward***

美 [`fɔrwɚd]

英 [`fɔ:wəd]

adv. 向前

Our company's research program has moved **forward** substantially.　我們公司的研究計畫已經有了很大的進展。

v. 轉交，轉寄（物品、信件等）

Please **forward** your e-mail to the accounting manager. 請把你的電子郵件轉寄給會計經理。

 出題重點

常考
語句

1. a huge step forward 很大的進步

多益會考的這個慣用語，其中的 step 是表示「（朝向目標的）一步，進展」的意思。

2. look forward to -ing 期待…

測驗會考在 look forward to 後面填入動名詞的題目。

22 contemporary***

美 [kən`tɛmpəˌrɛri]

英 [kən`tempərəri]

adj. 同時代的；當代的，現代的

Advertising messages change over time to reflect **contemporary** attitudes.

廣告訊息會隨著時代而改變，反映當代的處事態度。

The fashion brand's **contemporary** look appeals to young consumers.

這個時尚品牌的現代風貌很吸引年輕消費者。

23 discussion***

[dɪ`skʌʃən]

衍 discuss v.

討論，談論

n. 討論，談論

A **discussion** was held to decide how to promote the product. 為了決定如何促銷這個產品，進行了一場討論。

24 initial**

[ɪ`nɪʃəl]

衍 initiate v.

開始，開始實施

initially adv. 起初

adj. 開始的，最初的

Initial findings show that customers are satisfied with the service.　最初的研究結果顯示消費者對服務感到滿意。

25 steadily **

[`stɛdəlɪ]

代 steady adj.
平穩的，穩定的

adv. 平穩地，穩定地

Ron **steadily** answered investors' questions about his business idea.　Ron 平穩地回答了投資者對於他的事業想法的問題。

Product sales **steadily** increased as time passed.
產品的銷售量隨著時間經過而穩定增加。

26 necessarily **

美 [`nɛsəsɛrəlɪ]
美 [`nesəserili]

代 necessary adj.
必要的
necessitate v.
使⋯成為必需
necessity n.
必要性，必需品

adv. 必然

Increased production does not **necessarily** lead to greater revenues.　產量增加不一定會帶來更高的收益。

 出題重點

常考
語句
not necessarily + 動詞 不必然⋯，不一定⋯

necessarily 經常和 not 連用，以部分否定的形式出題。

27 resolve **

[rɪ`zɑlv]

代 resolution n.
解決，決心，決議

v. 解決（問題等）

The new facial cream promises to **resolve** 90 percent of common skin problems.
這款新的面霜保證能夠解決百分之 90 的常見肌膚問題。

28 detect **

[dɪ`tɛkt]

v. 察覺，發現

Only a few people **detected** any actual differences between the two models.
只有很少的人發現這兩個型號之間有什麼實際上的差異。

29 intensify **

美 [ɪn`tɛnsə‚faɪ]
美 [in`tensifai]

代 intense adj.
強烈的，劇烈的
intensive adj. 密集的

v. 強化，增強，使⋯變強烈

The movie studio **intensified** its promotional activities to draw in a wider audience.
這間電影製作公司強化了宣傳活動，以吸引更廣泛的觀眾。

30 favorably**
[`fevərəblɪ]
᾽ favor n. 善意的行為
favorable adj.
贊同的，有利的
favored adj.
受到支持／偏好的

adv. 善意地；順利地

The product demonstration was **favorably** received by consumers. 產品示範受到了消費者的好評。

Earnings continue to develop **favorably**.
所得持續順利增長中。

31 cover**
㊇ [`kʌvɚ]
㊇ [`kʌvə]
᾽ coverage n.
涵蓋範圍，新聞報導
᾽ report on 報導
pay 支付

v. 包含；支付；覆蓋

The rental deposit **covers** the cost of repairing damage to the equipment.
租賃的押金包含設備的損壞修理費用。

The firm's budget is large enough to **cover** marketing expenses for a year.
這間公司的預算夠多，足以支付一年的行銷費用。

The car was **covered** by a sheet before being unveiled at the launch. 在發表會上揭曉前，這台車用布蓋著。

 出題重點

同義詞 **cover** 表示「報導」事件時，可以換成 **report on**，表示「支付」費用時可以換成 **pay**。

32 less**
[lɛs]

adj. 較少的，較小的

Less competition among insurance companies led to higher premiums. 保險公司之間變少的競爭，導致保險費變高。

 出題重點

易混淆單字
┌ **less** 較少的
└ **lesser** 次要的

less 表示程度或數量較少，lesser 主要表示重要度或價值較低，請注意不要搞混。

Comments in blue indicate topics of **lesser** importance.
藍色的註釋表示重要度比較低的主題。

³³**majority****

美 [mə`dʒɔrəti]

英 [mə`dʒɔ:riti]

衍 major adj. 重要的，主要的 n. 主修科目；（陸軍）少校

○ **n. 大部分，大多數**

The **majority** of registered clients pay their dues regularly.

大多數的註冊客戶都定期繳納應付款項。

🦁 **出題重點**

| 常考
語句 | **majority : most** |

區分表示「大部分」的單字用法差異，在測驗中會考。

a/the majority of... 大多數的⋯

majority 前面一定要加不定冠詞 a 或定冠詞 the。

most of the... 大部分的⋯

most 前面不加冠詞。

Most of the advertising budget is spent on television commercials.

大部分的廣告預算花在電視廣告上。

³⁴**adopt****

美 [ə`dɑpt]

英 [ə`dɔpt]

衍 adoption n. 採納

○ **v. 採納**

Plenty of research must be done before **adopting** a particular marketing strategy.

採納特定行銷策略之前，必須進行許多研究。

³⁵**largely****

美 [`lɑrdʒlɪ]

英 [`lɑ:dʒli]

○ **adv. 大部分，主要**

Public reaction to the charity foundation was **largely** positive.

大眾對慈善基金會的反應大多是正面的。

³⁶**disregard****

美 [ˌdɪsrɪ`gɑrd]

英 [ˌdisri`gɑ:d]

n. 忽視，漠視

○ **v. 不理會，忽視**

The company should not **disregard** customers' opinions if it wants to improve the service quality.

公司如果想要提升服務品質，就不應該忽視顧客的意見。

³⁷**effort***

美 [`ɛfət]

英 [`ɛfət]

同 endeavor 努力

n. 努力

TV commercials were run in an **effort** to broaden consumer awareness of new brands.

為了努力拓展消費者對新品牌的認知度而打了電視廣告。

 出題重點

常考
語句　**in an effort to do** 為了（努力）做到…

make an effort 努力

請注意 in an effort to do 不要漏掉冠詞 an。

³⁸**incentive***

[ɪn`sɛntɪv]

n. 獎勵，獎金

Financial **incentives** such as coupons may encourage purchases.

例如優惠券這種金錢上的誘因，可以鼓勵消費。

 出題重點

常考
語句　**financial incentives** 金錢上的獎勵／優惠／誘因

extra incentives 額外獎勵金

請記住和 incentive 相關的常考慣用語。

易混淆
單字　**incentive : budget : earning**

請區分這些和「錢」相關的單字意義差異。

┌ **incentive** 獎勵金

　為了獎勵某件事而給的錢。

├ **budget** 預算

　做某件事時所需要的預計費用。

　The project was completed on time and within **budget**.
　這件工程準時而且在預算內完成了。

└ **earning** 所得，收入

　做某件事而得到的收入。

　Business **earnings** are up 53 percent since last year.
　企業收入從去年以來成長了百分之 53。

³⁹**need***
[nid]
衍 needy adj. 貧窮的

n. 需要，需求

The company is in **need** of an untapped market.
那間公司需要未經開發的市場。

The vehicle was designed to meet the **needs** of daily commuters.
這台車是為了滿足每日通勤者的需求而設計的。

v. 需要（做⋯）

We **need** to scrutinize each transaction for potential errors.
我們需要詳細檢查每筆交易，看看是否有潛在的錯誤。

 出題重點

常考
語句　　**meet one's needs** 符合⋯的需求
need 會和 meet 搭配出題，這時候要使用複數形 needs。

⁴⁰**mastermind***
美 [ˋmæstɚˏmaɪnd]
英 [ˋmɑːstəmaind]

n. （計畫等的）策畫者

Mr. Dane is the **mastermind** behind the innovative design.
Mr. Dane 是那個創新設計背後的策畫者。

DAY 08 Daily Checkup

請把單字和對應的意思連起來。

01 strategy

02 advantage

03 necessarily

04 intensify

05 aggressively

ⓐ 必然

ⓑ 策略

ⓒ 強化，增強

ⓓ 優點，優勢

ⓔ 最初的

ⓕ 積極地

> 新制多益會這樣出題！
> 副詞可以在介系詞前面修飾介系詞。請注意空格後的介系詞片語，並選擇適合它的副詞。

請填入符合文意的單字。

06 The Mini Scan's success is _____ due to its compact size.

07 _____ marketing strategy incorporates the use of social media.

08 Participants must _____ their favorite brand on the survey form.

09 Travelers _____ Skybound Airlines to Farejet because of its in-flight amenities.

ⓐ attract　ⓑ indicate　ⓒ contemporary　ⓓ prefer　ⓔ largely

10 The marketing team held a _____ about the product's features.

11 Companies _____ consumer buying habits before launching a product.

12 Students may _____ to the *Journal of Marketing* at a 40 percent discount.

13 The online store offers several _____ of payment for customers' convenience.

ⓐ analyze　ⓑ subscribe　ⓒ need　ⓓ discussion　ⓔ means

新制多益基礎單字

LC		
☐ celebration	n. 慶祝	
☐ curious	adj. 好奇的，想知道的	
☐ drop by	phr. 順道拜訪	
☐ first step	phr. 第一步	
☐ for now	phr. 現在，暫時	
☐ gather	v. 聚集	
☐ get together	phr. 聚在一起	
☐ hole	n. 洞	
☐ in total	phr. 總共	
☐ in use	phr. 使用中的	
☐ practical	adj. 實用的	
☐ shovel	v. 用鏟鏟（起），用鐵鍬挖；n. 鏟子，鐵鍬	
☐ show	v. 顯示；n. 展覽	
☐ space	n. 空間；v. 把…間隔開來	

RC		
☐ advertise	v. 廣告	
☐ belief	n. 相信；信仰	
☐ belong to	phr. 屬於…，為…所有	
☐ be open for business	phr. 營業中	
☐ best-selling author	phr. 暢銷作家	
☐ consumer	n. 消費者	
☐ entry fee	phr. 報名費	
☐ experiment	n. 實驗	
☐ findings	n. 研究結果	
☐ full	adj. 滿的，完全的	
☐ obviously	adv. 明顯地	
☐ photographer	n. 攝影師	
☐ primarily	adv. 主要地；根本上	
☐ sales target	phr. 銷售目標；銷售對象	

新制多益800分單字

LC		
□ advertising campaign	phr. 廣告活動	
□ be anxious to do	phr. 很渴望做…	
□ bring on	phr. 引起…	
□ chase	v. 追逐，追趕	
□ come along	phr. 一起來；進展	
□ come loose	phr. 變鬆，鬆開	
□ conditional	adj. 有條件的	
□ customer survey	phr. 顧客意見調查	
□ date back to	phr. （時期）追溯到…	
□ depict	v. 描繪	
□ destruction	n. 破壞	
□ enter into	phr. 進入…，加入…	
□ get back to	phr. 回電話給…	
□ gradual	adj. 逐漸的，逐步的	
□ inactive	adj. 不活動的，不活躍的	
□ in the meantime	phr. 與此同時	
□ invalid	adj. 無效的	
□ look over	phr. 瀏覽，檢查	
□ make up one's mind	phr. 下定決心	
□ meaningful	adj. 有意義的	
□ put a rush	phr. 匆忙	
□ put a strain on	phr. 對…造成負擔	
□ put up with	phr. 容忍…，忍受…	
□ reach for	phr. 伸手拿…	
□ stay ahead of	phr. 保持領先…	

Part 5, 6		
□ A as well as B	phr. 不止 B，還有 A	
□ ample	adj. 充足的	
□ a range of	phr. 一系列的，一些	
□ attend to a client	phr. 接待客戶	
□ confront	v. 面臨，面對	
□ context	n. 上下文，（某件事的）來龍去脈，背景	
□ despair	n. 絕望	
□ disconnected	adj. 連線中斷的	

□ dissatisfied	adj. 不滿意的	
□ driven	adj. 執著的，鍥而不捨的；奮發努力的	
□ dynamic	adj. 動力的，動態的	
□ eagerly await	phr. 熱情等待	
□ enormous	adj. 巨大的	
□ fall behind	phr. 落後	
□ feasible	adj. 可行的	
□ forwarding address	phr.（郵件的）轉寄地址	
□ get over	phr. 克服	
□ impress	v. 使印象深刻	
□ inadequate	adj. 不適當的，不充分的	
□ in a timely fashion	phr. 適時地，及時地	
□ irreplaceable	adj. 不可替代的，獨一無二的	
□ limitation	n. 限制，局限	
□ massive	adj. 大量的，大規模的	
□ point out	phr. 指出…	
□ rave review	phr. 如潮的佳評，捧上天的好評	
□ repeatedly	adv. 反覆地，一再	
□ strategically	adv. 策略性地	
□ unveil	v.（首次）展示，介紹，推出；將…公諸於眾	

Part 7	□ a great deal	phr. 很多，大量
	□ be sensitive to	phr. 對…敏感
	□ bother to do	phr. 費心去做…
	□ call off	phr. 取消
	□ carry out market studies	phr. 進行市場研究
	□ come across	phr. 偶然遇到
	□ contrive to do	phr. 設法做到…
	□ deliberate	adj. 故意的，慎重的，深思熟慮的
	□ discounted rate	phr. 打了折扣的費用
	□ have a tendency to do	phr. 有做…的傾向
	□ have an opportunity to do	phr. 有機會做…
	□ have something to do with	phr. 和…有點關聯
	□ in turn	phr. 按順序，輪流
	□ make no exception	phr. 不容許例外
	□ televise	v. 在電視上播放，播出

precious = valuable = invaluable

新制多益900分單字

LC		
□ discipline	n. 訓練，紀律
□ jingle	n.（廣告中讓人易記的）短曲，短歌
□ mobility	n. 移動性，易攜帶性

Part 5, 6		
□ abruptly	adv. 突然地
□ absorbing	adj. 很引人興趣的
□ admiringly	adv. 讚賞地
□ at large	phr. 大體上
□ boast about	phr. 自誇…，誇耀…
□ correspondent	n. 特派員（通訊記者），通信者
□ counterpart	n. 對應的人事物，互補的人事物
□ defeat	v. 打敗；n. 失敗
□ diversify	v. 使多樣化
□ dominant	adj. 支配的，佔優勢的
□ fabulous	adj. 非常好的
□ fortify	v. 強化，加強
□ fundamental	adj. 基礎的，根本的
□ mingle	v.（使）混合
□ preciously	adv. 珍貴地
□ stark	adj.（差異）明顯的；荒涼的
□ steadiness	n. 穩定，穩健

Part 7		
□ alluring	adj. 誘人的
□ assimilate	v. 使…同化
□ at all costs	phr. 不惜代價，無論如何
□ await	v. 等待
□ captivate	v. 使…著迷
□ culminate in	phr. 以…告終
□ defiance	n. 反抗
□ dissipate	v. 浪費，驅散
□ driving force	phr. 驅動力
□ elicit	v. 引出
□ overwhelming	adj. 壓倒性的
□ voiced	adj. 說出來的，表達出來的

DAY 09

挽救經濟

經濟

只要知道主題，就能掌握新制多益！

在經濟的主題中，出題方向是關於處理地區政策、地區活動、公司合併帶來經濟效果的報導。讓我們一起來認識在經濟的主題中經常出現的單字吧！

熱血員工撐起公司和國家的經濟！

就算經濟變得 stagnant，「Let's GO」咖啡的銷售量 dramatically 上升，同時也讓大家看到它在市場上 brisk 的變化。

經濟在 unstable 的狀況下，銷售可以 rapidly soar 的策略是什麼呢？

呃咳！

雖然專家說咖啡市場已經飽和，但我說它 assert 錯誤，由於我們的銷售團隊拼命的努力，才可以達到 boost！

HA HA HA HA

咕嚕咕嚕～喝吧～灌吧～乾杯！千杯再千杯！

咕嚕

stagnant = sluggish,

1 **stagnant***
[ˋstægnənt]
衍 stagnate v. 停滯
同 sluggish 緩慢的，
　疲軟的

 adj. 停滯的，不景氣的

Profits are down this year as sales have been **stagnant**.
今年的利潤下降了，因為銷售情況不順利。

🗣 **出題重點**

同義詞　表示「不景氣」時，**stagnant** 可以換成 **sluggish**。

2 **dramatically*****
[drəˋmætɪklɪ]
衍 dramatic adj.
　戲劇性的
同 substantially
　在很大程度上

adv. 戲劇性地

Interest rates climbed **dramatically.**
利率急遽攀升。

🗣 **出題重點**

常考語句　**increase/grow/climb + dramatically** 急遽增加／成長／攀升
dramatically 經常和 increase 等表示增加的動詞搭配出題。

同義詞　文意如果是表示「變化非常大地」「戲劇性地」的時候，
dramatically 可以換成 **substantially**。

3 **brisk***
[brɪsk]
同 strong, lively
　活潑的，興旺的

 adj. 活潑的，興旺的

A **brisk** market is developing in online shopping.
網路購物的興盛市場正在發展中。

🗣 **出題重點**

同義詞　在說「市場的交易活潑」的意思時，**brisk** 可以換成 **strong**、
lively。而 **brisk** 當作「（天氣，風）寒冷而清新的」的意思
解釋時，則可以換成 **fresh**。當「輕快的，快的」解釋時，
則可以換成 **quick**、**rapid**、**brief**。

4 **unstable***
[ʌnˋstebl]
反 stable 穩定的

adj. 不穩定的，易變的

Gas prices have been **unstable** in recent years.
最近幾年，汽油價格很不穩定。

5 rapidly**

[ˈræpɪdlɪ]

衍 rapid adj. 迅速的
　　rapidity n. 迅速

● adv. 迅速地，很快地

Energy demand increased **rapidly**.

能源需求迅速增加。

6 soar*

美 [sor]

英 [sɔː]

反 plummet 暴跌

○ v.（物價等）高升，急漲

Interest rates have **soared** due to inflation.

利率由於通貨膨脹而急漲。

7 assert*

美 [əˈsɝt]

英 [əˈsɔːt]

● v. 斷言，主張

The report **asserts** that corporate growth will continue.

那份報告主張，企業的成長將會持續下去。

8 boost**

[bust]

n. 促進，（價格的）提高

○ v. 推動，促進（景氣），使上升

The real estate industry has helped **boost** the economy.

不動產業幫助推動了經濟發展。

9 analyst***

[ˈænəlɪst]

衍 analyze v. 分析
　　analysis n. 分析

● n. 分析師

Analysts recommend buying stock in energy companies.

分析師建議購買能源公司的股票。

10 potential***

[pəˈtɛnʃəl]

● adj. 潛在的

Potential earnings from the trade deal could reach billions of dollars.

那筆貿易交易的潛在收益可能達到數十億美元。

n. 潛力，可能性

The newly formed company has great **potential** to succeed.

那間新成立的公司很有可能成功。

11 pleased***

[plizd]

adj. 滿意的，高興的

Investors are **pleased** with the market's performance.
投資人對於市場的表現感到滿意。

😃 出題重點

常考語句	**be pleased to do** 很樂意做⋯
	pleased 經常以 be pleased to do 的形式出題。

12 remain***

[rɪ`men]

衍 remainder n. 剩餘物
remaining adj.
剩下的

v. 保持（⋯的狀態），仍然有待⋯

The cost of living will **remain** stable over the next decade.
生活費在未來十年將會保持穩定。

It **remains** to be seen whether or not the tax cut will be passed.
減稅案是否通過仍然有待觀察。

😃 出題重點

常考語句	**remain + steady/harmonious/the same**
	保持穩定／協調／相同
	remain 主要以後面接形容詞或名詞補語的形態出題。

13 limited***

[`lɪmɪtɪd]

adj. 有限的

The island nation has **limited** natural resources.
這個島國的天然資源很有限。

😃 出題重點

常考語句	**limited offer** 限定優惠
	for a limited time 限時
	limited 經常和 offer, time 等名詞搭配，請一起記下來。

14 costly***

英 [`kɑstlɪ]
美 [`kɔstli]

adj. 昂貴的，代價高的

Starting a business is costly.
創業很花錢。

15 particular***

獀 [pɚˋtɪkjələ]

獁 [pəˋtikjulə]

○ adj. 特定的

Import taxes are higher for **particular** products that are luxury goods.

屬於奢侈品的特定產品，進口稅比較高。

 出題重點

常考
語句 **in particular** 特別，尤其

請把和 particular 一起使用的介系詞 in 一併記下來。

16 drastic***

[ˋdræstɪk]

○ adj. 激烈的，猛烈的，徹底的

Resolving the financial crisis will require **drastic** action.

解決金融危機，需要大刀闊斧的行動。

Private citizens want **drastic** reform of the banking industry.

一般公民希望對銀行業進行徹底的改革。

17 evenly***

[ˋivənlɪ]

衍 even adj. 平的，
均等的

○ adv. 均勻地，平均地

Economic wealth is not **evenly** distributed.

經濟上的財富不是平均分配的。

18 evidence***

獀 [ˋɛvədəns]

獁 [ˋevidəns]

衍 evident adj. 明顯的
evidently adv. 明顯地

○ n. 證據

The latest employment data shows **evidence** that the economy is improving.

最新的就業數據顯示出經濟正在改善的證據。

19 prospect***

獀 [ˋprɑspɛkt]

獁 [ˋprɔspekt]

衍 prospective adj.
預期的，未來的

○ n. 展望，預期

Bolton Industries is facing the **prospect** of having to reduce its workforce.

Bolton Industries 正面臨必須減少員工的可能性。

20 lead ★★★

[lid]

派 leading adj. 領導的

● v. 領導，引導；導致（某種結果）

Ms. Vasquez helped **lead** the company to success.
Mr. Vasquez 幫助帶領公司走向成功。

Growing oil markets will **lead** to economic improvement.
成長中的石油市場，將會促成經濟的改善。

 出題重點

常考
語句

1. lead to 導致（結果）
測驗中會考和 lead 搭配的介系詞 to。

2. leading + brand/company/figure
領導的品牌／公司／人物
leading 經常和品牌、公司、人物等名詞一起使用。

21 fall ★★

[fɔl]

n. 落下，下降

同 decrease 減少

○ v. （價格、數值）下降

The rate of unemployment has **fallen** steadily this quarter.
失業率在這一季穩定下降。

 出題重點

同義詞 表示「數值等減少」時，**fall** 可以換成 **decrease**。

22 period ★★

[ˋpɪrɪəd]

● n. 期間，時期

For a **period** of three years, the company underwent rapid expansion.
在三年的期間中，這家公司經歷了迅速的擴展。

23 indicator ★★

美 [ˋɪndəˌketɚ]
美 [ˋɪndɪketə]

派 indicate v.
指出，顯示
indication n.
徵兆，跡象

○ n. 指標

Current economic **indicators** show rising growth in mining.
目前的經濟指標顯示礦業的成長正在上升。

24 industry**

[ˋɪndəstrɪ]

衍 industrial adj.
工業的，產業的
industrious adj.
勤奮的

● n. 工業，產業

Jobs in the newspaper **industry** are declining rapidly.
報業的工作（職位）正迅速減少。

25 likely**

[ˋlaɪklɪ]

衍 likelihood n. 可能性
反 unlikely adj.
不太可能的

● adj. 很可能（做…）的

The new CEO is **likely** to confront major challenges.
新任執行長很可能面臨重大挑戰。

🐶 出題重點

常考
語句
be likely to do 很可能做…

likely 經常和 to 不定詞連用出題，請一起記下來。

易混淆
單字
likely : possible

請區分表示「可能」的單字用法差異。

likely 似乎會發生

表示某件事成為事實的可能性很高，主詞可以是人。

possible 有可能實現

表示某件事情是有可能實現的，主詞不能是人。

It is not **possible** to process your request at the moment.
目前無法處理您的要求。

26 boom**

[bum]

○ n. 繁榮，興盛

Land developers are taking advantage of the housing **boom**.
土地開發業者正在利用住宅市場的熱潮。

27 director**

英 [dəˋrɛktə]
英 [daiˋrɛktə]

衍 direction n. 指示，
說明
direct adj. 直接的，直
的 v. 指揮，為…指路

● n. 主管，董事

The company **directors** are discussing a new business strategy.
公司的主管們正在討論新的事業策略。

[28] **substitute****

[美] [ˈsʌbstəˌtjut]
[英] [ˈsʌbstitjuːt]

 n. 代替品

Corn syrup is used as a **substitute** for sugar in many food products.

玉米糖漿在許多食品中被當成糖的替代品使用。

v. 代替

Ms. Ohara will be **substituting** for the project manager this week.

Ms. Ohara 這禮拜將會代任專案經理。

 出題重點

常考語句 **substitute A with B (B for A)** 用 B 代替 A
be substituted for A 代替 A
be substituted with B 用 B 去代替

substitute 可以主要跟介系詞 for、with 連用，但請注意用 for 跟用 with 的意思剛好相反。被動態在測驗中也很常出現，所以一定要記起來。

[29] **consequence***

[美] [ˈkɑnsəˌkwɛns]
[英] [ˈkɔnsikwəns]
[衍] consequential adj.
隨之發生的

n. 結果，後果

Profits grew as a **consequence** of increased business.

生意增加的結果是利潤跟著成長。

[30] **fairly***

[美] [ˈfɛrlɪ]
[英] [ˈfɛəli]
[衍] fair adj. 還不錯的，
相當多的
[同] quite, reasonably
相當，很，還算

adv. 相當，頗為

Concerns over the bankruptcy are **fairly** widespread.

對於破產的擔憂相當普遍（很多人擔心破產可能發生）。

出題重點

同義詞 強調數量或程度的 **fairly** 可以換成 **quite**、**reasonably**。而當 **fairly** 當作「公平地，公正地」的意思解釋時，則可以換成 **equally**、**impartially**。

31 economical*

美 [ˌikə`nɑmɪkl]
美 [ˌiːkə`nɔmɪkəl]
衍 economic adj. 經濟的
economy n. 經濟，
節約
economics n. 經濟學
economist n.
經濟學家
反 extravagant 揮霍的

adj. 經濟的，節約的

Companies are searching for **economical** ways to utilize energy.
各公司正在尋找經濟的能源使用法。

 出題重點

易混淆
單字
— **economical** 經濟的，節約的
— **economic** 經濟方面的，經濟學的
請區分這兩個字根相同但意義不同的單字。

The latest **economic** indicators are available on the Internet.
最新的經濟指標可以在網路上取得。

文法 **economics** 經濟學（單數，不加冠詞）

economics 雖然看起來像複數，但其實是當成單數名詞使用，
而且不加冠詞。

32 thrive*

[θraɪv]
同 prosper, flourish
繁榮，興盛

v. 繁榮，成功

The delivery service industry is **thriving**.
快遞服務產業正蓬勃發展。

33 implication*

[ˌɪmplɪ`keʃən]
衍 implicate v.
意味著…，牽連…

n. 暗示，可能的結果

The Supreme Court ruling has **implications** for small businesses.
最高法院的裁決可能會對小型企業造成影響。

34 wane*

[wen]
v. 減少

n. 減少，衰退

Consumer spending is on the **wane**.
消費者支出正在減少中。

35 prosperity *

美 [pras`pɛrətɪ]
英 [prɔs`perɪtɪ]
衍 prosper v. 繁榮
prosperous adj.
繁榮的

---

n. 繁榮

Strong economic growth is a prerequisite for national **prosperity**.

強勁的經濟成長是國家繁榮的必要條件。

 出題重點

常考 語句	**in times of prosperity** 在繁榮的時期
	介系詞 of 是會考的部分。

---

36 depression *

[dɪ`prɛʃən]
同 slump, recession
衰退

---

n. 不景氣，蕭條

The entire industry is going through an economic **depression**.

整個產業正經歷經濟的衰退。

---

37 dwindle *

[`dwɪndl]
同 diminish 減少

---

v. 逐漸減少，逐漸變小

The company's profits **dwindled** in the 1990s.

這間公司的利潤在 1990 年代逐漸減少。

---

38 impede *

[ɪm`pid]
衍 impediment n.
妨礙，阻礙
反 facilitate 促進

---

v. 妨礙，阻礙

Natural calamities in the summer will **impede** national growth.

夏季的天然災害會妨礙國家的成長。

---

39 promising *

美 [`pramɪsɪŋ]
英 [`prɔmɪsɪŋ]

---

adj. 有希望的，有前途的

Many people find **promising** careers in health and technology.

很多人在醫療保健和科技領域尋找有前途的工作。

⁴⁰adversity*

(美) [əd`vɝsətɪ]
(英) [əd`vɔːsiti]
衍 adverse adj. 不利的

n. 逆境，不幸

In spite of the **adversity** he faced, Mike managed to find a job.
即使面臨逆境，Mike 還是設法找到了工作。

DAY 09 Daily Checkup

請把單字和對應的意思連起來。

01 brisk
02 director
03 limited
04 promising
05 analyst

ⓐ 分析師
ⓑ 有希望的，有前途的
ⓒ 主管，董事
ⓓ 有限的
ⓔ 活潑的，興旺的
ⓕ 激烈的，徹底的

請填入符合文意的單字。

> 新制多益會這樣出題！
> 要注意也有類似像 costly、lively 之類的單字，雖然以-ly結尾，但不是副詞而是形容詞。

06 The business expansion could be too _____ .
07 Oil prices are expected to _____ stable this month.
08 When wheat prices are up, consumers buy corn as a(n) _____ .
09 A(n) _____ in the service industry could produce thousands of jobs.

ⓐ costly   ⓑ boom   ⓒ wane   ⓓ substitute   ⓔ remain

10 The firm saw profits drop for a(n) _____ of two months.
11 Shares will be distributed _____ among the firm's partners.
12 Management was hesitant about the investment due to the _____ risk.
13 Market conditions have _____ improved ever since the financial crisis ended.

ⓐ potential   ⓑ period   ⓒ evidence   ⓓ evenly   ⓔ dramatically

新制多益基礎單字

LC		
□ business hours	phr. 營業時間	
□ cast	v. 拋，擲	
□ CEO (chief executive officer)	n. 執行長	
□ enterprise	n. 企業，事業	
□ firm	n. 公司	
□ franchise	n.（連鎖事業的）特許經營權	
□ nice-looking	adj. 好看的	
□ plenty	adj. 足夠的，很多的	
□ speed up	phr. 加速	
□ trading	n. 交易	

RC		
□ beginning	n. 開始；adj. 初期的	
□ contribution to	phr. 對…的貢獻、捐獻	
□ convenient	adj. 便利的，方便的	
□ differently	adv. 不同地，分別地	
□ economy	n. 經濟	
□ formally	adv. 正式地	
□ industrial	adj. 工業的，產業的	
□ lightly	adv. 輕輕地，輕微地	
□ merge	v. 合併	
□ not A but B	phr. 不是 A 而是 B	
□ optimistic	adj. 樂觀的	
□ overall	adj. 整體的，全面的	
□ possibility	n. 可能性	
□ private	adj. 私人的	
□ rise	v. 上升，上漲	
□ situation	n. 狀況	
□ strengthen	v. 強化，加強	
□ up-and-down	adj. 上上下下的，起伏的	

LC	□ blueprint	n. 藍圖，計畫
	□ business deal	phr. 商業交易
	□ family-run	adj. 家族經營的
	□ fluctuation	n. 波動，變動
	□ for business	phr. 為了商務（工作）
	□ foreign trade	phr. 海外貿易
	□ go into business	phr. 從事商業
	□ go out of business	phr. 歇業，倒閉
	□ mutual	adj. 相互的
	□ nationwide	adj. 全國性的
	□ need monitoring	phr. 需要監測
	□ neighboring	adj. 鄰近的
	□ real estate sale	phr. 不動產銷售
	□ recession	n.（經濟）衰退
	□ relieve pain	phr. 減輕痛苦
	□ role model	phr. 模範
	□ session	n.（特定活動的）時間
	□ unplug	v. 拔去…的塞子（或插頭）；去掉…的障礙物
	□ worsen	v.（使）惡化，（使）更糟
Part 5, 6	□ accumulation	n. 積累，積聚，積攢
	□ ascend	v. 升高
	□ commerce	n. 商務，貿易
	□ indifferent	adj. 不感興趣的；一般的
	□ prolong	v. 使延長
	□ relevantly	adv. 有關聯地
	□ stimulate	v. 刺激，激勵
	□ supplement	v. 補充
	□ tedious	adj. 冗長乏味的
	□ unavoidable	adj. 無法避免的
Part 7	□ be related to	phr. 和…有關
	□ bring in	phr. 帶來，產生（利潤）
	□ brokerage	n. 仲介，仲介佣金
	□ business management	phr. 企業管理

☐ business practice	phr.	商業慣例
☐ collapse	n.	倒塌，崩潰
☐ cope with	phr.	處理，對付
☐ cost-effective	adj.	有成本效益的
☐ descending	adj.	下降的，（排序）漸降的
☐ dominate	v.	支配，佔優勢
☐ downturn	n.	（經濟）衰退
☐ entail	v.	必然隨之產生…
☐ exchange rate	phr.	匯率
☐ flourish	v.	繁榮，興盛
☐ for large purchases	phr.	對於大量的採購
☐ for the benefit of	phr.	為了…的利益
☐ foremost	adj.	最前面的，第一流的
☐ forerunner	n.	先驅
☐ from around the globe	phr.	來自全球各地
☐ infrastructure	n.	基礎建設，公共建設
☐ marketable	adj.	有銷路的，有市場的
☐ multinational corporation	phr.	跨國企業
☐ multi-regional	adj.	跨區域的
☐ nationality	n.	國籍
☐ net income	phr.	淨收入
☐ penalize	v.	處罰
☐ put forth	phr.	提出，發表
☐ ratio	n.	比例
☐ set up	phr.	建立，創立
☐ skyrocket	v.	（價格等）飆升
☐ so far (= to date)	phr.	迄今為止，到目前為止
☐ surge	v.	（物價）激增
☐ synergy	n.	協力，協力作用
☐ synthesis	n.	綜合，合成
☐ tactics	n.	戰術，策略
☐ unemployment	n.	失業
☐ variable	adj.	易變的，多變的
☐ vicious cycle	phr.	惡性循環
☐ without a doubt	phr.	無疑地

新制多益900分單字

LC	☐ billing address	phr. 帳單寄送地址
	☐ government grant	phr. 政府補助金
	☐ market value	phr. 市值，市價
	☐ pull down	phr. 拉下，使降低
	☐ stationary	adj. 靜止的；不變的；穩定的
Part 5, 6	☐ abate	v. 減少，減輕
	☐ cease	v. 停止，中止
	☐ conspicuously	adv. 顯眼的，醒目的，顯著的
	☐ deteriorate	v. 惡化，變糟
	☐ implicitly	adv. 含蓄地，暗示地
	☐ leisurely	adj. 從容的，悠閒的；adv. 從容地
	☐ menace	v. 威脅，威嚇
	☐ perceptible	adj. 可察覺到的，可感知的
	☐ placement	n. 放置，布置，（輔導就業的）安排
	☐ remark	v. 注意到，談到
	☐ retrieval	n. 取回，恢復
	☐ slowdown	n. （景氣）低迷
	☐ solitary	adj. 單獨的，孤獨的
Part 7	☐ ailing	adj. 生病的，衰弱的
	☐ financial statement	phr. 財務報表
	☐ have a monopoly on	phr. 獨佔…
	☐ in demand	phr. 有需求的
	☐ multilateral	adj. 多方的，多國間的
	☐ nontransferable	adj. 不可轉讓的
	☐ parent company	phr. 母公司
	☐ privatization	n. 私有化，民營化
	☐ rebound	n. 回升；v. 反彈
	☐ runner-up	n. 第二名，亞軍
	☐ secondary effect	phr. 次級效應
	☐ sluggish	adj. 緩慢的，不景氣的
	☐ stagnation	n. 停滯，不景氣
	☐ volatile	adj. （價格等）易變動的

DAY 10 購物高手

購物

只要知道主題，就能掌握新制多益！

在購物的主題中，出題方向主要是宣傳活動、購買、換貨與退貨等相關內容。讓我們一起來認識在購物的主題中經常出現的單字吧！

我是網路購物高手！

女朋友的生日禮物要 purchase 什麼呢？

PURADA　哇…好漂亮！

百貨公司 XX 賣場

這樣的價格，用 installments 也不能 affordable 呀！

點擊　點擊

這個包包 exactly 一模一樣吧？說是 auction 才那樣的，價格是 authentic 包包的十分之一不到！

GURADA

PRICE

生日當天

呵呵…女朋友會喜歡的吧？

1 purchase***
⊛ [`pɝtʃəs]
⊛ [`pɔ:tʃəs]
同 buy 買

v. 購買

The customer **purchased** a laptop computer.
那位顧客買了一台筆記型電腦。

n. 購買（的東西）

For every **purchase** of $100 or more, customers will receive a raffle ticket.
每次達到 100 美元以上的消費，顧客都會得到一張摸彩券。

 出題重點

常考語句	**within ... days of purchase** 在購買後…日內 會考要選擇介系詞 within 的題目。

2 installment*
[ɪn`stɔlmənt]

n. 分期付款

The shop allows buyers to pay for furniture in monthly **installments**.
那家店允許顧客用每月分期付款的方式購買家具。

3 affordable**
⊛ [ə`fordəbl]
⊛ [ə`fɔ:dəbl]
衍 afford v. 可負擔…
affordability n.
可負擔性
affordably adv.
負擔得起地
同 reasonable （價格）
合理的，不貴的
反 expensive 貴的

adj.（價格）負擔得起的

Toyama launched an **affordable** mid-range sedan.
Toyama 公司推出了一款價格可負擔（低廉）的中等轎車。

 出題重點

常考語句	**at an affordable + rate/price** 以可負擔的費用／價格 affordable 主要和 rate, price 等表示價格的名詞搭配出題。

4 exactly*
[ɪg`zæktlɪ]
衍 exact adj. 確切的
同 precisely 準確地，
精確地

adv. 確切地，正好

The sales representatives help customers decide **exactly** what style fits them best.
銷售員會幫助顧客決定究竟什麼風格是最適合他們的。

⁵ **auction**^{**}
[`ɔkʃən]

○ **n. 拍賣**
A number of antique pieces will be sold at the **auction**.
許多古董將在拍賣會中出售。

⁶ **authentic**^{**}
美 [ə`θɛntɪk]
英 [ɔː`θentik]
同 genuine 真正的
反 fake 假的

○ **adj. 真正的，正統的**
The new restaurant downtown serves **authentic** Spanish cuisine.
市中心的新餐廳供應正統的西班牙料理。

⁷ **charge**^{***}
美 [tʃɑrdʒ]
英 [tʃɑːdʒ]
同 expense 費用

● **n. 收費，費用；責任**
The price includes shipping and handling **charges**.
價格包括運費與手續費。
Ms. Long is in **charge** of product returns.
Ms. Long 負責產品退貨事宜。

v. 索取（費用）；把…記在帳上
The phone company **charges** high fees for installations.
那家電話公司索取很高的安裝費。
She **charged** the fee to her credit card.
她把費用記在信用卡的帳上（她用信用卡付帳）。

 出題重點

常考
語句

1. free of charge 免費
   會考在這個慣用語中填入 charge 的題目。請注意其他表示
   費用的名詞如 rate, price, fare 不能用在這個表達方式裡。

2. in charge of 負責…的
   charge 經常以 in charge of 的形式出題，請記起來。

3. additional charge 額外收費

4. charge A to B 把 A 記到 B 的帳上
   選擇和 charge 搭配的介系詞 to，是測驗中會考的題目。

同義詞 表示物品、服務等等收取的費用時，**charge** 可以換成
expense。

8 **notice*****
(美) [`notɪs]
(英) [`nəutɪs]
v. 注意到
(衍) notify v. 通知
notification n. 通知
noticeable adj.
顯而易見的

● n. 通知，公告

The prices listed in the catalog are effective until further **notice**.
直到有進一步的通知之前，目錄中列出的價格都是有效的。

 出題重點

常考
語句　**until further notice** 直到有進一步通知

　　　give two weeks' notice 在兩週前通知

notice 主要以慣用語的形式出題，請務必記起來。

9 **experienced***** ●
[ɪk`spɪrɪənst]

adj. 有經驗的，熟練的

Bill is the most **experienced** salesperson in the store.
Bill 是店裡最有經驗的銷售員。

10**instruction***** ●
[ɪn`strʌkʃən]

n. 說明，指示

The receipt gives **instructions** for returning or exchanging items.
收據上提供退換貨的說明。

11**expert***** ●
(美) [`ɛkspɚt]
(英) [`ekspɔːt]
(衍) expertly adv.
熟練地，巧妙地

n. 專家

A personal shopper is an **expert** at finding bargains for customers.
個人購物助理是為顧客尋找便宜商品的專家。

adj. 專門的，專業的

An **expert** designer created the layout of the store.
一位專業設計師製作了商店的室內佈局圖。

12 warranty*** ○ n.（品質等的）保證，保證書

美 [`wɔrəntɪ]
英 [`wɔrənti]

The computer is under warranty for two years.
那台電腦保固兩年。

 出題重點

常考
語句
under warranty （商品）在保固期內
請把和 warranty 搭配的介系詞 under 一起記下來。

13 refund*** ◐ n. 退款

[`rɪˌfʌnd]
v. 退款 美 [rɪ`fʌnd]
英 [ri`fʌnd]
refundable adj.
可退款的

Buyers can get a full refund for a defective product.
買到有瑕疵的產品的人，可以獲得全額退款。

 出題重點

常考
語句
a full refund 全額退款
provide a refund 提供退款
refund 是可數名詞，所以單數時前面要加不定冠詞 a。

14 subscriber*** ◐ n. 訂閱者，用戶

美 [səb`skraɪbə]
英 [səb`skraibə]
subscription n. 訂閱

The Web site now has millions of subscribers.
這個網站現在有數百萬名訂閱者。

15 delivery*** ◐ n. 運送

[dɪ`lɪvərɪ]
deliver v. 運送

We guarantee delivery within three days.
我們保證在三天內把貨送到。

16 price*** ◐ n. 價格

[praɪs]
v. 為…定價

The new color printer has a retail price of only $150.99.
新的彩色印表機零售價只要 150.99 美元。

出題重點

常考語句	**a reduced price** 折扣價
	a retail price 零售價（↔ a wholesale price）

price 是可數名詞，所以請注意單數時前面要加不定冠詞 a。

right side navigation tabs

購物

01
02
03
04
05
06
07
08
09
DAY 10

Hackers TOEIC Vocabulary

¹⁷receipt***
[rɪ`sit]

派 receive v. 收到

n. 收據

The original **receipt** is required for all refunds.
所有退款（申請）都需要原始的收據。

 出題重點

常考語句	**original/valid + receipt** 原始／有效的收據
	upon receipt of 一收到⋯就

請記住 receipt 在多益考題中的慣用語。

¹⁸offer***
美 [`ɔfə]
美 [`ɔːfə]

同 provide 提供

v. 提供

Z-Mart **offers** $25 gift cards to customers signing up for membership.
Z-Mart 提供 25 美元的禮券給註冊成為會員的顧客。

n. 提供，優惠

The supermarket entices customers with promotional **offers**.
這間超市用促銷優惠來吸引顧客。

 出題重點

常考語句	**promotional offers** 促銷優惠
	job offer 提供工作的邀請

請記住名詞 offer 在多益中常使用的慣用語。

文法	**offer A B = offer B to A** 提供 B 給 A

offer 是第 4 類句型動詞，常以 offer A B 的句型使用。也可以寫成第 3 類句型 offer B to A。

¹⁹**carefully**★★★

(美) [ˈkɛrfəlɪ]
(英) [ˈkɛəfəlɪ]
衍 care n. 照料，關心
　v. 關心
　careful adj.
　小心謹慎的
反 carelessly 粗心地

● adv. 小心謹慎地，仔細地

Please follow the installation directions **carefully**.
請仔細遵照安裝的說明。

 出題重點

文法　請區分 **carefully**（adv. 小心地）和 **careful**（adj. 小心的）的
　　　詞性。

²⁰**benefit**★★★

(美) [ˈbɛnəfɪt]
(英) [ˈbenifit]
衍 beneficial adj.
　有益的，有利的
　beneficiary n.
　受惠者，受益人
反 disadvantage 不利

● n. 利益，好處

The Shoppers' Club offers many **benefits** to its members.
Shoppers' Club 提供許多優惠給會員。

v. 受益，受惠

NBC Mart shoppers **benefit** from various coupons and free
delivery service.
NBC Mart 的顧客享有各種優惠券和免費運送服務的福利。

²¹**exclusively**★★★

[ɪkˈsklusɪvlɪ]
衍 exclusive adj. 獨佔的
　exclude v. 排除
同 solely 單獨地

● adv. 獨佔地，排外地

A 10 percent discount is available **exclusively** to Premium Club
members.
百分之 10 的折扣僅僅提供給 Premium Club 的會員。

 出題重點

常考
語句　**available exclusively online** 只在網路上供應的
　　　sell exclusively 獨家販賣
　　　exclusively supply 獨家供應
　　　請記住 exclusively 在多益中常考的慣用語。

同義詞　表示「單獨地」、「只有」的意義時，**exclusively** 可以換成
　　　solely。

22 description***

[dɪˋskrɪpʃən]

衍 describe v. 說明，
描述

同 account 說明，解釋

n.（產品等的）說明，描述

Call customer service for a more extensive **description** of any of the equipment.

請打電話到顧客服務中心，以獲得對任何設備更全面的說明。

 出題重點

常考語句	**job description** 職務說明
	表示對工作（job）內容的說明（description），是徵才廣告常用的詞語。

易混淆單字	**description : information : specification**
	區分表示「說明」的單字用法差異，是測驗會考的題目。

─ **description**（產品等的）說明，描述

表示「書面說明」時是當可數名詞來用。

─ **information** 資訊

不可數名詞，前面不加冠詞 an。

Please contact my office for **information** on bulk orders.
請聯絡我的辦公室，以獲得關於大量訂購的資訊。

─ **specification**（詳細的）說明，規格

表示產品的規格或製造方法，主要以複數形使用。

The product **specifications** explain how to install the flooring.
產品的說明書解釋如何裝設地板。

23 relatively***

[ˋrɛlətɪvlɪ]

衍 relative adj. 相對的
relate v. 有關，
涉及；敘述

adv. 相對地

McCoy's has a **relatively** lenient return policy compared to similar stores.

和類似的商店比起來，McCoy's 有相對寬鬆的退貨規定。

 出題重點

常考語句	**relatively + lenient/low** 相對寬鬆的／較低的
	relatively 經常和 lenient, low 等形容詞連用出題。

購物
01
02
03
04
05
06
07
08
09

DAY
10

Hackers TOEIC Vocabulary

²⁴**spare*****
美 [spɛr]
英 [spɛə]

○ v. 節省，吝惜

The shopping mall **spared** no expense on the 10th anniversary promotion.
這間購物中心不惜經費投入 10 週年慶的促銷活動。

adj. 備用的，剩下的

Customers may order **spare** parts at the service counter.
顧客可以在服務櫃台訂購備用零件。

²⁵**preparation*****
[ˌprɛpəˈreʃən]

● n. 準備

Preparations are under way for the department store's grand opening.
為百貨公司盛大開幕所做的準備正在進行中。

²⁶**area*****
美 [ˈɛrɪə]
英 [ˈɛərɪə]

● n. 地區，區域

There are excellent retail stores in this **area**.
這個地區有很好的零售店。

 出題重點

易混淆 單字	**area : site**

區分表示「場所」的單字用法差異，是測驗中會考的題目。

— **area** 區域
　表示國家，城市等的一部分地區。

— **site** （建築的）工地，地點
　表示用於特定目的的地點。

Brody Brothers chose a **site** for its new department store.
Brody Brothers 公司為新的百貨公司選擇了一個地點。

²⁷**clearance*****

[`klırəns]

同 authorization
授權，批准

○ n. 清除，清倉；准許

There is usually a **clearance** sale for winter clothes in March.
三月通常會有冬季服裝的清倉拍賣。

The clerk got special **clearance** to discount the shoes.
那位店員得到了為鞋子打折的特別許可。

 出題重點

常考 語句	**clearance sale** 清倉拍賣
	表示將庫存清空（clearance）的拍賣（sale），是商店廣告常 用的詞語。

²⁸**alter*****

美 [`ɔltə]

英 [`ɔːltə]

衍 alteration n.
改變，修改

同 change, modify 改變

● v. 改變（性質、形象），修改（衣服）

The customer asked that the length of his pants be **altered**.
那位顧客要求修改褲子的長度。

²⁹**apply*****

[ə`plaɪ]

衍 application n. 適用，
申請
applicant n.
申請者，應徵者
applicable adj.
可應用的，適用的

同 put into effect 實施
put to use 使用

● v. 適用，應用；申請

The cashier **applied** the discount to all the items.
收銀員把折扣套在所有的產品上。

Those wishing to **apply** for the position must be familiar with
our merchandise.
想要申請這個職位的人，必須熟悉我們的商品。

³⁰**mutually****

[`mjutʃʊəlɪ]

● adv. 互相，彼此

The couple and dealer reached a **mutually** agreeable price for
the car.
這對夫婦和經銷商談成了彼此都同意的汽車價格。

31 method**
[`mɛθəd]
同 approach 方法

● n. 方法，方式

In recent years, debit cards have become a popular **method** of payment.

近年來，簽帳卡成為一種受歡迎的付款方式。

 出題重點

常考
語句
a method of payment 付款方式

在英美地區，除了信用卡（credit card）、簽帳卡（debit card）和現金（cash）以外，還有支票（check）和匯票（money order）等付款方式。

同義詞 表示方法、方式時，**method** 可以換成 **approach**。

32 acceptable**
(美) [æk`sɛptəbl]
(英) [ək`sɛptəbl]
同 fine （提案、決定等）不錯的，還可以的

○ adj. 可接受的，還可以的

Jenson Fashions sells clothes that are **acceptable** as business attire.

Jenson Fashions 公司販賣可以作為商務服裝的衣服。

33 desire**
(美) [dɪ`zaɪr]
(英) [dɪ`zaɪə]
衍 desirable adj. 令人渴望的，使人嚮往的
undesirable adj. 令人討厭的，不受歡迎的

○ n. 渴望，慾望

Effective advertising can create a **desire** in consumers to buy goods they do not need.

有效的廣告宣傳可以在消費者心中產生慾望，讓他們購買不需要的東西。

v. 渴望，想要

Many people **desire** the latest electronic devices.

很多人想要擁有最新的電子設備。

34 redeemable**
[rɪ`diməbl]
衍 redeem v. 贖回，（用禮券等）兌換商品

○ adj. 可兌換（現金、商品）的，可償還的

Store gift vouchers are **redeemable** at any branch.

商店的禮券可以在任何一家分店兌換商品。

35 officially **

[ə`fɪʃəlɪ]

衍 official adj. 官方的，正式的

同 formally 正式地

adv. 正式地

The online store will **officially** open next month.
這個網路商店會在下個月正式開幕。

 出題重點

常考語句	**officially open** 正式開幕
	officially 經常和表示「開幕」的 open 搭配出題。

36 consumption **

[kən`sʌmpʃən]

n. 消費（量），消耗

Consumption of high-end products like home theaters has increased recently.
最近，像是家庭劇院這種高階產品的消費量增加了。

37 qualify **

美 [`kwɑlə‚faɪ]

美 [`kwɔlifaɪ]

衍 qualification n. 資格，資格證明

qualified adj. 有資格的，符合資格條件的

v. 使⋯有資格

Clients need a regular income to **qualify** for credit cards.
客戶要有定期收入，才有資格申請信用卡。

 出題重點

常考語句	**qualify for A** 有 A 的資格
	請把和 qualify 搭配使用的介系詞 for 一起記下來。

38 fabric **

[`fæbrɪk]

n. 布料

The manufacturer's garments are made of natural **fabric** only.
這家製造商的衣服只用天然布料製作。

³⁹**valid**[★]

[`vælɪd]

同 effective 有效的
good 有效的，
效果好的

反 invalid 無效的

---

adj. 有效的

A **valid** receipt must be presented.

必須出示有效的收據。

 出題重點

常考
語句 **be valid for + 期間** 在⋯期間有效

valid receipts 有效的收據

請記住 valid 在多益中常考的慣用語。

---

⁴⁰**vendor**[★]

美 [`vɛndɚ]
美 [`vendə]

---

n. 小販，攤販；販賣業者

The street is filled with **vendors** during the weekly market.

這條街在每週市集的期間會擠滿攤販。

Software **vendors** have been instructed to sell the product at a specific retail price.

軟體販賣業者被指示以特定零售價販賣產品。

DAY 10 Daily Checkup

請把單字和對應的意思連起來。

01 affordable		ⓐ	渴望，想要
02 experienced		ⓑ	適用；申請
03 apply		ⓒ	有經驗的，熟練的
04 desire		ⓓ	可兌換的，可償還的
05 alter		ⓔ	（價格）負擔得起的
		ⓕ	改變，修改

新制多益會這樣出題！
動詞 find 的受詞的補語通常是形容詞或分詞。請想一下這句退換貨規定應該如何。

請填入符合文意的單字。

06 We add a shipping _____ to the cost of large items.

07 Most shoppers found the store's revised return policies _____ .

08 Customers were asked to _____ a few minutes to answer a brief survey.

09 The company refused to _____ the money for items damaged by the buyer.

ⓐ spare   ⓑ refund   ⓒ charge   ⓓ installment   ⓔ acceptable

10 The financial advisor is known for his _____ advice.

11 Energy _____ has dropped in recent years due to rising prices.

12 The retailer is holding a(n) _____ sale to make way for new inventory.

13 Small book _____ may face difficulty competing with large bookstores.

ⓐ delivery   ⓑ vendors   ⓒ expert   ⓓ clearance   ⓔ consumption

Answer 1.ⓔ 2.ⓒ 3.ⓑ 4.ⓐ 5.ⓕ 6.ⓒ 7.ⓔ 8.ⓐ 9.ⓑ 10.ⓒ 11.ⓔ 12.ⓓ 13.ⓑ

新制多益滿分單字　購物

新制多益基礎單字

LC	□ bakery	n. 烘焙坊，麵包店	
	□ best-selling	adj. 最暢銷的	
	□ cashier	n.（銀行、商店、旅館等的）收銀員	
	□ clothing	n.（總稱）衣服	
	□ corner	n. 角落，街角	
	□ costume	n. 服裝	
	□ free	adj. 自由的，有空的	
	□ label	n. 標籤，品牌	
	□ necklace	n. 項鍊	
	□ photography equipment	phr. 攝影器材	
	□ shelf	n. 架子	
	□ shop	n. 商店；v. 購物	
	□ shopper	n. 購物客	
	□ size	n. 尺寸，大小	
	□ sunglasses	n. 太陽眼鏡	
	□ supermarket	n. 超級市場	
	□ wear	v. 穿著，留著（鬍子等）	
RC	□ basis	n. 基礎，根據，準則	
	□ brand	n. 品牌，商標	
	□ department store	phr. 百貨公司	
	□ discount store	phr. 打折店，廉價商店	
	□ display	v. 展示，陳列；n. 展示，陳列	
	□ fit	v.（尺寸）合…的身，適合…	
	□ fully	adv. 完全地，充分地	
	□ grocery	n. 食品雜貨	
	□ keep	v. 保有，保持	
	□ store	n. 商店；v. 貯存	
	□ tax	n. 稅	

LC			
	□ at the moment	phr. 目前	
	□ celebrate	v. 慶祝	
	□ decorative item	phr. 裝飾品	
	□ discounted coupon	phr. 打了折的優惠券	
	□ for sale	phr. 供出售的	
	□ half price	phr. 半價	
	□ have A strapped to one's shoulder	phr. 把 A 用帶子繫在某人肩上	
	□ instead	adv. 作為替代	
	□ make a purchase	phr. 購買	
	□ make no difference	phr. 沒有差別，沒有關係	
	□ make payment	phr. 付款	
	□ Not that I'm aware of.	phr. 據我所知並非如此。	
	□ out of town	phr. 不在市內，出差中	
	□ overcoat outwear	n. 大衣 outwear	
	□ pay in cash	phr. 用現金支付	
	□ put out for display	phr. 把⋯展示出來，陳列出來	
	□ shoelace	n. 鞋帶	
	□ shopkeeper	n. 店主	
	□ showroom	n. 陳列室，展示廳	
	□ sleeve	n. 袖子	
	□ souvenir	n. 紀念品	
	□ stack	n. 一疊；v. 堆疊	
	□ stand in line	phr. 排隊	
	□ storefront	n. 臨街店面，臨街店舖	
	□ stylish	adj. 時髦的	
	□ tag	n.（繫在物品上的）標籤	
	□ take the order	phr. 接受點菜	
	□ try on	phr. 試穿，試戴	
	□ underline	v. 畫底線；強調，突出	
	□ watch band	phr. 錶帶	
	□ window-shopping	n. 瀏覽商店的櫥窗	
Part 5, 6	□ afford to do	v. 有足夠的金錢、時間做⋯	
	□ apparel	n. 衣服，服裝	

gift certificate n.
= voucher

☐ dairy products	phr. 乳製品
☐ elsewhere	adv. 在別處，去別處，到別處
☐ gift certificate	phr. 禮券
☐ glassware	n. 玻璃製品
☐ inexpensive	adj. 不貴的
☐ lately	adv. 最近
☐ latest	adj. 最新的
☐ luxury	n. 奢侈，奢侈品；adj. 奢侈的
☐ outerwear	n. 外衣，外套
☐ outlet	n. 販賣的通路，暢貨中心
☐ portable	adj. 便於攜帶的
☐ readership	n. 讀者數
☐ readily	adv. 輕易地，立刻
☐ refundable	adj. 可退款的
☐ value	n. 價值，價格

Part 7

☐ a selection of	phr. 一些（被挑選出來的）…
☐ a variety of (= various)	phr. 多樣的
☐ at a discounted price	phr. 以折扣價
☐ by check	phr. 用支票
☐ by credit card	phr. 用信用卡
☐ by no means	phr. 絕不，一點也不…
☐ extra charge	phr. 額外的收費
☐ get in line	phr. 排隊
☐ give a discount	phr. 給予折扣
☐ in cash	phr. 用現金
☐ merchandise	n. 商品
☐ no later than	phr. 不晚於…
☐ showcase	n. 展示櫃，展示的場合
☐ textile	n. 紡織品
☐ thrifty	adj. 節儉的，節約的
☐ under warranty	phr. 在保固期內的
☐ valid for	phr. 對於…有效，在…期間有效
☐ voucher	n. （代替現金的）商品券
☐ wholesale	adj. 批發的，大批販賣的
☐ wrap a present	phr. 包裝禮物

costume (handwritten)

新制多益900分單字

LC	□ automotive repair shop	phr. 汽車修理廠
	□ awning	n.（門窗等前面的）雨篷，遮篷
	□ cash register	phr. 收銀機
	□ cooking utensil (= cookware)	phr. 烹飪用具
	□ display case	phr. 展示櫃
	□ garment	n. 服裝，衣著
	□ look different	phr. 看起來不一樣
	□ tailor	n. 裁縫師；v. 量身訂做
	□ wind a watch	phr. 為手錶上發條
Part 5, 6	□ collectable	adj. 可收集的
	□ conversely	adv. 相反地
	□ dilute	v. 稀釋
	□ exposition	n. 博覽會
	□ generic	adj. 無注冊商標的；一般的，普通的
	□ high-end	adj. 高檔的
	□ merchant	n. 商人；adj. 商業的，貿易的
	□ observably *considerably*	adv. 顯而易見地
	□ predictably	adv. 可預料地
	□ secondhand */used.*	adj. 二手的，間接的
	□ stylishly	adv. 時髦的，符合流行地
Part 7	□ at a substantial discount	phr. 以大幅度的折扣
	□ bargain over prices	phr. 討價還價
	□ embellish	v. 裝飾，潤色
	□ embroider	v. 繡
	□ equivalent	adj. 相等的，相同的
	□ exhilarating	adj. 令人振奮的
	□ exorbitant price	phr. 過高的價格
	□ exquisite	adj. 精緻的，優雅的
	□ extravagance	n. 鋪張浪費，奢侈品
	□ lavish	adj. 奢華的
	□ redeem	v. 兌換
	□ undercharge	v. 少收錢

exageration. (handwritten)

實戰 Test 1

01 The community center provides residents a ------- of courses in arts and crafts.

(A) showing
(B) prospect
(C) variety
(D) consequence

02 Users of the Zwisher line of kitchen appliances will ------- from the many conveniences they provide.

(A) improvise
(B) benefit
(C) follow
(D) transform

03 Children are not allowed to attend the festival on their own and must be ------- by an adult.

(A) appeared
(B) required
(C) succeeded
(D) accompanied

04 Participating customers will be asked to ------- what they think of the company's products on a survey form.

(A) manage
(B) demand
(C) adopt
(D) indicate

05 The museum's current ------- features displays of ancient artifacts discovered at a historical site in Turkey last year.

(A) audience
(B) exhibition
(C) subscription
(D) announcement

06 Online companies have an ------- over traditional retail stores because they spend less on maintenance.

(A) admission
(B) influence
(C) advantage
(D) experience

07 Employees who wish to ------- how the new policy might affect them should consult their supervisors.

(A) enable
(B) clarify
(C) contain
(D) inform

08 As part of a special ------- , Stomps Gym is discounting its membership fee for new users.

(A) offer
(B) notice
(C) charge
(D) warranty

Questions 09-11 refer to the following e-mail.

Dear Mr. Elias,

As assistant director of the administrative department, I would like to request ------- to attend a business conference in Los Angeles next month. I will need to
09
be away for a week, but the information I hope to obtain at the event will
be ------- for the company. The conference is about reorganizing for maximum
10
efficiency, and the material could be ------- our efforts in developing a better
11
office system.

I'm especially interested in using cutting-edge technology to make our office
more progressive. This will help us meet the standards that many companies
now have. There are other issues I can think of but won't mention at this time.
Of course, your recommendations and suggestions are most welcome. -------. I
12
hope the company will provide me with the support I need to attend this
conference.

Gail

09 (A) experience (B) incentive
(C) permission (D) feedback

10 (A) creative (B) involved
(C) advanced (D) beneficial

11 (A) checked for (B) qualified for
(C) complied with (D) applied to

12 (A) There were other problems that
the office has already resolved.
(B) I'd like to explain why the
conference is vital to our
company.
(C) You probably have insights
that I haven't thought of yet.
(D) We have done our best to
keep ourselves more organized.

Question 13 refers to the following article.

The Almaca College board of governors will be meeting at the end of the month
to discuss recent concerns. Among the issues expected to be raised are plans
to renovate old buildings and whether or not to increase tuition fees this year.

13 The word "concerns" in paragraph 1, line 2, is closest in meaning to
(A) interests (B) methods (C) stresses (D) matters

DAY 11

新產品上市

產品開發

只要知道主題，就能掌握新制多益！

在產品開發的主題中，出題方向主要是產品開發階段的討論、新產品的功能與特徵介紹…等等。讓我們一起來認識在產品開發的主題中經常出現的單字吧！

懷抱信念開發創新產品

長久的 research 結束後，我要介紹這個 devise 出的 revolutionary 產品！

會議室

在我 innovative 產品的 features 之下，大家都會嚇一跳吧！

產品的 inspiration 是從哪裡得到呢？

請 sufficiently 說明今後的計畫吧！

首先，請大家 envision 這產品得到 patent 而熱銷的畫面。

你誰呀你！

這是在晚上吃也不會水腫的泡麵！看看我的臉蛋吧！一點也沒腫不是嗎？

不腫麵

1 research***
美 [ˈrɪsɚtʃ]
澳 [ˈrisɔːtʃ]
v. 研究，調查
衍 researcher n. 研究者
同 study 研究

n. 研究，調查

The company started a **research** program into developing GPS technology.

那間公司開始了一項開發 GPS（全球定位系統）技術的研究計畫。

 出題重點

常考語句	**research on** 關於…的研究
	請把和 research 搭配的介系詞 on 一起記下來。

2 devise*
[dɪˈvaɪz]
衍 device n. 設備，裝置
同 contrive 策畫，設計
　 invent 發明

v. 設計出來，發明

The firm **devised** a more efficient network system.

這家公司設計出一種更有效率的網路系統。

3 revolutionary*
美 [ˌrɛvəˈluʃənˌɛrɪ]
澳 [ˌrɛvəˈluːʃənəri]
衍 revolution n. 革命

adj. 革命性的

The car's **revolutionary** new engine surpasses those of the competition.

那台車革命性的新型引擎超越了競爭對手的產品。

 出題重點

文法	請區分 **revolutionary**（adj. 革命性的）和 **revolution**（n. 革命）的詞性。

4 innovative**
美 [ˈɪnoˌvetɪv]
澳 [ˈɪnəuveitiv]
衍 innovate v. 創新
　 innovation n. 創新

adj. 創新的

Simpson & Associates provides clients with **innovative** solutions to their needs.

Simpson & Associates 為客戶的需求提供創新的解決方法。

⁵ **feature****
美 [fitʃɚ]
英 [fiːtʃə]
同 characteristic 特徵

n. 特徵，特色
The latest dryer has several new **features**.
最新款的吹風機有幾個新的特色。

v. 以…為特色，特別刊載…
This refrigerator model **features** high energy efficiency.
這一款冰箱有很高的能源效率。

⁶ **inspiration***
美 [ˌɪnspəˋreʃən]
英 [ˌinspiˋreiʃən]
衍 inspire v. 給予靈感
inspirational adj.
啟發靈感的

n. 靈感
The new fashion designer draws her **inspiration** from traditional attire.
新的服裝設計師從傳統服飾獲得靈感。

⁷ **sufficiently***
[səˋfɪʃəntlɪ]
衍 sufficient adj. 充足的
sufficiency n. 充足
反 deficiently 不充分地

adv. 充足地
The containers are **sufficiently** strong to resist breakage.
這些容器夠強韌，足以防止破損。

⁸ **patent***
[ˋpætṇt]
v. 取得…的專利

n. 專利，專利權，專利品
The lawyers submitted the paperwork for a **patent** application.
律師提交了專利申請的文件。

⁹ **envision***
[ɪnˋvɪʒən]

v. 想像，在心中描繪（未來的事等等）
Management **envisions** its latest product being sold in stores across the country.
經營團隊想著要讓最新的產品在全國各地的商店販賣。

10 extend***

[ɪk`stɛnd]

派 extent n. 程度，範圍
(= scope)
extension n.
延長，擴大
extensive adj.
廣泛的，廣闊的

同 lengthen 延長
offer 表現（感謝、
尊敬等）

v. 延長（期間），表示（感謝），給予

A switch for adjusting brightness **extends** from the back of the lamp.
調整亮度的開關從燈的後面延伸出來。

The manager **extended** the design deadline for a month.
經理把設計的截止日期延長了一個月。

The CEO **extended** his thanks to the research team for their great work.
執行長對研究團隊傑出的工作表現表達了感謝。

 出題重點

同義詞 **extend** 表示延長時可以換成 **lengthen**，表示傳達歡迎、感謝、同情等情感時可以換成 **offer**。

11 following***

美 [`fɑləwɪŋ]
英 [`fɔləuɪŋ]

prep. 在…之後

The software was launched **following** months of research.
那個軟體在幾個月的研究後上市了。

adj. 接下來的，隨後的

Product brochures are available in the **following** languages.
產品手冊有以下幾種語言的版本。

12 intend***

[ɪn`tɛnd]

派 intention n. 意圖
intent n. 意圖

v. 打算（做…），意圖…

Beauford Incorporated **intends** to release its new appliances this fall.
Beauford 公司打算在今年秋天推出新的家電。

The inventor **intended** that her mixer be used for bread-making.
發明者的意圖是讓她的攪拌器用在麵包製作方面。

¹³**grant*****

(英) [grænt]
(美) [grɑ:nt]
(同) allowance 津貼

○ v.（承認並正式）授予，給予

The patent for the handheld computer was **granted** on April 27.
掌上型電腦的專利已於 4 月 27 日授予。

n.（研究經費、獎學金等）補助金

The research team will receive a government **grant** of up to $4,000.
那個研究團隊將獲得最多 4000 美元的政府補助金。

 出題重點

常考
語句　**take ... for granted** 把⋯視為理所當然
表示想也不想，就把某件事當成理所當然的事情而接受，或者把擁有的東西視為理所當然而不珍惜。

¹⁴**allow*****

[əˋlaʊ]
(衍) allowable adj.
　可允許的，容許的
　allowed adj. 被允許的
　allowance n.
　限額，津貼，零用錢

○ v. 允許⋯，使⋯能夠做某事

The program's new feature **allows** users to conduct advanced searches.
這個程式的新功能讓使用者能夠進行進階搜尋。

¹⁵**inspect*****

[ɪnˋspɛkt]
(衍) inspection n.
　檢查，調查
　inspector n.
　檢查者，調查員

○ v. 檢查，調查

The head researcher **inspects** all equipment and chemicals in the laboratory daily to ensure safety.
首席研究員每天檢查實驗室裡面所有的設備和化學藥品以確保安全。

¹⁶**improve*****

[ɪmˋpruv]
(衍) improvement n.
　改善，改進
(同) upgrade 使升級，改進

○ v. 改善，提高

A variety of incentives can **improve** staff productivity.
有多種獎勵金可以提高員工的生產力。

17increasingly***
[ɪnˈkrisɪŋlɪ]
派 increase v. 增加
increasing adj.
增加中的

adv. 漸增地，越來越

Technology is becoming an **increasingly** important factor in the nation's economy.
科技正成為國家經濟中越來越重要的因素。

18invest***
[ɪnˈvɛst]

v. 投資，投入（時間、金錢等）

Lamont Manufacturing **invested** millions of dollars in improving its assembly line.
Lamont Manufacturing 公司投資了數百萬美元改善組裝線。

19various***
美 [ˈvɛrɪəs]
英 [ˈvɛərɪəs]
派 vary v. 變化，不同
variety n. 多樣性，
多種

adj. 各種的，多樣的

This car has **various** features not included in older models.
這台車有舊款沒有的多種特色。

20upgrade***
n. [ˈʌpgred]
v. [ʌpˈgred]

n. 升級，改良

Special customers are eligible for one free computer **upgrade**.
特別的顧客有資格獲得一次免費的電腦升級。

v. 使升級，改進

Gina just **upgraded** her cell phone software.
Gina 剛剛升級了她的手機軟體。

21manual***
[ˈmænjʊəl]
adj. 手的，用手操作的

n. 說明書，手冊

Rachel is writing the product **manual** for the new air conditioner.
Rachel 正在撰寫新款空調的產品說明書。

²²**explore*****
美 [ɪk`splor]
英 [iks`plɔ:]

v. 探勘，探索

Clients seeking company information can **explore** our Web site.
想要找到公司資訊的客戶，可以查看我們的網站。

²³**response*****
美 [rɪ`spɑns]
英 [ri`spɔns]
衍 respond v.
回答，反應

n. 答覆，反應

Those testing the new microwave are asked to submit written
responses to some questions.
測試新款微波爐的人被要求對一些問題提出書面的答覆。

出題重點

常考
語句
in response to 回應⋯
response 表示對某件事或現象的反應或應對，請注意它經常
以 in response to 的形式出題。

²⁴**appearance*****
[ə`pɪrəns]
衍 appear v. 出現
apparently adv.
表面上，顯然地
同 outlook 前景，景色

n. 外觀，外貌

The design team completely modernized the product's
appearance.
設計團隊把產品的外觀完全現代化了。

²⁵**successful*****
[sək`sɛsfəl]
衍 succeed v. 成功
success n. 成功
successfully adv.
成功地

adj. 成功的

The floor lamps are the company's most **successful** product.
（底座擺放在地面上的）立燈是這家公司最成功的產品。

²⁶**hold*****
美 [hold]
英 [həuld]
同 contain 包含
conduct 指揮，
進行（特定活動）

v. 容納⋯，裝著⋯；舉辦，舉行（會議等）

The washing machine **holds** up to three kilograms of laundry.
這台洗衣機最多可容納三公斤的衣物。

出題重點

同義詞 表示舉辦或舉行會議等活動時，**hold** 可以換成 **conduct**。

---

²⁷**advance**★★
美 [əd`væns]
英 [əd`vɑːns]
衍 advancement n.
　進步
　advanced adj. 進步的
反 setback 挫折，倒退

n. 進步，發展

The product development team researches **advances** in computer technology.
產品開發團隊研究電腦技術的發展。

 出題重點

常考
語句
in advance 事先
in advance of 在⋯之前
advance in ⋯方面的進展
advance 會和介系詞 in 一起使用。請注意隨著 in 的位置不同，意義會有所變化。

---

²⁸**reliable**★★
[rɪ`laɪəbl]
衍 rely v. 依靠，信賴
　reliability n. 可靠性
同 trustworthy,
　dependable
　可信賴的

adj. 可信賴的，可靠的

Tests indicate that Branco's products are **reliable** and efficient.
測試指出，Branco 公司的產品可靠而且有效率。

 出題重點

易混淆
單字
┌ **reliable** 可信賴的，可靠的
└ **reliant** 依賴的，依靠的
區分這兩個形態相近但意義不同的單字，在測驗中會考。
The firm's management system is not **reliant** on any single person.
這間公司的管理系統並不依靠任何一個人。

---

²⁹**quality**★★
美 [`kwɑlətɪ]
英 [`kwɔliti]
adj. 品質好的
衍 qualify v. 取得資格

n. 品質

The **quality** control division inspects samples of all items.
品管部門檢查所有產品的樣本。

³⁰**domestic****

[də`mɛstɪk]

adj. 國內的

Slow sales in the **domestic** market forced companies to expand overseas.

國內市場停滯的銷售情況迫使各家公司往海外擴展。

³¹**development****

[dɪ`vɛləpmənt]

📖 develop v. 開發，使…發展
developer n. 開發者
developed adj. 已開發的，先進的
developing adj. 開發中的

n. 開發，發展

The project is in the final stage of **development**.

企畫案處於開發的最終階段。

Developments in wireless technology allow for high-powered smartphones.

無線技術的發展考慮到了高性能的智慧型手機。

 出題重點

常考語句 **be under development** 開發中

development in …方面的發展

請把和 development 搭配使用的介系詞 under, in 記起來。

³²**availability****

㊀ [ə‚vɛlə`bɪlətɪ]
㊁ [ə‚veɪlə`bɪlɪtɪ]

📖 available adj. 可利用的

n. 可得性，可利用性

Availability of product depends on market demand and supply.

產品的可得性取決於市場的需求與供給。

³³**update****

n. [`ʌpdet]
v. [ʌp`det]

📖 updated adj. 最新的

n. 更新，最新消息

The Web site **update** includes information on the latest hair styling appliances.

網站更新內容包括關於最新美髮器材的資訊。

v. 更新，使成為最新

The factory **updated** the software of its equipment to speed up the production rate.

這家工廠更新了設備的軟體，以提高生產速度。

---

³⁴accurate**

[ˋækjərɪt]

🔁 accuracy n. 正確性
accurately adv. 正確地

🔄 inaccurate 不正確的

adj. 精確的

The new accounting software is **accurate** and precise.

新的會計軟體既精確又清楚。

---

³⁵complicated**

🇺🇸 [ˋkɑmpləˏketɪd]

🇬🇧 [ˋkɔmplikeitid]

🔁 complicate v. 使複雜化

adj. 複雜的

Project delays often create a **complicated** situation for the public relations department.

企畫案的延期通常會對公關部門造成複雜的情況。

---

³⁶accomplished**

🇺🇸 [əˋkɑmplɪʃt]

🇬🇧 [əˋkɔmplɪʃt]

🔁 accomplish v. 達到，完成
accomplishment n. 成就，成績

adj. 熟練的，有造詣的

The **accomplished** chemist has been hired to develop a flexible battery.

那位非常專精的化學家受雇開發可彎曲的電池。

---

³⁷inquiry**

🇺🇸 [ˋɪnkwərɪ]

🇬🇧 [inˋkwaiəri]

🔁 inquire v. 詢問，調查

n. 詢問，問題

Please call our customer representatives for service **inquiries**.

請打電話給我們的顧客服務專員，以提出關於服務的詢問。

---

³⁸indication**

[ˏɪndəˋkeʃən]

🔁 indicate v. 指出，表明
indicative adj. 指示的，表示的

n. 徵兆，跡象

Uneven printing is an **indication** of a technical fault.

印刷不均勻是技術問題的徵兆。

易混淆 **indication : show**
單字
區分有「表示」意義的單字用法差異,在測驗中會考。

┌ **indication** 徵兆

│ 表示事件、狀態、行動等等的徵兆。

└ **show** 顯示,表示

   表示感情或意向的表現。

In a **show** of gratitude, staff were given bonuses.
為了表示謝意而發放了獎金給員工。

---

³⁹**manufacturer****

美 [ˌmænjəˈfæktʃərə]

美 [ˌmænjuˈfæktʃərə]

衍 manufacture n. 製
造 v. 製造

n. 製造商,製造業者

The **manufacturer** guarantees all its products for up to one year.
製造商為所有產品保固最多一年。

---

⁴⁰**compatible***

美 [kəmˈpætəbl]

美 [kəmˈpætibl]

衍 compatibility 相容性

adj. 相容的,能共處的

The remote control is **compatible** with all models.
這個遙控器和所有型號相容。

出題重點

常考 **be compatible with** 與…相容
語句
請把和 compatible 搭配使用的介系詞 with 一起記下來。

---

⁴¹**superior***

美 [səˈpɪrɪə]

美 [suːˈpiəriə]

衍 superiority n. 優越,
優越性

同 excellent 優秀的

反 inferior 較差的

adj. 優秀的,較好的

The company's latest television is **superior** to those on the market today.
那家公司最新的電視比當今市面上的產品都還要好。

 出題重點

常考語句	**be superior to** 比…優秀
	請把和 superior 搭配使用的介系詞 to 一起記下來。因為單字本身已經有「比…優秀」的意思了，所以 to 不能換成 than。
易混淆單字	**superior : incomparable**
	請區分表示「優秀的」的單字用法差異。
	superior 優秀的
	表示人事物的能力、價值很優越。
	incomparable 無與倫比的
	表示優秀到其他對象無法相比的程度。
	Tourists praise London's **incomparable** museums.
	遊客們稱讚倫敦無與倫比的博物館。
同義詞	表示功能或能力很優秀時，**superior** 可以換成 **excellent**。

---

42 **absolute***
[`æbsə͵lut]
囝 absolutely adv.
絕對地，完全地
同 complete, utter
完全的

adj. 絕對的，完全的

The latest technology keeps production costs to an **absolute** minimum.

最新的技術將生產成本保持在絕對最小的水準。

 出題重點

常考語句	**to an absolute minimum** 到絕對最小的程度
	表示將費用或噪音等維持在絕對最小的程度。

---

43 **broaden***
[`brɔdn]
囝 broad adj. 寬的
breadth n. 寬度，
廣度
同 widen, expand 擴展

v. 拓寬，擴大

The new CEO is **broadening** the scope of the company's research.

新任執行長正在拓寬公司的研究範圍。

出題重點

易混淆單字 **broaden : multiply**

區分表示「拓寬」、「增加」的單字用法差異，是測驗中會考的題目。

┌ **broaden** 拓寬

　表示擴大研究範圍或經驗等抽象的領域。

└ **multiply** 使增加

　表示使數或量增加。

The firm **multiplied** its fortunes by investing wisely.
這家公司藉由明智地投資，使財產增加。

同義詞 若文意為範圍、界線等的拓寬、擴大，**broaden** 可以換成 **widen**、**expand**。

---

[44]**corrosion**＊

⑧ [kəˈroʒən]
⑧ [kəˈrəuʒən]
㊼ corrode v. 腐蝕

n. 腐蝕

This steel roof is designed to be resistant to **corrosion** from the weather.

這個鋼鐵製的屋頂，被設計成可以抵抗天氣造成的腐蝕。

 出題重點

易混淆單字 **corrosion : erosion**

請區分表示「腐蝕」、「侵蝕」的單字用法差異。

┌ **corrosion** 腐蝕

　表示金屬因化學變化而腐蝕。

└ **erosion** 侵蝕

　表示因為自然力的影響，造成岩石或土壤的侵蝕。

Erosion of the coastal environment is a serious problem.
海岸環境的侵蝕是個嚴重的問題。

DAY 11 Daily Checkup

請把單字和對應的意思連起來。

01 allow   ⓐ   更新，使成為最新

02 invest   ⓑ   研究

03 upgrade   ⓒ   設計出來

04 response   ⓓ   使⋯能夠做某事

05 devise   ⓔ   投資

                   ⓕ   答覆

請填入符合文意的單字。

> 新制多益會這樣出題！
> 名詞 research 與 grant、program 結合成的複合名詞經常出現。

06 Mr. Smith _____ to save money for a new van.

07 The research _____ helped the student complete his design.

08 The company may _____ the project deadline by one month.

09 Customs officers always _____ many imported products for violations.

ⓐ grant   ⓑ intends   ⓒ extend   ⓓ inspect   ⓔ update

10 Janice _____ various options before buying a new computer.

11 The factory _____ the old luggage line by using light materials.

12 An _____ photographer was hired to take pictures of the product.

13 _____ in technology lead to breakthroughs in the manufacturing process.

ⓐ accomplished   ⓑ advances   ⓒ appearances   ⓓ explored   ⓔ improved

新制多益基礎單字

LC	□ brand new	phr. 全新的
	□ break down	phr. 故障
	□ developer	n. 開發者
	□ handmade	adj. 手工的
	□ in a row	phr. 成一排，連續地
	□ late	adj. 遲到的；adv. 遲到地
	□ lid	n. 蓋子
	□ sample	v. 試吃；n. 樣品
	□ shape	v. 使⋯成形；n. 形狀
	□ switch off	phr.（用開關）關掉
	□ turn off (↔ turn on)	phr. 關掉（電器用品）
RC	□ be known for	phr. 以⋯聞名
	□ be made of	phr. 由⋯製成
	□ catalog	n. 目錄，商品目錄
	□ chemist	n. 化學家
	□ close down	phr. 關閉，停業
	□ control	v. 控制，管理；n. 控制，管理
	□ design	v. 設計；n. 設計
	□ discovery	n. 發現
	□ historic	adj. 有歷史意義的
	□ invention	n. 發明，發明的東西
	□ original	adj. 最初的，有原創性的；n. 原物
	□ receive	v. 收到
	□ repeat	v. 重複
	□ request form	phr. 申請表
	□ sensor	n. 感應器
	□ technique	n. 技術
	□ test	n. 試驗；v. 測試

LC	☐ a series of	phr. 一系列的	
	☐ check the manual	phr. 查看說明書	
	☐ come up with	phr. 想出，提出（主意或計畫）	
	☐ enter a contest	phr. 參加比賽	
	☐ give a demonstration of	phr. 示範操作…	
	☐ go straight to	phr. 直走到…	
	☐ laboratory	n. 實驗室	
	☐ latest work	phr. 最新作品	
	☐ lightweight	adj. 較輕的，輕量的	
	☐ out-of-date	adj. 過時的	
	☐ product designer	phr. 產品設計師	
	☐ product display	phr. 產品陳列	
	☐ redesign	n. 重新設計，新設計	
	☐ trial period	phr. 試用期	
	☐ try out	phr. 試驗，試用	
	☐ unplug the equipment	phr. 把設備的插頭拔掉	
	☐ up-to-date	adj. 最新的	
	☐ user's guide	phr. 使用者指南	
	☐ waterproof	adj. 防水的	
	☐ well-prepared	adj. 準備充足的	
	☐ with the lights on	phr. 開著燈	
Part 5, 6	☐ advancement	n. 進步，前進，晉升	
	☐ appliance	n. 電器用品	
	☐ aside from	phr. 除了…以外	
	☐ certified	adj. 經過認證的，證明合格的	
	☐ complementary	adj. 補充的，互補的	
	☐ composition	n. 構成	
	☐ consist of	phr. 由…構成	
	☐ cooperative	adj. 合作的，配合的	
	☐ delighted	adj. 高興的，快樂的	
	☐ designed	adj. 設計好的，故意的	
	☐ durable	adj. 持久的，耐用的	
	☐ electronics	n. 電子學	

□ except for	phr. 除了⋯以外
□ exploration	n. 探索，探究
□ imaginable	adj. 可想像的，想像得到的
□ innovate	v. 創新
□ interpretation	n. 解釋，說明
□ licensed	adj. 有許可證的，有執照的
□ mechanical	adj. 機械的，機械驅動的
□ prediction	n. 預測
□ prototype	n. 原型，樣品
□ quantity	n. 數量
□ remnant	n. 剩餘
□ screen	n. 螢幕；v. 篩選
□ suspend	v. 中止
□ technical	adj. 技術性的
□ unfavorable	adj. 不利的，令人不快的
□ vulnerable to	phr. 容易遭受⋯的

Part 7

□ be carried out	phr. 被執行
□ be designed to do	phr. 被設計作為⋯
□ breakthrough	n.（科學等的）突破性發展
□ by the time	phr. 到⋯的時候
□ collaboration	n. 合作，共同研究
□ copyright	n. 版權，著作權
□ custom-built	adj. 訂製的
□ customize	v. 訂做
□ disruption	n. 中斷，混亂
□ energy efficiency	phr. 能源效率
□ energy source	phr. 能源
□ expand into	phr. 擴展到⋯
□ fuel consumption	phr. 燃料消耗
□ guidance	n. 引導，指導
□ keep one's eye on	phr. 看守好⋯，密切注意⋯
□ limited edition	phr. 限量版
□ long-lasting	adj. 持久的
□ plenty of	phr. 許多的
□ smoke detector	phr. 煙霧偵測器

LC	☐ be stacked on top of each other	phr. 被一個一個往上疊起來
	☐ hectic	adj. 忙亂的
	☐ intently	adv. 專注地
	☐ ornamental	adj. 裝飾的
	☐ reassign	v. 重新分配（工作等）
	☐ specimen	n. 樣品，樣本
Part 5, 6	☐ achievable	adj. 可完成的，可達到的
	☐ apparatus	n. 設備，器材
	☐ concession	n. 讓步，特許權
	☐ concurrently	adv. 同時地
	☐ configuration	n. 配置
	☐ detectable	adj. 可發覺的
	☐ distill	v. 蒸餾
	☐ dysfunction	n. 機能障礙
	☐ embedded	adj. 嵌入的
	☐ evolve	v.（使）逐步發展，（使）逐漸成形
	☐ flammable	adj. 易燃的
	☐ implant	v. 移植，灌輸（思想）
	☐ patronize	v. 經常光顧，惠顧
	☐ staple	n. 主食
	☐ steer	v. 操縱
	☐ sturdily	adv. 結實地
	☐ transparent	adj. 透明的
Part 7	☐ be geared to	phr. 適合…
	☐ bewildering	adj. 令人困惑的
	☐ bring out	phr. 推出（產品），引出（能力）
	☐ cutting-edge	adj. 尖端的，先進的
	☐ obsolete	adj. 過時的，被淘汰的
	☐ quality control standards	phr. 品質控管標準
	☐ state-of-the-art	adj. 最先進的
	☐ streamline	v. 使（工作等）有效率，簡化
	☐ top-of-the-line	adj. 最頂級的

high end

12
13
14
15
16
17
18
19
20

DAY 12

工廠自動化

生產

只要知道主題，就能掌握新制多益！

在生產的主題中，出題方向主要是改善生產設備、詢問產量與生產排程等等。讓我們一起來認識在生產的主題中經常出現的單字吧！

想大量生產，就看工廠設備怎麼使用了！

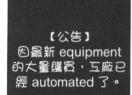

【公告】
因最新 equipment 的大量購買，工廠已經 automated 了。

請所有人 properly 了解設備的 specifications，

說明書　說明書

並遵守 safety precautions，確保機器 operate 的情況！

而且！為了提高 processing 的生產 capacity，請 assembly 線上的員工們要最大地 utilize 設備！

現在連去廁所都不用走路了，超讚的吧！

隆隆

1 equipment***

[ɪˈkwɪpmənt]

衍 equip 使…配備

n. 設備，裝備

The company uses special **equipment** to load large crates onto freight trucks.

公司使用特殊設備將大型木箱裝到貨運卡車裡。

 出題重點

常考語句 **office equipment** 辦公設備

equipment 是不可數名詞，前面不能加不定冠詞 a(n)。

2 automate*

[ˈɔtəˌmet]

衍 automation n. 自動化
automatic adj. 自動的

v. 自動化

The production plant will be fully **automated** by next year.

那間生產工廠在明年前會完全自動化。

3 specification*

美 [ˌspɛsəfəˈkeʃən]
英 [ˌspesifiˈkeiʃən]

衍 specify v. 具體說明…
specific adj. 明確的，具體的

同 manual 說明書

n. 明細單，說明書，規格

The quality control team checks if all items meet product **specifications**.

品管小組檢查所有產品是否符合產品規格。

4 properly***

美 [ˈprɑpə-lɪ]
英 [ˈprɔpəli]

衍 proper adj. 適當的，適合的

adv. 適當地，正確地

Machinery must be well-maintained to operate **properly**.

機械必須好好維護才能正常運作。

 出題重點

常考語句 **operate properly** 正常運作

properly 經常和 operate 等表示運作的動詞搭配使用。

5 safety*

[ˈseftɪ]

衍 safe adj. 安全的
safely adv. 安全地

n. 安全

Factory supervisors prioritize **safety** over speed.

工廠主管重視安全勝於速度。

出題重點

常考語句 **safety + precautions/regulations** 安全預防措施／規定
因為預防措施或規則都包含許多項目，所以要使用複數形 precautions, regulations。

6 **precaution****
[prɪˋkɔʃən]
衍 precautious adj.
　小心的
同 safeguard 預防措施

n. 預防措施
After the accident, the company introduced stricter safety **precautions**.
事故之後，公司採用了更嚴格的安全預防措施。

7 **operate*****
美 [ˋɑpəˌret]
英 [ˋɔpəreit]
衍 operation n. 操作，
　運作
　operational adj.
　運作的
　operable adj.
　可操作的，可使用的

v.（機械等）運作，操作
The assembly line **operates** round the clock.
那條組裝線 24 小時運作。

8 **processing****
美 [ˋprɑsɛsɪŋ]
英 [ˋprəusesiŋ]
衍 process v. 加工處
　理 n. 過程，程序

n. 加工，處理
Food **processing** requires a clean environment.
食品加工需要乾淨的環境。

出題重點

易混淆單字
　┌ **processing** 加工，處理
　└ **process** 過程，程序
區分表示「處理的行為」的 processing 和表示「應該遵守的步驟」的 process，是測驗中會考的題目。
The new refining **process** will be implemented tomorrow.
新的精煉製程將在明天實施。

9 **capacity****
[kə`pæsətɪ]
词 capacious adj.
容量大的
同 role 角色，任務

n. 能力；容量，容納量；職位

The warehouse's **capacity** will double after the construction.
這間倉庫的容量將在工程後增為兩倍。

As Ms. Jones was away, Sam acted in her **capacity** as president during the meeting.
因為 Ms. Jones 不在，所以 Sam 在會議中擔任她的主席工作。

出題重點

常考語句	**be filled to capacity** 被裝到滿
	expand the capacity 擴大容納量
	limited capacity 有限的容納量
	storage capacity 儲存容量
	請記住 capacity 在多益中會考的慣用語。
同義詞	表示配合人的資格、地位所擔任的角色時，**capacity** 可以換成 **role**。

10 **assemble***
[ə`sɛmbl]
词 assembly n. 組裝，集會
同 build 組裝（機械之類的東西）
call together 召集
反 disassemble 拆開

v. 組裝（零件、機械等）；召集（人）

Components are manufactured abroad and **assembled** domestically.
零件是在國外生產，在國內組裝。

The manager **assembled** everyone in the department for a meeting.
經理集合了部門裡所有人開會。

出題重點

常考語句	**assembly line** 組裝線
	assembly plant 組裝廠
	名詞 assembly 經常以複合名詞的形式出題。

11 utilize*

- 美 [`jutḷ͵aɪz]
- 英 [`ju:tilaiz]
- 衍 utilization n. 利用
- 同 use 利用

 v. 利用

The technicians **utilized** computer technology to improve processes.

技術人員利用電腦技術改善流程。

12 place***

- [ples]
- 衍 placement n. 安置
- 同 leave 使處於某種狀態
  put 放置（在某個場所）

 v. 使…處於某種狀態，下（指示、訂單、申請等）

The factory supervisor has **placed** production operations on standby.

工廠主管已經讓生產作業處於待命狀態了。

The office manager has to **place** an order for additional materials immediately.

辦公室管理者必須立即訂購額外的材料。

😀 出題重點

常考語句	**place A on standby** 使 A 處於待命狀態
	place 常以 place A on standby 的形態出題，請記住。
同義詞	**place** 表示使人事物處於特定位置或狀態時，可以換成 **leave** 或 **put**。

13 fill***

- [fɪl]
- 反 empty 清空

 v. 裝滿…；滿足訂單的訂購要求

An attendant **filled** the car's tank with gas.

一名服務員把汽車的油箱加滿汽油。

It will take a week to **fill** the hotel's order for bed sheets.

要供應飯店訂購的床單，需要一週的時間。

😀 出題重點

常考語句	**1. fill A with B** 用 B 裝滿 A
	請把和 fill 搭配的介系詞 with 一起記下來。
	2. fill an order 供應訂單要求的物品
	fill the position 填補（空缺的）職位
	fill 除了表示填滿空間以外，還可以和 order, position 等名詞搭配使用，表示「滿足訂單要求」、「填補職位」的意思。

14 manufacturing*** ⬦

[ˌmænjəˈfæktʃərɪŋ]
n. 製造（業）

adj. 製造（業）的

The **manufacturing** process in the automotive industry has changed with computer advances.

汽車工業的製程隨著電腦的進步而改變了。

15 renovate*** ⬤

[ˈrɛnəˌvet]

v. 翻新，翻修（舊建築物、舊家具等）

The packaging area was **renovated** to use the space more effectively.

包裝區域經過翻新，以求更有效率地使用空間。

16 decision*** ⬤

[dɪˈsɪʒən]

n. 決定

The CEO's **decision** was to release the computer in February.　執行長的決定是在二月發售那款電腦。

 出題重點

> 常考語句　**make a decision about** 做出關於⋯的決定
>
> 請記住 decision 在多益會考的這個慣用語。

17 material*** ⬤

[məˈtɪrɪəl]
同 substance 物質

n. 材料，料子

The designers selected the **material** because of its durability.

設計師選擇那種材料是因為它的耐用性。

 出題重點

> 易混淆單字　**material : ingredient**
>
> 區分表示「材料」的單字用法差異，是測驗中會考的題目。
>
> ┌ **material** 材料，料子
> │ 　表示製作物品時使用的材料。
> └ **ingredient** （料理的）材料，（混和物的）成分
> 　　主要表示製造食物時使用的原料。
>
> The bakery only uses organic **ingredients** in its goods.
> 這間烘焙坊只使用有機原料製作產品。

18 success***

[sək`sɛs]

n. 成功，成就

The company owes its success to strict quality control.
這間公司將它的成功歸功於嚴格的品質控管。

19 attribute***

[ə`trɪbjʊt]

同 ascribe
　　把…歸因於（原因）

v. 把…歸因於（原因）

Management has attributed last year's gains to increased development.
經營團隊把去年的增長歸因於增加的開發。

 出題重點

常考
語句

attribute A to B 把 A 歸因於 B
A is attributed B A 被歸因於 B
請把和 attribute 搭配的介系詞 to 一起記下來。

20 efficiency***

[ɪ`fɪʃənsɪ]

衍 efficient adj. 有效率的
　　efficiently adv.
　　有效率地
同 effectiveness 有效性
反 inefficiency 無效率

n. 效率，效能

The consultant suggested measures to improve energy efficiency.
顧問建議了改善能源效率的措施。

 出題重點

常考
語句

office efficiency 辦公效率
energy efficiency 能源效率
efficiency 經常以複合名詞的形式出題，請一起記下來。

文法　請區分 **efficiency**（n. 效率）和 **efficient**（adj. 有效率的）
　　　的詞性。

21 limit***

[`lɪmɪt]

v. 限制
衍 limitation n. 局限
　　limited adj. 受限的，
　　有限的

n. 限制，界限

There is a limit to the amount of merchandise the factory can make in a day.
那間工廠一天可以製造的商品數量是有限制的。

22 tailored***
美 [ˋtelɚd]
英 [ˋteiləd]
衍 tailor v. 裁製（衣服），（依照用途、目的）使合適（＝adapt）

adj. 量身訂做的，依要求訂做的

This equipment can be **tailored** to the company's production needs.

這種設備可以配合公司的生產需求訂製。

23 component**
美 [kəmˋponənt]
英 [kəmˋpəunənt]

n. 零件，構成要素

The store returned the defective **components** to the manufacturer.

那間商店把有瑕疵的零件退回給製造商。

24 capable**
[ˋkepəbl]
衍 capability n. 能力
capably adv. 能幹地，熟練地
反 incapable 不會的；不能勝任的

adj. 有能力（做⋯）的

Ferrum Corporation is **capable** of processing all kinds of metals.

Ferrum 公司有能力加工各種金屬。

出題重點

常考語句　**be capable of -ing** 有能力做⋯

be able to do 能夠做⋯

請區分表示「能⋯」的 capable 和 able 的用法差別。capable 後面接「of＋動名詞」，able 後面則是接 to 不定詞。

25 economize**
美 [ɪˋkɑnəˌmaɪz]
英 [iˋkɔnəmaiz]

v. 節約，節省

Hybrid cars are becoming popular because they **economize** on fuel.

混合動力車因為能節省燃料而漸漸受到歡迎。

²⁶flexible**

(美) [ˈflɛksəbl]
(英) [ˈfleksibl]
(衍) flexibility n. 靈活性，彈性

adj. 柔軟的，有彈性的，可變通的

Management is more flexible about granting vacations when business is slow.
生意不忙碌的時候，經營團隊對於准假比較有彈性。

Plastic is a flexible material that has numerous applications.
塑膠是具有許多用途的彈性材料。

²⁷comparable**

(美) [ˈkɑmpərəbl]
(英) [ˈkɔmpərəbl]
(衍) compare v. 對照，比較
comparison n. 對比
(反) incomparable 無與倫比的

adj. 可比較的，比得上的

The car's quality standards are comparable to the industry average.
這台車的品質標準比得上業界的平均。

 出題重點

常考語句 **be comparable to** 可以和⋯比較，和⋯比得上
和 comparable 搭配使用的介系詞 to 是會考的部分。

²⁸produce**

[prəˈdjus]
(衍) product n. 產品
production n. 生產，生產量
productivity n. 生產力
(同) turn out 生產

v. 生產

The new machinery produces 1,000 units per hour.
新的機械每小時生產 1000 個產品。

²⁹respectively**

[rɪˈspɛktɪvlɪ]

adv. 分別，各自

The camera and tablet computer cost $225 and $350 respectively.
相機和平板電腦的價格分別是 225 美元和 350 美元。

³⁰device**

[dɪˈvaɪs]
(衍) devise v. 設計出來
(同) gadget 小裝置

n. 裝置

The new device was tested for possible defects.
新的裝置經過測試檢查可能的缺陷。

³¹**trim****
[trɪm]

v. 修剪，削減，除去

This mechanism **trims** the plastic packaging to make it smaller.
這個機械裝置修整塑膠包裝，讓它變得更小。

The team **trimmed** nearly 20 percent off of current production costs.
這個團隊削減了目前的生產成本將近百分之 20。

³²**launch***
[lɔntʃ]
n. 發行，上市
同 introduce
　　介紹，推出（新產品）

v. 使（新產品）上市

Computer programmers fix technical malfunctions before **launching** any software.
在發行任何軟體之前，程式設計師會修好技術上的缺陷。

³³**separately***
[ˋsɛpərɪtlɪ]
衍 separate adj.
　　分離的，分開的
　　separation n. 分離
同 individually 個別地

adv. 分別地，個別地

The cushioning pads are made **separately** as each shoe is slightly different.
緩衝墊是分別製作的，因為每隻鞋都略有不同。

 出題重點

常考語句	
be made separately 被分別製作	
be ordered separately 被分別訂購	

separately 主要和 make, order 等動詞搭配出題。

³⁴**expiration***
[͵ɛkspəˋreʃən]

n.（期間的）到期，期滿

The **expiration** date is printed on the top of the milk carton.
到期日印在牛奶盒頂端。

³⁵**maneuver***
美 [məˋnuvɚ]
英 [məˋnuːvə]

v. 調動

Assembly line workers **maneuvered** the machinery into place.
組裝線的工人將機械移動到定位。

³⁶**coming***

[`kʌmɪŋ]

n. 到來，來臨

圓 upcoming
　　即將到來的

○ adj. 即將到來的

Factory output will double in the **coming** year.
明年工廠產量將會加倍。

³⁷**damaged***

[`dæmɪdʒd]

衍 damage n. 損壞
　　v. 損壞

● adj. 受損的

The conveyor belts were **damaged** from excessive use.
輸送帶因為過度使用而受損了。

🐷 出題重點

易混淆　**damaged : impaired : injured**
單字

區分表示「受傷」的單字用法差異，是測驗中會考的題目。

┌ **damaged** 受損的

表示事物受到破壞或破損。

├ **impaired** （身體上、精神上）能力受損的

表示人的身體機能受損。

Special safety precautions for the hearing **impaired** will be implemented.
為聽力受損者所做的特別安全預防措施將會實施。

└ **injured** 受傷的

表示因為意外等情況而受傷。

The company insurance plan will compensate **injured** workers.
公司的保險計畫將會補償受傷的員工。

38 **prevent***

[prɪ`vɛnt]

衍 prevention n. 預防
preventive adj.
預防的
preventively adv.
預防地，防止地

同 avoid 避免

反 allow 允許…

○ v. 預防…，防止…

Employees are expected to observe safety guidelines to **prevent** accidents.

員工被期望遵守安全指南以預防意外。

 出題重點

常考語句	**prevent A from -ing** 防止 A 做…

prevent 經常以 prevent A from -ing 的形態使用，請記起來。

易混淆單字	**prevent : hinder**

請區分有「防止」意義的單字用法差異。

┌ **prevent** 預防，防止

表示預防某件事情發生。

└ **hinder** 妨礙，阻礙

表示阻礙別人，讓別人難以做某件事。

To **hinder** unauthorized access to e-mail accounts, users must regularly change passwords.

為了阻擋對電子郵件帳戶的未經授權存取，使用者必須定期更換密碼。

39 **power***

美 [`paʊɚ]
英 [`paʊə]

衍 powerful adj.
強而有力的
empower v. 授權給…

同 electricity 電

○ n. 力量，電力

The plant was closed for half a business day due to a **power** outage.

由於停電，工廠關閉了半個營業日。

出題重點

常考語句	**1. power supply** 電力供應

　　 power plant 發電廠

power 一般所知的意義是「力量」，但在多益中主要是當成「電力」的意思來使用。

2. a powerful engine 強力的引擎

形容詞 powerful 也很常考，請務必記起來。

⁴⁰**chemical**★

[ˋkɛmɪkl]

adj. 化學的

㊼ chemist n. 化學家

   chemistry n. 化學

● n. 化學製品，化學藥品

Protective gear is needed when working with dangerous **chemicals**.

使用危險的化學藥品時，保護裝備是必需的。

 出題重點

易混淆
單字

  ┌ **chemical** 化學藥品

  └ **chemist** 化學家

區分物質名詞 chemical 和人物名詞 chemist，是測驗中會考的題目。

DAY 12 Daily Checkup

請把單字和對應的意思連起來。

01	manufacturing	ⓐ	可比較的，比得上的
02	comparable	ⓑ	翻新，翻修
03	efficiency	ⓒ	量身訂做的
04	tailored	ⓓ	製造（業）的
05	renovate	ⓔ	決定
		ⓕ	效率，效能

請填入符合文意的單字。

06 This factory has a _____ of 200 workers.

07 Sean carefully _____ the truck into a narrow alley.

08 Jack and Helen were promoted to supervisor and manager _____ .

09 Mr. Bowen _____ the production improvements to the research team.

ⓐ attributed ⓑ respectively ⓒ maneuvered ⓓ capacity ⓔ properly

10 The equipment upgrades _____ several minutes off production time.

11 A _____ schedule allows employees to take care of personal business.

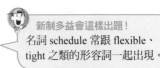
新制多益會這樣出題！
名詞 schedule 常跟 flexible、tight 之類的形容詞一起出現。

12 The new packaging _____ on cost, as the materials are much cheaper.

13 As the clothing line was such a _____ , the factory increased production.

ⓐ economizes ⓑ trimmed ⓒ prevents ⓓ flexible ⓔ success

新制多益基礎單字

LC	☐ clothing line	phr. 服裝系列
	☐ craft	n. 工藝
	☐ crop	n. 農作物，農產量
	☐ curved	adj. 彎曲的，弧形的
	☐ cyclist	n. 騎自行車的人
	☐ firewood	n. 木柴
	☐ iron	n. 鐵；v. 熨燙
	☐ look up	phr. 查找，抬頭看
	☐ machinery	n. 機械，機械裝置
	☐ not at all	phr. 一點也不
	☐ not far from	phr. 離…不遠的
	☐ plant	n. 植物，工廠；v. 種植（植物）
	☐ publication company	phr. 出版公司
	☐ scratch	v. 刮
	☐ tool belt	phr. 工具腰帶
	☐ watering can	phr. 灑水壺
RC	☐ a number of	phr. 許多的…
	☐ be composed of	phr. 由…構成
	☐ be filled with	phr. 充滿…
	☐ be made up of	phr. 由…組成
	☐ facility	n. 設施
	☐ fasten	v. 繫好，扣上
	☐ incredible	adj. 難以置信的，驚人的
	☐ modification	n. 修改，改變
	☐ rank	n. 階級，順位；v. 將…分級
	☐ raw material	phr. 原物料
	☐ shortage	n. 短缺，不足
	☐ underground	adj. 地下的，祕密的

LC		
	□ assembly	n. 組裝，集會
	□ fasten the strap	phr. 繫緊帶子
	□ give a hand	phr. 幫忙
	□ go out of production	phr.（產品）停產
	□ in a moment	phr. 立即，很快
	□ maintenance cost	phr. 維護費用
	□ makeup	n. 組成，構造
	□ much to one's surprise	phr. 很令某人驚訝地
	□ not only A but also B	phr. 不但 A 而且 B
	□ pack away	phr. 收拾好，保存
	□ remarkably	adv. 引人注目地，明顯地
	□ scale model (= miniature)	phr. 比例模型
	□ squeaking sound	phr.（物品動作時）嘎吱作響的聲音
	□ wearable	adj.（服飾）舒適的，實用的，適宜穿戴的
	□ workbench	n. 工作台
Part 5, 6	□ adapted	adj. 適應的，適合的；改裝的
	□ automatically	adv. 自動地
	□ carelessly	adv. 粗心大意地
	□ combustible	adj. 可燃的，易燃的
	□ evidently	adv. 明顯地，顯然
	□ fitted	adj. 訂製以符合的；合身的，相合的
	□ priced	adj. 有定價的
	□ reform	n. 改革；v. 改革
	□ representation	n. 描寫，表現
	□ technically	adv. 技術上，嚴格來說
	□ technician	n. 技術人員，技師
Part 7	□ adversely	adv. 不利地
	□ agricultural	adj. 農業的
	□ artificial	adj. 人工的
	□ be irrelevant to	phr. 與…無關
	□ crude	adj. 天然的，未經加工的
	□ crude oil	phr. 原油
	□ custom-made	adj. 訂做的

生產 11

DAY 12

13
14
15
16
17
18
19
20

Hackers TOEIC Vocabulary

☐ downsize	v. 裁減，縮小（人力、規模）
☐ gadget	n. 小裝置
☐ gem	n. 寶石
☐ generator	n. 發電機
☐ grease	n. 潤滑油
☐ identically	adv. 完全相同地
☐ in the event of	phr. 萬一…，如果發生…
☐ in the process of	phr. 在…的過程中
☐ individually tailored	phr. 個別訂做的
☐ integration	n. 整合
☐ line worker	phr. 生產線的工人
☐ made-to-order	adj. 依訂單要求訂做的
☐ make an arrangement	phr. 進行安排
☐ make an exception	phr. 作為例外
☐ make public	phr. 公開發表
☐ market awareness	phr. 市場認知度
☐ neatly	adv. 整齊地，整潔地
☐ on call	phr. 隨叫隨到的，待命的
☐ on the edge of	phr. 在…的邊緣
☐ on the spot	phr. 當場，立即
☐ outlast	v. 比…長久
☐ output	n. 生產量
☐ put in place	phr. 放在定位
☐ query	n. 詢問
☐ ready-made	adj. 預製的，現成的
☐ reassemble	v. 重新組裝，重新聚集
☐ refine	v. 精煉，改善
☐ reproduction	n. 複製（品），再現
☐ sector	n. 部門，區域
☐ settle on	phr. 決定…，選定…
☐ sort out	phr. 整理…
☐ synthetic	adj. 合成的
☐ tailor-made	adj. 訂做的
☐ upon -ing	phr. 一…就
☐ wear and tear	phr. 磨損，損耗

LC	☐ come apart	phr. 破碎
	☐ flow chart	phr. 流程圖
	☐ production quota	phr. 生產定額
	☐ tie up	phr. 繫緊，完成（事情）
	☐ void	n. 空無；adj. 空的
Part 5, 6	☐ discontinue	v. 中斷，使（產品）停產
	☐ halt	n. 停止，使停止
	☐ occurrence	n. 發生
	☐ operating	adj.（機器、設備）操作上的，營運上的
	☐ predicted	adj. 被預測的
	☐ welding	n. 焊接，鍛接
Part 7	☐ arable	adj.（土地）適合耕種的
	☐ broadly	adv. 大體上
	☐ continuity	n. 連續性，連貫性
	☐ disassemble	v. 拆開
	☐ excavation	n. 挖掘，開鑿
	☐ fabricate	v. 製造
	☐ involuntarily	adv. 非自願地
	☐ liquidity	n.（資產的）流動性
	☐ nimble	adj. 敏捷的，敏銳的
	☐ obfuscate	v. 使模糊，混淆
	☐ pertinent	adj. 有關的
	☐ perturbed	adj. 煩擾不安的
	☐ pragmatic	adj. 務實的，實用主義的
	☐ precede	v. 在⋯之前，比⋯優先
	☐ prevail	v. 盛行，佔優勢
	☐ procurement	n.（必需品的）採購，獲得
	☐ provoke	v. 激怒，激起
	☐ recede	v.（價值、品質）倒退
	☐ tolerance	n. 寬容
	☐ unfailingly	adv. 可靠地，不變地
	☐ unmet	adj.（要求等）未滿足的

生產 11
DAY 12
13
14
15
16
17
18
19
20

生產

Hackers TOEIC Vocabulary

DAY 13

顧客至上

顧客服務

只要知道主題，就能掌握新制多益！

在顧客服務的主題中，出題方向主要是對客戶詢問的回答、對客訴的處理等等。讓我們一起來認識在客戶服務的主題中經常出現的單字吧！

為了讓客戶滿意，我們會竭盡全力！

我最近正在 deal with 客戶們的 complaints。

對 argumentative 的客戶們，appropriately respond 真的很難。

燒烤店

有時顧客的粗暴令人 infuriating，但我還是努力的保持 courteous 的態度。

為了客人的 satisfaction，自己就算 inconvenient 也要做到最好，為我們的辛苦乾杯！

碰

「美味麵包」那是甚麼味道！？那種味道你們也做得出來？

顧客您好！感謝您對「美味麵包」的味道給予這麼高的評價。

全都往好的方向解讀⋯

1 **complaint*****
[kəm`plent]
衍 complain v. 抱怨
同 grumble 抱怨
反 praise, compliment
稱讚

n. 抱怨

Customers can register **complaints** at the customer service center or online.
顧客可以在顧客服務中心或者在網路上提出投訴。

 出題重點

常考語句	**make complaints against** 提出對於…的抱怨
	file a complaint with 投訴…
	complaint 經常搭配動詞 make, file 使用。

2 **deal***
美 [dil]
美 [di:l]
同 handle 處理

v. 處理；交易；分配

The problem will be **dealt** with immediately.
那個問題會立即獲得處理。

Davis Automotive **deals** in used cars and automotive accessories.
Davis Automotive 公司經營二手車和汽車用品的買賣。

The government will **deal** out debt relief grants to the poor.
政府將會發放債務舒緩補助金給窮人。

n. 交易

Fly-Age agency offers good **deals** on international flights.
Fly-Age 旅行社提供國際航班的划算交易（很好的優惠）。

 出題重點

常考語句	**1. deal with** 處理（問題等）
	動詞 deal 表示「處理」時是不及物動詞，所以要和介系詞 with 連用。經常以被動態 be dealt with 的形態出題，要注意不要漏掉 with。
	2. a good deal 有利的交易，划算的交易
	a great deal of 很多的，大量的
	（= a lot of, a great amount of）
	請記住 deal 的常考慣用語。deal 的名詞和動詞同形，所以需要根據上下文區分詞性。

³ **argumentative*** ●

㋐ [ˌɑrgjəˈmɛntətɪv]
㋑ [ˌɑːgjuˈmentətɪv]
㊐ argue v. 爭論
  argument n. 爭論
  arguably adv.
  可以說是，是⋯不會錯

adj. 爭辯的，愛爭論的

Service personnel must avoid becoming **argumentative** with upset customers.
服務人員必須避免和生氣的顧客起爭執。

 出題重點

易混淆
單字
  ┌ **argumentative** 爭辯的
  └ **arguable** 可辯論的，可論證的

請區分這兩個字根相同但意義不同的單字。argumentative 表示發言或人有挑起爭論的傾向，而 arguable 表示某件事有爭論的餘地。

It is **arguable** who is responsible for the lost order.
誰要為遺失的訂購物品負責，有爭論的空間。

⁴ **appropriately*** ●

㋐ [əˈproprɪˌetlɪ]
㋑ [əˈprəupriˌeitli]
㊐ appropriate adj.
  適當的
㊋ suitably 合適地，
  適當地
㊀ inappropriately
  不適當地

adv. 適當地

Telephone representatives should know how to handle customer complaints **appropriately**.
電話服務專員應該知道如何適當處理顧客的抱怨。

⁵ **respond*** ●

㋐ [rɪˈspɑnd]
㋑ [riˈspɔnd]
㊐ response n. 答覆，
  反應
  responsive adj.
  反應靈敏的
  (↔ unresponsive)

v. 答覆

Sales staff should **respond** promptly to questions from customers.
銷售人員應該快速答覆顧客的問題。

出題重點

易混淆單字	**respond : answer**

區分表示「回答」的單字用法差異，是多益會考的題目。

┌ **respond to** 答覆⋯

respond 用在回答詢問、投訴等情況。因為是不及物動詞，所以要和介系詞 to 連用。

└ **answer** 回答⋯

answer 用在回答問題、命令、呼叫等情況。因為是及物動詞，所以後面直接接受詞。

The clerk was unable to **answer** the query in a satisfactory manner.
店員無法針對詢問給予令人滿意的回答。

---

6 **infuriate***

[ɪnˋfjʊrɪˏet]

㊝ infuriating adj.
令人大怒的

○ v. 激怒，使大怒

The attendant's incompetence **infuriated** the customer.
服務員不稱職的表現激怒了顧客。

---

7 **courteous***

㊝ [ˋkɝtjəs]

㊝ [ˋkɔːtjəs]

㊝ courtesy n. 禮貌
courteously adv.
有禮貌地

● adj. 有禮貌的

All inquiries must be handled in a **courteous** manner.
所有詢問都必須以有禮貌的態度處理。

---

8 **satisfaction****

[ˏsætɪsˋfækʃən]

㊝ satisfy v. 使滿意
satisfactory adj.
令人滿意的

㊀ content 滿意

㊁ dissatisfaction
不滿意

● n. 滿意

We hope our assistance was to your **satisfaction**.
希望我們的協助令您滿意。

出題重點

常考語句	**to one's satisfaction** 令⋯滿意的

customer satisfaction 顧客滿意

satisfaction survey 滿意度調查

satisfaction 經常以慣用語的形式出題，請一起記下來。

9 inconvenience*

美 [ˌɪnkənˈvinjəns]
英 [ˌɪnkənˈviːnjəns]
衍 inconvenient adj.
不便的
反 convenience 便利

n. 不便

We apologize for the inconvenience during construction.
我們對施工期間造成的不便致歉。

v. 對…造成不便

Cheryl asked the manager if it would inconvenience him to reschedule her interview.
Cheryl 問經理重新安排她的面試時間是否對他造成不便。

 出題重點

文法　**inconvenience + 人 對…造成不便**
inconvenience 通常當名詞，但也會以動詞的用法出題。它是及物動詞，所以後面要接受詞。

10 complete***

[kəmˈplit]
衍 completion n.
完成，結束
completely adv.
完全地，徹底地
反 incomplete 未完成的

v. 完成，結束

The paperwork must be completed within one month.
書面作業必須在一個月以內完成。

adj. 完整的，完成的

Once you receive a confirmation e-mail, the registration process is complete.
您一收到確認電子郵件，註冊程序就完成了。

出題重點

常考
語句　**complete + a survey/an application**
完成調查問卷／寫好申請書
在測驗中，動詞 complete 搭配的名詞通常是「需要填入資訊的文件」，例如 survey, application 等等。

11 specific***

(美) [spɪˋsɪfɪk]
(英) [spəˋsɪfɪk]

adj. 具體的，明確的

When seeking help online, clients must be very **specific** in describing problems.

在網路上尋求協助時，客戶必須非常具體地描述問題。

12 return***

(美) [rɪˋtɝn]
(英) [rɪˋtɜːn]
n. 返還；收益

v. 歸還，退回

Merchandise can be **returned** at the counter.

商品可以在櫃台退回。

13 replace***

[rɪˋples]
(衍) replacement n.
取代，替換；替代物，替代者
replaceable adj.
可替換的，可置換的

v. 取代…，替換…

The mechanic **replaced** the generator's motor with a new one.

機械工把發電機的馬達換成新的。

 出題重點

易混淆 單字 | **replace : substitute**

請區分表示「替換」的單字用法差異。

replace A with B 用 B 代替 A

replace 表示「取代…」，受詞是被取代的東西。

substitute B for A 用 B 代替 A

substitute 表示「用…代替」，所以受詞是替代用的東西。

Diners may **substitute** french fries for a side salad.
用餐的客人可以把副餐沙拉換成薯條。

14 presentation***

(美) [ˌprizɛnˋteʃən]
(英) [ˌprezɛnˋteɪʃən]
(衍) present v. 出示，提交

n. 簡報

Melissa gave the employees a **presentation** about handling difficult clients.

Melissa 向員工發表了關於處理難纏客戶的簡報。

¹⁵**evaluation*****
[ɪˌvæljʊˋeʃən]
[衍] evaluator n. 評價者
　evaluate v. 評價，
　評估

 n. 評價，評估

Please fill out the **evaluation** form.
請填好評估表。

出題重點

常考語句	**performance evaluation** （工作）表現評價
	course evaluation 課程評價
	請把 evaluation 常考的複合名詞記起來。
易混淆單字	**evaluation** 評價
	evaluator 評價者
	區分抽象名詞 evaluation 和人物名詞 evaluator，是測驗中會
	考的題目。

¹⁶**confident*****
[美] [ˋkɑnfədənt]
[英] [ˋkɔnfɪdənt]
[衍] confidently adv.
　有自信地
　confidence n. 自信，
　信心

adj. 有自信的

Enthusiasm and a **confident** manner are essential for this sales position.
熱情和有自信的態度，對於這個業務職位是不可或缺的。

出題重點

| 常考語句 | **with a confident manner** 用有自信的態度 |
| | confident 經常以修飾 manner 的形式出題。 |

¹⁷**cause*****
[kɔz]

v. 引起…，造成…

The defect in the lamp was **caused** by improper wiring.
電燈的瑕疵是不當的線路配置造成的。

n. 原因

Researchers tried to find the **cause** of the error.
研究人員努力尋找錯誤的原因。

出題重點

常考語句	**cause + damage/malfunction/delay**
	造成損害／故障／延遲
	動詞 cause 經常和 damage 等表示損害的名詞搭配出題。

18 commentary***

- (美) [`kɑmən͵tɛrɪ]
- (英) [`kɔmən͵təri]
- 圊 commentate v.
  評論，解說

n. 評論，評註，實況報導

Richard added **commentary** to the service training film.

Richard 為服務訓練影片添加了評註的旁白。

19 notification***

- (美) [͵nɔtəfə`keʃən]
- (英) [͵nɔutifi`keiʃən]
- 圊 notify v. 通知

n. 通知

We require written **notification** of any order cancellations.

我們要求任何訂單的取消都要有書面通知。

 出題重點

常考語句	**notification of** 關於⋯的通知
	請把和 notification 搭配使用的介系詞 of 一起記下來。

20 apologize***

- (美) [ə`pɑlə͵dʒaɪz]
- (英) [ə`pɔlədʒaiz]
- 圊 apology n. 道歉

v. 道歉

We **apologize** for the late delivery service.

我們為送貨服務的延遲道歉。

 出題重點

常考語句	**apologize for + 原因** 為了⋯道歉
	apologize to + 人 向⋯道歉
	選擇和 apologize 搭配的介系詞 for 或 to，在測驗中會考。

21 interact**

[͵ɪntə`rækt]

v. 互動，交流；相互作用

When **interacting** with shoppers, clerks should deal with them in a pleasant manner.

和購物客溝通時，店員應該以令人愉快的態度對待他們。

22certain**
㊤ [ˋsɝtən]
㊦ [ˋsɔːtn]

adj. 確定的，確信的；某個，某些

Sharon was not **certain** where she had bought the blouse.
Sharon 不確定她是在哪裡買了那件短衫。

Registrants are required to provide **certain** details on the form, but other information is optional.
註冊者必須提供表格上的某些細節，但其他資訊是選擇性（填寫）的。

23commitment**
[kəˋmɪtmənt]
㊗ commit v. 使投入
committed adj. 投入
的（= devoted）
㊂ dedication 專心致力

n. 投身，投入，致力

Brand Bank has a longstanding **commitment** to providing excellent client assistance.
Brand 銀行長年以來致力於提供優秀的客戶支援服務。

 出題重點

常考
語句
commitment to 對…的投入
be committed to 投入…

commitment 和形容詞 committed 經常與介系詞 to 搭配出題。

同義詞 表示對某件事的投入時，**commitment** 可以換成 **dedication**。

24applaud**
[əˋplɔd]

v. 為…鼓掌；稱讚

The staff **applauded** management's decision to increase overtime pay.
員工對經營團隊提高加班費的決定報以掌聲。

25biography**
㊤ [baɪˋɑɡrəfɪ]
㊦ [baɪˋɔɡrəfɪ]

n. 傳記，經歷介紹

A short **biography** on the guest speaker was included in the program.
受邀演講者的簡短經歷介紹包含在活動程序表裡。

26 critical **

[`krɪtɪk!]

衍 criticize v. 批評
　　critic n. 評論家
　　critique n. 評論；
　　　v. 批評
　　critically adv.
　　批判性地；苛求地
同 important 重要的

adj. 批評的；關鍵的；危急的

Many customers were **critical** of the new services.
許多顧客對新的服務不滿。

 出題重點

常考語句	**be critical of** 對⋯不滿，對⋯挑剔
	請把和 critical 搭配的介系詞 of 一起記下來。
文法	請區分 **critical**（adj. 批評的）和 **critic**（n. 評論家）的詞性。名詞 critic 的字尾是 -tic，所以很容易被誤以為是形容詞，請注意。
同義詞	任何有重要性的工作或條件，或是有決定性事件的意思時，**critical** 可以與 **important** 互換。

27 depend on **

衍 dependent adj.
　　依賴的
　　dependable adj.
　　可靠的，可信賴的

phr. 依賴⋯，取決於⋯

The success of a restaurant **depends on** the quality of the food and the customer service.
一間餐廳的成功，取決於食物的品質與顧客服務。

28 combine **

[kəm`baɪn]

衍 combination n.
　　結合，組合
　　combined adj.
　　聯合的，合計的

v. 使結合，合併

The store sometimes allows customers to **combine** two special offers.
這間店有時候允許顧客併用兩種特別優惠。

29 priority **

美 [praɪ`ɔrətɪ]
英 [praɪ`ɔriti]
衍 prior adj. 先前的，
　　優先的
　　prioritize v.
　　給⋯優先權

n. 優先（權），優先事項

Priority for the service will be provided according to a first come, first served basis.
服務的優先權將根據先來者先服務的原則給予。

³⁰**observe****

㊀ [əbˋzɝv]
㊁ [əbˋzɜːv]
㊂ observance n. 遵守
observation n. 觀察
observant adj.
遵守的

● v. 觀察，注意到；遵守（規則等）

The technicians **observed** a demonstration about repairing phones.
技術人員們觀看修理電話的示範。
All staff must **observe** the dress code of the company.
所有員工都必須遵守公司的服裝規定。

 出題重點

常考
語句 | **observe safety regulations** 遵守安全規定
observe guidelines 遵守指導方針

observe 會和 regulations, guidelines 等表示規定、規則的名詞搭配出題。

³¹**defective****

[dɪˋfɛktɪv]
㊂ defect n. 缺點，缺陷
defectively adv.
有缺陷地
㊅ faulty 有缺陷的

○ adj. 有缺陷的

The buyer requested a refund for the **defective** hair dryer.
購買者要求對於有瑕疵的吹風機的退款。

 出題重點

文法 請區分 **defect**（n. 缺陷）和 **defective**（adj. 有缺陷的）的詞性。

³²**reflect****

[rɪˋflɛkt]
㊅ indicate, show 顯示
match （顯示出）
與…一致

● v. 反映，顯示

Kimdale Corporation's statement of purpose **reflects** its commitment to quality.
Kimdale 公司的目標說明反映出對於品質的投入。

 出題重點

同義詞 表示收據、發票的內容顯示出費用、金額時，**reflect** 可以換成 **indicate**、**show**、**match**。而當 **reflect** 表示「深思，考慮」的意思時，則可以跟 **consider** 互換。

³³attitude**

[`ætətjud]

n. 態度，看法

Salespeople with a positive **attitude** tend to sell more products.
有積極態度的銷售員，容易賣出更多產品。

³⁴disappoint**

[ˌdɪsə`pɔɪnt]
派 disappointed adj.
感到失望的
disappointing adj.
令人失望的
disappointment n.
失望

v. 使失望

The poor terms of the computer warranty **disappointed** many
buyers.
這台電腦糟糕的保固條款讓許多購買者失望。

³⁵inquire**

美 [ɪn`kwaɪr]
英 [ɪn`kwaɪə]
派 inquiry n. 詢問
反 reply 答覆

v. 詢問

Several people called in to **inquire** about the store's latest
promotions.
有幾個人打電話來詢問商店的最新促銷活動。

³⁶insert*

美 [ɪn`sɝt]
英 [ɪn`sɜːt]

v. 插入

Please read all the instructions before **inserting** the CD into
your computer.
將 CD 放進電腦前，請先閱讀所有說明。

 出題重點

常考語句	**insert A into B** 將 A 插入 B
	請把和 insert 搭配的介系詞 into 一起記下來。

³⁷disclose*

美 [dɪs`kloz]
英 [dɪs`kləuz]
派 disclosure n. 公開，
透露
同 reveal 揭露
expose 揭露
反 conceal 隱藏

v. 公開，透露

Customers will be asked to **disclose** some personal details when
ordering online.
在網路上訂購時，顧客會被要求提供一些個人詳細資訊。

出題重點

文法 **disclose + 受詞** 公開⋯

disclose 是及物動詞，所以後面不能接介系詞。disclose about
是錯誤的用法。

---

³⁸guarantee*
[ˌɡærənˈti]
n. 保證，保證書
同 assure 保證，確保

v. 保證

Customer satisfaction is guaranteed.
（我們）保證顧客滿意。

n. 保證，保障

There is no guarantee of a refund in the event of cancellation.
萬一取消，不保證可以得到退款。

 出題重點

常考
語句 **guarantee of** 對於⋯的保證

和名詞 guarantee 搭配的介系詞 of，是測驗會考的部分。

---

³⁹politely*
[pəˈlaɪtlɪ]
衍 polite adj. 禮貌的
　politeness n. 禮貌
反 impolitely 無禮地

adv. 禮貌地

Store personnel must always speak to customers politely.
商店員工必須總是對顧客說話有禮貌。

 出題重點

文法 請區分 **politely**（adv. 禮貌地）和 **polite**（adj. 禮貌的）的詞
性。

---

⁴⁰seriously*
[ˈsɪrɪəslɪ]
衍 serious adj. 認真的

adv. 認真地

The manager takes customer feedback very seriously.
經理很認真看待顧客的回饋意見。

 出題重點

常考
語句 **take A seriously** 認真看待 A（↔ take A lightly）

seriously 會以 take A seriously 的形式出題，請務必記住。

DAY 13 Daily Checkup

請把單字和對應的意思連起來。

01 complaint   ⓐ   替換…

02 applaud   ⓑ   為…鼓掌

03 interact   ⓒ   優先權

04 priority   ⓓ   評論，評註

05 replace   ⓔ   抱怨

               ⓕ   交流

請填入符合文意的單字。

06 This short _____ will explain how the camera works.

07 Customers will receive _____ of all special offers and sales.

08 Tony's _____ showed he had studied at a university in Texas.

09 This computer sells well because it received a high _____ rating.

ⓐ notification   ⓑ presentation   ⓒ biography   ⓓ satisfaction   ⓔ deal

10 The engineers are _____ that their car is the fastest.

11 The efficiency of a business _____ how well it is run.

12 The store has _____ directions for customers to return products.

13 Ms. Tan was _____ with unprofessional manners of some hotel staff.

ⓐ reflects   ⓑ disappointed   ⓒ critical   ⓓ confident   ⓔ specific

> 新制多益會這樣出題！
> confident、afraid 之類的形容詞後面常接 that 子句。請仔細想想看對於最快的車會有什麼感覺。

Answer   1.ⓔ 2.ⓑ 3.ⓕ 4.ⓒ 5.ⓐ 6.ⓑ 7.ⓐ 8.ⓒ 9.ⓓ 10.ⓓ 11.ⓐ 12.ⓔ 13.ⓑ

新制多益基礎單字

LC		
□ a couple of	phr. 兩個…，幾個…
□ athlete	n. 運動員
□ call for	phr. 要求…，去拿（東西）
□ cart	n. 購物車
□ customer service representative	phr. 客服專員
□ get a phone call	phr. 接到電話
□ give a call	phr. 打電話
□ have one's hair cut	phr. 讓人剪自己的頭髮
□ Just for a minute.	phr. 請稍候。
□ laundry service	phr. 洗衣服務
□ leave a message	phr. 留言，留下訊息
□ product logo	phr. 產品商標
□ rinse	v. 沖洗
□ voice mail	phr. 語音信箱的留言

RC		
□ as soon as possible	phr. 盡快
□ complain	v. 抱怨
□ counselor	n. 顧問
□ for free	phr. 免費地
□ grocery store	phr. （食品）雜貨店
□ invite	v. 邀請
□ often	adv. 經常
□ option	n. 選擇（權）
□ pleasure	n. 愉快，高興
□ positive	adj. 積極的，確定的
□ relationship	n. 關係
□ site	n. 地點；網站
□ successfully	adv. 成功地
□ visit	v. 拜訪；n. 拜訪

LC	□ a loaf of	phr. 一塊（麵包），一條（吐司）
	□ affair	n. 事情，事件
	□ aisle	n. （座位、貨架之間的）走道
	□ annoy	v. 惹惱…
	□ at no charge (= at no cost)	phr. 免費地
	□ at no extra charge	phr. 不收額外費用地
	□ be on another call	phr. 正在接聽別的電話
	□ ceremonial	adj. 儀式的，禮儀的
	□ for your own safety	phr. 為了您自身安全
	□ follow-up	adj. 後續的，追加的
	□ get a replacement	phr. 獲得替換品
	□ handheld	adj. 手持的
	□ head toward	phr. 前往…
	□ hold the line	phr. 不掛斷電話（等待）
	□ just to make sure	phr. 只是要確認
	□ leftover	adj. 剩餘的；n. (-s) 剩飯剩菜
	□ look through the manual	phr. 瀏覽使用說明書
	□ on delivery	phr. 貨品送到的時候
	□ pharmacist	n. 藥劑師
	□ potential customer	phr. 潛在顧客
	□ prepaid	adj. 預付的；已付的
	□ questionnaire	n. 問卷
	□ recall	v. 召回（瑕疵品）；n. 收回，召回
	□ return a phone call	phr. 回電話
	□ ridiculously	adv. 荒謬地
	□ take back	phr. 拿回…
	□ troubleshoot	v. 分析解決問題，檢修故障
	□ tune	v. 為（樂器）調音；調頻率，調頻道
	□ wardrobe	n. 衣櫃
	□ water-resistant	adj. （指布料等）抗水的
Part 5, 6	□ adverse	adj. 不利的
	□ argument	n. 爭論，爭吵，辯論
	□ as requested	phr. 依照要求

☐ defect	n. 缺陷，瑕疵	
☐ discouraging	adj. 令人洩氣的	
☐ escort	v. 護送，陪同；n. 護送者，陪同者	
☐ exterior	adj. 外部的；n. 外部，外表	
☐ further	adj. 更遠的，進一步的；adv. 進一步地，此外	
☐ go on	phr.（某種情況）繼續下去	
☐ graciously	adv. 親切地，殷勤地	
☐ inconvenient	adj. 不便的	
☐ instant	adj. 立即的	
☐ loyalty	n. 忠誠，忠實，忠誠度	
☐ refer to	phr. 提到…，參照…	
☐ smoothly	adv. 順利地	
☐ unlike	prep. 不像…	
☐ user-friendly	adj. 容易使用的	
☐ vivid	adj. 鮮明的，生動的	
☐ willing	adj. 願意的，自願的	

Part 7

☐ at one's request	phr. 在某人的請求下	
☐ breakage	n. 破損，破損物	
☐ compliment	n. 讚美，稱讚	
☐ cut back	phr. 削減，減少	
☐ faulty	adj. 有缺陷的	
☐ general population	phr. 一般大眾	
☐ make a complaint	phr. 抱怨	
☐ make a request	phr. 請求	
☐ make a response	phr. 做出回應	
☐ make an appointment	phr. 約定會面	
☐ meet the standards	phr. 符合標準	
☐ mistakenly	adv. 錯誤地	
☐ people of all ages	phr. 所有年齡層的人	
☐ post a notice on	phr. 在…張貼公告	
☐ service depot	phr. 服務站	
☐ stain	n. 污漬	
☐ trace	v. 追蹤…	
☐ wear out	phr. 穿破，磨損	
☐ work properly	phr. 正常運作	

LC	☐ bare	adj. 裸的，沒有遮蓋的
	☐ button up	phr. 扣好扣子
	☐ casualty	n. 傷亡人員
	☐ deputy	n. 代理人
	☐ mend	v. 修補，修理
	☐ testimonial	n. 證明信，推薦函　憑信
Part 5, 6	☐ adaptability	n. 適應性
	☐ aggression	n. 侵犯，攻擊性
	☐ censure	n. 譴責；v. 譴責
	☐ claims department	phr. 保險理賠部門
	☐ compelling	adj. 引人注目的，令人信服的
	☐ decisive	adj. 決定性的，堅決的
	☐ distress	n. 苦惱；v. 使苦惱
	☐ facilitate	v. 使容易，促進
	☐ factually	adv. 事實上
	☐ fleetingly	adv. 短暫地
	☐ frankly	adv. 坦白地
	☐ nourish	v. 養育，滋養
	☐ reinforcement	n. 補強，強化
	☐ sparsely	adv. 稀疏地
	☐ unwavering	adj. 不動搖的，堅定的
	☐ vibrant	adj. 充滿活力的
	☐ wonder	v. 想知道…；n. 驚奇
Part 7	☐ blemish	n. 瑕疵，污點
	☐ genuine	adj. 真的，真正的
	☐ hazard	n. 危險
	☐ intercept	v. 攔截
	☐ rebate	v. 退還（部分金額）；n. 折扣，貼現
	☐ retrospective	adj. 回顧的，追溯的
	☐ slip one's mind	phr. 忘記
	☐ soak up	phr. 吸收，吸掉（液體）
	☐ swiftly	adv. 迅速地，快速地

出差的目的

旅遊、機場

只要知道主題，就能掌握新制多益！

　　在旅遊、機場的主題中，出題方向主要是旅遊商品廣告、機票與行程等。讓我們一起來認識在旅遊、機場的主題中經常出現的單字吧！

旅遊途中買些東西不行嗎？

終於要迎接進公司後第一次的 international 出差！

趁著出國，得去幾個 attraction 看看並且血拼啊！

嘩呵

「我的 itinerary」
1. 順便去○○×× attraction
2. 購買 exotic 的紀念品
3. 購買 diverse 的特產品
4. 與客戶員互開會

真是趟 superb 的旅行啊！

Airport

這位顧客，請把您的 baggage 放上來！

這位顧客，您的行李太重了，得付超重費。

爆
爆

¹ **international*** ●
⊗ [ˌɪntɚˈnæʃən!]
⊛ [ˌɪntəˈnæʃənəl]
⊘ domestic 國內的

adj. 國際的

Passengers for **international** flights check in at counter three.
國際航班的乘客要在三號櫃台辦理登機報到手續。

² **attraction***** ○
[əˈtrækʃən]
⊜ attract v. 吸引
attractive adj.
有吸引力的

n. 景點

This bus takes visitors to the city's best tourist **attractions**.
這台公車會帶遊客前往市內最佳的觀光景點。

³ **itinerary**** ○
⊗ [aɪˈtɪnəˌrɛrɪ]
⊛ [aiˈtinərəri]

n. 旅遊行程

The **itinerary** includes a visit to Boston.
旅遊行程包括拜訪波士頓。

⁴ **exotic*** ○
⊗ [ɛgˈzɑtɪk]
⊛ [egˈzɔtik]

adj. 異國情調的，奇特的

Our website contains information on numerous **exotic** vacation spots.
我們的網站包含許多異國風度假地點的資訊。

⁵ **diverse**** ●
⊗ [daɪˈvɝs]
⊛ [daiˈvɔːs]
⊜ diversify v. 使多樣化
diversity n. 多樣性
⊜ varied 多樣的

adj. 多樣的

A **diverse** selection of tours is available for London.
有多種倫敦旅遊行程可供利用（提供多種倫敦旅遊行程）。

 出題重點

常考語句	**a diverse + selection/range + of + 複數名詞** 多樣的…

diverse 經常搭配 a selection/range of 使用，這時候 diverse 要放在不定冠詞 a 和 selection/range 中間，而 of 後面要接名詞複數形。

6 superb*

- 美 [sʊ`pɝb]
- 英 [sju`pɜːb]
- 衍 superbly adv.
  極好地，上等地
- 同 excellent,
  outstanding 出色的

○ adj. 極好的，一流的

The service at the hotel was **superb**.
那家旅館的服務非常好。

7 baggage*

- [`bægɪdʒ]
- 同 luggage 行李

○ n. 行李

Stow **baggage** under the seat in front of you.
請把行李放在您前面的座位下方。

出題重點

常考語句	**baggage claim** （機場的）行李提領處

baggage 和 luggage 都是不可數名詞，前面不能加不定冠詞
（a baggage），也不能寫成複數形（baggages）。

8 destination***

- 美 [ˌdɛstə`neʃən]
- 英 [ˌdesti`neiʃən]
- 同 destine v. （特定目的、用途的）預定；注定

○ n. 目的地

Travel agents can provide information about a travel
destination.
旅行社員工可以提供關於旅遊目的地的資訊。

9 missing***

- [`mɪsɪŋ]

○ adj. 遺失的，缺少的

The **missing** luggage will be sent to the hotel when it is found.
遺失的行李找到時會送到旅館。

10 locate***

- 美 [lo`ket]
- 英 [ləu`keit]
- 衍 location n. 位置
- 同 find 找到

○ v. 找到…的位置；使…座落於

Airline staff have tried to **locate** the lost luggage.
航空公司員工已經努力試著找出遺失的行李。

International Arrivals is **located** on the next level.
國際線入境處位於下一個樓層。

出題重點

常考語句	**be (conveniently/perfectly) located + in/at/on 場所**

（便利地／最適當地）位於…

locate 經常搭配介系詞 in, at, on，以被動態使用。請記住這時候可以加上 conveniently, perfectly 等副詞，強調場所的便利性。

同義詞	表示找出某個東西或建築物的所在位置時，**locate** 可以換成

find。

11approximately*

⊛ [ə`præksəmıtlı]
⊛ [ə`prɔksimitli]
㊃ approximate adj.
　　大約的

adv. 大概

A nonstop flight takes **approximately** 13 hours.
直飛班機大約要花 13 個小時。

😀 出題重點

文法	請區分 **approximately**（adv. 大概）和 **approximate**（adj. 大約的）的詞性。

12duty*

[`djutɪ]
㊍ tax 稅

n. 稅，關稅；責任，職責

Passengers must pay **duty** on goods worth more than $500.
乘客必須對價值超過 500 美元的貨品支付關稅。

Security personnel are on **duty** at the airport around the clock.
保全人員在機場 24 小時值勤。

13process*

⊛ [`prasεs]
⊛ [`prəuses]

n. 過程

The entire airline ticketing **process** can be done online.
機票售票的整個過程都可以在網路上進行。

v. 處理

The Chinese embassy **processes** tourist visas.
中國大使館處理觀光簽證。

14 board***

(美) [bord]
(英) [bɔːd]

○ v. 上，登上（大眾運輸工具）

Business class passengers were invited to **board** the plane first.
商務艙乘客獲邀先行登機。

n. 委員會，董事會

Tourism Scotland's **board** of directors approved the budget proposal.
Tourism Scotland 公司的董事會批准了預算提案。

 出題重點

常考
語句

a board member 委員會／董事會成員
a board of directors 董事會
board 在聽力測驗中主要表示「登上」，在閱讀測驗則主要表示「委員會／董事會」。

15 comfortable*** ●

(美) [ˈkʌmfɚtəbl]
(英) [ˈkʌmfətəbl]
(衍) comfort n. 舒適，安慰 v. 使舒適，安慰
comfortably adv. 舒適地

adj. 舒適的

The beds in this hotel are very **comfortable**.
這間旅館的床非常舒適。

16 declare***

(美) [dɪˈklɛr]
(英) [dɪˈklɛə]
(衍) declaration n. （在海關的）申報；宣告

○ v. （在海關）申報；宣告

Goods subject to import fees must be **declared**.
需課徵進口稅的貨物必須申報。

17 specify*** ●

(美) [ˈspɛsəˌfaɪ]
(英) [ˈspesifai]
(衍) specific adj. 具體的；特定的

v. 具體說明

Travelers can **specify** on the form which cities they would like to visit.
旅行者可以在表格上表明他們想要拜訪哪些城市。

¹⁸**depart***
- [dɪˋpɑrt]
- [diˊpɑːt]
- 衍 departure n. 出發
- 同 take off v.
  （飛機）起飛

v. 出發

Flight QF302 to Sydney **departs** from London Heathrow airport at 10:45 p.m.

往雪梨的 QF302 班機，晚上 10:45 從倫敦的 Heathrow 機場起飛。

 出題重點

同義詞 表示飛機從出發地點起飛離開時，**depart** 可以換成 **take off**。

¹⁹**emergency****
- [ɪˋmɚdʒənsɪ]
- [iˋmɔːdʒənsi]

n. 緊急情況

In case of **emergency**, oxygen masks will automatically drop from above.

萬一發生緊急情況，氧氣面罩會自動從上方落下。

²⁰**passenger****
- [ˋpæsndʒɚ]
- [ˋpæsindʒə]

n. 乘客

Passengers boarding the cruise ship were welcomed by the captain.

登上遊輪的乘客接受了船長的歡迎。

²¹**outgoing****
- [ˋaʊtˌgoɪŋ]
- [ˋaʊtˌgəuiŋ]

adj. （從場所）出發的，離開的；即將離職的

Outgoing trains leave from platforms three to five.

離站的列車從第三到第五月台出發。

The **outgoing** travel agency manager will train her replacement.

即將離職的旅行社經理將會訓練接替她職位的人。

22 tightly**
['taɪtlɪ]

adv. 緊緊地，牢固地

Please ensure your hotel room door is locked tightly.
請確認您飯店房間的門有牢牢鎖上。

23 tour**
美 [tʊr]
英 [tʊə]
v. 旅行
衍 tourist n. 觀光客

n. （工廠、設施等的）導覽，旅行

The guide gave us a tour of the manufacturing plant.
嚮導為我們導覽了製造廠。

 出題重點

常考 語句

on tour 旅行中

tour + 觀光地／旅遊地點 在⋯旅行

名詞 tour 經常搭配介系詞 on 使用。另外，動詞 tour 是及物動詞，後面不接介系詞，直接接旅行地點當受詞。

24 carrier**
美 ['kærɪə]
英 ['kæriə]

n. 運輸公司，航空公司；運輸工具

Flyway Airlines is a popular carrier among travelers because it is inexpensive.
Flyway Airlines 是很受旅行者歡迎的航空公司，因為它的價格不貴。

This plane was originally designed as a cargo carrier.
這台飛機原本是設計作為貨物運輸機的。

25 customarily**
美 ['kʌstəm͵ɛrəlɪ]
英 ['kʌstəm͵erili]
衍 customary adj.
  慣常的
  custom n.
  習慣，習俗
  customs n. 海關

adv. 習慣上，習俗上

Italians customarily greet one another with a kiss on the cheek.
義大利人習慣用親吻彼此的臉頰來打招呼。

 出題重點

文法　請區分 **customarily**（adv. 習慣上，習俗上）和 **customary**（adj. 慣常的）兩者的詞性。

26 confuse**
[kən`fjuz]

○ v. 使困惑

The building's lack of signs **confused** visitors.
這棟大樓缺乏指示牌，使訪客感到困惑。

27 arrive**
[ə`raɪv]
囧 arrival n. 到達

○ v. 到達

The tour bus will **arrive** at its destination on time.
這台遊覽車會準時到達目的地。

28 brochure**
美 [bro`ʃʊr]
英 [brəʊ`ʃjuə]

● n. （宣傳用的）摺頁，小冊子

Pick up a sightseeing **brochure** at the information center.
請在詢問處領取觀光宣傳摺頁。

出題重點

易混淆 單字

brochure : catalog : guidelines

區分表示「手冊」、「守則」的單字用法差異，是測驗中會考的題目。

brochure （宣傳用的）摺頁，小冊子
有圖文的宣傳用摺頁。

catalog （商品、書等等的）目錄
商品目錄或圖書館的書目。
Mark browsed through a **catalog** of duty-free items on sale.
Mark 瀏覽了特賣中的免稅商品目錄。

guidelines 指導方針，守則
關於政策等的守則。
Health and safety **guidelines** for travelers are posted all over the airport.
機場各處都有張貼旅客健康與安全守則。

29 involve**
動 [ɪnˋvɑlv]
美 [ɪnˋvɔlv]

● v. 需要…，包含…；使…涉入

Getting to Kelford by bus **involves** one transfer.
搭公車到 Kelford 需要轉車一次。

The opening ceremony **involved** many local native dances.
開幕式包含許多本地原住民舞蹈表演。

James enjoys **involving** himself in planning family vacations.
James 很喜歡參與家庭假期的規畫。

30 ship**
[ʃɪp]
衍 shipment n. 運輸；運輸的貨物

○ v.（用船或其他運輸工具）運送

The company's fleet **ships** cargo internationally.
這間公司的船隊進行國際貨物運送。

n. 船

The cruise **ship** has a swimming pool and spa.
那艘遊輪有游泳池和 SPA。

31 suitcase**
[ˋsutˏkes]

○ n. 行李箱

Each person is allowed to check in one **suitcase**.
每個人都可以託運一個行李箱。

32 unavailable**
[ˏʌnəˋveləbl]
反 available 可利用的

● adj. 無法利用的，無法取得的

The luxury suite is currently **unavailable**.
目前無法提供豪華套房。

33 fill out/in*

● phr. 填寫，填好（表格）

Please **fill out** the form prior to landing.
請在降落前填好表格。

　***＝出題率最高　**＝出題率高　*＝出題率中

出題重點

易混淆
單字
┌ **fill out/in** 填寫，填好（表格）
└ **fill up** 加滿（汽車的油箱）

區分這些形態相似但意義不同的慣用語，在測驗中會考。

You must **fill up** the tank before dropping off the rental car.
歸還租用的車子之前，必須把油箱加滿。

³⁴**customs***
[ˈkʌstəmz]

n. 海關

Hundreds of passengers go through **customs** every hour.
每小時有數百名乘客通過海關。

 出題重點

常考
語句
customs regulations 海關規定
customs clearance （貨物）通關，通關程序
go through customs 通過海關

customs 主要以慣用語的形式出題，請一起記下來。

³⁵**away***
[əˈwe]

adv. 離開，遠離

The city hall is located about fifteen miles **away** from the
convention center.
市政府位於離會議中心大約十五英里的地方。

出題重點

易混淆
單字
away : far

區分表示「遠離」的單字用法差異，是測驗中會考的題目。

┌ **away** 離開，遠離
│ away 前面可以直接接距離單位。
└ **far** 距離很遠
  far 前面不可以接距離單位，所以 20 kilometers far from the
  airport 是錯誤的表達方式。

The subway station is located **far** from the domestic
airport.　地鐵站離國內線機場很遠。

36 dramatic*
[drə`mætɪk]
衍 dramatically adv.
戲劇性地

 adj. 戲劇性的，激動人心的；急劇的

This tour includes admiring the country's most dramatic scenery.

這趟旅行的內容包括欣賞這個國家最壯麗的景色。

 出題重點

常考
語句

dramatic scenery 壯麗的景色

dramatic + increase/rise/fall 急劇的增加／上升／下降

dramatic 除了表示「戲劇性的」、「壯麗」等意義以外，也有「急劇的」的意思，這時候會搭配 increase, rise 等表示增減的名詞使用。

37 hospitality*
美 [ˌhɑspɪ`tælətɪ]
英 [ˌhɔspɪ`tæliti]
衍 hospitable adj.
好客的，招待周到的

 n. 款待，殷勤招待

The guests appreciated the hospitality extended to them during their stay.

住宿客很感謝在住宿期間受到的款待。

 出題重點

常考
語句

hospitality extended to 給予…的款待

hospitality industry 服務業

hospitality 主要和表示「給予，提供」的動詞 extend 搭配。

38 indulge*
[ɪn`dʌldʒ]
衍 indulgence n. 沉迷，放縱

 v. 沉迷，享樂

Indulge in a getaway to the jungles and reefs of Belize.

盡情享受前往貝里斯的叢林與珊瑚礁的出遊吧。

 出題重點

常考
語句

indulge in 盡情享受…，沉迷於…（= be addicted to）

請把和 indulge 搭配使用的介系詞 in 一起記下來。

[39] proximity*

美 [prɑk`sɪmətɪ]
英 [prɔk`simiti]

○ n. 接近，鄰近

The conference center is in close **proximity** to the hotel.
會議中心很接近飯店。

 出題重點

常考語句	**in close proximity to** 很接近…
	in the proximity of 在…附近
	proximity 經常以慣用語形式使用，請一起記下來。

[40] seating*

[`sitɪŋ]
派 seat n. 座位 v. 使就座

○ n.（整體的）座位安排；座位數

The **seating** capacity of this airplane is 250 passengers.
這架飛機的座位容納量是 250 名乘客。

The **seating** arrangements were finalized before guests arrived.
座位安排在賓客抵達前完成了。

 出題重點

易混淆單字	**seating : seat**
	區分表示「座位」的單字用法差異，是測驗中會考的題目。
	┌ **seating**（整體的）座位安排；座位數
	│ 表示公共場所或活動場所的「座位安排」或者一個地方的
	│ 「座位數」。
	└ **seat** 座位
	表示一個座位。
	The hotel lounge has a dozen fully reclining **seats**.
	旅館大廳有 12 個可以完全後仰的座椅。

⁴¹**unlimited**[*]

[ʌnˋlɪmɪtɪd]

⍗ unlimitedly 無限地

⍖ limited, restricted
  有限的

● adj. 無限制的

Unlimited mileage is included with all our car rental quotes.

我們所有的租車報價都包括無限里程。

 出題重點

常考
語句

unlimited mileage 無限里程

have unlimited access to the file 可以無限制地使用檔案

unlimited mileage 是租車時使用的片語，表示不管開多少距離
收費都一樣。

DAY 14 Daily Checkup

請把單字和對應的意思連起來。

01 specify   ⓐ   使困惑

02 comfortable   ⓑ   找到⋯的位置

03 customarily   ⓒ   舒適的

04 destination   ⓓ   目的地

05 confuse   ⓔ   習慣上

                                ⓕ   具體說明

請填入符合文意的單字。

06 Guests of the hotel praise it for its _____ views.

07 The _____ of entering the country is simpler for residents.

08 _____ may be asked to open their luggage by customs officers.

09 Turkey has _____ cultures influenced by migrations from Europe and Asia.

| ⓐ diverse   ⓑ outgoing   ⓒ superb   ⓓ passengers   ⓔ process |

10 Travelers to Beijing can _____ their train now. ⎯⎯

11 This _____ is known for plentiful legroom on its planes.

12 Every year, millions of foreigners visit Italy for _____ .

13 The toy manufacturer _____ some samples to several retail stores.

> 新制多益會這樣出題!
> 名詞 train 常跟 board、catch 之類的動詞一起出現。

| ⓐ carrier   ⓑ depart   ⓒ shipped   ⓓ tour   ⓔ board |

Answer   1.ⓕ 2.ⓒ 3.ⓔ 4.ⓓ 5.ⓐ 6.ⓒ 7.ⓔ 8.ⓓ 9.ⓐ 10.ⓔ 11.ⓐ 12.ⓓ 13.ⓒ

新制多益基礎單字

LC		
□ agent	n. 代理人
□ airport	n. 機場
□ beach	n. 海邊
□ boat	n. 小型船
□ business class	phr.（飛機的）商務艙
□ connect	v. 連接…
□ departure time	phr. 出發時間
□ duty-free shop	phr. 免稅店
□ first class	phr.（飛機的）頭等艙
□ flight	n. 飛行，航班，飛行的旅程
□ go on vacation	phr. 去度假
□ guidebook	n. 旅遊指南
□ journey	n. 旅行
□ nonstop flight	phr. 直飛航班
□ pack	n. 包裹；v. 打包（行李）
□ passport	n. 護照
□ pilot	n. 飛行員
□ salon	n.（服飾、美容等的）店，沙龍
□ span	v.（橋等等）橫跨（河流等）
□ trip	n. 旅行

RC		
□ border	n. 國界
□ central	adj. 中心的，最重要的
□ safe	adj. 安全的
□ sudden	adj. 突然的
□ travel	n. 旅行；v. 旅行
□ underwater	adj. 水中的，水面下的
□ unique	adj. 獨特的
□ visitor	n. 訪客，參觀者

LC	□ aboard	adv. 在船、飛機、列車上；prep. 在…上
	□ aircraft	n. 航空器，飛機
	□ airfare	n. 機票費用
	□ aisle seat	phr. 靠走道的座位
	□ be on a trip	phr. 在旅行中
	□ board a flight	phr. 登上班機
	□ boarding gate	phr. 登機門
	□ boarding pass	phr. 登機證
	□ boarding time	phr. 登機時間
	□ by air	phr.（表示交通方式）坐飛機
	□ carry-on baggage	phr.（帶進機艙的）隨身行李
	□ connecting flight	phr. 轉接班機
	□ crew	n. 全體船員，全體機務人員
	□ cruise	n. 乘船遊覽
	□ currency exchange	phr. 貨幣兌換
	□ drift	v. 漂流
	□ ferry	n. 渡輪
	□ flight attendant	phr. 空服員
	□ fluid	n. 液體
	□ guest pass	phr.（非會員的）訪客入場券
	□ guided tour	phr. 有導遊帶領的旅行
	□ immigration	n. 入境審查，外來的移民
	□ in-flight	adj. 飛行過程中的
	□ landing	n. 降落
	□ landmark	n. 地標，地標建築物
	□ layover	n.（飛機的）中途停留
	□ leave for	phr. 出發前往…
	□ line up	phr. 排隊
	□ luggage tag	phr. 行李吊牌
	□ mainland	n. 本土，大陸
	□ missing luggage	phr. 遺失的行李
	□ native	adj. 本地的，原住民的
	□ observation tower	phr. 瞭望塔

□ overbook	v. 超額預訂（機位、客房等）	
□ overhead rack	phr. 頭頂上方的置物架	
□ overseas	adj. 海外的；adv. 在海外，往海外	
□ port	n. 港口	
□ porter	n. 行李搬運員	
□ reclaim	v.（失物的）取回，領回	
□ row the boat	phr. 划船	
□ stop over	phr.（在飛行航程中）中途停留	
□ take off	phr. 起飛	
□ take one's bag off	phr. 把包包拿下來	
□ train conductor	phr. 列車長	
□ travel agency	phr. 旅行社	
□ unload	v. 從⋯卸下貨物	
□ unlock	v. 打開⋯的鎖	
□ walking tour	phr. 徒步旅行	

Part 5, 6	□ distant	adj. 遙遠的
	□ favor	n. 善意的行為，幫助
	□ overhead	adj. 頭上方的
	□ remains	n. 遺跡，遺址
	□ remote	adj. 邊遠的，偏僻的
	□ rightly	adv. 正確地，理所當然地
	□ travel arrangement	phr. 旅行安排

Part 7	□ accumulate	v. 累積
	□ geographic	adj. 地理上的
	□ go through customs	phr. 通過海關
	□ jet lag	phr. 時差感（旅行時引起的疲勞）
	□ memorable	adj. 值得紀念的，難忘的
	□ memorial	n. 紀念物；adj. 紀念的
	□ precisely	adv. 精確地
	□ round trip	phr. 來回旅行
	□ runway	n. 機場跑道
	□ seasickness	n. 暈船
	□ suburban train line	phr. 往郊區的列車路線
	□ voyage	n.（遠距離）航海
	□ wildlife	n. 野生動物

airsickness

新制多益900分單字

LC	☑ airsickness	n. 暈機
	☐ barge	n. 平底貨船
	☐ be left unattended	phr. 被放任不管的
	☐ buckle up (= fasten seatbelt)	phr. 扣上安全帶
	✗ carousel	n.（機場讓人提領行李的）行李轉盤
	☐ channel	n. 海峽，航道
	☐ deck	n. 甲板
	☐ dock	n. 船塢，碼頭
	☐ harbor	n. 港口；v.（船）入港停泊
	☐ life preserver	phr.（救生衣等）救生用具
	☐ meet one's flight	phr.（在飛機抵達的時間）為某人接機
	☐ stall	n. 貨攤，攤位；v. 拋錨，熄火，（飛機）失速
	☐ tie the boat to	phr. 把船停泊在…
	☐ turbulence	n. 亂流
Part 5, 6	☐ allowance	n. 允許，容許量，補貼
	☐ concourse	n.（火車站、機場等的）中央大廳，大堂
	☐ lodging	n. 寄宿，寄宿處
	☐ presumable	adj. 可推測的，可能有的
	☐ touch down	phr. 著陸
Part 7	☐ aviation	n. 飛行
	☐ charter plane	phr. 包機
	☐ confer	v. 商量，協商
	☐ disembark (= get off, leave)	v. 下飛機，下船
	☐ dispense	v. 分發
	☐ impound	v. 扣押（物品）
	☐ motion sickness	phr.（搭乘交通工具造成的）動暈症
	☐ prestigious	adj. 有聲望的
	☐ quarantine desk	phr. 檢疫站
	☐ remittance	n. 匯款
	☐ swap	v. 交換，對調
	☐ turn up	v. 出現，被找到
	☐ vessel	n. 大型船艦

DAY 15

談判的鬼才

契約

只要知道主題，就能掌握新制多益！
　　在契約的主題中，出題方向主要是公司間的商業合約、詢問不動產租賃合約等等。
讓我們一起來認識在契約的主題中經常出現的單字吧！

不管用什麼手段，只要能簽的就行！

最近我們公司做了合併到大企業的 proposal。

這樣啊！對於 alliance 的 stipulation 與 terms，你們的 compromise 完成了嗎？

不，在 negotiation 中無法達到 agreement，結果變 deadlock 了。

我聽說您是最棒的 negotiator 所以才來找您，下次談判請幫我們進行協商。

我知道了，請相信我吧！

翌日

想睡吧…想睡吧…簽名吧…簽名吧…

晃晃～

1 proposal***
- (美) [prə`pozl]
- (英) [prə`pəuzəl]
- (衍) propose v. 提議，建議 (= suggest)
  proposition n. (通常指商業的) 提議，建議

n. 提案，提議

Ms. Chryssom liked the proposal so much that she decided to invest immediately.

Ms. Chryssom 很喜歡這個提案，所以決定要立刻投資。

 出題重點

常考語句	**submit a proposal** 提出提案

proposal 會和動詞 submit 搭配出題。請注意不要因為 proposal 的結尾是 -al，就誤以為它是形容詞。

2 alliance*
- [ə`laɪəns]
- (衍) ally v. 使結盟
- (同) union, coalition 同盟，聯合

n. 同盟，聯盟

The corporations formed an alliance to protect themselves from competitors.

那些企業組成聯盟，好讓自己在競爭對手面前受到保護。

3 stipulation*
- [ˌstɪpjə`leʃən]
- (衍) stipulate v. 規定

n. 契約規定，契約條款

One of the stipulations was that the goods must be insured.

契約規定之一是商品必須投保。

4 term*
- (美) [tɝm]
- (英) [tə:m]
- (同) condition 條件

n. 條款；任期，期限

We cannot agree to the terms offered.

我們不能同意對方提出的條款。

Ms. Lee's term as chairperson will finish next year.

Ms. Lee 的主席任期將於明年屆滿。

 出題重點

常考語句	**terms and conditions** （契約、支付等的）條款

in terms of 就…方面而言

long-term 長期的（↔ short-term）

請把 term 的慣用語一起記下來。

┌─ **term** 條款，任期

└─ **terminology** 專門用語（＝jargon）

區分這兩個形態相似但意義不同的單字，在測驗中會考。

The handbook's **terminology** was surprisingly complex.

這本手冊的專門用語意外地複雜。

5 **compromise****　○

(美) [ˋkɑmprəˌmaɪz]

(英) [ˋkɔmprəmaɪz]

v. 妥協，讓步

衍 compromising adj.
有損聲譽的，有失體面的

同 deal （事業上的）協議

n. 妥協，折衷辦法

The contractors and management finally reached a **compromise** following several talks.

在幾次會談後，承包商和經營團隊終於達成了妥協。

6 **negotiation*****　●

(美) [nɪˌgoʃɪˋeʃən]

(英) [nɪˌgoʊʃɪˋeɪʃən]

衍 negotiate v. 談判
negotiator n. 談判者
negotiable adj.
可協商的

同 discussion 討論

n. 談判，協商

Negotiations are now in process.

談判正在進行中。

 出題重點

常考
語句
┌─ **negotiation** 談判

└─ **negotiator** 談判者

區分抽象名詞 negotiation 和人物名詞 negotiator，是測驗中會考的題目。

7 **agreement*****　●

[əˋgrimənt]

衍 agree v. 同意

反 disagreement
意見不一，不一致

n. 意見一致，同意；協議

The **agreement** has been signed by both parties.

協議已經經過雙方簽字了。

The business partners reached an **agreement** after hours of discussion.

在數小時的討論之後，企業伙伴之間達成了協議。

出題重點

常考
語句　**come to/reach an agreement** 達成協議

agreement 經常和 reach 等表示「到達」的動詞搭配出題。

---

8 **deadlock***
（美）[`dɛd͵lɑk]
（英）[`dedlɔk]

n. 僵局

Friday's negotiations ended in a **deadlock**.
週五的談判最終陷入僵局。

---

9 **review*****
[rɪ`vju]
n. 審查，評論

v. 再檢查，審查

Please **review** all of the documents carefully.
請再仔細檢查所有文件。

---

10 **contract*****
n. （美）[`kɑntrækt]
　 （英）[`kɔntrækt]
v. [kən`trækt]
（衍）contractor n. 立契約
　　 者，承包商
　　 contraction n. 收縮
（同）retain （付訂金聘請
　　 律師的）約聘

n. 合約（書）

The law requires all participants in the transaction to sign a
contract.
法律要求交易的所有關係人都要簽署合約。

v. 簽約；收縮

The company **contracted** IBSC to deliver its cargo.
公司和 IBSC 簽約，請他們運送貨物。
The manuscript binding **contracted** due to humid weather.
手稿的裝訂部分因為潮濕的天氣而收縮了。

 出題重點

常考
語句　**contract out A to B** 把 A 外包給 B

contract out 表示把工作外包給其他公司，承包商前面加 to。

---

11 signature***

美 [ˈsɪgnətʃɚ]
英 [ˈsɪgnitʃə]

n. 簽名

The CEO's signature finalized the long-awaited deal.
執行長的簽名完成了這項期待已久的交易。

12 originally***

美 [əˈrɪdʒənlɪ]
英 [əˈridʒinəli]
衍 origin n. 起源，由來
　　original adj. 原來的 n.
　　原文，原件
　　originate v. 發源
同 primarily 起初，原來

adv. 原來，起初

The company wants to change the conditions originally agreed upon.
那間公司想要更改原先協議的條件。

出題重點

同義詞 表示「原來」、「起初」的 **originally** 可以換成 **primarily**。

文法 請區分 **originally**（adv. 原來，起初）和 **original**（adj. 原來的）的詞性。

13 direction***

美 [dəˈrɛkʃən]
英 [diˈrekʃən]
同 course（態度、想法的）方向

n. 方向，指示，指揮

Hoping for a settlement, lawyers led the discussion in a different direction.
律師將討論引導到不同的方向，希望能達成和解。

14 initially***

[ɪˈnɪʃəlɪ]
衍 initial adj. 最初的
　　initiate v. 開始

adv. 起初

Managers initially thought the legal issues would be resolved quickly.
經理們起初以為這個法律問題很快就會解決。

15 expire***

美 [ɪkˈspaɪr]
英 [iksˈpaiə]
衍 expiration n. 期滿，截止
　　expiry n. 期滿，終止

v.（合約等）期滿

The previous lease expired a few weeks ago.
之前的租約在幾週前期滿了。

 出題重點

常考語句	**observe expiration date** 遵守截止日期
	請注意截止日期不是 expiring date，而是 expiration date。
易混淆單字	**expire : invalidate**
	區分表示「合約失效」的單字用法差異，在測驗中會考。

┌ **expire** 期滿

  不及物動詞，表示合約到了預定期限而期滿。

└ **invalidate** 使無效

  及物動詞，表示使合約或法律等無效。

  The store chain **invalidated** the supply contract, as delivery terms had not been met.
  那家連鎖業者取消了供應合約，因為對方並沒有遵守送貨的條款。

---

¹⁶**collaborate*****

[kə`læbə͵ret]

㊉ collaboration n. 合作
collaborator n. 合作者
collaborative adj. 合作的

㊀ work together 合作

 v. 合作

Moksel Company and Boston University **collaborated** on the research project.
Moksel 公司和波士頓大學合作進行了這項研究計畫。

 出題重點

常考語句	**collaborate on + 合作內容** 在⋯方面合作
	collaborate with + 人 和⋯合作
	collaborate 和介系詞 on 是測驗中會考的部分。
同義詞	表示一些人合力做某件事時，**collaborate** 可以換成 **work together**。

---

¹⁷**dedicate*****

[`dɛdə͵ket]

㊀ commit（使）致力於；投入（時間或金錢）

v. 使（自己）致力於某事，奉獻，獻出（時間、精力）

Ms. Barton **dedicates** herself to ensuring clients get good deals.
Ms. Barton 致力於確保客戶得到好的交易。

出題重點

| 常考
語句 | **be dedicated to** 致力於… |

dedicate 經常以被動態搭配介系詞 to 使用。to 後面接的不是
動詞原形，而是動名詞或名詞。

| 同義詞 | 「在事業或活動中投入時間與精力」做這種意思解釋時，**dedicate** 可以換成 **commit**。 |

[18] revised***
[rɪ`vaɪzd]
衍 revise v. 修改，修訂

● adj. 修改過的，修訂過的

The company president accepted the **revised** project proposal.
公司總裁接受了修訂過的專案提案。

[19] imperative***
[ɪm`pɛrətɪv]
同 essential 必要的
compulsory 義務性的

● adj. 必須履行的，必要的

It is **imperative** that the agreement be fully honored.
協議必須完全遵守。

出題重點

| 文法 | **It is imperative that** 主詞 **(+ should) +** 動詞原形 |

imperative 是表示義務的形容詞，所以 that 子句使用
「(should) + 動詞原形」。請注意動詞原形不能換成動詞過去
式或者加 s。

[20] cooperatively***
(美) [koˋɑpəretɪvlɪ]
(英) [kəuˋɔpərətɪvli]
衍 cooperate v. 合作
cooperation n. 合作
cooperative adj.
合作的

○ adv. 合作地，配合地

The company worked **cooperatively** with Pacific Corporation
to build the railway.
那間公司和 Pacific 公司合作興建這條鐵路。

出題重點

| 常考
語句 | **in cooperation with** 和…合作 |

名詞 cooperation 會以 in cooperation with 的形式出題。

²¹commission***

[kə`mɪʃən]
同 fee 手續費，費用
　　request 要求

n. 佣金，手續費；委員會

The new recruit consented to work on **commission**.
新進員工同意以佣金作為工資。

A **commission** has been organized to look into funding sources.
為了調查籌措資金的來源而組成了委員會。

v. 委任…，委託…創作

The building owners **commissioned** an artist to paint a mural.
建築物的業主委託一位藝術家畫壁畫。

²²omit***

美 [o`mɪt]
英 [əu`mit]
衍 omission n. 省略，
　　遺漏

v. 遺漏，省略

Grace rewrote the draft to include details **omitted** from the original.
Grace 重寫了草稿，以納入原稿遺漏的細節。

²³conflict**

美 [`kɑnflɪkt]
英 [`kɔnflɪkt]

n. 衝突，意見不一致

The executives had a **conflict** over when to expand the business internationally.
對於什麼時候要將事業拓展到海外，主管們的意見不一致。

²⁴renew**

[rɪ`nju]
衍 renewal n. 更新
　　renewable adj.
　　可更新的
同 refresh 更新

v. 更新（合約等）

The retail company **renewed** the six-month contract after discussions.
經過討論之後，那家零售公司更新了那份六個月的契約。

出題重點

常考語句	**renew + contract/license/subscription**
	更新合約／更新執照／續訂
	renew 經常和 contract, license, subscription 等名詞搭配出題。
文法	請區分 **renew**（v. 更新）和 **renewal**（n. 更新）的詞性。

25 proficient**
[prə`fɪʃənt]
同 adept 熟練的

○ adj. 熟練的，精通的

David is **proficient** in several languages, which helps with international negotiations.

David 精通數種語言，這在國際談判方面有所幫助。

26 confidentiality**
美 [ˌkɑnfəˌdɛnʃɪˈælɪtɪ]
英 [ˌkɒnfɪˌdɛnʃɪˈælɪtɪ]

○ n. 機密

Study subjects had to sign a **confidentiality** agreement before participating.

研究受試者在參加前必須簽署保密協定。

27 dispute**
[dɪ`spjut]
v. 爭論

○ n. 爭論，爭執

The **dispute** over the copyright prompted court action.

關於版權的爭執，挑起了法庭訴訟。

🗣 出題重點

常考
語句 **dispute over** 爭論…

選出和 dispute 搭配的介系詞 over，是測驗中會考的題目。

28 objection**
[əb`dʒɛkʃən]

○ n. 反對，異議

The deal proceeded despite the board of directors' **objections**.

儘管有董事會的反對，交易還是進行了。

29 define**
[dɪ`faɪn]

○ v. 定義，界定

The contract **defined** the roles of all parties involved.

合約界定了參與各方的角色。

30 impression**

[ɪm`prɛʃən]

閲 impress v.
使⋯印象深刻
impressive adj.
令人印象深刻的

n. 印象

The representative's presentation gave the impression that his company is well-organized.

代表人的簡報，讓人留下了那間公司很有組織的印象。

31 security**

美 [sɪ`kjʊrətɪ]

英 [si`kju:ɾiti]

n. 安全，保全，防護

Security is a priority during next week's sensitive negotiation meetings.

在下週的機密談判會議期間，安全是第一優先。

32 option**

美 [`ɑpʃən]

英 [`ɔpʃən]

閲 optionally adv.
隨意地，可選擇地

n. 選擇，選擇權

The agreement provides Banister with the option to discuss rate adjustments after one year.

協議提供 Banister 在一年後討論費用調整的選擇。

33 proceed**

[prə`sid]

閲 process n. 過程，
進程
procedure n. 程序，
步驟
proceeds n. 收入，
收益

同 progress 進展，進行

v. 進行，繼續

Talks concerning the companies' merger are proceeding well.

關於公司合併的會談正順利進行中。

 出題重點

常考語句	**proceed with** 繼續進行⋯
	請把和 proceed 搭配的介系詞 with 一起記下來。

34 modify*
- ⓤ [ˋmɑdəˌfaɪ]
- ⓑ [ˋmɔdifai]
- ⓝ modification n. 修改
- ⓢ alter 改變，修改

v. 修改，更改

The parties agreed to **modify** the wording of some clauses.
當事人同意修改某些條款的措詞。

 出題重點

常考
語句　表示改變形態、性質、位置，或者表示修改文件內容時，
modify 可以換成 **alter**。

35 narrow*
- ⓤ [ˋnæro]
- ⓑ [ˋnærəu]
- adj. 狹窄的
- ⓐ expand 擴大，擴展

v. 縮小（範圍等）

The number of potential building sites has been **narrowed** down to three.
可能的建設地點數已經縮減到三個了。

 出題重點

常考
語句　**narrow down A to B** 把 A 的範圍縮小到 B
請務必記住和 narrow down 搭配使用的 to。

36 bid*
- [bɪd]
- v. 出價，投標

n. 出價，投標

The construction firm Martin & Sons put in a **bid** for the contract.
Martin & Sons 建設公司投標爭取那份合約。

出題重點

常考
語句　**put in a bid for** 投標爭取…
bid for 競標…
bid 可以當名詞或動詞，經常和介系詞 for 搭配出題。

37 settle*

[ˋsɛtl]

衍 settlement n. 解決
settled adj. 確立的，
確定的

v. 解決，和解

The management made attempts to **settle** the unfair dismissal case.

經營團隊試圖解決不公平的解雇案。

38 terminate*

[ˋtɝməˌnet]
[ˋtɔːmineit]

衍 termination n. 結束
terminal adj.
末端的，終點的

反 initiate 開始

v. 結束，使終止

The company **terminated** the agreement when the project wasn't completed.

因為計畫沒有完成，所以那家公司終止了協議。

39 challenging*

[ˋtʃælɪndʒɪŋ]

衍 challenge n. 挑戰 v.
挑戰

adj. 有挑戰性的，困難的

Renovating the new wing proved to be a **challenging** project.

事實證明，翻修新增部分的建築物是一件有挑戰性的工程。

🗣 出題重點

常考語句	**challenging project** 有挑戰性的工程 challenging 表示雖然需要很多努力，但很有挑戰的價值。

40 foundation*

[faʊnˋdeʃən]

衍 found v. 創辦
founder n. 創辦人

n. 基礎；建立，創辦

The proposal served as the **foundation** on which the agreement was concluded.

那個提案是達成協議的基礎。

🗣 出題重點

常考語句	**serve as the foundation** 具有作為基礎的作用 **lay the foundation** 奠定基礎 請記住 foundation 在多益中常考的慣用語。

1. foundation : establishment

區分和「建立」有關的單字用法差異，是測驗中會考的題目。

foundation 基礎；建立，創辦

除了「建立」的意義以外，也能表示某事的「基礎」。

establishment 建立

主要表示建築物、機構或制度等的「建立」。

The developer finalized plans for the shopping mall's **establishment**.

開發業者完成了購物中心的建設計畫。

2. found（創辦）**- founded - founded**

find（找到）**- found - found**

動詞 found 與 find 的過去式 found 寫法相同，請注意不要搞混。

3. foundation 基礎

founder 創辦人

區分抽象名詞 foundation 和人物名詞 founder，是測驗中會考的題目。

DAY 15 Daily Checkup

請把單字和對應的意思連起來。

01 commission
02 cooperatively
03 dedicate
04 direction
05 collaborate

ⓐ 合作地，配合地
ⓑ 合作
ⓒ 佣金；委員會
ⓓ 投標
ⓔ 方向，指示
ⓕ 使致力於某事，奉獻

請填入符合文意的單字。

> 新制多益會這樣出題！
> 請仔細想想，現有的合約將在
> 一定的日期發生什麼狀況？

06 The current contract _____ on March 31.
07 The museum had tight _____ for the special exhibit.
08 The international version of the book _____ one chapter.
09 Most employees raised a(n) _____ to the reduced incentive policy.

ⓐ omits ⓑ security ⓒ expires ⓓ alliance ⓔ objection

10 Attorneys must maintain clients' _____ at all times.
11 The _____ copy of the report includes budget updates.
12 It is _____ that all staff be clearly understood of their tasks.
13 A child whose parents speak different languages can become _____ in both.

ⓐ narrow ⓑ imperative ⓒ proficient ⓓ confidentiality ⓔ revised

新制多益基礎單字

LC		
□ backseat	n. 後座
□ borrow	v. 借入
□ bother	v. 打擾
□ ceiling	n. 天花板
□ empty	adj. 空的
□ exit	n. 出口
□ fashion photographer	phr. 時裝攝影師
□ look after	phr. 看顧…
□ pair	v. 配對；n. 一對，一雙
□ per day	phr. 每一天
□ professor	n. 教授
□ proof	n. 證據
□ put on	phr. 穿上…
□ spray	v. 噴灑；n. 噴霧，水霧
□ think of	phr. 考慮…
□ wear	v. 穿著…（穿在身上的狀態）

RC		
□ climb	v. 攀爬，上升
□ deny	v. 否認，拒絕
□ escape	v. 逃跑，逃脫
□ final	adj. 最終的，決定性的
□ generally	adv. 一般而言
□ loose	adj. 鬆的
□ meaning	n. 意思，意義
□ off-season	n. 淡季
□ once	conj. 一旦…就；adv. 曾經，一次
□ product	n. 產品
□ quit	v. 退出，停止
□ volume	n. 音量，量，一冊

LC			
	□ close a deal	phr. 成交，做成生意	
	□ complicate	v. 使複雜化	
	□ dial a number	phr. 撥打電話號碼	
	□ disadvantage	n. 不利條件	
	□ focus on	phr. 集中於…	
	□ for ages	phr. 很久	
	□ household	n. 家庭，一家人	
	□ I have no idea.	phr. 我不知道。	
	□ lock up	phr. 鎖起來	
	□ make a deposit	phr. 付保證金、訂金、押金	
	□ make a mistake	phr. 犯錯	
	□ peak	n. 高峰，最高點	
	□ rain check	phr. （因故而發放的）改天可以使用的兌換券；延期	
	□ rent out	phr. 出租…	
	□ rental agreement	phr. 租賃協議	
	□ rough	adj. 粗糙的，艱難的	
	□ royalty	n. 版稅	
	□ run in several directions	phr. 朝幾個方向進行	
	□ scare	v. 驚嚇，使受驚	
	□ sign a contract	phr. 簽合約	
	□ under a contract	phr. 受合約約束的	
	□ win a contract	phr. 贏得合約	
Part 5, 6	□ agreeable	adj. 宜人的，欣然贊同的	
	□ call out	phr. 大聲呼叫；召集	
	□ convincing	adj. 有說服力的	
	□ diplomatic	adj. 外交的	
	□ equality	n. 相等，平等，對等	
	□ ethical	adj. 道德的，倫理的	
	□ hesitate	v. 猶豫，躊躇	
	□ in contrast	phr. 相比之下，相對地	
	□ instrumental	adj. （對於做某件事）有幫助的，起作用的	
	□ lengthen	v. 延長，加長	
	□ make a move	phr. 採取行動	

□ offend	v. 違反（規定）
□ opposing	adj. 對立的，反對的
□ origin	n. 起源，由來
□ rational	adj. 理性的，合理的
□ recognition	n. 承認
□ refusal	n. 拒絕，回絕
□ sarcastic	adj. 諷刺的，嘲諷的
□ selected	adj. 挑選出來的，精選的
□ sort of	phr. 有點，或多或少
□ surely	adv. 一定，當然
□ surprise	v. 使吃驚；n. 令人驚訝的事
□ uninterested	adj. 不感興趣的，沒興趣的
□ verbal	adj. 言語的，口頭的
□ virtual	adj. 實質上的
□ within reason	phr. 合情合理，有分寸

Part 7	□ be in agreement	phr.（彼此）同意
	□ draw up a new agreement	phr. 制定新的合約
	□ enclosure	n. 封入，附件，圍繞
	□ generation gap	phr.（世代間的）代溝
	□ have difficulty (in) -ing	phr. 在做…方面有困難
	□ in an attempt to	phr. 試圖做…
	□ in appreciation of	phr. 為了感謝…
	□ in print	phr. 已出版的
	□ in summary	phr. 總而言之
	□ lifetime employment	phr. 終生雇用
	□ low-income resident	phr. 低收入居民
	□ make a bid	phr. 投標
	□ make a contract with	phr. 和…簽訂合約
	□ on hand	phr. 在手邊，在近處
	□ replica	n. 複製品
	□ rigid	adj. 嚴格的，死板的
	□ security deposit	phr. 保證金
	□ sequential	adj. 連續的，相繼而來的
	□ successful candidate	phr. 合格的人選
	□ take A seriously	phr. 認真看待 A

LC	☐ It is no wonder (that)	phr. 難怪…
	☐ portray	v. 描繪（人物、風景）
	☐ reinstall	v. 重新安裝
	☐ repave	v. 重新鋪設（道路）
	☐ run the risk of	phr. 冒…的風險
	☐ think over	phr. 仔細考慮
Part 5, 6	☐ affiliation	n. 聯合，隸屬關係
	☐ arbitration	n. 仲裁
	☐ beside the point	phr. 離題的，不相關的
	☐ foil	v. 使挫敗，阻撓
	☐ impartially	adv. 公正地，中立地
	☐ inconclusively	adv. 非決定性地
	☐ omission	n. 省略，遺漏
	☐ originate in	phr. 發源自…
	☐ preferential treatment	phr. 優惠待遇
	☐ recollection	n. 回憶，回想
	☐ reconcile	v. 使和解，使和好
	☐ relinquish	v. 放棄
	☐ remembrance	n. 回憶，紀念
	☐ solicit	v. 請求，懇求
	☐ subcontract	n. 分包契約；v. 分包出去
	☐ subcontractor	n. 分包商
	☐ trustworthy	adj. 值得信賴的
Part 7	☐ annotated	adj.（書等等）有註解的
	☐ commercial relations	phr. 商業上的關係
	☐ credit limit	phr. 信用額度
	☐ down payment	phr. 頭期款，訂金
	☐ embark	v. 著手，從事
	☐ mediation	n. 調解，調停
	☐ moderator	n. 會議主席，協調人
	☐ provision	n. 規定，條款
	☐ rocky	adj. 障礙重重的

契約

11
12
13
14
DAY 15
16
17
18
19
20

Hackers TOEIC Vocabulary

DAY 16

貿易協定

商業

只要知道主題，就能掌握新制多益！

在商業的主題中，出題方向主要是交易物品的供給、配送、詢問庫存處理等等。讓我們一起來認識在商業的主題中經常出現的單字吧！

為國家的貿易協定挺身而出！

1 completely***

[kəm`plitlı]

㊁ complete v. 完成 adj. 完整的

completion n. 完成，結束

㊂ totally 完全地

㊃ partially 部分地

adv. 完整地，完全地

Every product in our catalog is **completely** guaranteed.

我們目錄裡的每件產品都完全受到保障。

 出題重點

文法　請區分 **completely**（adv. 完整地）和 **complete**（adj. 完整的）的詞性。

2 refuse**

[rɪ`fjuz]

㊁ refusal n. 拒絕

㊂ reject, turn down 拒絕

㊃ accept 接受

approve 批准

v. 拒絕

The shipment was **refused** by the purchaser due to damage caused in transit.

因為運送途中造成的損傷，貨物被購買者拒收了。

 出題重點

同義詞　表示拒絕提議時，**refuse** 可以換成 **reject** 或 **turn down**。

3 temporarily**

㊇ [`tɛmpə͵rɛrəlɪ]

㊈ [`tɛmpərerili]

㊁ temporary adj. 暫時的

㊃ permanently 永久地

adv. 暫時地

The popular video game is **temporarily** out of stock in stores, but may be bought online.

雖然這個受歡迎的電玩遊戲在店頭暫時缺貨，但是可以在網路上購買。

 出題重點

文法　請區分 **temporarily**（adv. 暫時地）和 **temporary**（adj. 暫時的）的詞性。

4 dealer*

㊇ [`dilɚ]

㊈ [`di:lə]

㊁ deal v. 交易

dealership n. 代理權，經銷店

n. 經銷業者，代理商

Imported vehicles are sold only by licensed car **dealers**.

進口車只經由有授權的汽車經銷業者出售。

出題重點

易混淆
單字
- **dealer** 經銷業者
- **dealership** 經銷店

區分人物名詞 **dealer** 和事物名詞 **dealership**，是測驗中會考的題目。

---

5 **bulk****
[bʌlk]
n. 體積，大量

adj. 大量的

Many factories offer a modest discount for bulk orders.
許多工廠對大宗訂單提供適度的折扣。

 出題重點

常考
語句
in bulk 大量地
請注意不要寫成 in bulks。

---

6 **inventory*****
美 [ˈɪnvənˌtorɪ]
英 [ˈɪnvəntrɪ]
同 stock 庫存

n. 庫存，庫存清單

The inventory in the warehouse is checked at regular intervals.
倉庫裡的庫存定期接受檢查。

---

7 **short****
美 [ʃɔrt]
英 [ʃɔːt]
衍 shortage n. 短缺
（= deficiency, lack）
shorten v. 縮短
shortly adv. 不久

adj. 短缺的

The plant is running short on its supply of raw materials.
那間工廠的原物料供給快要不夠了。

 出題重點

常考
語句
run short …不足／短缺
be short of 缺乏…
在多益中，short 常考的意思不是大家都知道的「短的」，而是「短缺的」。這時候會搭配動詞 run，或者以 be short of 的形式使用，請一起記下來。

文法
請區分 **shortly**（adv. 不久）和 **short**（adj. 短的，短缺的）的詞性。

---

8 cost***
ㅁ [kɔst]
ㅁ [kɔst]

n. 費用，成本
Singapore is known for its high **cost** of living.
新加坡以很高的生活費用聞名。

v. 花費（費用）
It can **cost** a lot to raise children these days.
現在養育孩子可能會花很多錢。

9 selection***
[sə`lɛkʃən]

n. 選擇，選出來的東西，可選擇的範圍
Our Web site boasts a wide **selection** of gift items.
我們的網站以提供種類廣泛的禮品而自豪。

 出題重點

常考語句	**a wide selection of** 種類廣泛的⋯ 表示提供了種類很多的東西供選擇。

10 commercial***
ㅁ [kə`mɝʃəl]
ㅁ [kə`mɜːʃəl]

adj. 商業的，商務的
Some **commercial** products may be subject to import taxes.
某些商業產品可能會被課徵進口稅。

n. 廣告
Each television **commercial** must be under 30 seconds long.
每支電視廣告的長度都必須在 30 秒以下。

11 order***
ㅁ [`ɔrdɚ]
ㅁ [`ɔːdə]

v. 訂購
The secretary **ordered** supplies from the main office.
祕書向總公司訂購了用品。

n. 訂購，訂單，訂購的東西
InterCore places regular **orders** for microchips from Compucation.
InterCore 公司定期向 Compucation 公司訂購微晶片。

¹²**provide*****

[prə`vaɪd]

派 provision n. 提供；
條款
provider n. 提供者

🔵 v. 提供

We **provide** customers with detailed product lists by e-mail.
我們透過電子郵件提供顧客詳細的產品列表。

Warranties are **provided** with all Blake-Co merchandise.
Black-co 公司的所有產品都附有保證書。

 出題重點

常考
語句

provide A with B 提供 B 給 A

be provided with 附有…

provide 經常和介系詞 with 搭配，在測驗中通常以被動態出題。

---

¹³**contact*****

美 [`kɑntækt]

英 [`kɔntækt]

同 get in touch with
和…取得聯繫

🔵 v. 聯絡

Contact the supplier to request express delivery.
請聯絡供應商以要求快速送貨。

n. （商業上的）聯絡人，熟人

Sales representatives should have a wide network of business
contacts.
業務代表應該擁有廣闊的商業人脈。

 出題重點

常考
語句

contact : connect
區分表示「聯繫」的單字用法差異，是測驗中會考的題目。

contact 聯絡
表示人們用電話或書信等互相聯絡。

connect 連接
表示把人或事物連接起來，常以 connect A with B （把 A 和
B 連接起來）的形式使用。

This Web site **connects** job seekers with employers.
這個網站把求職者和雇主連接起來。

同義詞 表示去聯絡某人時，**contact** 可以換成 **get in touch with**。

¹⁴**invoice***
[`ɪnvɔɪs]

◯ n. 發票，發貨單

The manufacturer sent an **invoice** for the production costs.
製造商寄來了生產費用的發票。

¹⁵**move***
[muv]
圓 transfer 轉移

◯ v. 移動，搬遷

Panther Corporation **moved** its Asian headquarters to China.
Panther 公司把亞洲總部遷移到中國了。

n. 行動，措施，對策；移動，遷移

The company's next **move** will be to expand its product line.
那間公司的下一步是擴展產品系列。

Abigail feels a **move** to overseas could help her career.
Abigail 覺得移居海外可能對她的職業生涯有幫助。

¹⁶**supply***
[sə`plaɪ]
衍 supplier n. 供應者
（= provider）
圓 provide, furnish
提供，供應

● v. 供應

NovaTech **supplies** its customers with the latest network equipment.
NovaTech 公司提供顧客最新的網路設備。

n. 供應；（-s）用品，補給品

The diagram in the handout shows **supply** and demand in the electricity industry.
講義上的圖表顯示出電力產業的供給和需求。

Office **supplies** purchased online will be shipped within two business days.
在網路上購買的辦公用品將會在兩個工作天內送到。

 出題重點

常考語句 | **supply A with B** 供應 B 給 A
請把搭配 supply 使用的介系詞 with 一起記下來。

17 discount***
[ˋdɪskaʊnt]

● n. 折扣

Repeat clients are eligible for a 30 percent **discount** on all items.

老客戶有獲得所有產品百分之 30 折扣的資格。

18 distribute***
[dɪˋstrɪbjʊt]
衍 distribution n. 分發，分銷
distributor n. 經銷商

○ v. 分發，分配，分銷

The goods were **distributed** to local businesses.

商品被分銷（流通）到了地方的商家。

 出題重點

常考 語句 **distribute A to B** 把 A 分配給 B

請記住和 distribute 搭配的介系詞 to。

19 acquisition***
美 [ˌækwəˋzɪʃən]
英 [ˌækwiˋzɪʃən]

● n. 獲得，獲得的東西；收購

Companies can grow quickly through the **acquisition** of other businesses.

企業可以透過收購其他公司快速成長。

The family's latest **acquisition** is a minivan.

這個家庭最近購買的東西是一台休旅車。

20 assure***
美 [əˋʃʊr]
英 [əˋʃʊə]
衍 assurance n. 保證，信心
同 convince 使確信
promise 承諾

● v. 向…保證，使…放心，使…確信

RapidFleet **assures** customers that all purchases are delivered promptly.

RapidFleet 公司保證顧客所有購買的物品都會快速送達。

The sales assistant **assured** the customer that she would not be disappointed with the purchase.

那位業務助理向顧客保證，她不會對她購買的東西失望。

 出題重點

常考語句	**assure A of B** 向 A 保證 B
	assure A that 子句 向 A 保證…
	assure 後面接人物受詞，然後再接介系詞 of 或 that 子句。
易混淆單字	┌ **assure** 保證
	└ **assume** （即使沒有證據也當成事實）認為，假定
	請區分這兩個形態相似但意思不同的單字。
	Mr. Jones **assumed** that some people invited to the event would be unable to attend.
	Mr. Jones 假定有些受邀參加活動的人無法出席。
同義詞	表示保證未來的事情、讓對方相信時，**assure** 可以換成 **convince** 或 **promise**。

²¹**subject*****
adj. 美 [`sʌbdʒɪkt]
　　 英 [`sʌbdʒɪkt]
v. [səb`dʒɛkt]
n. 主題，科目
　　 美 [`sʌbdʒɪkt]
　　 英 [`sʌbdʒɪkt]

adj. 容易受到…影響的；以…為條件的

Prices are **subject** to change without advance notice.
價格可能在未經事先通知的情況下（受到）改變。

Vacation requests are **subject** to approval of the office manager.
休假申請需要經過辦公室經理批准。

v. 使…受到

The researchers **subjected** the synthetic materials to durability tests.
研究人員使合成材料接受了耐久度測試。

 出題重點

常考語句	**be subject to + change/damage** 容易被改變／容易受損
	be subject to + approval 需要得到批准的
	subject A to B 使 A 受到 B
	形容詞 subject 搭配介系詞 to，表示「容易受到…影響」時，後面經常接 change, damage 等表示變化的名詞；如果是表示「以…為條件」時，後面會接 approval 等表示批准、同意的名詞。動詞 subject 也會搭配介系詞 to 使用。

22 seek★★★
[sik]

v. 追求，尋找

Fenway Bank is **seeking** a new manager for its Phoenix branch.
Fenway 銀行正在尋找鳳凰城分行的新任經理。

23 satisfactory★★★
[ˌsætɪsˈfæktərɪ]
衍 satisfy v. 使滿意
satisfaction n. 滿意
（↔dissatisfaction）
satisfying adj.
令人滿意的
satisfied adj.
感到滿意的
satisfactorily adv.
令人滿意地
反 unsatisfactory
不令人滿意的

adj. 令人滿意的

Customers expect **satisfactory** responses to their demands.
顧客期待他們的要求能得到令人滿意的回應。

 出題重點

常考
語句

┌ **satisfactory** 令人滿意的
└ **satisfied** 感到滿意的

satisfactory 表示結果或回答讓人滿意，而 satisfied 則是表示
人對某事感到滿意的狀態，請注意不要搞混了。

Ms. Collins was very **satisfied** with the items she received.
Ms. Collins 對她收到的產品感到非常滿意。

24 confirmation★★
美 [ˌkɑnfəˈmeʃən]
美 [ˌkɑnfəˈmeɪʃən]
衍 confirm v. 確認

n. 確認，證實

Please submit written **confirmation** of the subscription
cancellation.
請提交取消訂閱的書面確認。

出題重點

常考
語句

confirmation of 對於…的確認
請把和 confirmation 搭配的介系詞 of 一起記下來。

25 unable★★
[ʌnˈebl]
反 able 有能力的

adj. 不能（做…）的

The hotel is **unable** to take any more reservations as it is
overbooked.
這間旅館無法再接受任何預約，因為預約已經超額了。

²⁶**payment****
[ˋpemənt]

n. 支付（的款項）

Once **payment** has been received, the books will be delivered.
一收到付款，就會將書送出。

²⁷**measure****
美 [ˋmɛʒɚ]
英 [ˋmɛʒə]
衍 measurably adv.
可測地；清楚地；
可預見的

n. 措施，手段

The safety **measures** are in place to protect factory workers.
安全措施是為了保護工廠的工人所設的。

v. 測量

The construction crew **measured** the spaces for refrigerators in all apartments.
施工團隊測量了所有公寓放冰箱的空間。

²⁸**bargain****
美 [ˋbɑrgɪn]
英 [ˋbɑːgin]
同 deal 交易，（對雙方都有利的）協議

n. 特價商品，協議，討價還價

Stores offer many great **bargains** at the end of the year.
店家在年底會提供許多很划算的特價商品。

²⁹**stock****
美 [stɑk]
英 [stɔk]
v. 貯存
同 inventory, supplies 庫存

n. 庫存；股票

This particular model is currently out of **stock**.
這個特定型號目前沒有庫存。

Investment bankers must constantly check prices of **stocks**.
投資銀行業者必須持續查看股價。

 出題重點

常考語句	**in stock** 有庫存，有現貨
	out of stock 沒有庫存
	stock 經常和介系詞 in, out of 搭配出題，表示有沒有庫存。

30 affordability **

㊣ [ə͵fɔrdə`bɪlətɪ]
㊎ [ə͵fɔːdə`biliti]
㊛ affordable adj.
（價格）可負擔的

n.（價格）可負擔性

Consumers are most concerned about the affordability of groceries.
消費者最關心食品雜貨的可負擔性（價格容易購買與否）。

31 clientele **

㊣ [͵klaɪən`tɛl]
㊎ [͵kliən`tel]

n.（總稱）顧客，（律師、建築師等的）所有委託人

The wealthiest clientele usually shops in luxury stores.
最富有的客群通常在高級精品店購物。

32 acclaim **

[ə`klem]
㊛ acclaimed adj.
受到讚揚的
㊐ praise 讚揚，稱讚

n. 喝采，稱讚

Ms. Song's novel won critical acclaim, and a studio soon purchased the movie rights.
Ms. Song 的小說贏得了書評們的稱讚，一家電影公司也馬上購買了電影版權。

33 represent *

[͵rɛprɪ`zɛnt]
㊛ representation n.
代表
representative n.
代表人
㊐ speak for 代表…發言

v. 代表…

Rounders Properties is looking for an agent to represent the firm in Europe.
Rounders Properties 公司正在尋找一位在歐洲代表公司的代理人。

出題重點

同義詞 表示代表公司、團體等等發言時，represent 可以換成 speak for。

34 rating **

[`retɪŋ]

n. 等級，評等

The Coolmax air conditioner has the highest energy efficiency rating.
Coolmax 冷氣機擁有最高的能源效率評等。

³⁵**encompass***   ○   v. 包含，圍繞
[ɪn`kʌmpəs]

Techtronic's product range **encompasses** all kinds of electrical goods.

Techtronic 公司的產品範圍包含各種電器用品。

³⁶**finalize***   ○   v. 完成，做最後確定
[`faɪnḷˌaɪz]

Once Bertram Inc. **finalizes** the contract, they will begin manufacturing the products.

Bertram 公司一敲定合約，就會開始生產產品。

³⁷**market***   ○   n. 市場
美 [`mɑrkɪt]
英 [`mɑ:kɪt]
v. 銷售，行銷（商品）

Joyful-Cleanse is the best dish detergent on the **market**.

Joyful-Cleanse 是市面上最好的洗碗精。

³⁸**retail***   ○   n. 零售
[`ritel]
衍 retailer n. 零售商（↔ wholesaler）
反 wholesale 批發

Online shops are more popular than most **retail** stores nowadays.

現今網路商店比大部分的零售店更受歡迎。

³⁹**commodity***   ○   n. 商品（彼此之間沒有什麼差別，價格取決於市場機制的原物料、大宗產品等等）
美 [kə`mɑdətɪ]
英 [kə`mɔditi]

Export opportunities are opening up in the agricultural **commodities** sector.

在農產品部門，出口的機會正逐漸開放。

⁴⁰**quote***   ○   n. 報價
美 [kwot]
英 [kwəut]
v. 引用，引述；舉證
同 estimate 估價

The customer requested a price **quote** on the merchandise.

顧客要求那件商品的報價。

v. 報（價）

The landscaper **quoted** a much higher price than expected.
庭園景觀設計師報了比預期高出許多的價錢。

 出題重點

常考
語句
price quote 報價

custom quote 針對個別訂單情況的報價

quote 主要和 price, custom 等名詞搭配出題。

易混淆
單字
┌**quote** 報價

└**quota** 配額，定額

請區分這兩個形態相似但意思不同的單字。

A **quota** system guarantees each producer a share of the market.
配額體系能保障每個生產者都占有一部分的市場。

同義詞 表示估算價格時，**quote** 可以換成 **estimate**。

⁴¹ **consignment***
[kən`saɪnmənt]
衍 consign v. 委託

n. 委託（販賣）

The dealer only sells on **consignment**.
這個經銷商只以寄售方式售貨。

DAY 16 Daily Checkup

請把單字和對應的意思連起來。

01 consignment
02 encompass
03 move
04 selection
05 finalize

ⓐ 選出來的東西，可選擇的範圍
ⓑ 完全地
ⓒ 委託販賣
ⓓ 完成
ⓔ 搬遷
ⓕ 包含

新制多益會這樣出題！
several、many 之類的數量
表現之後要接複數名詞。請
仔細想想為了減少能源的使
用量，應該採取什麼？

請填入符合文意的單字。

06 This section of the city is zoned for _____ enterprises.

07 The company took several _____ to reduce its energy use.

08 Harry made the final _____ after the package was delivered.

09 Wassail has earned widespread _____ for its lovely furniture designs.

| ⓐ acclaim | ⓑ payment | ⓒ assure | ⓓ commercial | ⓔ measures |

10 James is _____ advice on making a financial investment.

11 Lehwood's _____ of Byerson makes it the nation's largest bank.

12 Organic ingredients tend to _____ more than other alternatives.

13 Wolsey _____ brochures to advertise its online printing services.

| ⓐ distributed | ⓑ representing | ⓒ acquisition | ⓓ seeking | ⓔ cost |

Answer　1.ⓒ 2.ⓕ 3.ⓔ 4.ⓐ 5.ⓓ 6.ⓓ 7.ⓔ 8.ⓐ 9.ⓐ 10.ⓓ 11.ⓒ 12.ⓔ 13.ⓐ

新制多益滿分單字　商業

新制多益基礎單字

LC		
☐ checklist	n. 核對清單
☐ client	n. 客戶，委託人
☐ communicate	v. 溝通
☐ exchange	n. 交換；v. 交換
☐ film studio	phr. 電影製作公司
☐ journal	n. 日報，期刊，日誌
☐ journalist	n. 記者
☐ magazine	n. 雜誌
☐ newspaper	n. 報紙
☐ newsstand	n. 報攤
☐ parade	n.（節慶的）遊行
☐ publisher	n. 出版者，出版公司
☐ reader	n. 讀者
☐ reporter	n. 報導記者
☐ sales trend	phr. 銷售趨勢

RC		
☐ comforting	adj. 令人感到安慰的
☐ excellently	adv. 優秀地
☐ export	v. 出口（貨品）；n. 出口
☐ former	adj. 以前的
☐ govern	v. 統治，支配
☐ government	n. 政府
☐ import	v. 進口；n. 進口
☐ politician	n. 從事政治的人
☐ politics	n. 政治，政治學
☐ shortly	adv. 不久，馬上
☐ start	v. 開始；n. 開始
☐ supplier	n. 供應者，供應商
☐ unlikely	adj. 不太可能的

LC	☐ back away from	phr. 從…退後，從…退出
	☐ be closed for the day	phr.（過了營業時間）結束營業
	☐ be determined to do	phr. 下定決心做…
	☐ business day	phr. 營業日，工作天
	☐ commercial space	phr. 商業空間
	☐ day after tomorrow	phr. 後天
	☐ front-page story	phr. 頭版消息
	☐ give a good price	phr. 提供好的價錢
	☐ headline	n. 新聞標題
	☐ in stock	phr. 有庫存的
	☐ lead (up/down) to	phr. 引領至…，接續到…
	☐ make a recording	phr. 錄音，錄影
	☐ normal operating hours	phr. 一般營業時間
	☐ on sale	phr. 販賣中的，特賣中的
	☐ on the market	phr. 在市場上的
	☐ out of print	phr.（書）絕版的
	☐ out of stock	phr. 沒有庫存的
	☐ overcharge	v. 收費過多
	☐ payment option	phr. 付款方式選擇
	☐ place an order	phr. 下訂單
	☐ put A out for sale	phr. 拿出 A 來賣
	☐ retail store	phr. 零售店
	☐ run out of	phr. 用完…，耗盡…
	☐ sales presentation	phr. 推銷簡報
	☐ salesperson	n. 業務員，銷售員
	☐ sold out	phr. 賣完的
	☐ stay open late	phr. 營業到很晚
	☐ stockroom	n. 倉庫，商品儲藏室
	☐ storage facility	phr. 倉儲設施
	☐ storeroom	n. 儲藏室
	☐ take inventory	phr. 按照清單盤點；製作清單
Part 5, 6	☐ accordingly	adv. 照著，相應地
	☐ adaptable	adj. 能夠適應的

□ along with	phr. 和…一起	
□ at the latest	phr. 最晚	
□ compliant	adj. 遵從的	
□ correspond	v. 一致，符合	
□ cultivation	n. 栽培，培養	
□ do business with	phr. 和…做生意	
□ had better do	phr.（某人）最好做…	
□ honorable	adj. 可敬的，正直的	
□ perceptive	adj. 感知的，敏銳的	
□ reasonably	adv. 合理地，適當地；划算地	
□ transformation	n. 變化，變形	

Part 7	□ attain	v. 達到（目標）
	□ barter	v. 以物易物；n. 以物易物
	□ boycott	v. 抵制；n. 抵制行動
	□ capitalize on	phr. 利用，從…中獲利
	□ council	n. 理事會，議會
	□ Department of Commerce	phr. 商務部
	□ depot	n. 倉庫，儲藏處
	□ diminish	v. 減少
	□ duty-free	adj. 免關稅的
	□ election	n. 選舉
	□ exercise one's right	phr. 行使權利
	□ federal	adj. 聯邦的
	□ hold power	phr. 掌握權力
	□ inclination	n. 傾向，意願
	□ inevitable	adj. 不可避免的
	□ loyal customer	phr. 忠實顧客
	□ outside provider	phr. 外部供應者
	□ poll	n. 投票，民意調查
	□ possession	n. 所有物，擁有
	□ scarce	adj. 缺乏的，不足的
	□ status	n. 地位
	□ switch A to B	phr. 把 A 轉換到 B
	□ wholesaler	n. 批發商
	□ withstand	v. 抵抗，禁得起

profoundly adv.
prolonged a.

新制多益900分單字

LC	☐ be closed to the public	phr. 不開放一般大眾進入的
	☐ breaking news	phr. 突發新聞，新聞快報
	☐ run an article	phr. 刊登報導
	☐ step down	phr. 辭職下台
	☐ write up	phr. 詳細記錄（事件）
Part 5, 6	☐ diversified	adj. 多樣的，各種的
	☐ engrave	v. 雕刻（文字、圖案等）
	☐ facilitator	n. 輔助者，協助者
	☐ itemized	adj. 逐個記載，詳細列出
	☐ keep track of	phr. 追蹤⋯，持續注意⋯的動態
	☐ predominantly	adv. 佔主導地位地；佔絕大多數地
	☐ profoundly	adv. 深深地
Part 7	☐ barring	prep. 除了⋯以外
	☐ bureaucracy	n. 官僚體制
	☐ cast a ballot	phr. 投票
	☐ come to power	phr. 得到權力
	☐ constituency	n. 選區的全體選民
	☐ contend with	phr. 對付⋯
	☐ drawback	n. 缺點，弱點；不利因素
	☐ in place of	phr. 代替⋯
	☐ in the prepaid envelope	phr. 在預付郵資的信封裡
	☐ nationalize	v. 國有化
	☐ parliament	n. 議會，國會
	☐ peddler	n. 小販
	☐ price quote	phr. 報價
	☐ protocol	n. 協議，議定書
	☐ scarcity	n. 缺乏，不足
	☐ summit	n. 高峰會
	☐ surrender	v. 放棄，投降
	☐ take an action against	phr. 採取行動對抗⋯
	☐ third party	phr. 第三方
	☐ unsuccessful candidate	phr. 不合格的人選，落選者

Hackers TOEIC Vocabulary

限時配送
貿易、貨運

只要知道主題,就能掌握新制多益!
　　在貿易、貨運的主題中,出題方向主要是詢問領取物品的行程、詢問交貨相關行程等等。讓我們一起來認識在貿易、貨運的主題中經常出現的單字吧!

重要的東西請盡快送到!

吃飯比什麼都重要…

¹ **fragile***
Ⓐ [`frædʒəl]
Ⓑ [`frædʒail]

adj. 易碎的

Fragile items are wrapped in protective packaging.
易碎品被包裹在保護性的包裝裡。

² **perishable****
[`pɛrɪʃəbl]
⚑ perish v. 腐壞
perishing adj. 要命的
⚑ imperishable
不會腐壞的

adj. 易腐壞的

Perishable goods are shipped in insulated containers.
易腐壞的產品會裝在隔熱的容器裡運送。

 出題重點

常考語句	**perishable + goods/items** 易腐壞的產品
	perishable 經常和 goods, item 等表示產品的名詞搭配出題。

³ **deliver*****
Ⓐ [dɪ`lɪvɚ]
Ⓑ [di`livə]
⚑ delivery n. 運送

v. 運送，送到；發表（演說）

All packages are **delivered** by the next morning.
所有包裹會在隔天早上送達。

The president **delivered** an address on the international financial crisis. 總統針對國際金融危機發表了演說。

⁴ **ensure*****
Ⓐ [ɪn`ʃʊr]
Ⓑ [in`ʃuə]
⚑ sure adj. 確定的
⚑ assure 保證
make certain
弄清楚，確定

v. 保證，確保

The receptionist called to **ensure** the message was delivered.
接待員打電話確認訊息已經傳達到了。

出題重點

同義詞	表示保證某件事會發生時，**ensure** 可以換成 **assure** 或
	make certain。

⁵ **courier****
Ⓐ [`kʊrɪɚ]
Ⓑ [`kuriə]

n. 快遞公司，快遞員

The customer will send the package by **courier**.
顧客會用快遞寄包裹。

6 carton*

美 [ˈkɑrtn̩]
英 [ˈkɑːtən]

○ n. 紙箱

The **carton** of goods was shipped by sea.

那箱貨品是用海運寄的。

7 address***

n. 美 [ˈædrɛs]
　 美 [əˈdres]
v. [əˈdres]

○ n. 地址

The **address** is stored in our database.

地址存在我們的資料庫裡。

v. 處理，解決（問題等）

A solution was found to **address** the clients' needs.

處理那些客戶需求的解決方案已經找到了。

8 shipment***

[ˈʃɪpmənt]
同 freight, cargo 貨物

○ n. 運輸，運輸的貨物

Freightline specializes in the **shipment** of food products.

Freightline 公司專門從事食品的運輸。

The **shipment** was sent to the wrong port.

貨物被送到錯誤的港口了。

9 particularly***

美 [pəˈtɪkjələ‧lɪ]
美 [pəˈtikjuləli]
衍 particular adj. 特定的

● adv. 尤其，特別是

The new trade agreement will hurt local business, **particularly** farmers.

新的貿易協議將會傷害地方業者，尤其是農民。

 出題重點

文法　請區分 **particularly**（adv. 尤其）和 **particular**（adj. 特定的）的詞性。

¹⁰adequately***

美 [`ædəkwɪtlɪ]
英 [`ædikwitli]
衍 adequate adj.
　足夠的，適當的
同 properly,
　appropriately 適當地
反 inadequately
　不適當地

adv. 適當地

The workers ensure that glassware is **adequately** wrapped.
工人們確認玻璃器皿是否有適當包裝。

 出題重點

常考
語句　表示符合某種標準或方法時，**adequately** 可以換成
　　　properly 或 **appropriately**。

¹¹article***

美 [`ɑrtɪkl]
英 [`ɑ:tikl]

n. 物品，物件；文章，報導

Several **articles** of clothing are missing from the shipment.
貨物裡的幾件衣物不見了。

There was an **article** about tariffs in *World Business Magazine*.
《World Business》雜誌有一篇關於關稅的文章。

¹²efficient***

[ɪ`fɪʃənt]
衍 efficiency n. 效率
　efficiently adv.
　有效率地
同 effective 有效的
反 inefficient 沒效率的

adj.（機器、方法等）有效果的，有效率的

Seal-wrap is an **efficient** means of packaging.
密封膠膜是一種有效率的包裝方法。

 出題重點

常考
語句　**efficient + processing/administration**
　　　有效率的處理／管理
　　　efficient 經常和 processing, administration 等表示工作過程或
　　　經營管理的名詞搭配出題。

文法　請區分 **efficient**（adj. 有效率的）和 **efficiently**（adv. 有效
　　　率地）的詞性。

¹³agency***

[`edʒənsɪ]

n. 代辦處，代理機構

The government hired an **agency** to inspect all grain imports.
政府雇用了代理機構來調查所有的穀物進口。

出題重點

常考
語句

a real estate agency 不動產仲介公司

a travel agency 旅行社

an employment agency 人力仲介公司

an advertising agency 廣告代理公司

a car rental agency 租車公司

請記住這些多益常考的業者名稱。

---

¹⁴**enclose*****

㋰ [ɪn`kloz]

㋰ [ɪn`kləuz]

㋑ enclosure n. 附件，
圍繞

v. 封入…；圍繞…

Please find a copy of the invoice **enclosed**.

請查看（隨信）附上的發票副本。

The café is beside a courtyard **enclosed** by art shops.

這間咖啡館在有許多藝術商店圍繞的庭院旁邊。

出題重點

常考
語句

enclose : encase : encircle

區分表示「包圍」的單字用法差異，是測驗中會考的題目。

┌── **enclose** 封入，圍繞

用在圍牆圍繞四周，或者把東西放進信封等情況。

├── **encase** （用箱子、包裝等）把…裝起來，包住

用在把東西放進箱子等等，完全密閉的情況。

The picture comes **encased** in a protective acrylic sleeve.

這幅畫裝在壓克力保護套裡販賣。

└── **encircle** 環繞

表示環繞某個對象的行為。

A network of expressways **encircles** the city center.

高速公路路網環繞著市中心。

---

¹⁵**careful*****

㋰ [`kɛrfəl]

㋰ [`kɛəfəl]

㋑ carefully adv.
小心地，慎重地

adj. 小心的，謹慎的

Dock workers were extra **careful** with the crates containing sculptures.

碼頭工人在處理裝著雕像的箱子時特別小心。

¹⁶**pick up*****

phr. 取走…；用車載（人）

Packages can be **picked up** from the reception desk.
包裹可以在接待處取件。

Joan drove to school to **pick up** her daughter.
Joan 開車到學校載她女兒。

¹⁷**carry****
[ˋkærɪ]

v. 搬運，攜帶；（商店）有售（商品）

All delivery drivers are required to **carry** at least one piece of identification.
所有送貨司機都必須攜帶至少一種身分證明。

The store **carries** shipping containers in six different sizes.
這間店有販賣六種不同尺寸的送貨用容器。

¹⁸**attach****
[əˋtætʃ]
衍 attached adj. 附加的
attachment n. 附著，附件
同 affix 貼上
反 detach 使分離

v. 貼上，附加

Carefully **attach** the address label to the package.
請把地址標籤小心貼在包裹上。

 出題重點

常考
語句

1. **attach A to B** 把 A 貼到 B 上
   請把和 attach 搭配的介系詞 to 一起記下來。

2. **attached + schedule/document/file**
   附加的日程表／文件／檔案
   形容詞 attached 主要修飾 schedule, document 等表示日程表或文件的名詞。

¹⁹**formerly****
美 [ˋfɔrməlɪ]
英 [ˋfɔːməli]

adv. 以前

Mr. Lee was **formerly** in charge of the entire shipping department.
Mr. Lee 以前負責整個運務部門。

²⁰**package****
[`pækɪdʒ]

n. 包裹，包裝
Packages are delivered daily at 4 p.m.
包裹每天下午 4 點寄送。

²¹**react****
[rɪ`ækt]
衍 reaction n. 反應

v. 反應，做出反應
Local businesspeople **reacted** negatively to news of stricter import regulations.
地方上的商人對於進口規定變嚴格的消息反應負面。

²²**content****
美 [`kɑntɛnt]
美 [`kɔntɛnt]
v. 使滿意，使滿足
adj. 滿意的，滿足的

n. 內容
Please make sure that the **contents** of your package are not damaged.　請確認包裹的內容物沒有受損。

²³**convenience****
美 [kən`vinjəns]
美 [kən`vi:njəns]
衍 convenient adj.
　便利的
反 inconvenience 不便

n. 便利，方便
For your **convenience**, a tracking number is provided.
為了您的方便（為了方便您查詢），（我們）提供了一個追蹤號碼。
Please reply at your earliest **convenience**.
請在您方便時盡早回覆。

🗣 **出題重點**

常考
語句
for your convenience 為了您的方便
at your earliest convenience 在您方便時盡早
at your earliest convenience 主要用在書信中，表示希望對方盡可能早點回覆等等。

²⁴**acknowledge****
美 [ək`nɑlɪdʒ]
美 [ək`nɔlidʒ]
衍 acknowledgement
　n. 承認

v. 承認；告知（收到信件等）
The government **acknowledged** the need for reduced trade tariffs.　政府承認了降低貿易關稅的必要性。

I am writing to **acknowledge** receipt of your letter of November 23.
我寫這封信是為了告知已經收到您 11 月 23 日的來信。

25 caution**
[ˋkɔʃən]
v. 警告
㊚ cautious adj.
小心謹慎的
㊞ carelessness
粗心大意

n. 小心，警告
Please use **caution** when unpacking your order.
從包裹中取出訂購物品時請小心。

 出題重點

常考語句	with caution 小心地，謹慎地
	caution 主要以慣用語形式出題，請務必記住。

26 correspondence**
㊤ [ˌkɔrəˋspɑndəns]
㊤ [ˌkɔriˋspɔndəns]
㊚ correspond v. 通信
correspondent n.
通信者，通訊記者

n. 通信，信件
Please send all **correspondence** to this address.
請將所有信件寄到這個地址。

 出題重點

易混淆單字	**correspondence** 通信，信件
	correspondent 通信者，通訊記者
	區分事物名詞 correspondence 和人物名詞 correspondent，是測驗中會考的題目。

27 separate**
㊤ [ˋsɛpəˌret]
㊤ [ˋsepərət]
㊚ separately adv.
個別地
separation n. 分開，分離

v. 分開，區分
Liquids must be **separated** from other materials being shipped.
液體必須和其他被運送的材料分開。
The shipping department **separates** international orders from domestic ones.
運務部門把國際訂單和國內訂單區分開來。

adj. 分開的，個別的，獨立的

Each product will be wrapped in a separate box.

每件產品都會以個別的盒子包裝。

---

28 remarkable**

㊢ [rɪˋmɑrkəbl]
㊇ [riˋmɑːkəbl]
㊝ remarkably adv.
明顯地，非常

adj. 出色的，引人注目的

Epic Corporation underwent a remarkable transformation in its export strategy.

Epic 公司在出口策略方面經歷了非常顯著的轉變。

---

29 handle**

[ˋhændl]
㊝ handling n. 處理，搬動
㊂ take care of 處理（問題等）
treat 對待，處理
manage 處理

v. 處理，搬動

The hazardous substances must be handled with care.

危險物質必須小心搬運。

 出題重點

| 同義詞 | handle 表示處理某種問題或事情時，可以換成 **take care of**；表示處理某個東西時，可以換成 **treat**；表示處理工作、問題時，可以換成 **manage**。 |

---

30 warehouse**

㊢ [ˋwɛr‚haʊs]
㊇ [ˋwɛəhaʊs]

n. 倉庫，倉儲

Crates go to the warehouse before being delivered to their respective companies.

木箱在送到各自不同的公司之前，會先放進倉庫。

---

31 impose**

㊢ [ɪmˋpoz]
㊇ [imˋpəʊz]
㊝ imposition n. 徵收
㊂ levy 徵收

v. 課徵（稅等等）

The government plans to impose taxes on imported steel.

政府計畫對進口鋼鐵課稅。

 出題重點

| 常考語句 | **impose A on B** 對 B 課徵 A
請把和 impose 搭配的介系詞 on 一起記下來。 |
| 同義詞 | 表示課徵稅或罰金時，**impose** 可以換成 **levy**。 |

32 storage**
[`storɪdʒ]
衍 store v. 貯存，保管
  n. 商店

n. 貯藏，貯藏空間

Unclaimed packages will be placed in **storage** for six months.

無人領取的包裹會放在貯藏室六個月。

33 detach**
[dɪ`tætʃ]
同 separate 分開，分離

v. 分開，撕下

Please **detach** and send in the completed form.

請撕下並寄出填好的表格。

🐶 出題重點

同義詞　表示使兩個以上的東西「分開」時，**detach** 可以換成
separate。

34 envelope**
美 [`ɛnvə͵lop]
英 [`envələup]
衍 envelop v. 覆蓋，
  包住

n. 信封

A return address must be stamped on each **envelope**.

每個信封都必須用印章蓋上退回郵件的地址。

35 exclusion**
[ɪk`skluʒən]
衍 exclude v. 排除，
  排斥
  exclusive adj.
  排外的，獨佔的
  exclusively adv.
  獨佔地，僅僅

n. 排除在外

The **exclusion** of shipping fees is offered for orders exceeding $500.

免運費提供給超過 500 美元的訂單。

36 recipient*
[rɪ`sɪpɪənt]
反 sender 寄件人

n. 收件人

Please enter the **recipient**'s shipping address below.

請在下方輸入收件人送貨地址。

37 affix*
[ə`fɪks]
n. 附加（物）

v. 貼上（郵票等）

Please **affix** a 50-cent stamp for postage to New York.

請貼上 50 美分的郵票作為寄件到紐約的郵資。

出題重點

常考語句　**affix A to B** 把 A 貼在 B 上
請把和 affix 搭配的介系詞 to 一起記下來。

38**incorrect**＊
[ˌɪnkəˈrɛkt]
衍 incorrectly adv.
不正確地
同 inaccurate 不正確的

adj. 不正確的

Incorrect mailing information will slow the order process.
不正確的郵寄資訊會使訂購過程變慢。

 出題重點

同義詞　表示資訊或計算不正確時，**incorrect** 可以換成 **inaccurate**。

39**oblige**＊
[əˈblaɪdʒ]
衍 obligation n. 義務
obligatory adj.
義務性的

v. 使不得不做某事，迫使做某事

The importers were **obliged** to destroy 20,000 boxes of apples.
進口商被迫銷毀 20,000 箱蘋果。

 出題重點

常考語句　**oblige A to do** 迫使 A 做⋯
be obliged to do 被迫做⋯
oblige 經常在受詞後面接 to 不定詞，或者以被動態使用。

40**step**＊
[stɛp]
v. 跨步，行走

n. 步驟，階段；措施

The importer completed the final **step** of customs formalities.
進口商完成了通關手續的最後步驟。

America will take **steps** to expand bilateral trade.
美國將採取措施，擴大雙邊貿易。

出題重點

常考語句　**take steps** 採取措施
step 表示措施時，經常會和 take 搭配出題。

DAY 17 Daily Checkup

請把單字和對應的意思連起來。

01 article   ⓐ   運輸
02 shipment   ⓑ   適當地
03 attach   ⓒ   以前
04 particularly   ⓓ   尤其
05 adequately   ⓔ   貼上
                    ⓕ   物品

請填入符合文意的單字。

> 新制多益會這樣出題！
> 名詞 safety 常跟 ensure、guarantee 之類的動詞一起出現。

06 Please find the receipt _____ in the envelope.
07 To _____ the safety, all products are packed very well.
08 The company will _____ outside of Asia for an additional fee.
09 Please open the packages with _____ as they contain fragile items.

ⓐ address   ⓑ deliver   ⓒ enclosed   ⓓ ensure   ⓔ caution

10 The fastest way to send this package is by _____ .
11 The latest _____ was a letter from the shipping company.
12 A _____ of online shopping is that purchases are brought to your door.
13 The Department of Agriculture inspects all animals, with the _____ of pets.

ⓐ exclusion   ⓑ courier   ⓒ agency   ⓓ correspondence   ⓔ convenience

Answer   1.ⓕ 2.ⓐ 3.ⓔ 4.ⓓ 5.ⓑ 6.ⓒ 7.ⓓ 8.ⓑ 9.ⓔ 10.ⓑ 11.ⓓ 12.ⓔ 13.ⓐ

新制多益基礎單字

LC	□ butcher's shop	phr. 肉店
	□ cargo	n. 貨物
	□ clinic	n. 診所
	□ crate	n. 木板箱
	□ flow	n.（供給、生產品的）流動，流通 v. 流動
	□ following week	phr. 下週
	□ get a ticket	phr. 買票
	□ in storage	phr. 保管中的，儲存中的
	□ load	n. 裝載量，工作量
	□ mail	n. 郵件；v. 郵寄
	□ museum	n. 博物館
	□ parcel	n. 包裹，小包
	□ pick up packages	phr. 領取包裹
	□ pottery	n. 陶器
	□ public park	phr. 公園
	□ stamp	v. 蓋章；n. 郵票
	□ van	n. 廂型車
	□ venue	n. 場所
	□ weight	n. 重量，體重
RC	□ barrier	n. 障礙，障礙物
	□ base	n. 基礎
	□ delay	v. 拖延，延誤；n. 延誤
	□ due date	phr. 到期日
	□ instructor	n. 講師
	□ offload	v. 卸下（貨物）
	□ parking pass	phr. 停車證
	□ shipping	n. 運輸，貨運
	□ trade	n. 貿易

LC		
□ as of now	phr. 目前	
□ broker	n. 代理人，經紀人	
□ canal	n. 運河，河渠	
□ carry a large parcel	phr. 搬運大型包裹	
□ closing	n. 關閉；adj. 結束的，閉幕的	
□ courier service	phr. 快遞服務	
□ door-to-door delivery	phr. 宅配	
□ drive off	phr. 開車離去，趕走	
□ drop off	phr. 從（交通工具）上下來；把...放下	
□ drycleaner (= drycleaner's)	n. 乾洗店	
□ floor manager	phr. 樓面主管	
□ hold onto the handrail	phr. 握住扶手	
□ in transit	phr. 運送途中	
□ inn	n. 小旅館	
□ lab report	phr. 實驗報告	
□ lab technician	phr. 實驗室技術人員	
□ lace	n. 鞋帶，帶子；v. 繫好帶子	
□ legal department	phr. 法務部門	
□ load A onto B	phr. 把 A 裝到 B 上	
□ load a truck	phr. 把貨物裝到卡車上	
□ loaded with	phr. 裝著（貨物）的	
□ loading	n. 裝載貨物	
□ lost in delivery	phr. 在運送過程中遺失的	
□ mailing list	phr. 郵寄名單	
□ make a delivery	phr. 運送	
□ packing tape	phr. 封箱膠帶	
□ pass over	phr. 從…上經過；忽略…	
□ pavement	n. 鋪設過的路面，人行道	
□ people on foot	phr. 步行者	
□ pick up passengers	phr. （開車）接乘客	
□ pier	n. 棧橋；防波堤	
□ pile up	phr. 把…堆起來	
□ postal	adj. 郵件的；郵政的	

	□ strap	v. 用帶子繫、綁；n. 皮帶、帶子
	□ time limit	phr. 時間限制
	□ waterway	n. 航道；水路
	□ weigh	v. 重達…
	□ weight limit	phr. 重量限制
	□ wrap up	phr. 把…包起來
Part 5, 6	□ correction	n. 更正，修正
	□ delivery option	phr. 運送方式選擇
	□ discard	v. 丟棄
	□ express mail	phr. 快捷郵件
	□ fortunately	adv. 幸運地，幸好
	□ ideally	adv. 理想地，完美地
	□ load size	phr. 裝載的容量
	□ marginally	adv. 些微地
	□ ordered	adj. 有條理的，整齊的
	□ ordering	n. 整理，排序
	□ ordinarily	adv. 普通地，一般地
	□ packaging	n. 包裝
	□ provided (that)	conj. 倘若…
	□ respond to	phr. 回應…
	□ separation	n. 分開，分離
	□ sizable	adj. 相當大的
	□ society	n. 社會，協會
Part 7	□ accelerate	v. 加速，促進
	□ additional charge	phr. 額外的收費
	□ ahead of schedule	phr. 超前進度
	□ at the last minute	phr. 在最後一刻
	□ by hand	phr. 用手工，專人送達地
	□ car maintenance	phr. 汽車保養
	□ city official	phr. 市府官員
	□ free of charge	phr. 免費
	□ postage	n. 郵資
	□ trade negotiation	phr. 貿易協商
	□ trade show	phr. 貿易展
	□ without delay	phr. 不拖延地，立即

LC		
☐ freight	n. 貨物，貨運	
☐ heritage	n.（具有歷史意義的傳統、語言、建築等）遺產	
☐ janitor	n.（大樓的）管理員	
☐ loading dock	phr.（工廠的）裝卸貨平台	
☐ logistics	n. 物流；後勤	
☐ realtor (= real estate agency)	n. 房地產經紀人	
☐ registered mail	phr. 掛號郵件	
☐ wheelbarrow	n. 獨輪手推車	

Part 5, 6		
☐ classified	adj. 分類的，機密的	
☐ consulate =embassy	n. 領事館	
☐ decidedly	adv. 確實地，明確地，斷然地	
☐ inaugurate	v. 正式開始…，為…開幕	
☐ institute	n. 協會，研究所	
☐ institution	n. 機構，（學校、醫院等的）設施	
☐ openly	adv. 公開地	
☐ oversight	n. 疏忽，監督	
☐ province	n. 省分	
☐ selective	adj. 選擇性的	
☐ transportable	adj. 可運輸的，可運送的	

Part 7		
☐ alumni association	phr. 校友會	
☐ bilateral	adj. 雙邊的	
☐ diplomat	n. 外交官	
☐ embargo	n.（特定商品的）貿易禁令，禁運	
☐ expatriate	n.（旅居國外的）僑民；v. 驅逐出境	
☐ expedite	v. 加快，迅速執行	
☐ handling	n. 處理，搬運；adj. 處理的，搬運的	
☐ import license	phr. 輸入許可證	
☐ intended recipient	phr. 預定收件人	
☐ progression	n. 進行，進展	
☐ reciprocal	adj. 相互的，互惠的	
☐ stow	v. 裝載（貨物）	
☐ surplus	n. 盈餘，（貿易）順差	

貿易、貨運

11
12
13
14
15
16
DAY 17
18
19
20

Hackers TOEIC Vocabulary

DAY 18

特別料理

住宿、餐廳

只要知道主題，就能掌握新制多益！

在住宿、餐廳的主題中，出題方向主要是詢問住宿、餐廳設施的廣告與預約，變更與取消預約等等。讓我們一起來認識在住宿、餐廳的主題中經常出現的單字吧！

餐廳端出來的水，不一定是拿來喝的

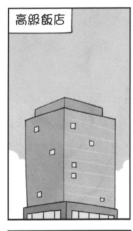

1 check in*

反 check out
辦理旅館退房手續

phr. 辦理旅館入住手續，辦理登機報到手續

Please be sure to **check in** by 7 p.m.
請務必在晚上 7 點前辦理入住手續。

2 compensate**

美 [`kɑmpən‚set]
英 [`kɔmpenseit]
衍 compensation n.
補償，賠償金
compensatory adj.
補償的

v. 補償

The hotel **compensated** the guest for the erroneous charge.
旅館向房客補償了錯誤的收費。

 出題重點

常考語句	**compensate A for B** 向 A 補償 B
	請把和 compensate 搭配的介系詞 for 一起記下來。

3 complimentary**

美 [‚kɑmplə`mɛntərɪ]
英 [‚kɔmpli`mentəri]
同 free 免費的

adj. 免費贈送的

Guests are given a **complimentary** light breakfast.
房客會得到免費贈送的輕食早餐。

 出題重點

常考語句	**complimentary + breakfast/service** 免費早餐／服務
	complimentary 主要和 breakfast 或 service 等關於服務的名詞一起使用。
易混淆單字	**complimentary** 免費贈送的
	complementary 互補的
	請區分這兩個形態相似但意思不同的單字。
	Color and style are **complementary** aspects of interior design.
	顏色和風格是室內設計中互補的層面。

4 chef*

[ʃɛf]

n. 主廚

The restaurant's head **chef** is famous across Europe.
那間餐廳的首席主廚是全歐洲知名的。

5 **container****
美 [kən`tenɚ]
英 [kən`teinə]
衍 contain v. 容納，含有

n. 容器，貨櫃
Food may be kept for longer periods by storing it in airtight **containers**.
食物可以藉由存放在密封容器中而保存更久。

6 **elegant***
[`ɛləgənt]
衍 elegance n. 優雅，
雅致

adj. 優雅的，高雅的
The recently renovated lobby boasts **elegant** decor.
最近整修好的大廳以擁有優雅的裝潢為傲。

7 **flavor***
美 [`flevɚ]
英 [`fleivə]
同 savor 味道，風味

n. 味道，風味
The shop sells ice cream in a variety of **flavors**.
那間店販賣多種口味的冰淇淋。

8 **accommodate*****
美 [ə`kɑmə,det]
英 [ə`kɔmədeit]
衍 accommodation n.
住宿設施
同 lodge 為…提供住宿

v. （建築物等）容納…，供…住宿；迎合（條件、要求等）
The hotel can **accommodate** 350 guests.
這間旅館可以供 350 位房客住宿。
The new security system will **accommodate** the government regulations.
新的保全系統將符合政府規定。

9 **available*****
[ə`veləbl]
衍 availability n.
可利用性
反 unavailable
不能利用的

adj. （事物）可利用的；（人）有空的
The sauna is **available** to all registered guests.
蒸氣室開放所有登記過的房客使用。
The dining hall is **available** for private functions.
宴會廳可供私人聚會使用。
I will be **available** after 6 p.m.
我下午 6 點之後有空。

10 reception***

[rɪˈsɛpʃən]

關 receive v. 接收，接待
receptionist n.
接待員

n. 接待，歡迎會；（旅館、公司、醫院等的）接待處

The college held a welcome **reception** for the guest speaker.
這間大學為客座演講者舉辦了一場歡迎會。

Visitors must register at the **reception** desk upon arrival.
訪客抵達時必須在接待櫃台登記。

 出題重點

易混淆
單字
reception 接待，歡迎會
receptionist 接待員

區分事物名詞 reception 和人物名詞 receptionist，是測驗中會
考的題目。

11 in advance***

phr. 事先，預先

Guests must notify the front desk **in advance** to reserve an
airport shuttle.
房客必須事先通知櫃台以預約機場接駁車。

12 refreshments ***

[rɪˈfrɛʃmənts]

n. 茶點，輕便的飲食

Before leaving the resort, the group was served some
refreshments.
離開度假村之前，這個團體被招待了一些茶點。

13 make***

[mek]

v. 做…，製作…

To **make** telephone calls from your room, dial 9 first.
要從房間撥打電話，請先按 9。

 出題重點

常考
語句
make a decision 做決定
make a request 提出要求
make a reservation 預約
make a telephone call 打電話
make progress 進步

填入慣用語中的 make，是測驗中會考的題目。

14 cater***

美 [ˋketɚ]
美 [ˋkeitə]

v.（為宴會等）供應飲食，承辦外燴

The Stovepipe Grill charges reasonable rates to cater large events.

Stovepipe Grill 公司收取合理費用來辦理大型活動外燴。

15 reservation***

美 [ˌrɛzɚˋveʃən]
美 [ˌrezəˋveiʃən]
衍 reserve v. 預約
  reserved adj.
  被預約的，保留的
同 booking 預約

n. 預約，預訂；保護區

Once you receive confirmation by e-mail, the reservation has been made.

一旦您收到用電子郵件寄的確認信，預約就成立了。

St. Louis has been designated as a reservation for wildlife since 1985.

St. Louis 自從 1985 年起被指定為野生動物保護區。

16 beverage***

[ˋbɛvərɪdʒ]

n. 飲料

Snacks and beverages are available in the business-class lounge.

商務艙旅客休息室提供點心和飲料。

17 confirm***

美 [kənˋfɝm]
美 [kənˋfɔ:m]
衍 confirmation n. 確認
  confirmative adj.
  確認的
同 verify 確認

v. 確認

Please confirm your seating reservation prior to arrival.

請在到達前確認您的座位預約。

 出題重點

常考語句	**confirm a reservation** 確認預約
	confirm 經常和 reservation 搭配出題。
同義詞	表示對預約或變更事項進行確認時，**confirm** 可以換成 **verify**。

¹⁸cancel★★★
[`kænsl]

○ v. 取消

Those wishing to **cancel** a booking are asked to do so at least a day in advance.　想要取消預約的人，請至少在一天前取消。

¹⁹rate★★★
[ret]
v. 評定，評價
⑲ fee 費用

◐ n. 費用

The inn offers fine rooms at affordable **rates**.
這間旅館以可負擔的費用提供不錯的房間。

²⁰conveniently★★★
⑧ [kən`vinjəntlɪ]
⑧ [kən`viːnjəntli]
㊅ convenient adj.
便利的
convenience n. 便利

◐ adv. 便利地

Our hotel is **conveniently** located in downtown Sydney.
我們的旅館在雪梨市中心，位置便利。

 出題重點

常考語句	**conveniently + located/placed** 便利地位於…
	conveniently 主要和 located 等表示位置的單字搭配出題。
文法	請區分 **conveniently**（adv. 便利地）和 **convenient**（adj. 便利的）的詞性。

²¹decorate★★★
⑧ [`dɛkəˌret]
㊅ decorative adj. 裝飾的，裝飾性的

○ v. 裝飾，裝潢

The restaurant owner **decorated** its interior with paintings of Italy.　這間餐廳的老闆用義大利的畫作裝飾餐廳內部。

²²information★★★
⑧ [ˌɪnfɚ`meʃən]
⑧ [ˌinfə`meiʃən]
㊅ inform v. 通知，告知

○ n. 資訊

Further **information** about the resort can be found on its Web site.　關於度假村的進一步資訊，可以在它的網站上找到。

 出題重點

常考語句	**additional/further + information** 額外的／進一步的資訊
	information 經常和 additional, further 等形容詞搭配出題。

23retain★★★

[rɪ`ten]

㊌ retention n. 保持，
保留

㊀ maintain 維持，保持
keep 持有，保有

v. 保持，保留

The cafeteria **retains** customers by offering inexpensive,
flavorful food.

這間自助餐廳藉由提供不貴又好吃的食物來留住顧客。

24atmosphere★★★

㊍ [`ætməs͵fɪr]

㊍ [`ætməsfɪə]

㊀ mood 氣氛

n. 氣氛，氛圍

The hotel provides a comfortable **atmosphere**.

這間旅館提供舒適的氣氛。

25cuisine★★★

[kwɪ`zin]

n.（獨特的）料理

Jacque will prepare an exquisite selection of international
cuisine.

Jacque 將會準備多種精緻的世界料理。

26sequence★★★

[`sikwəns]

v. 按順序排列

n. 順序，次序

The head chef makes sure every dinner order is prepared in the
correct **sequence**.

首席主廚確認每張晚餐的點菜單都以正確的順序準備。

27extensive★★

[ɪk`stɛnsɪv]

㊌ extend v. 延長，擴大
extension n. 延長，
擴大
extended adj. 長期的
extensively adv.
廣泛地

㊀ comprehensive 全面的
diverse 多樣的

adj. 廣泛的，廣闊的

The restaurant offers an **extensive** range of Chinese dishes.

這間餐廳提供種類廣泛的中式菜餚。

🐶 出題重點

同義詞 表示包含某件事所需要的各種東西，或者包含所有相關的東
西時，**extensive** 可以換成 **comprehensive**。

²⁸prior**

美 [`praɪɚ]
英 [`praɪə]
衍 priority n. 優先事項，
優先（權）

adj. 在前的，在先的

Prior to checkout, guests are asked to fill out a survey.
在退房前，房客被要求填寫調查表。

 出題重點

常考
語句　**prior to** 在…之前
請記住 prior 必須加上 to 才能當介系詞使用。

²⁹book**

[bʊk]
n. 書，書籍，書本

v. 預約

The restaurant is busy on weekends, so **booking** a table is
necessary.
這間餐廳週末的時候很忙，所以預約位子是必要的。

³⁰amenity**

美 [ə`minətɪ]
英 [ə`mi:nɪti]

n. 便利設施

The hotel **amenities** include a health center and a swimming
pool.
這間飯店的便利設施包括保健中心和游泳池。

³¹belongings**

美 [bə`lɔŋɪŋz]
英 [bɪ`lɔ:ŋɪŋz]

n. 攜帶物品

Safety boxes are available in every room for the storage of
valuable **belongings**.
每間房間都有保險箱，供貴重物品存放用。

³²entirely**

美 [ɪn`taɪrlɪ]
英 [ɪn`taɪəli]
衍 entire adj. 整個的

adv. 完全地

The Eatery is known to cook **entirely** with organic produce.
Eatery 公司以完全使用有機農產品烹調而知名。

33 ease**

[iz]

衍 easy adj. 容易的，
輕鬆的
easily adv. 容易地，
輕鬆地

○ v. 減輕，緩和

Jennifer **eased** the temperature of the oven to avoid burning her dish.

Jennifer 降低了烤箱的溫度，避免把她的菜烤焦。

n. 容易，輕鬆自在

Customers appreciate the **ease** with which they can make reservations online.

顧客對於能夠在網路上預約的簡便給予好評。

34 ingredient**

[ɪn`gridɪənt]

○ n. 材料，成分

The chef shops for fresh **ingredients** each morning at the local market.

那位主廚每天早上會在當地市場選購新鮮的食材。

35 sip**

[sɪp]

○ v. 啜飲，小口喝

Sip your beverages at the café's new outdoor area!

在咖啡館新設的戶外區域品嚐飲料吧！

36 stir*

美 [stɝ]
英 [stəː]

◉ v. 攪拌，攪動

Stir the sauce to prevent it from sticking.

攪拌醬汁以免變黏稠。

出題重點

易混淆 單字

stir : turn

區分表示「轉動」的單字用法差異,是測驗中會考的題目。

— **stir** 攪拌,攪動

表示攪拌液體等等。

— **turn** 旋轉,轉動

表示以軸為中心,讓周圍旋轉。

Turn a knob on the stove to adjust the temperature.
轉動火爐上的旋鈕來調整溫度。

---

³⁷**choice***
[tʃɔɪs]
囫 choose v. 選擇

n. 選擇,選擇範圍,選擇的東西

Today's special comes with the **choice** of soup or a salad.
今天的特餐可選擇附湯或沙拉。

 出題重點

易混淆 單字

choice : option

區分表示「選擇」的單字用法差異,是測驗中會考的題目。

— **choice** 選擇,選擇範圍

choice 表示從一些種類當中選出來的人或物。

— **option** 選項,選擇權

表示在一些種類中可以選擇的選項。

Diners have the **option** of eating at the bar.
用餐者可以選擇在吧台用餐。

---

³⁸**complication***
美 [ˌkɑmpləˋkeʃən]
美 [ˌkɒmpliˋkeɪʃən]
囫 complicate v.
使複雜化

n. 複雜的問題

We encountered several **complications** with our reservation.
我們在預約方面遇到了幾個複雜的問題。

³⁹**freshness***

美 [`frɛʃnɪs]
美 [`frɛʃnɪs]
衍 fresh adj. 新鮮的，
（想法等）新穎的

n. 新鮮

Wrapping produce in paper helps prolong its **freshness**.
用紙包裝農產品有助於延長新鮮度。

 出題重點

易混淆 ┌ **freshness** 新鮮
單字 └ **refreshment** 恢復活力，（-s）茶點

請區分這兩個形態相似但意思不同的單字。也要注意
refreshment 的單數形和複數形表示不一樣的意思。

Snacks and liquid **refreshments** are sold at the kiosk.
小賣店販賣零食和飲料。

⁴⁰**occupancy***

美 [`ɑkjəpənsɪ]
美 [`ɔkjupənsɪ]
衍 occupy v. 佔據
occupant n. 佔用者，
居住者
occupation n. 佔據，
職業

n.（旅館等的）入住率

The ski resort's **occupancy** peaks in January.
這家滑雪度假村的入住率在一月達到最高。

DAY 18 Daily Checkup

請把單字和對應的意思連起來。

01 reception
02 information
03 ingredient
04 refreshments
05 sequence

ⓐ 材料
ⓑ 順序
ⓒ 新鮮
ⓓ 茶點
ⓔ 歡迎會
ⓕ 資訊

請填入符合文意的單字。

06 The hotel will _____ its lobby with elegant furnishings.
07 The restaurant's event room can _____ up to 150 diners.
08 A light seasoning was used to _____ the meat's natural flavor.
09 The company can _____ any type of private or business occasion.

ⓐ accommodate　ⓑ decorate　ⓒ confirm　ⓓ retain　ⓔ cater

 新制多益會這樣出題！
動詞 locate 常跟 conveniently、
centrally 之類的副詞一起出現。

10 Guests are treated to a _____ drink upon arrival.
11 A business center is _____ located on the facility's second floor.
12 Check the details of your reservation _____ to making payment.
13 The 50-year old Gerano Resort will undergo _____ renovations next month.

ⓐ conveniently　ⓑ extensive　ⓒ available　ⓓ complimentary　ⓔ prior

Answer　1.ⓔ 2.ⓕ 3.ⓐ 4.ⓓ 5.ⓑ 6.ⓑ 7.ⓐ 8.ⓓ 9.ⓔ 10.ⓓ 11.ⓐ 12.ⓔ 13.ⓑ

新制多益基礎單字

LC		
□ bite	v. 咬；n. 一口	
□ buffet	n. 自助餐	
□ cafeteria	n.（公司或學校內的）自助餐廳	
□ cereal	n. 穀片	
□ cookbook	n. 烹飪書	
□ delicious	adj. 美味的	
□ dessert	n. 餐後甜點	
□ dine	v. 用餐	
□ dining room	phr. 餐廳，飯廳	
□ dish	n. 盤子，菜餚	
□ dishwasher	n. 洗碗機	
□ dry dishes	phr. 擦乾盤子	
□ garlic	n. 大蒜	
□ meal	n. 一餐	
□ plate	n. 盤子	
□ pot	n.（深的）鍋子	
□ prepare a meal	phr. 準備餐點	
□ seafood	n. 海鮮	
□ spicy	adj. 辣的	
□ spill	v. 濺出	
□ tasty	adj. 美味的	
□ whipped cream	phr. 鮮奶油	

RC		
□ blend	v. 混合	
□ clean	adj. 乾淨的；v. 把…弄乾淨	
□ fresh	adj. 新鮮的	
□ recipe	n. 食譜	
□ spice	n. 香料	
□ taste	v. 嚐…的味道，品嚐	

LC		
□ a glass of	phr. 一杯…	
□ appetizer	n. 開胃菜	
□ bottle	v. 裝瓶	
□ chop	v. 剁碎	
□ countertop	n. 流理台台面	
□ diner	n. 用餐的人	
□ dining area	phr. 用餐區	
□ dining supplies	phr. 餐廳用品	
□ dust off	phr. 除去…的灰塵	
□ food supplier	phr. 食品供應業者	
□ frosting	n. 糖霜	
□ frozen food product	phr. 冷凍食品	
□ gather up	phr. 收拾	
□ get the food ready	phr. 把食物準備好	
□ grain	n. 穀物	
□ grill	n. 烤架	
□ gusty	adj. 颶陣風的	
□ have a light dinner	phr. 吃簡單的晚餐	
□ have a meal	phr. 用餐	
□ kettle	n. 水壺，開水壺	
□ kitchen appliance	phr. 廚房家電、爐具等	
□ lost and found	phr. 失物招領處	
□ order a meal	phr. 點餐	
□ patio	n. 露台	
□ patron	n. 老顧客，老主顧	
□ peel off	phr. 為…去皮	
□ potholder	n. 拿熱鍋用的布或隔熱手套	
□ pour	v. 倒，灌	
□ serving (= helping, portion)	n. 上菜，食物的一份	
□ set the table	phr. 擺設餐桌上的餐具等	
□ snack shop	phr. 賣零食的店	
□ specialty	n. 專長，特產，特色菜	
□ spoil	v.（食物等）變壞，腐敗	

□ starving	adj. 飢餓的	
□ stove	n. （烹飪用的）爐子	
□ tablecloth	n. 桌巾	
□ take an order	phr. 接受點菜	
□ teapot	n. 茶壺	
□ trial	n. 審判，試用	
□ unpack	v. 把（行李）拿出來	
□ valuables	n. 貴重物品	
□ wait for a table	phr. 等待空桌	

Part 5, 6	□ agreeably	adv. 令人愉快地
	□ amazed	adj. 吃驚的，十分驚奇的
	□ competitiveness	n. 競爭力
	□ explain to	phr. 向…說明
	□ organizer	n. 組織者，籌辦人
	□ progressively	adv. 逐漸地
	□ recognized	adj. 公認的，被認可的
	□ refer	v. 參考，查閱
	□ seemingly	adv. 表面上；似乎是
	□ thickly	adv. 厚厚地

Part 7	□ accommodation	n. 住處，設施
	□ booking	n. 預約
	□ brew	v. 釀造，煮（咖啡）
	□ caterer	n. 外燴業者
	□ catering service	n. 外燴服務
	□ eat up	phr. 吃完
	□ gently	adv. 溫柔地，溫和地
	□ overnight stay	phr. 過夜
	□ parking facility	phr. 停車設施
	□ polish	v. 擦亮
	□ squeeze	v. 擠壓
	□ suite	n. （飯店的）套房
	□ utensil	n. （廚房）用具
	□ vegetarian	n. 素食者
	□ vinegar	n. 醋
	□ wake-up call	phr. 電話叫醒服務

LC	□ cloakroom	n.（飯店、劇場的）寄放衣物的地方
	□ gourmet	n. 美食家
	□ grab a bite	phr. 簡單吃點東西
	□ help oneself to the food	phr. 自行取用食物
	□ meal pass	phr. 用餐券
	□ pick up the check	phr. 買單
	□ preheat	v. 預熱（烤箱等）
	□ scoop	v.（用杓）舀出；（用鏟子）鏟起來
	□ slurp	v.（用吸的）出聲吃或喝東西
	□ wait on	phr. 侍候，為⋯服務
Part 5, 6	□ as a courtesy (=as a favor)	phr. 作為⋯的心意；免費提供⋯
	□ forfeit	v.（因為受罰而）喪失（權利、財產等）
	□ garner	v. 收集，積累，獲得
	□ themed	adj. 有特定主題的
	□ thriving	adj. 興旺的，繁榮的
Part 7	□ assorted	adj. 各種種類綜合的
	□ atrium	n. 室內中庭
	□ batch	n. 一批，一群
	□ batter	n. 麵糊
	□ concierge	n.（旅館的）綜合服務人員
	□ corridor	n. 走廊
	□ culinary	adj. 烹飪的
	□ decaffeinated	adj. 除去咖啡因的
	□ double occupancy	phr. 兩人使用一間房間
	□ garnish	v. 裝飾（菜餚）
	□ indigenous	adj. 當地的，土產的
	□ palate	n. 味覺
	□ parlor	n.（旅館的）休息室
	□ room attendant	phr. 客房服務員
	□ sanitary	adj. 衛生的
	□ shut down	phr. 停止營業
	□ sift	v.（用篩網）篩

flight attendant

The supermarket shut down last week

住宿、餐廳

11 12 13 14 15 16 17 **DAY 18** 19 20

Hackers TOEIC Vocabulary

獎金呢？

收益

只要知道主題，就能掌握新制多益！

　　在收益的主題中，出題方向主要是關於公司收益與損失、對營業與銷售成果的會議等等。讓我們一起來認識在收益的主題中經常出現的單字吧！

真的可以創造出比機器人更高的獲利嗎？

¹ **decline*****

[dɪˋklaɪn]

同 decrease, reduction
　減少
　reject 拒絕

n. 減少，下降

A sharp **decline** in the number of buyers has lowered this year's profits.

購買人數的銳減，降低了今年的收益。

v. 減少；拒絕（邀請、申請）

The investor **declined** our invitation to lunch.

那位投資人拒絕了我們的午餐邀約。

 出題重點

常考
語句

the rate of decline 減少率

decline in …的減少

和名詞 decline 搭配的介系詞 in，是測驗中會考的部分。

² **markedly***

美 [ˋmɑrkɪdlɪ]
美 [ˋmɑːkidli]
衍 marked adj. 顯著的，
　明顯的

adv. 顯著地，明顯地

Corporate profits continue to increase **markedly**.

企業收益持續顯著增加。

³ **increase*****

n. [ˋɪnkris]
v. [ɪnˋkris]
衍 increasing adj.
　正在增加的
　increasingly adv.
　漸增地，越來越…
反 decrease 減少

n. 增加

All employees will receive a five percent pay **increase** next year.

所有員工明年將獲得百分之五的加薪。

v. 增加

The number of delivery requests for the new product has **increased** significantly.

新產品的送貨要求次數顯著增加了。

 出題重點

文法 請區分 **increase**（n. 增加）和 **increasing**（adj. 正在增加的）的詞性。

4 revenue**

[`rɛvəˌnju]

同 income, earnings
收入

反 expenditure 支出，
花費

○ n. 收入

The company's **revenue** was boosted by higher
album sales.

公司的收入因為專輯銷量增加而獲得提升。

5 projection***

[prəˋdʒɛkʃən]

衍 project v. 預測

同 estimate 估計

○ n. 預測（值）

This month's income **projections** are higher than last month's
were. 這個月的收入預估比上個月來得高。

 出題重點

常考
語句 **spending and income projections** 支出與收入預估
請記住 projection 的慣用語。

6 substantial***

[səbˋstænʃəl]

衍 substantially adv.
相當多地

同 considerable
相當大的，相當多的

◉ adj. 相當大的，相當多的

The company made **substantial** investments in several
emerging markets.

這間公司在幾個新興市場進行了相當多的投資。

 出題重點

常考
語句 **substantial + amount/increase/reduction**
相當多的量／增加／減少

substantial 經常搭配 amount, increase, reduction 等表示量或增
減的名詞出題。

同義詞 表示數量、大小、程度相當大的時候，**substantial** 可以換成
considerable。

7 anticipate***

美 [ænˋtɪsəˌpet]

美 [ænˋtisipeit]

衍 anticipation n.
預期，期望

同 expect 預期，期待

◉ v. 預期，期望

We **anticipate** a 40 percent increase in sales next year.

我們預期明年銷售額將有百分之 40 的成長。

出題重點

常考
語句 **anticipate : hope**

區分表示「期望」的單字用法差異，是測驗中會考的題目。

┌ **anticipate** 預期…

不加介系詞，直接接受詞。

└ **hope for** 盼望…

hope 後面要加介系詞 for，才能接名詞當受詞。

The financiers **hope for** a high return on their investment.
金融家們盼望投資會有高報酬。

同義詞 表示期望某事發生時，**anticipate** 可以換成 **expect**。

---

8 **significantly*****

[sɪgˋnɪfəkəntlɪ]
衍 significant adj.
顯著的
significance n.
重要性

adv. 顯著地

The layoffs will reduce expenses **significantly**.
裁員會明顯減少支出。

9 **estimate*****

v. 美 [ˋɛstəˌmet]
英 [ˋestimeit]
n. 美 [ˋɛstəˌmət]
英 [ˋestimət]

v. 估計，估價

The laptops were **estimated** to bring in over $50 million.
這些筆計型電腦預估將帶來超過 5 千萬美元的收入。

n. 估計（值），估價

Profits for the second quarter failed to meet **estimates** made in April.
第二季的收益無法達到四月時的預估值。

10 **shift*****

[ʃɪft]

v. 轉移，挪動

The firm **shifted** some capital into its newest investment project.
這家公司把一些資本轉移到最新的投資計畫。

n. 轉變；輪班工作時間

A **shift** in government policy could affect the company's profitability.

政府政策的轉變有可能影響公司的獲利能力。

The night **shift** is from midnight to 8 a.m.

夜班時間是從午夜到早上 8 點。

11**fee*****
[fi]
同 rate 費用

n. 費用，服務費用

The merchant may charge a small **fee** to process credit card payments.

那個商人可能會收取小額費用來處理信用卡的付款。

The **fee** for installing cable television will go up next month.

下個月，安裝有線電視的費用會上漲。

12**production*****
[prə`dʌkʃən]
衍 produce v. 生產 n. 農產品
反 consumption 消費

n. 生產，產量

Production will rise drastically with the addition of a third shift.

產量將隨著第三班的增設而急遽上升。

13**sale*****
[sel]

n. (-s) 銷售額，銷售量；降價特賣

Domestic **sales** have recently begun to drop.

國內銷售額最近開始下降了。

All items are 50 percent off during the clearance **sale**.

清倉特賣期間，所有產品一律折扣百分之 50。

 出題重點

常考
語句
retail sales figures 零售額
請注意表示「銷售額」時一定要寫成 sales。

¹⁴impressive***

[ɪmˋprɛsɪv]
📚 impressed adj.
　感到印象深刻的
　impression n. 印象
　impress v.
　使…印象深刻
　impressively adv.
　令人印象深刻地

adj. 令人印象深刻的

NeuWear made impressive gains in the sportswear market.
NeuWear 公司在運動服飾市場得到了可觀的獲利。

 出題重點

易混淆單字	impressive 令人印象深刻的 impressed 感到印象深刻的
	impressive 表示人或事物令人印象深刻，impressed 則表示人感到印象深刻。請區分兩者的差異，不要搞混了。
文法	請區分 impressive（adj. 令人印象深刻的）和 impression（n. 印象）的詞性。

¹⁵representative***

[rɛprɪˋzɛntətɪv]
adj. 代表的
📚 represent v. 代表…

n. 代表，專員

The sales representative developed an impressive client base.
那位推銷員開拓了相當可觀的客層。
The committee will be comprised of representatives from each division.
委員會將由各部門的代表組成。

 出題重點

常考語句	sales representative 推銷員
	representative 經常和 sales 搭配出題。
文法	請區分 representative（n. 代表）和 represent（v. 代表…）的詞性差異。

¹⁶recent***

[ˋrisṇt]
📚 recently adv. 最近

adj. 最近的

Additional costs are reflected in the supplier's most recent price quote.
追加費用反映在供應商最近一次的報價上。

出題重點

易混淆　**recent : modern**
單字

區分表示「最近」的單字用法差異，是測驗中會考的題目。

recent 最近的

表示時間上最近的事或物。

modern 現代的

表示符合現代的作風。

Our **modern** designs are popular with customers.
我們的現代感設計很受顧客歡迎。

文法　請區分 **recent**（adj. 最近的）和 **recently**（adv. 最近）的詞
性。

---

¹⁷**exceed*****

[ɪk`sid]

衍 excess n. 超過，過量
excessive adj.
過度的
exceedingly adv.
非常，特別，極其
同 surpass 超過…
反 fall short of
沒有達到…

v. 超過…

The new restaurant's profits **exceeded** initial projections.
新餐廳的收益超過了最初的預估。

出題重點

同義詞　表示超過預估或其他比較對象時，**exceed** 可以換成
surpass。

---

¹⁸**improvement*****

[ɪm`pruvmənt]

n. 改善

The **improvements** to the chair designs led to increased sales.
椅子設計的改良使得銷售額上升了。

---

¹⁹**employer*****

美 [ɪm`plɔɪɚ]
英 [ɪm`plɔɪə]

n. 雇主

The largest **employer** in the city is the automotive factory.
市內最大的雇主是那間汽車工廠。

²⁰regular***

美 [ˈrɛgjələ˞]
英 [ˈregjulə]
衍 regularly adv. 定期地
反 irregular 不規則的，
無規律的

○ adj. 定期的；慣常的

Regular assessments of profitability occur throughout the fiscal year.

整個會計年度都會進行定期的獲利能力評估。

Special events were held to reward **regular** customers.

特別活動是為了回饋常客而舉辦的。

 出題重點

常考
語句
regular + meeting/schedule/assessment

定期會議／固定的時間表／定期評估

regular 主要和定期發生的 meeting, schedule, assessment 搭配出題。

文法 請區分 **regular**（adj. 定期的）和 **regularly**（adv. 定期地）的詞性。

²¹summarize***

[ˈsʌməˌraɪz]
衍 summary n. 總結，
摘要

○ v. 總結，概述

EquityCorp **summarized** its business operations in the annual report.

EquityCorp 公司在年度報告中概述了事業營運狀況。

²²typically***

[ˈtɪpɪklɪ]

○ adv. 典型地，通常

Cell phones **typically** go on sale before new models are released.

行動電話通常會在新機種上市前折價出售。

²³whole***

美 [hol]
英 [həul]

○ adj. 全部的，整個的

The **whole** amount of the loan must be paid in 60 days.

貸款全額必須在 60 日內償付。

24 growth**
美 [groθ]
英 [grəʊθ]
衍 grow v. 成長
growing adj.
成長中的

n. 成長，發展

The company will be unable to maintain its present rate of **growth**.

那間公司將無法維持現在的成長率。

25 figure**
美 [ˈfɪgjɚ]
英 [ˈfɪgə]
v. 認為…
同 number 數

n. 數字

Last quarter's sales **figures** need to be sent to the main office.

上一季的銷售數字需要傳送到總公司。

 出題重點

易混淆 **figure : digit**
單字

區分表示「數字」的單字用法差異，是測驗中會考的題目。

figure 數字，數值

表示數值，尤其是統計數字。

digit（每一位數的）數字

表示從 0 到 9 的數字。

The number 215 contains three **digits**.
215 這個數有三位數字。

26 steady**
[ˈstɛdɪ]

adj. 穩定的；堅定的

Furniture sales have seen a **steady** rise since March.

家具銷售額從三月開始穩定上升。

The **steady** stock market has given investors more confidence.

穩定的股票市場給了投資人更多信心。

27 frequent**
[ˈfrikwənt]

adj. 頻繁的，常發生的

The company was able to adapt quickly despite **frequent** market changes.

即使面對頻繁的市場變化，那間公司還是能夠快速適應。

28 achieve**

[əˋtʃiv]

派 achievement n.
達成，成就
achiever n. 達成者，
成功者

同 reach 抵達，達到

○ v. 達成，成就

The corporation **achieved** its sales goals for the year.

這間公司達成了今年度的銷售目標。

29 assumption**

[əˋsʌmpʃən]

○ n. 假定，假設

DonCo's **assumption** that consumers value quality over price proved correct.

事實證明，DonCo 公司認為消費者重視品質勝於價格的假設是對的。

30 share**

美 [ʃɛr]

英 [ʃɛə]

同 discuss 討論

○ v. 分享（事物、想法、經驗、感情等），共用

The CEO **shared** some excess profits with employees through bonuses.

執行長藉由獎金和員工分享了一些超額的收益。

n. 一份，股份

Each partner will receive an equal **share** of profits from the sale of the company.

每個合夥人都會從公司的銷售利潤中獲得均等的一份（平分利潤）。

31 encouraging**

美 [ɪnˋkɝɪdʒɪŋ]

英 [inˋkʌridʒiŋ]

派 encourage v. 鼓勵
encouragement n.
鼓勵

反 discouraging
令人洩氣的

● adj. 鼓勵的，令人振奮的

The figures for this quarter were **encouraging**.

這一季的數字很令人振奮。

 出題重點

文法　請區分 **encouragement**（n. 鼓勵）和 **encourage**（v. 鼓勵）的詞性差異。

³²**incur****
美 [ɪn`kɝ]
英 [ɪn`kɜː]
衍 incurrence n. 招致，遭受

○ v. 遭受（損失），招致（債務）
We have **incurred** significant operating losses since our inception a decade ago.
自從十年前開業以來，我們已經遭受了嚴重的營業損失。

³³**slightly****
[`slaɪtlɪ]
衍 slight adj. 輕微的

● adv. 稍微
Inquiries regarding purchases are expected to decrease **slightly**.
預期關於採購的詢問會稍微減少。

🗨 出題重點

文法　請區分 **slightly**（adv. 稍微）和 **slight**（adj. 輕微的）的詞性差異。

³⁴**profit****
美 [`prɑfɪt]
英 [`prɔfɪt]
衍 profitable adj. 有利益的（= lucrative）
profitability n. 獲利能力

● n. 收益，利潤
The **profits** from the auction will go to charity.
拍賣收益將會捐給慈善機構。

³⁵**reliant****
[rɪ`laɪənt]
衍 reliance n. 依靠，信賴

○ adj. 依賴的，依靠的
Much of the business is **reliant** on sales from returning customers.
生意有一大部分是依靠來自回頭客的銷售額。

³⁶**illustrate****
[`ɪləstret]
衍 illustration n. 說明，圖解
illustrator n. 插畫家

● v. 說明，圖解
The line graph **illustrates** the rise in expenses.
這張折線圖說明開支的上升。

😊 **出題重點**

易混淆 單字

┌ **illustration** 說明，圖解
└ **illustrator** 插畫家

區分事物名詞 illustration 和人物名詞 illustrator，是測驗中會
考的題目。

---

³⁷**inaccurate***
[ɪnˋækjərɪt]
反 accurate 正確的

adj. 不正確的

The calculations in the report were inaccurate.
報告中的計算不正確。

😊 **出題重點**

常考 語句

inaccurate information 不正確的資訊
inaccurate 經常和名詞 information 搭配出題。

---

³⁸**percentage***
美 [pɚˋsɛntɪdʒ]
美 [pəˋsentɪdʒ]

n. 百分比，比例

The percentage of people buying digital music players has
decreased somewhat.
購買數位音樂播放器的消費者百分比稍微減少了。

😊 **出題重點**

易混淆 單字

percentage : percent
區分表示「百分比」的單字用法差異，是測驗中會考的題
目。

┌ **percentage** 百分比
  不能跟數字一起使用，例如 10 percentage 就是錯誤的說
  法。
└ **percent** 百分之一
  可以和數字一起使用。

  The company sold 10 **percent** more oats than in the
  previous month.
  這家公司賣了比上個月多百分之 10 的燕麥。

³⁹**reduce***

[rɪ`djus]

衍 reduction n. 減少
　　reductive adj. 減少的

同 diminish, decrease
　　減少

 v. 減少，縮減

Management **reduced** the travel budget in an effort to cut costs.
經營團隊為了縮減成本而減少了出差預算。

🗣 出題重點

常考語句	**reduce + costs/budget** 減少成本／預算
	reduce 經常和 cost, budget 等表示費用的名詞搭配出題。

易混淆單字	**reduce : dispose**
	區分表示「除去」的單字用法差異，是測驗中會考的題目。

　┌ **reduce** 減少，縮減

　│ 表示為了減少而去除。

　└ **dispose of** 處理掉…，清除…

　　 dispose 必須和介系詞 of 連用，表示把廢棄物品處理掉的意思。

　　 The company **disposed of** old equipment it no longer needed.
　　 這家公司把不再需要的舊設備處理掉了。

⁴⁰**tend***

[tɛnd]

衍 tendency n. 傾向

 v. 傾向於…，容易…

Corporate profits **tend** to rise in line with national income.
公司收益傾向於隨著國民所得一起成長。

🗣 出題重點

常考語句	**tend to do** 傾向於做…
	tend 主要和 to 不定詞一起使用。

DAY 19 Daily Checkup

請把單字和對應的意思連起來。

01 shift
02 projection
03 fee
04 improvement
05 achieve

ⓐ 改善
ⓑ 費用，服務費用
ⓒ 達成，成就
ⓓ 轉移，挪動
ⓔ 預測（值）
ⓕ 說明

新制多益會這樣出題！
動詞 remain 之後的主詞補語常常
使用形容詞或 to 不定詞。請仔細
想想銷售好的話應該會如何？

請填入符合文意的單字。

06 The department _____ its product ideas with the designers.

07 Sales of heaters have remained _____ due to the cold weather.

08 The _____ department worked on the product launch together.

09 Unusually high expenses this year caused a temporary _____ in profitability.

ⓐ whole   ⓑ steady   ⓒ reliant   ⓓ decline   ⓔ shared

10 The company _____ a budget shortfall of $2 million on the project.

11 Sales _____ improved this year, with profits higher than ever before.

12 People _____ spend more during holiday season than other times of the year.

13 The manager's _____ about the next trend in fashion industry was correct.

ⓐ typically   ⓑ assumption   ⓒ estimates   ⓓ revenue   ⓔ significantly

Answer   1.ⓓ 2.ⓔ 3.ⓑ 4.ⓐ 5.ⓒ 6.ⓔ 7.ⓑ 8.ⓐ 9.ⓓ 10.ⓒ 11.ⓔ 12.ⓐ 13.ⓑ

新制多益基礎單字

LC		
□ booklet	n. 小冊子	
□ by telephone	phr. 透過電話	
□ from now	phr. 從現在起，從此以後	
□ frying pan	phr. 平底鍋	
□ go shopping	phr. 去購物	
□ goods	n. 商品	
□ lesson	n. 課，（體會到的）教訓	
□ midday	n. 中午	
□ miss	v. 錯過，想念	
□ rent	n. 租金；v. 租	
□ save	v. 挽救，儲存，儲蓄	
□ unbelievable	adj. 難以置信的	
□ upset	adj. 苦惱的，生氣的；v. 使苦惱，使生氣	
□ win	v. 贏，贏得（獎品等）	
□ work on	phr. 處理…	
RC		
□ change	n. 零錢	
□ decrease	n. 減少；v. 減少	
□ gain	v. 獲得	
□ height	n. 高度	
□ income	n. 收入	
□ liquid	n. 液體；adj. 液體的	
□ loss	n. 損失	
□ model	n. 原型，模範；v. 做…的模型	
□ pace	n. （工作、生活等的）步調，步伐	
□ range	n. 範圍，區域；v. （範圍）延伸，排列	
□ refrigerator	n. 冰箱	
□ rely on	phr. 依靠…	
□ send	v. 寄送	

LC	☐ be shaded	phr. 被遮蔽，（表格）顏色較深
	☐ bring about	phr. 引起…
	☐ cut costs	phr. 削減成本
	☐ figures	n. 數字，數額
	☐ harsh	adj. 粗糙的，嚴厲的
	☐ have the best rates	phr. 有最便宜的費用
	☐ harm	v. 傷害，損害
	☐ link together	phr. 連接在一起
	☐ make money	phr. 賺錢
	☐ meet one's goal	phr. 達到目標
	☐ misread	v. 讀錯，誤讀
	☐ sales report	phr. 銷售報告
	☐ situated	adj. 位於…的
	☐ slight chance	phr. 很小的機會
	☐ take a course	phr. 學習一門課程
	☐ to be honest with you	phr. 老實對你說
Part 5, 6	☐ allot	v. 分配
	☐ allotment	n. 分配，分配物
	☐ charity	n. 慈善團體
	☐ continued	adj. 持續的
	☐ desperate	adj. 拚命的，絕望的
	☐ doubtful	adj. 懷疑的，有疑慮的，不大可能的
	☐ downfall	n. 衰落
	☐ enhancement	n. 提升，改善
	☐ factor	n. 因素，要素
	☐ fortune	n. 財富，運氣
	☐ gross income	phr. 總收入
	☐ impossible	adj. 不可能的
	☐ linguistics	n. 語言學
	☐ loosely	adv. 大致地，大概
	☐ make up for	phr. 補償…，彌補…
	☐ moderate	adj. 適度的，中等的
	☐ optimal	adj. 最優的，最佳的；優化的

□ possess	v. 擁有，持有
□ profitable (↔ unprofitable)	adj. 有利益的
□ put A in jeopardy	phr. 使 A 處於危險中
□ quite	adv. 相當，頗
□ sales figure	phr. 銷售數字
□ seek to do	phr. 試圖做…
□ split	v. 分裂，使分開；n. 裂縫，分裂
□ submission	n. 提交
□ sufficient	adj. 充足的
□ surrounding	adj. 周圍的，周遭的
□ to that end	phr. 為了那個目的
□ transition	n. 轉變
□ unusually	adv. 不尋常地，格外

Part 7	□ added benefits	phr. 附加利益
	□ additional fee	phr. 額外費用
	□ at a rapid rate	phr. 以很快的速度
	□ commercial value	phr. 商業價值
	□ dean	n. 院長，系主任
	□ disappointing	adj. 令人失望的
	□ do damage	phr. 造成損害，造成損失
	□ engineering	n. 工程學
	□ file for bankruptcy	phr. 聲請破產
	□ growth potential	phr. 成長潛力
	□ highlight	n. 最重要的部分；v. 強調
	□ long-term stability	phr. 長期穩定（性）
	□ non-profit organization	phr. 非營利組織
	□ on the rise	phr. 上升中的
	□ piece by piece	phr. 一點一點地
	□ proportion	n. 比例，部分
	□ raised	adj. 凸起的，升高的
	□ rising cost	phr. 上升中的成本
	□ semester	n. 學期
	□ timeline	n. 時程表
	□ undergraduate	n. 大學生
	□ up to	phr. 最高到…，多達…

LC	□ coil	v. 捲，盤繞；n.（一）捲，（一）圈
	□ make forecast	phr. 預測
	□ retrieve	v. 取回
	□ uncover	v. 揭露
Part 5, 6	□ distributor	n. 分配者，分銷商
	□ estimated	adj. 估計的
	□ financier	n. 金融家，財務官
	□ gratified	adj. 高興的，滿意的
	□ hollow	adj. 空心的，中空的，掏空的
	□ immeasurably	adv. 不可測量地，廣大無邊地
	□ indicated	adj. 被表明的，被指出的
	□ indicative	adj. 指示的，表示的
	□ literally	adv. 照字面意義地，確實
	□ minimally	adv. 最低限度地，最少地
	□ outpace	v. 超越
	□ outsell	v. 賣得比⋯多
	□ proportionate	adj. 成比例的
	□ rewarding	adj. 有益的，有報酬的
	□ signify	v. 表示⋯的意思
	□ steeply	adv. 徒峭地；險峻地
	□ subside	v.（狀況）趨於平緩，消退，減弱
	□ swell	v. 腫脹
	□ terminology	n. 專業術語
	□ variably	adv. 易變地，變化地
	□ vitally	adv. 重要地，非常
Part 7	□ agile	adj. 機敏的
	□ deviate	v. 偏離
	□ even out	phr. 使⋯均衡，平均分配⋯
	□ infusion	n. 注入，混入物
	□ insolvent	adj. 無力償還的，破產的
	□ offset	v. 補償
	□ profit margin	phr. 利潤率

收益

11
12
13
14
15
16
17
18

DAY 19

20

Hackers TOEIC Vocabulary

DAY 20

Hackers TOEIC Vocabulary

節省經費

會計

只要知道主題，就能掌握新制多益！

在會計的主題中，出題方向主要是與員工薪水相關的公告、詢問出差經費、購買辦公機器的預算討論等等。讓我們一起來認識在會計的主題中經常出現的單字吧！

為了節省公司開銷，請善用資源

【公告】
年底實施 audit 以後，從 accounting 部門發來一份請大家減少公司 budget 浪費的公文。

為了維持 financial 的穩定，請同仁們 curtail 不必要的辦公用品使用。

請節約用紙

請養成節省物資的習慣，並一起加入預防預算 deficit 的運動！

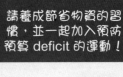

力求節約

力求節約

若是發現浪費物品的話，會嚴厲處罰，因此各位員工請務必只使用需要的物品。

我們得好好活用公司物品啊！

好燙

用公司廢紙烤的地瓜真香啊！

1 **audit***
[`ɔdɪt]
v. （會計）稽核
阁 auditor n. 稽核員

n. 審計，查帳
An internal **audit** of financial records will be conducted.
財務紀錄的內部審計即將進行。

2 **accounting*****
[ə`kaʊntɪŋ]

n. 會計
The **accounting** department reports directly to the CEO.
會計部直屬於執行長之下。

3 **budget*****
[`bʌdʒɪt]

n. 預算
The community center was given an annual operations **budget** of $120,000.
社區活動中心得到了 12 萬美元的年度營運預算。

4 **financial*****
[faɪ`nænʃəl]
阁 finance n. 財務 v.
為⋯提供資金
financing n. 籌措資金

adj. 財務的，金融的
A consultant's **financial** advice is helpful for major projects.
顧問的財務建議對於重大計畫有幫助。

 出題重點

文法 請區分 **financial**（adj. 財務的）和 **finance**（n. 財務）的詞性。

5 **curtail***
美 [kɝ`tel]
英 [kɔː`teil]
阁 curtailment n. 削減
同 reduce 減少

v. 縮減，削減
The manager made an effort to **curtail** office expenses.
經理努力縮減辦公室的開支。

6 **deficit***
美 [`dɛfəsɪt]
英 [`defisit]
同 shortfall 不足額
反 surplus 黑字，盈餘

n. 赤字，不足額
Reserve funds will be used to make up for the **deficit**.
預備資金將會被用來彌補赤字。

7 recently***

[ˋrisn̩tlɪ]

派 recent adj. 最近的

同 lately 最近

adv. 最近

Bookkeeping costs have **recently** risen considerably.

簿記費用最近大幅上漲了。

 出題重點

常考
語句 **have + recently + p.p.** 最近⋯了

recently 表示最近的動向，經常搭配現在完成式使用。

---

8 substantially***

[səbˋstænʃəlɪ]

派 substantial adj.
可觀的，大量的
substance n. 物質，
實質

同 significantly,
considerably
顯著地，相當地

adv. 大大地，相當多地

The marketing team was **substantially** expanded to help boost sales.

為了幫助提高銷售，行銷團隊獲得大幅擴編。

 出題重點

常考
語句 **substantially + expand/exceed** 大幅擴大／超過

substantially 主要和 expand, exceed 等表示擴大的動詞搭配。

同義詞 表示數值大幅增減時，**substantially** 可以換成 **significantly**
或 **considerably**。

---

9 committee***

[kəˋmɪtɪ]

n. 委員會

The **committee** submitted a report on donations.

委員會提交了關於捐款的報告。

10frequently***

[ˋfrikwəntlɪ]

adv. 頻繁地，經常

Clients who **frequently** pay on time may receive favorable terms.

經常準時付款的客戶，可能會得到有利的條款（條件）。

11 capability ***

- 美 [ˌkepə`bɪlətɪ]
- 英 [ˌkeipə`biliti]

n. 能力，才能

The firm has the **capability** to advise clients on a range of financial decisions.

這間企業有能力為客戶提供關於多種財務決策的建議。

12 proceeds ***

- 美 [`prosidz]
- 英 [`prəusi:dz]

n. 收入

All **proceeds** from the auction will go to local charities.

拍賣的所有收入將捐給地方慈善團體。

13 reimburse ***

- 美 [ˌriɪm`bɝs]
- 英 [ˌri:im`bə:s]
- 衍 reimbursement n.
  補償，費用核銷

v. 補償，核銷

The company will fully **reimburse** any travel expenses incurred.

公司會全額核銷出差產生的所有費用。

 出題重點

常考語句	**reimburse 費用** 核銷費用
	reimburse 人 for 費用 核銷某人付了的費用
	reimburse 可以表示「核銷費用」或「為某人核銷費用」，所以受詞可以是人或費用。
易混淆單字	**reimburse : reward : compensate**
	區分表示「補償」的單字用法差異，是測驗中會考的題目。

　　reimburse 補償，核銷

　　表示補償先行墊付的費用。

　　reward 回報

　　表示回報對方所做的好事。

　　We **reward** employees with benefits commensurate with their contributions.

　　我們會給予符合員工貢獻的福利作為回報。

　　compensate 補償

　　表示補償損失。

　　The insurance company **compensated** the firm for fire damage.

　　保險公司補償了那間公司的火災損失。

14 considerably ***
[kən`sɪdərəblɪ]

adv. 相當，相當多地

The new software program makes computing taxes **considerably** easier.
新的軟體使得計算稅金變得簡單許多。

15 adequate ***
美 [`ædəkwɪt]
美 [`ædikwɪt]
衍 adequacy n. 適當，
恰當
adequately adv.
足夠地，適當地

adj. 足夠的，適當的

Pelton Manufacturing lacks **adequate** funds for the purchase of new equipment.
Pelton Manufacturing 公司缺少足夠的資金來採購新設備。

16 total ***
美 [`totl]
美 [`taʊtl]
n. 總數，合計
v. 合計，把…加起來
衍 totally adv. 完全地

adj. 總計的，全部的

Total revenues for the year have yet to be added up.
年度總收入還需要合計起來。

 出題重點

文法　請區分 **total**（adj. 總計的）和 **totally**（adv. 完全地）的詞性。

17 allocate ***
[`ælə͵ket]
衍 allocation n. 分配，
配置
同 assign 分配

v. 分配，分派

Funds were **allocated** for the charity benefit.
為了慈善募款活動而分配了資金。

 出題重點

常考　**allocate A for B** 為了 B 分配 A
語句　**allocate A to B** 把 A 分配到 B
和 allocate 連用的介系詞 for 後面接「分配的目的」，to 後面接「分配的去向」。

同義詞　表示分配資源或工作時，**allocate** 可以換成 **assign**。

[18] inspector ***

美 [ɪn`spɛktə]
英 [ɪn`spɛktə]

n. 檢查員，督察員

The **inspector** reviewed all the receipts submitted last year.
稽查員檢查了去年提出的所有發票。

[19] preferred ***

美 [prɪ`fɜd]
英 [prɪ`fəd]
衍 prefer v. 偏好
　　preference n. 偏好

adj. 偏好的，優先的

Our **preferred** method of online payment is through Pay Safe.
我們偏好的線上付款方式是透過 Pay Safe。

 出題重點

常考
語句

1. preferred + means/method 偏好的方法
　preferred 經常和 means, method 等表示方法的名詞搭配。

2. prefer A to B 偏好 A 勝過 B
　請把和動詞 prefer 搭配的介系詞 to 一起記下來。

[20] quarter **

美 [`kwɔrtə]
英 [`kwɔ:tə]
衍 quarterly adj. 按季度
　　的 adv. 一季一次地

n. 季度；四分之一

Profits this **quarter** are 20 percent higher than the last one.
這一季的利潤比上一季高出百分出 20。

Expenses dropped by a **quarter** after Milton Autos changed
suppliers.
Milton Autos 公司更換供應商之後，開支減少了四分之一。

[21] interrupt **

[ˌɪntə`rʌpt]

v. 打斷，中斷

Poor cash management forced the company to **interrupt**
payments to its contractors.
現金管理不善，迫使這家公司中斷了對承包商的付款。

22 browse**
[braʊz]

○ v. 瀏覽，隨意觀看

Investors may browse through the firm's financial statements before making a decision.
投資人在下決定之前，可以先瀏覽公司的財務報表。

23 prompt**
㊤ [prɑmpt]
㊦ [prɔmpt]

● adj. 即時的，迅速的

The CEO demanded a prompt response to her questions about the budget.
執行長對於自己提出的預算問題，要求立即的回應。
Sheffing Co. was prompt in paying a bill.
Sheffing 公司付帳很迅速。

v. 導致，促使

Mark's success at buying stocks prompted interest from other investors.
Mark 在購買股票方面的成功，引起了其他投資人的興趣。

24 deduct**
[dɪˋdʌkt]
㊐ deduction n. 扣除

○ v. 扣除，減除

Michael deducted his business expenses from his gross income.
Michael 從自己的總收入中扣除了業務上的開支。

25 measurement**
㊤ [ˋmɛʒɚmənt]
㊦ [ˋmɛʒəmənt]

● n. 測量，測定；尺寸

Close measurement of the company's operating expenses helped the accountants spot inefficiencies.
公司營運費用的嚴密計算，幫助會計師找出缺乏效能之處。

26 shorten**
㊤ [ˋʃɔrtn]
㊦ [ˋʃɔːtn]

● v. 縮短，變短

Tracking expenses online shortens the time needed to calculate expenditures.
線上追蹤支出可以縮短計算費用所需的時間。

To improve its cash position, the firm **shortened** its payment terms to 30 days.

為了改善現金狀況，這家公司把付款期限縮短到 30 天。

27 amend ★★

[ə`mɛnd]

派 amendment n. 修正
amendable adj.
可修正的

同 revise, modify 修改

v. 修正

Ms. Ford **amended** the budget to account for the increased prices of goods.

Mr. Ford 為了說明商品上升的價格而修正了預算。

 出題重點

同義詞 表示修正文件內容時，**amend** 可以換成 **revise** 或 **modify**。

28 calculate ★★

[`kælkjə‚let]

派 calculation n. 計算

v. 計算

The contractors **calculated** the cost of rebuilding to be around $2 million.

承包商算出重建的費用大約會是 2 百萬美元。

29 exempt ★★

[ɪg`zɛmpt]

派 exemption n. 免除

免申辦費 ✓
免手續費 ✓
免年費 ✓

adj. 被免除的

Certain goods are **exempt** from import taxes.

某些貨物免進口稅。

 出題重點

常考
語句 **be exempt from** 免於…

請記住和 exempt 搭配使用的介系詞 from。

30 deficient ★★

[dɪ`fɪʃənt]

派 deficiency n. 不足

反 sufficient 充足的

adj. 不足的，缺乏的

Funding for the office renovations is **deficient**.

辦公室整修的資金不足。

31 compare**

美 [kəm`pɛr]
英 [kəm`pɛə]
衍 comparison n. 比較
comparable adj.
可比較的，比得上的

○ v. 比較

This software automatically **compares** profits for each year in a chart.

這個軟體會自動比較表格裡的各年度利潤。

 出題重點

常考語句 **compared to** 和⋯相比

compare A with B 把 A 和 B 比較

compare 會以 compared to 或 compare A with B 的慣用語形式出題。

32 fortunate**

美 [`fɔrtʃənɪt]
英 [`fɔːtʃənɪt]
衍 fortunately adv.
幸運地

○ adj. 幸運的

Some stockholders were **fortunate** to invest in the company early.

有些股東很幸運，很早就投資這家公司。

33 expenditure*

美 [ɪk`spɛndɪtʃɚ]
英 [iks`pendɪtʃə]
衍 expend v. 花費
同 expense 支出，費用
反 income, revenue
收入

○ n. 支出，開支

This month's sales outweigh **expenditures**.

這個月的銷售額大於支出。

 出題重點

同義詞 表示支出費用時，**expenditure** 可以換成 **expense**。

34 accurately*

[`ækjərɪtlɪ]
衍 accurate adj. 精確的
accuracy n. 精確
反 inaccurately
不精確地

○ adv. 精確地

To prevent later confusion, record transactions **accurately**.

為了避免日後的混淆，請精確記錄交易內容。

出題重點

易混淆單字 **accurately : assuredly**

區分表示「確定」的單字用法差異,是測驗中會考的題目。

┌ **accurately** 精確地

│ 表示在細節方面正確無誤。

└ **assuredly** 確實地,有把握地

　表示毫不懷疑,非常確定。

Launching a Web site will **assuredly** increase your customer base.
設立網站一定會增加你的客群。

---

[35] **worth***

[美] [wɜθ]

[英] [wɔːθ]

[衍] worthy adj. 有價值的;可尊敬的;相稱的
worthwhile adj. 值得花錢(或時間、精力)的

adj. 值得…的

It is **worth** the cost to upgrade our machinery.
升級我們的機械所花的費用是值得的。

n. 價值

$200,000 **worth** of inventory was added last month alone.
光是上個月就增加了價值 20 萬美元的存貨。

 出題重點

常考語句 **worth + 費用** 值(多少費用)的

worth -ing 值得做…的

形容詞 worth 主要在後面接表示金額的名詞,或者接動名詞使用。

易混淆單字 **worth : value**

區分表示「價值」的單字用法差異,是測驗中會考的題目。

┌ **worth** (值多少的)價值

│ 除了單純表示「價值」以外,也表示「相當於多少的價值」。(價格＋worth of＋物品:價值多少的物品)

└ **value** 價值,價格

　表示東西的價值或價格。

Shirley inquired about the **value** of the antique bookcase.
Shirley 詢問了那個古董書櫃的價格。

---

³⁶**excess***

[ɪk`sɛs]

衍 exceed v. 超過
excessive adj.
過度的
excessively adv.
過度地，非常
反 shortage 短缺，不足

 n. 超過，過量

Spending controls led to an **excess** of funds.
支出控制導致了資金過剩。

 出題重點

常考
語句 **in excess of** 超過…

excess 會以 in excess of 的慣用語形態出題，請務必記住。

³⁷**fiscal***

[`fɪskl]

 adj. 會計的，財政的

Results for the past **fiscal** year will be announced in August.
上個會計年度的結果將會在八月公布。

 出題重點

常考
語句 **fiscal year** 會計年度
fiscal operations 會計業務

fiscal year 指的是作為預算編製、執行與結算的期間標準，在
會計業務上設定的一年期間。

³⁸**incidental***

美 [ˌɪnsə`dɛntl]
美 [ˌinsiˈdentl]
衍 incident n. 偶發事件
incidentally adv.
偶然地

 adj. 附帶的

Total all **incidental** expenses for the journey and submit the
form to accounting.
請總計旅行中衍生出的所有附帶費用，並且將表格提交給會
計部門。

 出題重點

常考
語句 **incidental expenses** 附帶費用
incidental expenses 表示附帶的費用，也就是額外產生的費
用。

³⁹inflation*

[ɪnˈfleʃən]

同 inflate v. 膨脹，使（物價）上漲
inflationary adj. 通貨膨脹的

n. 通貨膨脹

A high **inflation** rate affected the company's net gains.
高通膨率影響了這家公司的淨利。

 出題重點

常考語句	**lead to inflation** 導致通貨膨脹
	inflation rate 通貨膨脹率
	the cause of inflation 通貨膨脹的原因
	請記住 inflation 在測驗中會考的慣用語。

⁴⁰liable*

[ˈlaɪəbl]

同 liability n. 責任；債務
同 responsible 應負責的
likely 很可能會…的

adj. 負有責任的，很可能會…的

The guarantor is **liable** for any unpaid debts.
保證人要為任何未償還的債務負責。

Expense accounts are **liable** to be misused.
支出帳戶很可能會被濫用。

 出題重點

常考語句	**be liable for** 對…有責任（＝ be responsible for）
	be liable to do 很可能會…（＝ be likely to do）
	liable 會和介系詞 for 和 to 不定詞搭配使用。

⁴¹spend*

[spɛnd]

同 spending n. 花費，開銷

v. 花費，花用

The firm **spent** a lot of money on reinventing its products.
這家公司花了很多錢重新打造自己的產品。

 出題重點

常考語句	**1. spend A on B** 把 A 花在 B 方面
	spend 和 on 都是測驗中會考的部分。
	2. research and development spending 研究與開發費用
	請注意不要把名詞 spending 寫成動詞 spend。

⁴²**turnover***

美 [ˋtɝn͵ovɚ]

英 [ˋtɜːn͵əʊvə]

n. 營業額，交易額；人事異動率

The company's turnover exceeded $2.8 million.

這家公司的營業額超過 280 萬美元。

Poor work conditions lead to high employee turnover.

糟糕的工作環境會導致很高的員工流動率。

DAY 20 Daily Checkup

請把單字和對應的意思連起來。

01 frequently   ⓐ   季度；四分之一
02 capability   ⓑ   相當，相當多地
03 quarter   ⓒ   精確地
04 substantially   ⓓ   預算
05 accurately   ⓔ   能力，才能
       ⓕ   頻繁地，經常

請填入符合文意的單字。

06 Financial planners _____ funds to each department.
07 Auditors checked the annual report for _____ errors.
08 Construction noises may _____ employees as they work.
09 The _____ from this auction will benefit the children's hospital.

ⓐ interrupt   ⓑ allocate   ⓒ proceeds   ⓓ amend   ⓔ accounting

10 The assistant ensured that there was _____ food for the banquet.
11 Customers usually _____ for 15 minutes before choosing a product.
12 The president will _____ work hours to see how it affects productivity.
13 Increased sales have improved the company's _____ situation considerably.

> 新制多益會這樣出題！
> 像 usually、always 一樣的頻度副詞經常出現在一般動詞之前。請仔細想想顧客在選擇商品之前，通常會做什麼？

ⓐ browse   ⓑ shorten   ⓒ adequate   ⓓ incidental   ⓔ financial

Answer   1.ⓕ 2.ⓔ 3.ⓐ 4.ⓑ 5.ⓒ 6.ⓑ 7.ⓓ 8.ⓐ 9.ⓒ 10.ⓒ 11.ⓐ 12.ⓑ 13.ⓔ

新制多益滿分單字　會計

新制多益基礎單字

LC	□ abundant	adj. 大量的，充足的
	□ contest	n. 競賽，比賽
	□ glass cabinet	phr. 玻璃櫃
	□ picture	n. 圖畫，照片
	□ powerful	adj. 強而有力的，很有效力的
	□ shore	n.（海、河、湖的）岸，水岸
	□ tie	v. 繫，打結
RC	□ addition	n. 增加，增加的東西
	□ advisor	n. 提供建議者，顧問
	□ attack	v. 攻擊
	□ double	adj. 雙倍的；v. 加倍，使加倍
	□ expressive	adj.（想法、感情方面）表達的
	□ fund	n. 資金
	□ funding	n. 提供資金
	□ generate	v. 產生，引起
	□ in the coming year	phr. 在下一年
	□ in the direction of	phr. 在…的方向
	□ model number	phr. 型號
	□ overcome	v. 克服
	□ proper	adj. 適當的
	□ question	n. 問題；v. 質問
	□ rare	adj. 罕見的
	□ score	n. 得分，成績
	□ senior	n. 上級，資深者；adj. 地位比較高的
	□ spending	n. 支出
	□ temporary	adj. 暫時的
	□ theme	n. 主題
	□ traditional	adj. 傳統的

LC	□ a copy of	phr.（書、文件）一份…
	□ at a fast pace	phr. 用很快的速度
	□ be assigned to	phr. 被分配到…
	□ be similar to	phr. 和…相似
	□ bring together	phr. 召集
	□ certainly	adv. 當然，毫無疑問，確實
	□ charge for	phr. 收取…的費用
	□ cut down	phr. 削減
	□ decide on	phr. 考慮後選定…
	□ flat	adj.（費用）均一的，（輪胎）洩氣的
	□ flawless	adj. 無瑕的
	□ handbook	n. 手冊，指南
	□ handwritten	adj. 手寫的
	□ phenomenon	n. 現象
	□ record high	phr. 最高紀錄
	□ reset	v. 重置，重新啟動（機械）
	□ see if	phr. 看看是否…
	□ sequel	n. 續集，結果
	□ set up a date	phr. 排定日期
	□ sharpen	v. 削尖，磨利，增強（技術）
	□ side by side	phr. 並排地
Part 5, 6	□ A and B alike	phr. A 跟 B 一視同仁
	□ accountant	n. 會計師
	□ by contrast	phr. 相比之下
	□ chief financial officer (CFO)	phr. 財務長
	□ corrective	adj.（對於以前的錯誤）修正的
	□ displace	v. 取代，替代；迫使…離開原位
	□ far from	phr. 遠未…；完全不…
	□ frequency	n. 頻率
	□ impressively	adv. 令人印象深刻地
	□ keep to oneself	phr. 不讓人知道；獨佔
	□ overly	adv. 過度地，極度地
	□ reasonable	adj. 合情理的；可以接受的；（價錢）公道的

☐ take after	phr. 與…相似	
☐ unfamiliar	adj. 不熟悉的，陌生的	

☐ A be followed by B	phr. A 之後接著 B
☐ a string of	phr. 一串…，一列…
☐ activate	v. 使活化，啟動
☐ add up to	phr. 合計是…
☐ annual budget	phr. 年度預算
☐ annual report	phr. 年度報告
☐ badly	adv. 嚴重地，惡劣地，非常
☐ barely	adv. 勉強，幾乎不…
☐ be owned by	phr. 為…所擁有
☐ be suited for	phr. 適合…
☐ bookkeeper	n. 簿記人員
☐ bound for	phr.（火車、船）往…的
☐ calculation	n. 計算
☐ cancellation	n. 取消
☐ capital	n. 資本
☐ category	n. 種類，範疇
☐ claim refund	phr. 要求退款
☐ collectively	adv. 集體地，全體地
☐ combine A with B	phr. 把 A 和 B 結合起來
☐ commercial use	phr. 商業用途
☐ common interest	phr. 共同利益，共同的興趣
☐ compose	v. 創作，組成
☐ consulting firm	phr. 顧問公司
☐ conversion	n. 轉換
☐ digit	n. 數字
☐ monetary	adj. 金錢的，財政的
☐ outlay	n. 開支，費用
☐ place of origin	phr. 原產地
☐ purchase order	phr. 採購訂單
☐ rigorously	adv. 嚴格地
☐ shipping and handling fee	phr. 運送及處理費
☐ unplug device	phr. 拔掉設備的電源
☐ well in advance	phr. 提前許多

LC	☐ cut one's losses	phr.（在惡化之前）減少損失
	☐ in place	phr. 在適當的位置
	☐ whereabouts	n. 行蹤，下落，去向
Part 5, 6	☐ implicate	v. 意味著…
	☐ inconsistency	n. 不一致
	☐ relevance	n. 適宜，關聯性
	☐ reliably	adv. 可靠地，可信賴地
	☐ substantively	adv. 實質上
	☐ vary from A to B	phr. 從 A 到 B 呈現不同差異
Part 7	☐ adjournment	n. 休會
	☐ amply	adv. 充分地，充足地
	☐ back order	phr. 延期交貨的訂單
	☐ be in the black	phr. 處於盈餘（黑字）狀態
	☐ be in the red	phr. 處於赤字狀態
	☐ break-even point	phr. 損益平衡點
	☐ by a considerable margin	phr. 以很大的差距
	☐ cash reserves	phr. 現金準備
	☐ classification	n. 分類，等級
	☐ discrepancy	n. 不一致，差異
	☐ incrementally	adv. 遞增地
	☐ ledger	n. 分類帳簿
	☐ levy	n. 課稅
	☐ liability	n. 責任，（-ties）負債，債務
	☐ operation budget	phr. 營運預算
	☐ plus tax	phr. 稅金外加
	☐ precedent	n. 先例
	☐ preclude	v. 防止
	☐ pretax	adj. 稅前的
	☐ pros and cons	phr. 贊成和反對的理由，利害得失
	☐ statistics	n. 統計學
	☐ stringently	adv. 嚴格地，嚴厲地
	☐ year-end	adj. 年底的

實戰 Test 2

01 The company provides regular safety training to ------- workplace accidents.

(A) decline
(B) prevent
(C) refuse
(D) oblige

02 Several building tenants visited the administration office and filed ------- about the lack of visitor parking.

(A) complaints
(B) inventories
(C) disputes
(D) commitments

03 The engineers at Sunshine Electronics designed the cable to be ------- with most types of computers available on the market today.

(A) manual
(B) broad
(C) successful
(D) compatible

04 The restaurant asks customers to ------- they have been given the correct takeout orders before making payment.

(A) calculate
(B) combine
(C) contact
(D) confirm

05 Ms. Anderson's ------- presentation was a great success, bringing in two very lucrative clients.

(A) unlimited
(B) absolute
(C) impressive
(D) argumentative

06 Employees must submit receipts from their business trips in order to be ------- for expenses.

(A) amended
(B) deducted
(C) prompted
(D) reimbursed

07 The latest trend in home interiors is ------- furniture pieces that can be folded in order to save space.

(A) defective
(B) innovative
(C) perishable
(D) unavailable

08 Although the company showed a ------- last quarter, it is expected to make money from cell phone sales this fall.

(A) deficit
(B) market
(C) budget
(D) commodity

Questions 09-12 refer to the following article.

Bolton Sets Profit Record

Figures recently released by popular clothing retailer Bolton show that last year's profit margin ------- that of any previous year. Spokesperson for Bolton,
09
Rochelle DeVries, said there was dramatic growth in sales last year for its men's clothing collections. ------- only 20 percent of the store chain's sales
10
come from men's clothes. Last year, that number was up by 12 percent, and gross sales also rose by nearly 28 percent. According to DeVries, the company now ------- its sales staff with cash bonuses based on their sales performances.
11
DeVries claims that this commission system is the primary reason for the rise in profitability. ------- Without a doubt, it has benefited the entire company.
12

09 (A) totals (B) curtails
(C) represents (D) exceeds

10 (A) Typically (B) Markedly
(C) Accurately (D) Fortunately

11 (A) improves (B) replaces
(C) compensates (D) produces

12 (A) This is the first time Bolton's stores have offered men's clothing.
(B) Another clothing sale will be announced in the very near future.
(C) The company is planning to add more stores to its chain.
(D) Management intends to continue this arrangement indefinitely.

Question 13 refers to the following information.

All modifications customers make to their orders will immediately be reflected in their online account. Additionally, if the quantity of any item is changed, an e-mail will be sent to inform the customer that their order has been altered.

13 The word "reflected" in paragraph 1, line 1, is closest in meaning to
(A) implied (B) directed (C) signaled (D) indicated

辦公室氣氛

公司動向

只要知道主題，就能掌握新制多益！

在公司動向的主題中，出題方向主要是新公司的設立、企業併購、進入新事業領域等內容。讓我們一起來認識在公司動向的主題中經常出現的單字吧！

我想在輕鬆的氣氛中工作

「創造良好的工作氣氛」計畫募集

昨天公司 announce 的計畫募集公告你看了嗎？interested 的員工們似乎很多的樣子⋯

我也提個意見吧。對公司的事務 active 地參與應該還不錯。

不管是誰，只要聽到我的點子，一定會 accept 並且 foresee 它的成功吧？

碰！

公司服裝自由化！

1 announce***

[ə`naʊns]
🔄 announcement n.
公告

v. 宣布，公告

The chairperson **announced** plans to increase overseas production.

董事長宣布了增加海外生產的計畫。

 出題重點

易混淆
單字

announce : inform : display

區分表示提供資訊的單字用法差異，是測驗中會考的題目。

announce + 內容 宣布…

受詞是宣布的內容。

inform + 人 + of + 內容 / that子句 通知某人某事

inform 後面接人當受詞，表示「通知某人」。

The manager **informed** her staff of the corporate change.

經理通知她的員工關於公司變革的事。

display 展示，顯示

表示將重要的資訊顯示出來讓人看到。

The sign **displays** the departure and arrival of every flight.

這個看板顯示每個航班的出發和到達資訊。

2 interested***

🇺🇸 [`ɪntərɪstɪd]
🇬🇧 [`ɪntərɪstɪd]
🔄 interest n. 興趣
interesting adj.
有趣的

adj. 有利害關係的，感興趣的

Interested parties met to discuss the investment proposal.

有利害關係的各方，會面討論了投資提案。

He is **interested** in the offer to buy the travel agency.

他對於買下那間旅行社的提議有興趣。

 出題重點

常考
語句

be interested in 對…感興趣

interested 和介系詞 in 都是測驗中會考的部分。

3 active*

['æktɪv]

活 activation n. 活性
化；激活，啟動
actively adv. 積極地

adj. 積極的，活躍的

Mr. Jones decided to take a more **active** role in the operations of his company.

Mr. Jones 決定在公司的營運中扮演更積極的角色。

4 accept**

[ək`sɛpt]

活 acceptable adj.
可接受的
acceptance n. 接受
accepting adj.
接受的，接納的
acceptably adv.
可欣然接受地
反 reject 拒絕

v. 接受，採用

The managers voted to **accept** the new building proposal.

經理們投票決定接受新的建設提案。

 出題重點

常考語句	**accept responsibility for** 承擔…的責任
	accept 經常和 responsibility 搭配出題。

易混淆單字	**accept : admit**
	請區分這兩個單字的用法差異。

─ **accept** 接受

表示接受提案等。

─ **admit** 承認

表示承認某件事情是事實。

The company **admitted** that it had concealed information from trustees.

這間公司承認曾經隱瞞資訊不讓受託人知道。

5 foresee*

美 [for`si]

英 [fɔː`siː]

活 foreseeable adj.
可預見的
unforeseen adj. 未預
見到的，預料之外的
同 predict 預測

v. 預見，預知

Food companies try to **foresee** future trends in agriculture.

食品公司試圖預知農業的未來趨勢。

 出題重點

同義詞	表示事先預測未來會發生的事時，**foresee** 可以換成
	predict。

6 expansion***

[ɪkˋspænʃən]
派 expand v. 擴大
　　expansive adj.
　　全面的，廣闊的

n. 擴張，擴大

The firm is seeking opportunities for **expansion** into new markets.

這家公司正在尋找擴張到新市場的機會。

 出題重點

常考語句	**expansion project** 擴張計畫
	building expansion 建築物擴建
	refinery expansion 精煉廠擴建
	expansion 經常以複合名詞的形式出題，請記下來。

7 relocate***

美 [riˋloket]
英 [ˋriːləʊˋkeit]
派 relocation n. 遷移

v. 搬遷（工廠等）

The board decided to **relocate** the plant's main base of operations.

董事會決定遷移工廠的主要營運基地。

8 competitor***

美 [kəmˋpɛtətɚ]
英 [kəmˋpetitə]

n. 競爭者，競爭業者

The company's closest **competitor** is catching up in sales.

跟這間公司最接近的競爭業者，正在追上他們的銷售額。

 出題重點

易混淆單字	┌ **competitor** 競爭者
	└ **competitiveness** 競爭力
	區分這兩個字根相同但意義不同的單字，在測驗中會考。
	To maintain the company's **competitiveness**, it is downsizing some departments.
	為了維持競爭力，這間公司即將裁減一些部門的員工。

9 asset***
['æsɛt]
同 estate, property
財產，資產

n. 資產

Wilcox Inc. regards its employees as its most valuable **assets**.
Wilcox 公司將員工視為最有價值的資產。

10 contribute***
[kən'trɪbjut]
衍 contribution n.
捐獻，貢獻
contributor n. 貢獻者

v. 捐獻，貢獻

Various factors **contributed** to the company's success.
有多種因素促成這家公司的成功。

11 dedicated***
['dɛdə,ketɪd]
衍 dedicate v. 奉獻
dedication n. 奉獻
同 devoted, committed
專注的，奉獻的

adj.（對於目標）專注的，奉獻的

The new director is **dedicated** to improving the firm's public
image.　新任主管致力於改善公司的公眾形象。

 出題重點

常考
語句 **be dedicated to** 致力於⋯
a dedicated and talented team 專注且具備才能的團隊
請把和 dedicated 搭配的介系詞 to 一起記下來。

12 misplace***
[mɪs'ples]

v. 放錯地方，放在想不起來的地方

Marsha accidentally **misplaced** several sensitive company
documents.
Marsha 不小心把幾件機密的公司文件搞丟了。

13 considerable***
[kən'sɪdərəbl]
衍 consider v. 考慮
consideration n.
考慮
considerably adv.
相當
同 substantial（量、價
值、重要性）相當大的
反 insignificant
微不足道的

adj.（程度或量）相當大的，相當多的

The developer raised the capital after **considerable** effort.
那個開發商付出了相當大的努力後募集到資金。

出題重點

易混淆 單字	**considerable** 相當大的
	considerate 體貼的
	區分這兩個字根相同但意義不同的單字，是測驗中會考的
	題目。
	The president is very **considerate** to his employees.
	總裁對他的員工很體貼。
文法	請區分 **considerable**（adj. 相當大的）和 **consideration**（n.
	考慮）的詞性。

---

¹⁴**last*****
美 [læst]
英 [lɑ:st]
adj. 最後的，上次的
adv. 最後，上次

v. 持續

The recession **lasted** longer than most governments had expected.
經濟衰退持續得比大部分政府預期的還要久。

---

¹⁵**emerge*****
美 [ɪ`mɝdʒ]
英 [i`mɜ:dʒ]
衍 emergence n. 出現
　 emergent adj.
　 新興的，發展初期的

v. 出現，浮現

Macrotech Software **emerged** as the leader in the industry.
Macrotech Software 嶄露頭角，成為業界的領導者。

出題重點

| 常考 語句 | **emerge as** 以…的身分／地位出現 |
| | emerge 會以 emerge as 的形態出現在試題中，請務必記住。 |

---

¹⁶**grow*****
美 [gro]
英 [grəʊ]
衍 growth n. 成長
同 develop 發展

v. 成長，使生長

The market for electric vehicles is **growing** slowly but steadily.
電動車的市場正緩慢但穩定地成長中。

17 select***

[sə`lɛkt]

adj. 挑選出來的，精選的

衍 selection n. 選擇，挑選

---

v. 選擇，挑選

The board of Chambers Corp. **selected** a new chairperson last week.

Chambers 公司的董事會上週選出了新的董事長。

 出題重點

易混淆單字	**select : decide : nominate**

區分表示「選定」的單字用法差異，是測驗中會考的題目。

select 選擇，挑選

表示認真挑選出來的意思。

decide 決定

表示決定結果、做出決定的意思。

The marketing manager **decided** to accept the position of vice president of sales.

行銷部經理決定接下業務副總經理的職位。

nominate 提名

表示提名或推薦人選的意思。

The committee **nominated** Mr. Watson to be their leader.

委員會提名 Mr. Watson 擔任領導人。

---

18 merge***

美 [mɝdʒ]

美 [mɔːdʒ]

衍 merger n. 合併

同 amalgamate 合併

---

v. 合併，融合

The private firm **merged** with a corporate giant.

那間私人公司和一家大企業合併了。

 出題重點

常考語句	**mergers and acquisitions (M&A)** 合併與收購

名詞 merger 也經常出現在考題中，請記起來。

---

19 imply***

[ɪm`plaɪ]

同 suggest 暗示

---

v. 暗示，意味著

A rise in the company's stock price **implies** investor confidence in its future performance.

這公司的股價上漲，意味投資人對它未來的業績有信心。

　　***＝出題率最高　**＝出題率高　*＝出題率中

20 vital***
[`vaɪtl]
衍 vitally adv. 極其

adj. 必要的

Understanding customers' needs is **vital** to growing a business.
了解顧客的需求，對於發展事業而言是必要的。

21 persist***
美 [pə`sɪst]
英 [pə`sist]
衍 persistent adj.
　堅持不懈的
　persistence n. 持續
　存在；堅持不懈，執意

v. 堅持，堅持不懈，持續

The firm must **persist** in its attempts to prosecute copyright violators.
那家公司必須堅持起訴侵犯版權者的努力。

22 independent***
[͵ɪndɪ`pɛndənt]
反 dependent 依賴的

adj. 獨立的，自立的

An **independent** review board was formed to evaluate business proposals.
為了評估商業計畫書而組成了一個獨立的審查委員會。

 出題重點

| 常考語句 | **independent agency** 獨立機構
請記住 independent 常考的慣用語。 |

23 force***
美 [fors]
英 [fɔːs]
v. 強迫

n. 勢力

Johnson Homes has become a major **force** in the real estate sector.
Johnson Homes 成為了不動產部門的主要勢力。

24 establish**
[ə`stæblɪʃ]
衍 establishment n.
　建立
　established adj.
　已確立的，知名的

v. 創立，建立

The businessman is planning to **establish** an offshore company.
那位企業家正在計畫創立一家境外公司。

25 initiate**

[ɪˋnɪʃɪt]

衍 initial adj. 初期的 n.
（名字的）首字母
initially adv. 起初

同 start, launch,
commence 開始

v. 開始（事業等）

The CEO **initiated** plans for continued business growth.
執行長開始進行了以事業持續成長為目標的計畫。

 出題重點

同義詞 表示開始一項事業或計畫時，**initiate** 可以換成 **start,
launch, commence**。

26 enhance**

美 [ɪnˋhæns]
英 [ɪnˋhɑːns]

衍 enhancement n.
提升，提高，改善

同 improve 改善
reinforce, strengthen
強化

v. 提升，提高，改善（品質等）

Support of nonprofit organizations can **enhance** a company's
image.
對非營利組織的贊助，可以提升公司形象。

出題重點

同義詞 **enhance** 表示改善品質、價值、外觀等等時，可以換成
improve；表示提升功能或效率時，可以換成 **reinforce** 或
strengthen。

27 renowned**

[rɪˋnaʊnd]

adj. 著名的，有名的，有聲譽的

Several **renowned** economists spoke at this year's national
business conference.
幾位著名經濟學家在今年的國內商業會議上演講。

28 informed**

美 [ɪnˋfɔrmd]
英 [ɪnˋfɔːmd]

衍 inform v. 通知
informative adj.
有益的
information n. 資訊

adj. 根據情報的

Seeking legal advice will help you make an **informed** decision.
尋求法律諮詢，可以幫助您做出明智的決定。

出題重點

| 常考語句 | **informed + decision/choice** 明智的決定／選擇 |

informed decision 表示依照好的資訊做出的決定，也就是明智的決定。

29**minutes****
[ˋmɪnɪts]

n. 會議紀錄

Janine took **minutes** from the meeting and will send everyone a copy.

Janine 做了那場會議的會議紀錄，會寄給每個人一份。

30**waive****
[wev]

v. 放棄（權利、要求等），免除（規定等的要求）

The Revenue Department **waives** tax requirements in exceptional circumstances.

稅務局在例外情況下會免除納稅的要求。

31**reach****
[ritʃ]
n. 伸手可及的範圍，影響力的範圍
衍 reachable adj.
　可到達的；觸手可及的
同 achieve 達成

v. 達到（尺寸、數量等）；抵達⋯

Sales figures for Sameco phones have **reached** 15 million units.

Sameco 電話的銷售數字達到了 1500 萬台。

The bus **reached** Camberton three hours after leaving Hazelwood.

巴士在離開 Hazelwood 三小時後到達了 Camberton。

 出題重點

| 同義詞 | 表示達到銷售、利潤等等的目標或標準時，**reach** 可以換成 **achieve**。 |

³²**authority****

美 [ə`θɔrətɪ]

美 [ɔː`θɔrɪtɪ]

衍 authorize v. 授權給…

n. 權力；當局

Ms. Franklin has the **authority** to revoke the agent's license.

Ms. Franklin 有權力撤銷代理人的執照。

The stock transaction was investigated by the **authorities**.

這筆股票交易受到了當局的調查。

 出題重點

易混淆 **authority : authorization : authorship**
單字

區分和「權力」有關的單字，是測驗中會考的題目。

— **authority** 權力

表示能夠指示、控制別人的權力。

— **authorization** 授權

表示正式的許可。

She obtained **authorization** to access the classified data.

她獲得了存取機密資料的授權。

— **authorship** 作者身分

表示一件著作的作者身分。

The **authorship** of the anonymously published study
proved to be Mr. Tate.

那個匿名發表的研究，結果證實作者是 Mr. Tate。

³³**acquire****

美 [ə`kwaɪr]

美 [ə`kwaɪə]

衍 acquired adj.
獲得的，習得的
acquisition n. 取得，
收購

v. 取得，收購

The company will **acquire** property near the financial district.

那間公司將收購金融區附近的房地產。

³⁴**surpass****

美 [sə`pæs]

美 [sɔː`pɑːs]

衍 surpassingly adv.
卓越地，超群地

v. 超越，勝過

Profits for the last fiscal year **surpassed** \$300 million.

上個會計年度的利潤超過了 3 億美元。

³⁵run**

[rʌn]

同 operate, manage
經營

v. 經營，營運

The organization is **run** by retired executives.
這個組織由退休的主管營運。

 出題重點

同義詞 表示經營事業、組織等等時，**run** 可以換成 **operate** 或 **manage**。

³⁶improbable**

美 [ɪmˋprɑbəbl]
英 [imˋprɔbəbl]

adj. 不太可能的，不太可能發生的

Mr. Jenkins is an **improbable** candidate for the job, as he lacks experience.
Mr. Jenkins 不太可能成為此工作的人選，因他缺乏經驗。

³⁷edge**

[ɛdʒ]

同 advantage
有利因素，優勢
border 邊界，邊境

n. 優勢；邊緣

Mr. Paulson's vast experience gives him an **edge** on the other job candidates.
Mr. Paulson 廣泛的經驗，帶給他勝過其他求職者的優勢。

Property prices are far cheaper on the **edge** of town than in the center.　城市邊緣的不動產價格遠比市中心便宜。

 出題重點

同義詞 **edge** 當作「優勢」的意思時可以跟 **advantage** 互換，當「邊緣」解釋時則可跟 **border** 互換。此外 **an edge** 或 **the edge** 在使用時也有「鋒利的邊緣」的意思，此時也可以跟 **sharpness** 互換。

³⁸simultaneously*

美 [saɪməlˋtenɪəslɪ]
英 [siməlˋteiniəsli]
衍 simultaneous adj.
同時的

adv. 同時地

The company is attempting to enter both Asia and Europe **simultaneously**.
這間公司試圖同時進軍亞洲和歐洲。

³⁹**reveal***

[rɪˋvil]
衍 revelation n. 揭露
反 conceal 隱藏

v. 揭露，透露

The companies **revealed** their plan to set up a joint venture.
這些公司透露了成立合資企業的計畫。

⁴⁰**productivity***

美 [ˌprodʌkˋtɪvətɪ]
英 [ˌprɔdʌkˋtiviti]
衍 productive adj. 多產的，富饒的；富有成效的

n. 生產力

Brewster Manufacturing has raised **productivity** at its Jakarta plant.
Brewster Manufacturing 公司提升了雅加達廠的生產力。

 出題重點

常考 語句　**staff/employee + productivity** 員工生產力
請注意不要把名詞 productivity 的位置換成形容詞
productive。

易混淆 單字　┌ **productivity** 生產力
　　　　└ **product** 產品
　　請不要把這兩個字根相同、意義不同的單字搞混了。

⁴¹**uncertain***

美 [ʌnˋsɝtn]
英 [ʌnˋsəːtn]
衍 uncertainly adv. 不確定地
反 certain 確定的

adj. 不確定的，不明確的

The company is **uncertain** about the cost of operating a factory in China.
這家公司不確定在中國經營工廠的成本。

 出題重點

常考 語句　**be uncertain about** 對⋯不確定
請把和 uncertain 搭配的介系詞 about 一起記下來。

⁴²**premier***

美 [ˋprimɪɚ]
英 [ˋpremjə]

adj. 第一的，首要的

Harrison Software quickly became the nation's **premier** game manufacturer.
Harrison Software 很快成為國內第一的遊戲製造商。

DAY 21 Daily Checkup

請把單字和對應的意思連起來。

01 acquire   ⓐ   必要的

02 interested   ⓑ   出現，浮現

03 vital   ⓒ   堅持不懈，持續

04 emerge   ⓓ   有利害關係的，感興趣的

05 persist   ⓔ   已確立的，知名的

                              ⓕ   取得，收購

> 新制多益會這樣出題！
> contribute 表示「對…作貢獻，奉獻於…」的意思時，與貢獻、奉獻的目標受詞之間，需要介系詞 to 作連接。

請填入符合文意的單字。

06 Employee loyalty _____ a lot to the company's success.

07 Economic slump has _____ longer than economists expected.

08 Allistair Finance is _____ for investing clients' money wisely.

09 The decline of the national economy is _____ due to a strong export sector.

| ⓐ improbable | ⓑ initiated | ⓒ contributed | ⓓ lasted | ⓔ renowned |

10 The report was _____ and not found in time for the meeting.

11 Some financial planners _____ the economic crisis in advance.

12 Sales at Magnus Media _____ their highest levels in a decade last year.

13 The company has outperformed all of its _____ in the technology industry.

| ⓐ reached | ⓑ competitors | ⓒ authority | ⓓ misplaced | ⓔ foresaw |

Answer   1.ⓕ 2.ⓓ 3.ⓐ 4.ⓑ 5.ⓒ 6.ⓒ 7.ⓓ 8.ⓔ 9.ⓐ 10.ⓓ 11.ⓔ 12.ⓐ 13.ⓑ

新制多益基礎單字

LC		
	□ branch	n. 分公司，分店，樹枝
	□ critic	n. 評論家
	□ end up	phr. 結果…，最終…
	□ in the past	phr. 在過去
	□ indoors	adv. 在室內
	□ inward	adv. 向內
	□ lean	v. 斜倚，傾身
	□ lift	v. 舉起
	□ partnership	n. 合夥關係，合夥企業
	□ plaza	n. 廣場
	□ relax	v. 放鬆
	□ staff	n.（全體）員工
	□ stretch	v. 伸展，拉開
	□ switch	v. 切換
RC		
	□ as long as	phr. 只要…
	□ correctly	adv. 正確地，得體地
	□ expressly	adv. 明顯地，明確地
	□ fever	n. 發燒，狂熱
	□ founder	n. 創辦人
	□ in spite of	phr. 儘管…，不管…
	□ individual	n. 個人；adj. 個人的
	□ ironing	n. 熨燙
	□ minor	adj. 較小的，次要的
	□ poorly	adv. 糟糕地，不足地
	□ region	n. 地區
	□ sharply	adv. 尖銳地
	□ surface	n. 表面
	□ unit	n. 一個，單位

LC			
	☐ bankrupt	adj. 破產的
	☐ bankruptcy	n. 破產
	☐ be in a position to do	phr. 處在可以…的地位
	☐ celebratory	adj. 慶祝的
	☐ converse	v. 交談
	☐ crack	v. 使裂開；n. 裂縫，裂痕
	☐ gathering space	phr. 聚會場所
	☐ have a good view	phr. 有很好的景色
	☐ last-minute	adj. 最後一刻的
	☐ look into	phr. 調查…
	☐ look out	phr. 小心
	☐ luxury goods	phr. 奢侈品
	☐ newsletter	n.（公司、團體等的）業務通訊，新聞信
	☐ occupy	v. 占據
	☐ quality service	phr. 高品質的服務
	☐ renown	n. 名聲
	☐ reputation	n. 名譽
	☐ set a record	phr. 創紀錄
	☐ side effect	phr. 副作用
	☐ spokesperson	n. 發言人
	☐ spread the word	phr. 散播消息
Part 5, 6	☐ alteration	n. 改變，修改
	☐ anticipated (↔unanticipated)	adj. 被預期的，期望中的
	☐ disguise	v. 偽裝，掩飾
	☐ go through	phr. 經歷（苦難、經驗）
	☐ incline	v. 傾斜，使傾斜
	☐ indefinitely	adv. 不確定地；不清楚地；無限期地
	☐ innovation	n. 創新，革新
	☐ outdated	adj. 過時的，陳舊的
	☐ perspective	n. 看法，觀點；adj. 透視的，透視畫的
	☐ progressive	adj. 進步的
	☐ public hearing	phr. 公聽會
	☐ pursue	v. 追趕，追求；進行，從事

公司動向

DAY 21
22
23
24
25
26
27
28
29
30

Hackers TOEIC Vocabulary

□ sensible	adj. 意識到的，合情理的	
□ strategic	adj. 策略性的	
□ turn over	phr. 翻轉…；轉變…（方向、策略等）	

Part 7	□ a great deal of	phr. 大量的，許多的
	□ advisory	adj. 諮詢的
	□ bump into	phr. 偶然遇見…
	□ commemorative	adj. 紀念的
	□ correlation	n. 相互關係
	□ corruption	n. 腐敗，貪汙
	□ era	n. 時代
	□ exaggerate	v. 誇張
	□ fast-growing	adj. 快速成長的
	□ hinder	v. 妨礙，阻擋
	□ inhabitant	n. 居民
	□ inhabitation	n. 居住
	□ instinctive	adj. 本能的，直覺的
	□ isolated	adj. 孤立的，被隔離的
	□ landfill	n. 垃圾掩埋場
	□ market share	phr. 市場占有率
	□ meditate	v. 沉思
	□ merger	n. 合併
	□ on strike	phr. 罷工中的
	□ outreach	n. 對外服務的關懷活動
	□ oversized	adj. 過大的
	□ overstaffed	adj. 員工過多的
	□ rashly	adv. 輕率地
	□ regional	adj. 地區的
	□ rule out	phr. 把…排除在外
	□ scholar	n. 學者
	□ spotless	adj. 非常潔淨的，無瑕的
	□ stand for	phr. 代表…，象徵…
	□ strike	n. 罷工
	□ struggle	v. 掙扎，奮鬥
	□ succession	n. 連續
	□ takeover	n. 接管

LC	□ make the first move	phr. 開始，踏出第一步
	□ take a turn for the better	phr. 好轉
	□ warm-up	n. 暖身，準備練習
Part 5, 6	□ be contingent upon	phr. 視…而定的；因…而變的；取決於…的
	□ established	adj. 已確立的，知名的
	□ favorable	adj. 有利的，適合的
	□ front-runner	n. 領先者，先驅者
	□ intermittently	adv. 間歇性地
	□ momentarily	adv. 短暫地
	□ narrative	n. 故事；敘述
	□ neutral	adj. 中立的
	□ retreat	v. 撤退，後退
	□ stance	n. 立場，態度
Part 7	□ allegedly	adv. 據說，據稱
	□ be oriented to	phr. 朝著…方向 = incline to
	□ beware	v. 小心
	□ clout	n. 影響力，勢力
	□ craftsmanship	n. 技藝
	□ detector	n. 探測器
	□ distinction	n. 區別，差別；優秀，卓越
	□ exemplify	v. 例示，是…的例子
	□ exert pressure on	phr. 對…施加壓力
	□ interfere with	phr. 妨礙 = disturb
	□ keep on top of	phr. 保持在…的頂端
	□ latent	adj. 潛在的，潛伏的
	□ liquidate	v. 清算（公司）
	□ lucid	adj. 清晰的，易懂的
	□ makeshift	adj. 臨時代用的
	□ shrink	v.（使）縮小，（使）變小
	□ squeaky	adj. 吱吱作響的
	□ subsidize	v. 補助…
	□ succumb to	phr. 屈服於…

DAY 22

緊急會議

會議

只要知道主題，就能掌握新制多益！

在會議的主題中，出題方向主要是討論新的企畫工作、各種活動相關的意見調整等等。讓我們一起來認識在會議的主題中經常出現的單字吧！

開會也解決不了的重大問題

為了找尋成為爭論焦點的 agenda 解決方法，正在 convene 全體會議。

我有個好辦法。

不行！這個方法我 refute。

再 coordinate 一下計畫吧！沒有 unanimous 的意見，要 convince 大家很難！

因為大家無法達成 consensus，所以這次的會議 defer 舉行。

呼…為了決定咖啡機的位置還真辛苦啊…

放在辦公室中間啦！

放我位子旁邊比較好！

1 agenda***
[əˋdʒɛndə]

n. 議程，待議事項

Mr. Jones planned the **agenda** for the stockholders' meeting.
Mr. Jones 規畫了股東會的議程。

 出題重點

常考
語句
printed agenda 印出來的議程表
on the agenda 在議程上的
請記住 agenda 在測驗中會考的慣用語。

2 convene***
[kənˋvin]
𝄞 convention n.
會議，大會

v. 聚集，集會，召開（會議）

The CEOs will **convene** tomorrow to review joint investment initiatives.
執行長們明天會聚集開會，檢討共同投資的提議。

3 refute*
[rɪˋfjut]
𝄎 refutation n. 反駁，
駁斥

v. 反駁，駁斥

Mr. Geiger did not **refute** the allegations made against him.
Mr. Geiger 沒有反駁那些針對自己的指控。

4 coordination**
⑧ [koˋɔrdnˏeʃən]
⑧ [kəuˏɔːdiˋneiʃən]
𝄞 coordinate v. 協調
coordinator n.
協調者，會議主持人

n. 協調

Mr. Dane has taken on the **coordination** of the seminar.
Mr. Dane 負責了研討會的協調工作。

5 unanimous*
⑧ [juˋnænəməs]
⑧ [juˋnæniməs]
𝄞 unanimously adv.
意見一致地

adj. 意見一致的，一致同意的

The plans gained **unanimous** support from board members.
那些計畫得到了董事會成員的一致支持。

 出題重點

常考
語句
express unanimous support 表達一致的支持
unanimous 經常和 support 等表示支持的名詞搭配出題。

6 convince**
[kən`vɪns]

🔄 convincing adj.
有說服力的
convinced adj.
確信的，信服的

v. 說服，使確信

The broker **convinced** the investors that the scheme was commercially viable.

那位經紀人說服投資人，讓他們相信那個計畫在商業上是可行的。

 出題重點

常考語句	**convince A of B** 說服 A 相信 B 這件事
	convince A that 子句 說服 A 相信…

convince 先接人物受詞，然後再接介系詞 of 或 that 子句。

7 consensus**
[kən`sɛnsəs]

🔄 consent v. 同意
n. 同意，准許
🔄 agreement
意見一致，協議

n. 輿論，一致的意見

The general **consensus** seems to be that selling is the best option.
普遍的意見似乎認為出售是最好的選項。

😮 出題重點

常考語句	**general consensus** 普遍的意見
	reach a consensus on 對於…達成共識／協議

在測驗中，consensus 會被 general 修飾，或者搭配動詞 reach 使用。

同義詞	表示對某件事的意見一致時，**consensus** 可以換成 **agreement**。

8 defer*
🇺🇸 [dɪ`fɝ]
🇬🇧 [dɪ`fɜː]
🔄 postpone, delay 延遲

v. 延後，延期

The registration deadline has been **deferred** for one week.
註冊最後期限被延後了一週。

9 usually***
[`juʒʊəlɪ]

🔄 usual adj. 通常的，平常的
🔄 unusually 不尋常地

adv. 通常

Team members **usually** discuss the schedule each Monday.
團隊成員通常每週一討論行程。

出題重點

文法 **usually + 現在式** 通常

usually 表示平常會做什麼的時候，經常搭配現在式使用。

---

¹⁰**reschedule**★★★
美 [ri`skɛdʒʊl]
英 [ri:`ʃedju:l]

v. 重新安排⋯的時間

The conference may be **rescheduled** if Mr. Bellman is unavailable.
如果 Mr. Bellman 沒有空，可能會重新安排會議的時間。

---

¹¹**meeting**★★★
[`mitɪŋ]

n. 會議

The **meeting** will begin at 10 a.m., so please be on time.
會議將在上午 10 點開始，所以請準時。

---

¹²**determine**★★★
美 [dɪ`tɚmɪn]
英 [di`tə:min]
📖 determination n.
決心，果斷；決斷力
determined adj.
下定決心的，堅決的，決意的

v. 查明，判定；決定

The team met to **determine** the cause of the chemical leak.
那個團隊開會判定化學物質洩漏的原因。
The project participants gathered briefly to **determine** their next course of action.
計畫參加者短暫地聚集在一起，決定接下來行動的方向。

 出題重點

常考語句 **determine the cause of** 判定⋯的原因
determine 表示「查明、判定」的時候，經常搭配 cause 等表示原因或真相的名詞使用。

13 report***

美 [rɪˋport]
美 [rɪˋpɔːt]
衍 reportable adj.
可報告的；值得報導的
reportedly adv. 據傳
聞，據報導
同 come 來

v. 報告；（在職場、會議等）報到

The head researcher **reported** his findings to the department leaders.　首席研究員向部長們報告他的研究結果。

All new employees need to **report** to the orientation upon arrival.

所有新進員工到公司之後，都必須出席參加新進人員訓練。

n. 報告書；報導

Frank presented a **report** on his consumer study findings.

Frank 提出了一份關於消費者研究的結果報告。

One discussion topic was a news **report** about rising gas prices.

有一項討論主題是關於油價上漲的新聞報導。

 出題重點

常考語句	**report A (directly) to B** 向 B（直接）報告 A 動詞 report 經常以 report A to B 的形態使用，也會加上 directly 修飾。
同義詞	表示特定的人前往參加會議或活動時，**report to** 可以換成 **come to**。

14 comment***

美 [ˋkɑmɛnt]
美 [ˋkɔment]
n. 評論，意見

v. 評論，發表意見

The spokesperson refused to **comment** on the budget cuts.

發言人拒絕對於預算刪減發表意見。

 出題重點

常考語句	**comment + about/on** 對於…發表意見 comment 經常搭配介系詞 about, on 使用。

15 phase***

[fez]

n. 階段

Mr. Baker made a detailed plan for the building project's third **phase**.

Mr. Baker 為建設工程的第三階段制定了詳細的計畫。

¹⁶approve**

[ə`pruv]

衍 approved adj. 獲得認可的（= confirmed）

v. 批准，贊成

The head architect **approved** the proposal for changing the design process.　首席建築師批准了改變設計過程的提案。

 出題重點

常考語句	**approve the request** 批准請求
	approve the plan 批准計畫
	approve 經常和 request, plan 等表示請求或計畫的名詞搭配。

¹⁷enclosed**

美 [ɪn`klozd]

英 [in`kləuzd]

衍 enclose v. 隨信或包裹附上

adj. 被附上的

A program is **enclosed** in the conference's information packet. 會議行程表附在會議資料袋裡。

¹⁸easy**

[`izɪ]

衍 ease n. 簡單，容易 easily adv. 簡單地

同 smooth 順利的

adj. 簡單的，容易的

The decision to sell the shopping mall was not **easy** to make. 做出賣掉購物中心的決定並不容易。

 出題重點

常考語句	**easy to do** 做…很容易
	easy 主要和 to 不定詞搭配出題。

¹⁹record**

n. 美 [`rɛkəd]

英 [`rekɔːd]

v. 美 [rɪ`kɔrd]

英 [ri`kɔːd]

同 register （計器等）標示，指示；記錄

n. 紀錄；履歷，經歷

Managers reviewed the accounts **record** before making a final decision.

經理們在做出最終決定之前，審查了帳戶的紀錄。

v. 記錄

The secretary **recorded** everything that was said at the gathering.　祕書記錄了集會中所說的一切。

出題重點

常考 語句	**transaction records** 交易紀錄

請把 record 在測驗中會考的慣用語記下來。

常考 語句	┌ **record** 紀錄 └ **recording** 錄音，錄影

請注意不要把表示資訊紀錄的名詞 record 和表示「錄音、錄影」的名詞 recording 搞混了。

video **recordings** 影像紀錄

recording equipment 錄音設備，錄影設備

a **recording** session 錄音時間

---

[20]**suggestion****

美 [səˈdʒɛstʃən]

美 [səˈdʒɛstʃən]

衍 suggest v. 建議…

n. 建議，提議

Mr. Kumar made a useful **suggestion** to help improve profit margins.

Mr. Kumar 提出了一項幫助改善利潤率的有用建議。

出題重點

常考 語句	**suggestion : proposal**

請區分表示「提議」的單字用法差異。

┌ **suggestion** 建議

　表示一般的建議，並不是特別積極的提案。

└ **proposal** 提案

　表示積極推動的、工作方面的提案。

Antoine translated the business **proposal** into French.
Antoine 把那份事業計畫（提案）翻譯成法文。

21 attention**
[əˈtɛnʃən]
㊋ attentive adj. 注意的
attentively adv.
專心地

n. 注意，專心

The officials paid **attention** to the incoming president's formal address.

官員注意聆聽新任總統的正式演講。

 出題重點

常考語句	**pay attention to** 注意…
	call attention to 引起對…的注意
	catch one's attention 吸引…的注意
	attentive to 注意…的

attention 經常搭配 pay, call, catch 等等，以慣用語的形態使用。也請記住和形容詞 attentive 搭配的介系詞 to。

22 object**
[əbˈdʒɛkt]
n. 物體，對象
㊍ [ˈɑbdʒɪkt]
㊎ [ˈɔbdʒɪkt]
㊋ objection n. 反對，異議
objective adj. 客觀的

v. 反對

No one **objected** to taking a short coffee break.

沒有人反對稍微休息片刻。

 出題重點

| 文法 | **object to -ing** 反對… |

和 object 搭配的 to 是介系詞，所以後面要接動名詞，請注意 to 後面不是接動詞原形。

23 coincidentally**
㊍ [ko͵ɪnsəˈdɛntlɪ]
㊎ [kəu͵ɪnsəˈdentli]

adv. 巧合地，碰巧地，同時發生地

The new managers introduced at the meeting were both **coincidentally** from Taiwan.

會議上介紹的兩位新任經理，很巧地都來自台灣。

24 crowded**
[ˈkraʊdɪd]

○ adj. 擁擠的

Conference attendees have complained about the small venue being too **crowded**.

與會者抱怨小小的會場太過擁擠。

25 undergo**
美 [ˌʌndəˈgo]
英 [ˌʌndəˈgəʊ]

● v. 經歷，承受，接受

The meeting room is unavailable because it is **undergoing** renovation.

會議室無法使用，因為正在整修中。

 出題重點

常考語句	**undergo construction/renovations** 受到建設／整修
	undergo extensive training 接受廣泛的訓練
	undergo improvement 受到改善
	請記住 undergo 在測驗中常考的慣用表達方式。

26 outcome**
[ˈaʊtˌkʌm]

● n. 結果

The **outcome** of the study was a topic for debate.

那項研究的結果是討論的一項主題。

27 narrowly**
美 [ˈnærolɪ]
英 [ˈnærəʊli]
衍 narrow v. 狹窄的

● adv. 狹窄地，嚴密地；勉強，好不容易，以些微之差

The keynote speech was **narrowly** focused on trends in the industry.

專題演講的內容很密切地集中在業界趨勢方面。

 出題重點

| 常考語句 | **be narrowly focused on** 密切集中於⋯ |
| | 請記住 narrowly 在多益中常考的慣用表達方式。 |

28 differ**

美 [`dɪfɚ]
英 [`difə]
派 difference n. 不同
different adj. 不同的
differently adv.
不同地

v. 不同，不一樣

Executives **differ** in their opinions on the issue of telecommuting.
對於在家上網工作的問題，主管們的意見不同。

 出題重點

常考語句	**differ + in/from** 在…方面不同／和…不同
	differentiate A from B (differentiate between A and B)
	區分 A 與 B

29 discuss**

[dɪ`skʌs]
派 discussion n. 討論
同 share 分享（想法、經驗、心情等）

v. 討論

Jeremy Stevens **discussed** the design proposal with his colleagues.
Jeremy Stevens 和他的同事們討論了設計提案。

 出題重點

文法	**discuss + 受詞** 討論…
	請注意 discuss 是及物動詞，所以後面不加介系詞，直接接受詞。
同義詞	表示分享對於某件事或主題的想法時，**discuss** 可以換成 **share**。

30 give**

[gɪv]
派 given adj. 被給予的，特定的（= particular）
prep. 考慮到…

v. 給予，發表（演講），講授（課程）

The former president of Gascom will **give** a speech.
Gascom 公司的前總裁即將發表一場演說。

 出題重點

常考語句	**give a speech** 發表演說
	give a presentation 發表簡報
	give A one's support 給予 A 支持
	在這些慣用語中填入 give，是測驗中會考的題目。

31 brief*

[brif]

adj. 簡短的，短暫的

衍 briefly adv. 簡短地，短暫地

 v. 向…簡短說明，簡短地報告

The manager **briefed** the staff on the policy change.

經理向員工簡短說明了政策的改變。

出題重點

常考語句 **brief A on B** 向 A 簡短說明 B

請把和 brief 搭配的介系詞 on 一起記下來。

32 distract*

[dɪˋstrækt]

衍 distraction n. 分心

v. 使分心，分散（注意力）

The meeting's participants were constantly **distracted** by noise.

參加會議的人一直被噪音干擾而分心。

33 emphasis*

[ˋɛmfəsɪs]

衍 emphasize v. 強調

emphatic adj. 強調的

同 stress 強調

n. 強調，重點

The speaker placed an **emphasis** on economic development strategies. 演講人把重點放在經濟發展策略上。

出題重點

常考語句 **place an emphasis on** 強調…，把重點放在…

with emphasis 強調…

emphasis 經常以跟其他單字搭配的形態出題。

34 press*

[prɛs]

衍 pressure n. 壓力，壓迫感

同 media 媒體

n. 報刊，新聞媒體

The **press** covered the merger talks closely.

新聞媒體詳細報導了合併會談。

v. 按，壓

The lecturer **pressed** the button to lower the screen.

演講者按下按鈕，把螢幕降下來。

出題重點

常考語句	**press release** 新聞稿
	press conference 記者會
	請記住 press 在測驗中常考的複合名詞。

³⁵**organize***

美 [ˋɔrgəˌnaɪz]
英 [ˋɔːgənaɪz]
衍 organization n.
組織，機構
organizer n.
組織者，籌辦人

v. 組織，安排，整理

Roy Dell **organized** a series of marketing seminars.

Roy Dell 籌辦了一系列的行銷研討會。

出題重點

常考語句	**organize a committee** 組織委員會
	organize one's thoughts 整理想法
	organize 可以表示組織團體或整理想法的意思。

³⁶**mention***

[ˋmɛnʃən]
n. 提及

v. 提到

Karl **mentioned** his concern about the low attendance levels.

Karl 提到了他對於低出席率的擔憂。

³⁷**persuasive***

美 [pɚˋswesɪv]
英 [pəˋsweisiv]
衍 persuade v. 說服
persuasion n. 說服
persuasively adv.
有說服力地
反 unconvincing
沒有說服力的

adj. 有說服力的

Julia Accord's offer was refused despite her **persuasive** arguments.

雖然提出了有說服力的論點，但 Julia Accord 的提案還是被拒絕了。

出題重點

常考語句	**1. persuasive + argument/evidence**
	有說服力的論點／證據
	persuasive 經常和 argument 等表示主張的名詞搭配出題。
	2. persuade 人 to do 說服…去做…
	動詞 persuade 經常以受詞後面加上 to 不定詞的形態使用。

38 understanding*
美 [ˌʌndɚˈstændɪŋ]
英 [ˌʌndəˈstændɪŋ]
n. 理解，諒解
派 understand v. 了解
understandable adj.
可以理解的

adj. 理解的，諒解的

The negotiator assumed an **understanding** attitude throughout the discussion.
協商者在討論中始終採取諒解的態度。

 出題重點

易混淆
單字
┌ **understanding** 理解的
└ **understandable** 可以理解的

請區分這兩個字根相同但意義不同的單字。understanding 表示理解、諒解對方，understandable 則是表示某人的行為或心情是可以理解的。

It is **understandable** that the director was so upset.
主任這麼生氣是可以理解的。

39 adjourn*
美 [əˈdʒɝn]
英 [əˈdʒɜːn]

v. 使休會

The meeting was **adjourned** an hour after it began.
會議開始後一小時宣告休會了。

40 constructive*
[kənˈstrʌktɪv]
派 construct v. 建設
construction n. 建設
constructively adv.
建設性地
反 destructive 破壞性的

adj. 建設性的

Supervisors should give **constructive** criticism to employees.
主管應該給員工有建設性的批評。

41 preside*
[prɪˈzaɪd]
派 president n. 總裁，
會議主席
presidency n.
總裁職位

v. 主持（會議），擔任會議主席

The chief of human resources will **preside** over the annual staff gathering.
人力資源部的部長將主持年度員工大會。

出題重點

常考語句	**preside over** 掌管、領導～；主持～
	preside 與所使用的介系詞 over 之後，主要接的是表示會議、聚會之類的名詞。
易混淆單字	┌ **a president** 總裁 └ **presidency** 總裁職位
	區分人物名詞 president 和抽象名詞 presidency 的差異，是測驗中會考的題目。president 是可數名詞，但 presidency 是不可數名詞，所以請記住前面不能加上不定冠詞 a。

---

⁴²**irrelevant***

美 [ɪ`rɛləvənt]

美 [ɪ`relivənt]

反 relevant 有關的

adj. 無關的，不相關的

The argument was **irrelevant** to the topic.

這個論點和主題無關。

出題重點

易混淆單字	**irrelevant : irrespective**
	區分表示「不相關」的單字用法差異，在測驗中會考。
	┌ **irrelevant to** 和…無關的 irrelevant 表示和什麼沒有關聯，搭配介系詞 to 使用。
	└ **irrespective of** 與…無關，不論… irrespective 表示不管是什麼都沒有影響，搭配介系詞 of。
	Internet conferencing allows communication **irrespective of** location. 網路會議讓人不管在什麼地方都能夠溝通。

---

⁴³**constraint***

[kən`strent]

衍 constrain v. 限制

n. 限制

Due to time **constraints**, the policy change was not discussed.

由於時間限制，政策的改變沒有被討論到。

出題重點

易混淆
單字

constraint : inhibition

區分表示「限制」的單字用法差異，是測驗中會考的題目。

├ **constraint** 限制

　表示想要做某事時，因為情況而受到的限制。

└ **inhibition** （對情緒的）抑制，壓抑

　表示對於恐懼之類的感情或行為、慾望的抑制。

With training, Roy lost all his **inhibitions** about public speaking.

經過訓練，Roy 對於公開演說不再有壓抑的感覺。

DAY 22 Daily Checkup

請把單字和對應的意思連起來。

01 outcome   ⓐ 輿論，一致的意見

02 approve   ⓑ 反對

03 consensus   ⓒ 結果

04 crowded   ⓓ 批准，贊成

05 object   ⓔ 意見一致的，一致同意的

     ⓕ 擁擠的

請填入符合文意的單字。

> 新制多益會這樣出題！
> agenda、list 之類的名詞常跟介系詞 on 一起出現。

06 The first item on the _____ is assigning projects.

07 Both speakers had _____ attended the same university.

08 Jeff _____ to the production team on the survey results.

09 The second _____ was completed faster than the first stage was.

ⓐ phase   ⓑ reported   ⓒ narrowly   ⓓ agenda   ⓔ coincidentally

10 Please return the _____ form by the end of the month.

11 Managers will _____ the meeting to a more convenient time.

12 The representatives will _____ together to discuss sales strategy.

13 The organizer must _____ how many invitations should be mailed.

ⓐ reschedule   ⓑ irrelevant   ⓒ determine   ⓓ convene   ⓔ enclosed

Answer 1.ⓒ 2.ⓓ 3.ⓐ 4.ⓕ 5.ⓑ 6.ⓓ 7.ⓔ 8.ⓑ 9.ⓐ 10.ⓔ 11.ⓐ 12.ⓓ 13.ⓒ

新制多益滿分單字　會議

新制多益基礎單字

LC		
□ annual meeting	phr. 年度會議
□ conference room	phr. 會議室
□ guest speaker	phr. 客座演講者
□ hand out	phr. 分發…
□ holiday	n. 假日
□ let's end	phr. 我們結束…吧
□ meeting time	phr. 會議時間
□ scan	v. 仔細觀察，掃瞄
□ shake hands	phr. 握手
□ speech	n. 演說
□ teammate	n. 隊友，同隊成員
□ water	n. 水；v. 澆水
□ write down	phr. 寫下…

RC		
□ advise A of B	phr. 向 A 告知 B
□ be held	phr. （活動）舉行
□ be scheduled for	phr. 時間預定在…
□ business talk	phr. 商務會談
□ conversation	n. 對話
□ debate	v. 討論
□ express	v. 表達
□ gathering	n. 集會，聚會
□ judge	v. 判斷，評價
□ local time	phr. 當地時間
□ result in	phr. 導致…
□ seating chart	phr. 座位表
□ seminar	n. 研討會
□ vote	v. 投票；n. 投票
□ weekly	adj. 每週的；adv. 每週

LC	□ a large attendance	phr. 很多的出席人數
	□ attend a conference	phr. 出席會議
	□ business attire	phr. 商務服裝
	□ conference call	phr. 電話會議
	□ convention	n. 大會
	□ face to face	phr. 面對面
	□ film footage	phr. 影片片段
	□ get an appointment	phr. 得到會面的機會
	□ get back in touch	phr. 恢復聯繫
	□ get in touch with	phr. 和⋯取得聯繫
	□ give a presentation	phr. 發表簡報
	□ have a discussion	phr. 討論
	□ keynote address	phr. 專題演講
	□ keynote speaker	phr. 專題演講人
	□ make a speech	phr. 演講
	□ make adjustments	phr. 調整
	□ pass around	phr. 依序分送⋯
	□ pass out	phr. 分發⋯
	□ put in an offer	phr. 提議
	□ run a meeting	phr. 主持會議
	□ schedule an appointment	phr. 安排會面的時間
	□ speak up	phr. 大聲說
	□ stare into	phr. 盯著⋯
	□ take down	phr. 記下⋯
	□ take notes	phr. 做筆記
	□ take part in	phr. 參加⋯
	□ visual aid	phr.（用圖、表、影片等輔助說明的）視覺輔助資料
Part 5, 6	□ conversational	adj. 日常會話的
	□ custom	n. 習俗，慣例
	□ hold back	phr. 抑制，阻擋
	□ intense	adj. 強烈的，激烈的
	□ misprint	n. 印刷錯誤
	□ occupied	adj. 已佔用的；在使用的；無空閒的

☐ participate in	phr. 參加…
☐ punctual	adj. 守時的
☐ to start with	phr. 首先，起初

☐ arrange a conference	phr. 安排會議
☐ be supposed to do	phr. 應該做…
☐ biweekly	adj. 每兩週的；adv. 每兩週地
☐ bring up	phr. 提起（問題）
☐ clash	n.（意見的）衝突
☐ come to a decision	phr. 達成決定
☐ come to an agreement	phr. 達成協議
☐ controversial	adj. 有爭議的
☐ develop into	phr. 發展成…
☐ get the point	phr. 了解重點
☐ in conclusion	phr. 總之，結論是
☐ in support of	phr. 支持…
☐ in the middle of	phr. 在…中間
☐ insist	v. 堅持
☐ insult	v. 侮辱
☐ inviting	adj. 吸引人的，誘人的
☐ luncheon	n. 午餐會
☐ make a conclusion	phr. 做出結論
☐ make a decision	phr. 做決定
☐ offer an apology to A	phr. 向 A 道歉
☐ official arrangement	phr. 官方正式的安排
☐ OJT (on-the-job training)	n. 實務訓練
☐ opponent	n. 對手，反對者
☐ postpone until	phr. 延期到…
☐ public speaking	phr. 公開演講
☐ reach a conclusion	phr. 達成結論
☐ reach unanimous agreement	phr. 達成一致的協議
☐ reassure	v. 使放心
☐ recess	n. 休會
☐ to the point	phr. 說到重點的
☐ turn out	phr. 結果是…
☐ without the consent of	phr. 沒有經過…的同意

新制多益900分單字

LC		
	☐ chair	v. 主持（會議）；任（會議的）主席
	☐ conflict of interest	phr. 利益衝突
	☐ excerpt	n. 摘錄，節錄，片斷
	☐ prop against	phr. 把東西靠在…上面
	☐ run late	phr. 晚到
	☐ sit through	phr. 一直坐到…結束
	☐ stand on	phr. 依據…，依靠…
	☐ symposium	n. 研討會，討論會
Part 5, 6	☐ consenting	adj. 同意的，准許的
	☐ conversationally	adv. 會話地
	☐ eloquent	adj. 雄辯的，有說服力的
	☐ faction	n. 派系，小集團
	☐ illegible	adj.（文字）難以判讀的
	☐ presumably	adv. 大概，或許
Part 7	☐ abbreviate	v. 縮寫，使簡短
	☐ abridgment	n. 刪節，刪節過的版本
	☐ coherent	adj.（話語）有條理的，連貫的
	☐ confine	v. 限制，局限
	☐ counteroffer	n.（不滿意對方提案而提出的）反提案
	☐ disperse	v.（群眾等）解散
	☐ distinguished	adj. 卓越的，著名的
	☐ elaborate	v. 詳盡闡述
	☐ enthuse	v. 充滿熱情地說
	☐ moderate a meeting	phr. 主持會議
	☐ off chance	phr. 少有的機會，很小的可能性
	☐ presiding	adj. 主持（會議）的
	★ put off	phr. 推遲，拖延
	☐ stand up for	phr. 支持…，擁護…
	☐ succinct	adj. 簡潔的
	☐ summit meeting	n. 高峰會
	☐ summon	v. 召喚，傳喚
	☐ uphold	v. 支持，贊成

將心比心

員工福利

只要知道主題，就能掌握新制多益！

在員工福利的主題中，出題方向主要是公告新的公司福利制度、現有福利制度變更的介紹等等。讓我們一起來認識在員工福利的主題中經常出現的單字吧！

練習換位思考的研討會

我要去參加公司 host，兩天一夜的 annual 研討會。好好看家吧！

這次課程的 purpose 是強化勞資關係。還有沒有要 enroll 的人？

lecture 開始之前，會把 participants 按照一位主管一位員工的方式，分成兩人一組。

好的！那麼 attend 課程的各組，現在試著「角色互換」，表演對方平時的行為！

喂！你！今天又打瞌睡啦？這樣還敢領什麼薪水？

我哪有到這種地步…

嘮嘮叨叨

1 host*

美 [host]
英 [həust]
n. 主人；主持人

v. 主辦（大會等）

Wilmar Industries will **host** this year's convention.
Wilmar Industries 公司將主辦今年的大會。

 出題重點

| 常考
語句 | **host + a display/a lecture/a celebration**
主辦一場展覽／講座／慶祝活動
host 會和表示活動的名詞搭配出題。 |

2 annual***

[`ænjʊəl]
派 annually adv. 每年

adj. 年度的，一年一度的

This year's **annual** conference was held in Atlanta.
今年的年度會議是在亞特蘭大舉行的。

 出題重點

| 常考
語句 | **annual growth rate** 年成長率
annual conference 年度會議
annual safety inspection 年度安全檢查
請記住 annual 在測驗中會考的表達方式。 |
| 易混淆
單字 | ┌ **biannual** 每年兩次的
└ **biennial** 兩年一次的
biannual 經常出現在多益試題中，意思和 twice a year 相同。
請注意不要和拼法相似的 biennial 搞混了。 |

3 purpose**

美 [`pɝpəs]
英 [`pɔːpəs]
派 purposely adv.
　故意地，蓄意地
同 aim 目標

n. 目的，意圖

The **purpose** of the training is to familiarize the staff with the
new networking system.
訓練的目的是讓員工熟悉新的網路系統。

4 enroll**

美 [ɪn`rol]
英 [ɪn`rəul]
派 enrollment n. 登記
同 register, sign up 登記

v. 登記（報名）

Employees must **enroll** in at least one program.
員工至少必須報名參加一門課程。

出題重點

常考
語句
enroll in 報名參加…

請把和 enroll 搭配的介系詞 in 一起記下來。

---

5 **lecture****
(美) [ˈlɛktʃɚ]
(英) [ˈlektʃə]
衍 lecturer n. 演講者，
講師

n. 講座，演講

The course will offer weekly guest **lectures**.

這個課程將會提供每週的客座演講。

---

6 **participant*****
(美) [pɑrˈtɪsəpənt]
(英) [pɑːˈtisipənt]
衍 participate v. 參與
participation n. 參與
同 attendee 參加者

n. 參與者

Many **participants** in the training program showed some improvement.

訓練計畫的許多參與者都顯現出一些進步。

---

7 **attend*****
[əˈtɛnd]
衍 attendance n. 出席，
參加
attendee n. 出席者
attendant n. 侍者，
服務員

v. 出席，參加

Staff were urged to **attend** weekend software courses.

員工被要求參加週末的軟體課程。

出題重點

易混淆
單字
attend : participate

區分表示「參加」的單字用法差異，是測驗中會考的題目。

attend 參加…

及物動詞，後面直接接受詞。

participate in 參加…

participate 是不及物動詞，所以後面要加上介系詞 in 才能接受詞。

Employees **participated in** company-sponsored sporting events.

員工參加了公司贊助的體育活動。

8 **encourage*****
美 [ɪn`kɝɪdʒ]
英 [ɪn`kʌrɪdʒ]
同 promote 促進

v. 鼓勵，促使

The CEO **encouraged** managers to allow flextime for workers.
執行長鼓勵經理們允許員工的彈性工作時間。

 出題重點

常考語句	**encourage A to do** 鼓勵 A 做…
	be encouraged to do 被鼓勵做…
	encourage 主要和 to 不定詞搭配出題。請注意 to 後面的動詞原形不能換成名詞。

9 **leave*****
[liv]
同 absence 不在，缺席

n. 休假

Employees can take up to 10 days annually for emergency **leave**.
員工每年最多可以請十天的緊急事假。

v. 離開；留下

The sales manager **left** for Singapore to conduct the orientation for sales staff.
業務經理為了主持業務部新進員工訓練出發前往新加坡。

 出題重點

常考語句	**on leave** 休假中
	leave for + 目的地 出發前往…
	leave A for B 離開 A 前往 B
	leave 可以當名詞或動詞用。請把搭配的介系詞一起記下來。

10 **recommendation *****
[ˌrɛkəmɛn`deʃən]

n. 推薦，建議，推薦信

Staff were asked for **recommendations** on improving the break room.
員工被要求提出改善休息室的建議。

¹¹conference★★★

- 美 [ˈkɑnfərəns]
- 英 [ˈkɔnfərəns]

n. 會議，研討會

This year's **conference** focuses on developments in the field of human resources.

今年的會議重點在於人力資源領域的發展。

¹²schedule★★★

- 美 [ˈskɛdʒʊl]
- 英 [ˈʃedʒul]
- n. 時間表，行程表；價目表

v. 預定…的時間

Orientation is **scheduled** for the morning.

新進人員訓練預定在早上進行。

出題重點

常考語句

1. be scheduled for + 時間 被預定在…

be scheduled to do 被預定做…

動詞 schedule 通常以被動態搭配介系詞 for 或 to 不定詞出題。

2. ahead of/behind + schedule 超前／落後進度

請把和名詞 schedule 搭配的介系詞 ahead of, behind 一起記下來。

¹³include★★★

- [ɪnˈklud]
- 衍 inclusion n. 包含
  inclusive adj. 包含的
- 同 contain 包含
- 反 exclude 排除

v. 包含

The workshop curriculum **includes** special digital media classes.

研討會課程內容包含數位媒體的特別講課。

出題重點

易混淆單字	**include : consist**

請區分表示「包含」的單字用法差異。

┌ **include** 包含

　include 表示把某個東西「包含」為一部分，後面直接接受詞。

└ **consist of** 由⋯組成

　consist 表示由一些部分「組成」，搭配介系詞 of 使用。

The company benefits package **consists of** health, dental, and vision insurance.
那間公司的福利套裝方案由健康、牙科與視力保險等部分組成。

同義詞	作「把資訊或物品一起包括在內」的意思解釋時 **include** 可以換成 **contain**。

[14]**result*****

[rɪˋzʌlt]

n. 結果

As a **result** of increased sales, the marketing team was rewarded with a vacation.
銷售額增加的結果是行銷團隊獲得了假期。

v. 導致（⋯的結果）

Positive responses to the prototype **resulted** in more funding for it. 對於產品原型的正面回應，導致了更多資金的投入。

 出題重點

常考語句	**as a result of** 由於⋯，⋯的結果是

as a result 結果

result in ＋ 結果 導致⋯，最後變成⋯

result from ＋ 原因 起因於⋯

result 經常以慣用語的形式出題，請一併記起來。

15 register***

(美) [ˋrɛdʒɪstɚ]
(英) [ˋrɛdʒɪstə]
🔄 registration n. 登記，
註冊（= enrollment）
同 enroll in 報名參加⋯

v. 登記，註冊

Employees must **register** for unemployment insurance with the state government.
員工必須登記加入州政府的失業保險。

 出題重點

常考
語句
register for 登記參加⋯
請把和 register 搭配的介系詞 for 一起記下來。

16 require***

(美) [rɪˋkwaɪr]
(英) [rɪˋkwaɪə]
🔄 requirement n. 要求
required adj. 必須的
同 call for 要求⋯，
需要⋯
entail 必然伴隨著⋯，
必定需要⋯

v. 要求

Staff are **required** to attend the insurance provider's presentation on benefits.
員工被要求參加提供保險的公司關於津貼的簡報。

 出題重點

常考
語句
require A to do 要求 A 做⋯
be required to do 被要求做⋯
be required for 對於⋯是必要的
required documents 必要的文件
動詞 require 主要和 to 不定詞或介系詞 for 搭配使用，請一起記下來。形容詞 required 主要以 required documents 的形態出題。

17 grateful***

[ˋgretfəl]

adj. 感謝的，感激的

Ms. Warren was **grateful** for her recent raise in salary.
Ms. Warren 對於她最近得到的加薪覺得很感謝。

18 overtime***

(美) [ˏovɚˋtaɪm]
(英) [ˋəuvəˏtaɪm]
adv. 超過規定時間

n. 加班時間

Employees are paid $20 for every hour of **overtime**.
員工加班每一小時會得到 20 美元。

¹⁹**responsibility*****
(美) [rɪˌspɑnsəˈbɪlətɪ]
(英) [rɪˌspɒnsəˈbiliti]
(衍) responsible adj.
有責任的

n. 責任，義務

Conference fees will be paid by Direxco, but dining expenses are the participants' **responsibility**.

會議費用將由 Direxco 公司支付，但餐費由參加者負擔。

出題重點

常考
語句 **environmental and social responsibility** 環境及社會責任

請把 responsibility 在多益中會考的慣用語記起來。

²⁰**assent*****
[əˈsɛnt]

v. 同意，贊成

The managers **assented** to giving everyone a small raise.

經理們同意給每個人小小的加薪。

n. 同意，贊成

The company's president gave her **assent** for a planned construction project.

那家公司的總裁同意了一項計畫好的建設案。

²¹**regard****
(美) [rɪˈgɑrd]
(英) [rɪˈgɑ:d]
(衍) regarding prep. 關
於…（= concerning, about）
(同) view 將…視為

v. 認為…是，看待

Workers **regard** prompt salary payment as a basic right.

工人們認為迅速發薪是一項基本權利。

n. 關心，注意

The company showed little **regard** for employee welfare.

這家公司不太關心員工的福利。

 出題重點

常考
語句 **regard A as B** 認為 A 是 B

show little regard for 對…不怎麼關心

send one's regards 代某人問安

請記住 regard 在多益中常考的慣用語。

²²tentative**

[ˋtɛntətɪv]

衍 tentatively adv.
暫定地，試驗性地

同 temporary 臨時的
indefinite （時間、期
限等）不定的

adj. 暫定的，試驗性的

The plan to increase paternity leave is still **tentative**.
增加陪產假的計畫仍然是暫定的。

🗣 **出題重點**

常考語句 **be tentatively scheduled for + 時間** 時間暫定在⋯

tentatively 用在行程或計畫屬於暫定的情況。

²³welcome**

[ˋwɛlkəm]

衍 welcoming adj. 熱情
友好的，對人歡迎的

adj. 受歡迎的

The extra microwave was a **welcome** addition to the staff
kitchen.
額外的微波爐是員工廚房裡受歡迎的新增物品。

v. 歡迎

Audrey was **welcomed** warmly by her new colleagues on her
first day at work.
Audrey 第一天上班時受到新同事的熱忱歡迎。

🗣 **出題重點**

常考語句 **a welcome addition to** ⋯受歡迎的新增物品／新人

be welcome to do 可以隨意做⋯

請記住 welcome 在多益中常考的慣用語。

²⁴function**

[ˋfʌŋkʃən]
v. 運作

衍 functional adj. 功能性
的；實用的
functionality n. （商
品的）功能；機能性

n. 盛大的聚會；功能

The dining hall seats 100 people for private and business
functions.
餐廳可供私人及商業聚會容納 100 人入座。

25 commence**

[kə`mɛns]

🔤 commencement n. 開始

🔁 begin 開始

v. 開始

The new shifts will **commence** next week.
新的輪班時間將從下週開始實施。

26 objective**

[əb`dʒɛktɪv]

adj. 客觀的

🔤 object v. 反對 n. 對象；物體
objection n. 反對，異議
objectivity n. 客觀性

🔁 purpose 目的

n. 目標，目的

The learning **objectives** of the program are outlined in the brochure.　這個學程的學習目標概述在摺頁裡。

 出題重點

常考語句	**object to** 反對…
	請把和動詞 object 搭配的介系詞 to 一起記下來。
易混淆單字	┌ **objective** 目的
	├ **objection** 反對
	└ **objectivity** 客觀性
	區分這些字根相同但字義不同的單字差異，是測驗中會考的題目。

27 excited**

[ɪk`saɪtɪd]

🔤 excite v. 使興奮，使激動
exciting adj. 令人興奮的，令人激動的

adj. 興奮的，激動的

Fred was **excited** about the opportunities his promotion would give him.　Fred 對於他的升職將帶來的機會感到興奮。

28 reimbursement**

美 [ˌrɪm`bɝsmənt]

英 [ˌriːɪm`bəːsmənt]

🔤 reimburse v. 補償，核銷

n. 補償，費用核銷

Employees will receive **reimbursement** for accommodations on business trips.　員工將會獲得出差住宿費的核銷。

 出題重點

文法	請區分 **reimbursement**（n. 補償）和 **reimburse**（v. 補償）的詞性差異。

²⁹**treatment****
[`tritmənt]
衍 treat v.（以某種態度）對待，處理
（= deal with）
n. 樂事，特別款待；請客

● n. 對待，處理

Every staff member, regardless of position, receives the same level of **treatment** from Mr. Scanlyn.

不論職位，每位員工都會得到 Mr. Scanlyn 同等的對待。

³⁰**honor****
美 [`ɑnɚ]
美 [`ɔnə]
v. 向⋯表示尊敬，給⋯榮譽

● n. 榮譽，尊敬

A banquet was held in **honor** of our director's retirement.

為了慶祝我們主任的退休，舉辦了一場宴會。

 出題重點

常考語句　**in honor of** 為了祝賀⋯，為了向⋯表示敬意
honor 會以慣用語 in honor of 的形式出題，請務必記起來。

³¹**emphasize****
[`ɛmfə͵saɪz]
衍 emphasis n. 強調，重點
同 stress 強調

○ v. 強調

Lindall Inc. **emphasizes** the importance of employees to its success.

Lindall 公司強調員工對於公司成功的重要性。

³²**entry****
[`ɛntrɪ]
衍 enter v. 參加
entrance n. 入口，入場
同 submission（文件、企畫案等的）提交

● n.（比賽等的）參賽者，參賽作品

The competition organizers will not accept late **entries**.

比賽主辦方不會接受逾期報名的參賽者。

出題重點

易混淆單字 ┌ **entry** 參賽者
└ **entrance** 入口

區分這兩個字根相同但字義不同的單字，在測驗中會考。

同義詞　表示提出申請參加比賽時，**entry** 可以換成 **submission**。

33 bonus＊＊
- 美 [`bonəs]
- 英 [`bəunəs]

n. 獎金，紅利

Those who perform well receive a higher **bonus** at year's end.
表現好的人年底會得到比較高的獎金。

34 salary＊＊
- [`sæləri]

n. 薪水

The base **salary** at Serpar is much higher than the industry norm.
Serpar 公司的基本薪資比業界標準高得多。

35 earn＊
- 美 [ɝn]
- 英 [ɜːn]
- 衍 earnings n. 收入，收益

v. 賺（錢）；贏得，獲得（好評）

Jane **earns** $3,000 a month.
Jane 一個月賺 3,000 美元。

He **earned** recognition as a loyal and hardworking employee.
他被肯定是一位忠誠而且勤奮工作的員工。

👨 出題重點

易混淆單字　**earn : gain**

區分這兩個表示「得到」的單字用法差異，是測驗中會考的題目。

┌ **earn** 賺（錢）；贏得（好評）
│ 除了表示得到名聲以外，還有「賺錢」的意思。
└ **gain** 獲得，（努力之後）得到
　表示獲得人氣或勝利等等。

Ms. Howard **gained** fame as the company's first female CEO.
Ms. Howard 獲得了身為公司第一任女性執行長的名譽。

36 arise＊
- [ə`raɪz]
- 同 happen 發生

v.（問題等）出現，產生

A number of employee complaints have **arisen**.
出現了一些來自員工的抱怨。

³⁷**labor***
美 [ˋlebɚ]
英 [ˋleibə]

n. 勞動
The new contract sparked a **labor** dispute.
新合約引發了勞動爭論。

v. 勞動，努力
Construction workers **labor** outdoors, often regardless of weather conditions.
建設工人經常不論天氣狀況如何都在室外工作。

³⁸**union***
美 [ˋjunjən]
英 [ˋjuːnjən]

n. 工會
All the employees belong to the labor **union**.
所有員工都歸屬於工會。

³⁹**existing***
[ɪgˋzɪstɪŋ]
衍 exist v. 存在
existence n. 存在

adj. 現存的，現行的
The company is restructuring the **existing** benefits package.
公司正在調整現行的福利制度。

 出題重點

常考 單字	**existing + equipment/product** 現有的設備／產品
	existing 會以修飾 equipment, product 等等的形式出題。

⁴⁰**exploit***
[ɪkˋsplɔɪt]
衍 exploitation n.
剝削，利用

v. 剝削，濫用
Workers Forward is dedicated to preventing employees from being **exploited**.
Workers Forward 公司致力於預防員工受到剝削。

DAY 23 Daily Checkup

請把單字和對應的意思連起來。

01 regard
02 grateful
03 salary
04 leave
05 recommendation

ⓐ 感謝的，感激的
ⓑ 薪水
ⓒ 關心，注意
ⓓ 推薦
ⓔ 工會
ⓕ 休假；離開

> 新制多益會這樣出題！
> 名詞 decision 常跟 tentative、important 之類的形容詞一起出現。

請填入符合文意的單字。

06 The CEO made a _____ decision on the urgent issue.
07 The team will have to work _____ to meet the deadline.
08 Caprice Inc. _____ team-building activities to build morale.
09 Staff can _____ online to receive benefits for family members.

ⓐ annual   ⓑ tentative   ⓒ overtime   ⓓ emphasizes   ⓔ register

10 Expense _____ will be made at the end of the month.
11 The team leader is popular for his fair _____ of employees.
12 The stricter attendance policy has _____ in fewer absences.
13 The manager _____ staff to volunteer to clean the conference room.

ⓐ reimbursements   ⓑ encouraged   ⓒ treatment   ⓓ resulted   ⓔ earned

Answer   1.ⓒ 2.ⓐ 3.ⓑ 4.ⓕ 5.ⓓ 6.ⓑ 7.ⓒ 8.ⓓ 9.ⓔ 10.ⓐ 11.ⓒ 12.ⓓ 13.ⓑ

新制多益基礎單字

LC	□ application	n. 申請，申請書
	□ award ceremony	phr. 頒獎典禮
	□ chat	n. 聊天；v. 聊天
	□ clap	n. 拍手；v. 拍手
	□ fireplace	n. 壁爐
	□ get paid	phr. 拿到酬勞
	□ grab	v. 抓住
	□ group	v. 把…分組
	□ hook	n. 鉤子；v. 用鉤子掛，鉤住
	□ introduction	n. 介紹，引進
	□ learning center	phr. 學習中心
	□ loudspeaker	n.（廣播用的）揚聲器
	□ lounge	n. 休息室
	□ management seminar	phr. 管理研討會
	□ smoking section	phr. 吸菸區
	□ take a vacation	phr. 休假
RC	□ bold	adj. 大膽的，勇敢的
	□ finely	adv. 很好地，精細地
	□ friendly	adj. 友善的
	□ gentle	adj. 溫和的，溫柔的
	□ in charge of	phr. 負責…
	□ lively	adj. 充滿活力的，活潑的
	□ pharmacy	n. 藥局
	□ precise	adj. 精確的，準確的
	□ prize	n. 獎品；v. 重視
	□ registration	n. 註冊，登記
	□ vacation	n. 假期

LC	☐ a letter of gratitude	phr. 感謝信
	☐ check out	phr.（書本、物品從館藏中）借出
	☐ childcare	n. 兒童保育
	☐ don't have the nerve to do	phr. 沒有勇氣做…
	☐ give a raise	phr. 給予加薪
	☐ going away party	phr. 送別會
	☐ it's about time	phr. 差不多該做某事了
	☐ it's no use -ing	phr. 做…沒有用
	☐ job satisfaction	phr. 工作滿意度
	☐ just in case	phr. 以防萬一
	☐ keep A up to date	phr. 持續讓 A 得知最新消息
	☐ know A like the back of one's hand	phr. 對 A 瞭若指掌
	☐ miserable	adj. 不幸的，悲慘的
	☐ paid leave	phr. 有薪假
	☐ pick up one's paycheck	phr. 領薪水
	☐ pity	n. 憐憫，同情
	☐ privately	adv. 私下地
	☐ psychological	adj. 心理的
	☐ put in some overtime	phr. 加班
	☐ safety drill	phr. 安全演練
	☐ sensitivity	n. 敏感性
	☐ show around	phr. 帶人到處參觀
	☐ stacks of books	phr.（圖書館中排列密集的）書架，書庫
	☐ surprisingly	adv. 令人驚訝地
	☐ take place	phr. 發生，舉行
	☐ take some time off	phr. 請假，休假
	☐ terribly	adv. 非常，糟糕地
	☐ terrific	adj. 很棒的
	☐ the next best	phr. 僅次於最好的
	☐ thrilling	adj. 令人興奮的
Part 5, 6	☐ credit A with B (= credit B to A)	phr. 相信 A 具有 B 的價值
	☐ intentionally	adv. 有意地，故意地
	☐ meanwhile	adv. 在此期間，與此同時

員工福利

21
22
DAY 23
24
25
26
27
28
29
30

Hackers TOEIC Vocabulary

□ respectfully	adv. 尊敬地，恭敬地	
□ sign up	phr. 登記，報名	
□ unused	adj. 未使用的	

<table>
<tbody>
<tr><td>Part 7</td><td>□ be tired of</td><td>phr. 對…感到厭倦</td></tr>
<tr><td></td><td>□ biannual</td><td>adj. 一年兩次的</td></tr>
<tr><td></td><td>□ charitable</td><td>adj. 慈善的</td></tr>
<tr><td></td><td>□ course of study</td><td>phr. 學習科目</td></tr>
<tr><td></td><td>□ depressed</td><td>adj. 沮喪的</td></tr>
<tr><td></td><td>□ extra pay</td><td>phr. 額外的薪水</td></tr>
<tr><td></td><td>□ featured speaker</td><td>phr. 主講人</td></tr>
<tr><td></td><td>□ generous</td><td>adj. 慷慨的</td></tr>
<tr><td></td><td>□ laugh away</td><td>phr. 用笑消除…</td></tr>
<tr><td></td><td>□ merit</td><td>n. 優點</td></tr>
<tr><td></td><td>□ night shift</td><td>phr. 夜班</td></tr>
<tr><td></td><td>□ occupational safety and health</td><td>phr. 職場安全與健康</td></tr>
<tr><td></td><td>□ overtime allowance</td><td>phr. 加班津貼</td></tr>
<tr><td></td><td>□ overtime rate</td><td>phr. 加班費</td></tr>
<tr><td></td><td>□ paid vacation</td><td>phr. 有薪假期</td></tr>
<tr><td></td><td>□ pay increase</td><td>phr. 加薪</td></tr>
<tr><td></td><td>□ pension</td><td>n. 退休金</td></tr>
<tr><td></td><td>□ poorly paid</td><td>phr. 薪水少的</td></tr>
<tr><td></td><td>□ preservation area</td><td>phr. 保護區</td></tr>
<tr><td></td><td>□ reference number</td><td>phr. 參照號碼，編號</td></tr>
<tr><td></td><td>□ regional allowance</td><td>phr. 地區津貼</td></tr>
<tr><td></td><td>□ regular working hours</td><td>phr. 正常工作時間</td></tr>
<tr><td></td><td>□ retirement party</td><td>phr. 退休派對</td></tr>
<tr><td></td><td>□ retirement plan</td><td>phr. 退休金計畫</td></tr>
<tr><td></td><td>□ salary and benefits</td><td>phr. 薪資與福利</td></tr>
<tr><td></td><td>□ sheltered housing</td><td>phr.（老人、殘障人士的）庇護住宅</td></tr>
<tr><td></td><td>□ sick leave</td><td>phr. 病假</td></tr>
<tr><td></td><td>□ strong-willed</td><td>adj. 意志堅強的</td></tr>
<tr><td></td><td>□ time-off</td><td>n. 休假</td></tr>
<tr><td></td><td>□ welfare</td><td>n. 福利</td></tr>
<tr><td></td><td>□ work environment</td><td>phr. 工作環境</td></tr>
<tr><td></td><td>□ working condition</td><td>phr. 工作條件（情況）</td></tr>
</tbody>
</table>

LC	□ get reimbursed for	phr. 得到⋯的核銷
	□ hearty	adj. 熱忱的，（食物的量）豐盛的
	□ kindhearted	adj. 親切的
	□ knock off	phr. 收工
	□ maternity leave	phr. 產假
	□ misuse	n. 誤用，濫用
	□ nursery	n. 托兒所，幼兒房
	□ nursing	n. 護理，看護
Part 5, 6	□ chronological	adj. 依時間順序的
	□ exhibitor	n. （展覽的）參展者
	□ give in	phr. 讓步
	□ pending	prep. 等到⋯之後，直到⋯時為止
	□ second	v. 附議；贊成
Part 7	□ citation	n. 引用，引文，嘉獎
	□ commemorate	v. 紀念
	□ conjunction	n. 結合，連接
	□ cut benefits	phr. 減少福利
	□ discriminate	v. 有差別地對待
	□ distort	v. 扭曲
	□ flextime	n. 彈性工作時間制
	□ fringe benefits	phr. 附帶福利
	□ goodwill	n. 好意
	□ labor costs	phr. 勞動成本
	□ labor dispute	phr. 勞動爭議，勞資糾紛
	□ off-peak	adj. 非高峰期的，淡季的
	□ pique	n. 惱怒
	□ sabotage	n. 蓄意破壞
	□ salary review	phr. （為了調整薪水的）薪資審查
	□ severance pay	phr. 遣散費
	□ spry	adj. 精神好的，活潑的
	□ straightforward	adj. 率直的，簡單的
	□ yearn	v. 渴望 *look foward to*

DAY 24

Hackers TOEIC Vocabulary

升遷第一天

人事異動

只要知道主題，就能掌握新制多益！

在人事異動的主題中，出題方向主要是新主管的上任、現有管理者的退休公告等等。讓我們一起來認識在人事異動的主題中經常出現的單字吧！

升職就表示擁有濫權的能力

金課長留職期間，我將 appoint 社員先生暫時代理銷售課長的職務。

社員先生是因他業績的 appraisal 而被 promote，因此請表現給我看看 skilled 的領導力吧！

是！

數天後

對於最近在團隊內發生的問題，我想出了一個 radical 的解決辦法！一定是我擁有 exceptional 的才能吧！大家會 appreciate 我才對吧？

呼

好的！從現在開始，辦公室的咖啡機將會放在我辦公桌上。

解決了！

哪有這種事…

太過份了吧…

1 appoint***

[ə`pɔɪnt]

図 appointment n.
任命，會面的約定

○ v. 任命，指派

President Davis **appointed** Roger Lance as head of finance.
總裁 Davis 任命 Roger Lance 擔任財務部主管。

2 appraisal***

[ə`prezl]

図 appraise v. 評價
同 assessment,
evaluation 評價

● n. 評價

Supervisors carry out performance **appraisals** every three
months.　主管每三個月進行考績。

 出題重點

| 常考語句 | **performance appraisals** 考績（績效考核）
表示人事上的考核，意義和 performance evaluation 相同。 |

3 promote***

美 [prə`mot]
美 [prə`məut]

図 promotion n. 升職
promotional adj. 促進
的；促銷，推銷的
反 demote 使降級

○ v. 使升職；促進

Ms. Wilson was **promoted** in April to the position of marketing
director.　Ms. Wilson 四月被升上行銷主任的職位。
Managers need to **promote** better communication among
employees.　經理們需要促進員工之間更好的溝通。

4 skilled***

[skɪld]

図 skill n. 技能，技術

● adj. 熟練的，有技能的

Several production plants are short of **skilled** workers.
幾間生產廠缺乏熟練的工人。

 出題重點

| 常考語句 | **be skilled at** 擅長…
skilled 經常搭配介系詞 at 使用。 |

5 radically*

[`rædɪklɪ]

図 radical adj. 根本的，
徹底的

● adv. 根本地，徹底地

Several divisions will be **radically** restructured.
幾個部門將會被徹底改組。

⁶ **exceptional***

[ɪkˋsɛpʃən̩l]

📖 exceptionally adv.
例外地，特別地

同 remarkable 卓越的

adj. 優異的，例外的

Paul Lang showed **exceptional** talent in computer programming.

Paul Lang 在電腦程式設計方面展現出優異的才能。

 出題重點

文法 請區分 **exceptional**（adj. 優異的）和 **exceptionally**（adv. 特別地）的詞性。

⁷ **appreciation****

[əˌpriʃɪˋeʃən]

📖 appreciate v. 感謝，欣賞

n. 感謝，欣賞

The director gave a short speech to express his **appreciation**.

主任發表了簡短的演講來表達他的感謝。

⁸ **evaluate*****

[ɪˋvæljʊˌet]

📖 evaluation n. 評價

同 judge 判斷，評價

v. 評價

Workers' performance should be **evaluated** annually.

員工表現應該每年評價。

⁹ **suggest*****

美 [səˋdʒɛst]

英 [səˋdʒɛst]

v. 建議

Charles **suggested** posting a job advertisement.

Charles 建議刊登徵人廣告。

¹⁰**preference*****

[ˋprɛfərəns]

披薩 vs 炸雞

n. 偏好

Rita has no **preference** for working the night shift or the day shift.

Rita 對於值夜班或日班並沒有偏好。

出題重點

常考語句	**meal preference** 餐點的偏好
	meal preference 經常使用在詢問飛機餐點、宴會餐點偏好菜色的表格中。

¹¹**management**
***
[`mænɪdʒmənt]

n. 管理，經營，經營團隊

Management announced a new hiring plan this month.
經營團隊本月宣布了新的雇用計畫。

¹²**predict***
[prɪ`dɪkt]
📖 prediction n. 預測

v. 預測

Many **predict** that the CEO will retire soon.
許多人預測執行長很快會退休。

¹³**transfer***
美 [træns`fɚ]
英 [træns`fəː]
n. 調職 美 [`trænsfɚ]
英 [`trænsfəː]
同 move 移動

v. 轉移；使調職

The technology department will **transfer** the old files to the new server.
技術部門會把舊的檔案轉移到新伺服器上。

The administrator has been **transferred** to England.
那位管理者已經被調到英國了。

 出題重點

常考語句	**transfer A to B** 把 A 轉移到 B，把 A 調動到 B
	請把和 transfer 搭配的介系詞 to 一起記下來。

¹⁴**award***
美 [ə`wɔrd]
英 [ə`wɔːd]

n. 獎

The best-employee **award** is given every year.
最佳員工獎每年頒發。

v. 授予（獎項等）

The company **awards** a prize to the most dedicated employee.
這家公司會頒獎給最敬業的員工。

¹⁵**mandatory*****
美 [ˋmændəˌtorɪ]
英 [ˋmændətərɪ]

adj. 義務性的

Attendance to the weekly staff meeting is **mandatory**.
參加每週員工會議是義務性的。

¹⁶**competent*****
美 [ˋkɑmpətənt]
英 [ˋkɔmpɪtənt]

adj. 有能力的，勝任的

Eileen is very **competent** at her job and is well-liked by her staff.
Eileen 非常勝任自己的工作，而且很受到她的員工喜愛。

¹⁷**performance*****
美 [pəˋfɔrməns]
英 [pəˋfɔːməns]
衍 perform v. 執行，
表演
performer n. 表演者
同 execution n. 執行，
演奏

n. 表現，成果；表演，演出，演奏

The CEO attributed the company's outstanding **performance** to the staff.
執行長將公司的傑出表現歸功於員工。

The director's welcoming ceremony included a **performance** by a string quartet.
那位董事的歡迎儀式包含絃樂四重奏的表演。

 出題重點

常考
語句 **performance review** 績效評估，人事考核

performance evaluation 績效評估；性能評估

performance 與具有「評價，評估」意思的名詞一起組成的複合名詞，在多益測驗中常常出現。

易混淆
單字 ─ **performance** 表現，成果
　　└ **performer** 表演者

區分抽象名詞 performance 和人物名詞 performer，是測驗中會考的題目。

18 reward ***

美 [rɪˋwɔrd]
英 [rɪˋwɔːd]
衍 rewarding adj.
有益的,值得做的

v. 報償,回報

Management plans to **reward** employees' efforts with wage increases.

經營團隊打算用加薪回報員工的努力。

n. 報償,回報

He was given the job as a **reward** for meeting his sales quota.

他獲得了那個職位,作為他達到銷售配額的回報。

19 search ***

美 [sɝtʃ]
英 [sɜːtʃ]
v. 尋找

n. 尋找,搜尋,調查

We have been in **search** of a new president ever since Mr. Rowles resigned.

Mr. Rowles 辭職後,我們一直在尋找新任總裁。

20 inexperienced ***

[ˌɪnɪkˋspɪrɪənst]

adj. 沒經驗的,不熟練的

Robert is too **inexperienced** to be promoted to manager.

Robert 太缺乏經驗,沒辦法被升為經理。

21 early ***

美 [ˋɝlɪ]
英 [ˋɜːli]
adv. 早,提早
反 late 晚的

adj. 早的,提早的

Ms. Jones opted for an **early** retirement.

Ms. Jones 選擇了提早退休。

😀 **出題重點**

易混淆
單字
early : previous

區分表示「早的」的單字用法差異,是測驗中會考的題目。

┌ **early** 早的,提早的

│ 表示時間上比一般情況來得早。

└ **previous** 之前的

表示在現在之前的事情。

Her **previous** post was sales manager.

她之前的職位是業務部經理。

22 designate**
[ˈdɛzɪɡˌnet]
衍 designation n.
　指定，指派

v. 指定，指派

Ms. Carling **designated** Owen to be the project's team leader.

Ms. Carling 指派 Owen 擔任專案小組領導人。

23 executive**
[ɪɡˈzɛkjʊtɪv]

adj. 經營管理的

Mr. Fulton holds an **executive** position at Greenway Bank.

Mr. Fulton 在 Greenway 銀行擔任管理職位。

24 dedication**
[ˌdɛdəˈkeʃən]
衍 dedicate v.
　使…致力於某事
　dedicated adj.
　專注的，投入的

n. 專心致力

Ms. Hayes was recognized for her **dedication** to the company.

Ms. Hayes 因為對公司的奉獻而受到了認可。

 出題重點

常考
語句　**dedication to** 對…的專心致力／奉獻
　　　請把和 dedication 搭配的介系詞 to 一起記下來。

25 unanimously**
美 [jʊˈnænəməslɪ]
美 [juˈnænɪməslɪ]

adv. 全體意見一致地

The board voted **unanimously** to replace the underperforming CEO.

董事會投票一致決定更換那位績效不佳的執行長。

26 progress**
美 [ˈprɑɡrɛs]
美 [ˈproʊɡrɛs]
v. 行進，進步，進展
[prəˈɡrɛs]
衍 progressive adj.
　進步的

n. 行進，進步，進展

Daily reports are good tools for measuring employees' work **progress**.

每日報告是評量員工工作進度的好工具。

27 congratulate**

- 美 [kən`grætʃə͵let]
- 美 [kən`grætju͵leit]
- 衍 congratulation n. 祝賀

v. 祝賀

The president personally **congratulated** the assistant on her promotion.

總裁親自祝賀那位助理升職。

 出題重點

常考語句	**congratulate A on B** 向 A 祝賀 B

和 congratulate 搭配的介系詞 on 是測驗中會考的部分。

28 dismiss**

- [dɪs`mɪs]
- 衍 dismissal n. 解雇

v. 解雇

Those staff found in violation of company regulations may be **dismissed**.

被發現違反公司規定的員工可能會被解雇。

29 independence**

- [͵ɪndɪ`pɛndəns]

n. 獨立

Branch managers are given the **independence** to make some decisions.

分公司經理被賦予做某些決定的自主權。

30 participation**

- 美 [par͵tɪsə`peʃən]
- 美 [pɑː͵tisi`peiʃən]
- 衍 participate v. 參與
  participant n. 參加者
- 同 involvement 參與

n. 參與，參加，加入

Workers gained valuable knowledge through **participation** in the program.

員工透過參與計畫而獲得了寶貴的知識。

 出題重點

易混淆單字	**participation** 參與
	participant 參加者

區分抽象名詞 participation 和人物名詞 participant，是測驗中會考的題目。

31 praise**

[prez]
v. 稱讚
同 compliment 稱讚

n. 稱讚

Stacey Randall received **praise** for her outstanding sales record.

Stacey Randall 因為她傑出的銷售紀錄而獲得了稱讚。

32 accomplishment**

美 [ə`kɑmplɪʃmənt]
英 [ə`kɔmplɪʃmənt]

n. 成就

The team was given a bonus for its **accomplishments** last quarter.

這個團隊因為上一季的成就而獲得了獎金。

33 deliberation**

[dɪˌlɪbə`reʃən]

n. 商議，審議

The **deliberation** about hiring new staff lasted for nearly two hours.

關於雇用新員工的商議持續了將近兩小時。

34 leadership**

美 [`lidəˌʃɪp]
英 [`li:dəʃɪp]

n. 領導，領導才能

Ms. Robinson's display of **leadership** has earned her the respect of her staff.

Ms. Robinson 領導能力的展現，為她贏得了員工的尊敬。

35 retire**

美 [rɪ`taɪr]
英 [rɪ`taɪə]
衍 retirement n. 退休

v. 退休

Peter Oswald **retires** in May after 40 years with the firm.

在公司工作 40 年後，Peter Oswald 要在五月退休。

36 nomination**

美 [ˌnɑməˋneʃən]
英 [ˌnɔmiˋneiʃən]
衍 nominate v. 提名
　　nominee n. 被提名人
同 appointment 任命

n. 提名，任命

Sue Blaine's **nomination** to the board was a surprise.
Sue Blaine 被任命進入董事會很令人意外。

 出題重點

同義詞 | 表示任命某人擔任職務時，**nomination** 可以換成 **appointment**。

37 reorganize**

美 [riˋɔrgəˌnaiz]
英 [riːˋɔːrgəˌnaiz]
衍 reorganization n. 改組（= restructuring）

v. 重新組織，改組

The marketing team will be **reorganized** after the merger.
在合併之後，行銷團隊將被改組。

38 serve*

美 [sɝv]
英 [səːv]
衍 service n. 服務
同 act 扮演（角色）

v. 服務，擔任

The marketing director will **serve** as the acting director of consumer relations for now.
行銷主任將會暫時擔任顧客關係代理主任。

 出題重點

常考語句 | **serve as** 擔任…
測驗中會考選出介系詞 as 的題目。

39 encouragement*

美 [inˋkɝidʒmənt]
英 [inˋkʌridʒmənt]
衍 encourage v. 鼓勵
　　encouraging adj. 激勵人心的

n. 鼓勵

Mr. Vance offers regular **encouragement** to his employees.
Mr. Vance 定期鼓勵他的員工。

⁴⁰**resignation***
[ˌrɛzɪgˈneʃən]
📖 resign v. 辭職
（= step down）

🔵 n. 辭職，辭呈

The company announced the **resignation** of its head of development.

這家公司宣布了開發部部長的辭職。

⁴¹**strictly***
[ˈstrɪktlɪ]
📖 strict adj. 嚴格的
同 severely, sternly
嚴重地，嚴格地

🔵 adv. 嚴格地

International transfer opportunities are **strictly** limited.

海外調任的機會受到嚴格的限制。

 出題重點

常考語句	**strictly + limited/prohibited** 嚴格受限的／禁止的

strictly 經常和 limit, prohibit 等表示限制的動詞搭配使用。

DAY 24 Daily Checkup

請把單字和對應的意思連起來。

01 mandatory ⓐ 熟練的

02 competent ⓑ 全體意見一致地

03 early ⓒ 嚴格地

04 skilled ⓓ 早的，提早的

05 unanimously ⓔ 義務性的

ⓕ 有能力的，勝任的

請填入符合文意的單字。

06 Ms. Verano _____ for three years as the branch director.

07 Mr. Dubois was _____ to Chicago from the Toronto office.

08 The employee of the year was _____ with a week of paid vacation.

09 Beth was _____ to a higher position after just eight months with the firm.

ⓐ transferred ⓑ rewarded ⓒ served ⓓ designated ⓔ promoted

10 Only _____ has the authority to change company policy.

新制多益會這樣出題！
be recognized for 是「因…而被表彰、嘉獎」的意思。for 之後要接能表示「被表彰理由」的名詞。

11 Ms. Wang was recognized for her exemplary _____ over the past year.

12 Employees have a measure of _____ with regard to their work schedule.

13 Burton Ltd. showed its _____ for the employees by handing out bonuses.

ⓐ appreciation ⓑ preference ⓒ management ⓓ independence ⓔ performance

新制多益滿分單字　人事異動

新制多益基礎單字

LC		
□ accept an award	phr. 領獎	
□ anniversary celebration	phr. 週年慶祝	
□ fire	v. 解雇	
□ flash	n. 閃光，（想法的）閃現	
□ go downstairs	phr. 下樓	
□ greenhouse	n. 溫室	
□ gymnasium	n. 體育館	
□ job title	phr. 職稱	
□ knob	n. （圓形的）門把，旋鈕	
□ ladder	n. 梯子	
□ lengthy	adj. 冗長的	
□ move around	phr. 四處走動	
□ plan	n. 計畫；v. 計畫	
□ point at	phr. 指著…	
□ scale	n. 規模，磅秤	
□ scatter	v. 撒，散播	
□ send out	phr. 發出，派出	
□ yell	v. 叫喊	

RC		
□ appointment	n. 會面的約定，任命	
□ characteristic	n. 特徵，特色	
□ helping	adj. 幫助的；n. （食物的）一份	
□ hopeful	adj. 有希望的，抱著希望的	
□ level	n. 水準，（社會的）地位	
□ resign	v. 辭職，辭去	
□ role	n. 角色	
□ safeguard	n. 預防措施，保護裝置	
□ throughout the day	phr. 一整天	
□ view	n. 看法，觀點；v. 看待	

LC		
□ arm in arm	phr. 彼此挽著手臂	
□ experienced employee	phr. 有經驗的員工	
□ face away from	phr. 把臉從⋯轉開向別處；使某物的面不朝向⋯	
□ fill in for	phr. 臨時暫代⋯	
□ get a promotion	phr. 獲得升職	
□ give A an advance	phr. 讓 A 預支薪水	
□ kneel	v. 跪（下）	
□ language acquisition	phr. 語言習得	
□ move over one seat	phr. 移動一個座位（坐到旁邊的位子上）	
□ move up	phr. 晉升	
□ newly arrived	phr. 新上任的	
□ obviously qualified	phr. 顯然有資格的	
□ pavilion	n. （博覽會的）展示館	
□ personnel management	phr. 人事管理	
□ rear	n. 後部	
□ regional director	phr. 地區主任	
□ reposition	v. 改變⋯的位置	
□ retiree	n. 退休者	
□ retirement	n. 退休	
□ senior executive	phr. 資深主管	
□ spare key	phr. 備用鑰匙	
□ take early retirement	phr. 提早退休	
□ take note	phr. 注意	
□ take one's place	phr. 接下某人的職位	
□ take over	phr. 接管	

Part 5, 6		
□ achiever	n. 有成就的人	
□ admired	adj. 受人敬佩的	
□ as a result of	phr. 由於⋯的結果	
□ elect	v. 選出	
□ incompetent	adj. 沒有能力的	
□ knowledgeable	adj. 博學的	
□ namely	adv. 即，也就是	
□ nearby	adj. 附近的	

☐ nominate	v. 提名，任命	
☐ promotion	n. 升職	
☐ put in for	phr. 申請…	
☐ recommendable	adj. 可推薦的，值得推薦的	
☐ specially	adv. 特別地	
☐ stand in for	phr. 替代，代表（某人）	
☐ state	n. 狀態；v. 陳述	
☐ tech-savvy	adj.【口】精通科技的；對電腦熟悉的	
☐ undoubtedly	adv. 無疑地，肯定	

Part 7	☐ aspire to	phr. 渴求…
	☐ dismissal	n. 解雇
	☐ empower	v. 授權給…
	☐ go forward	phr. 前進
	☐ heighten	v. 提高
	☐ immigrant	n.（移入的）移民
	☐ initiative	n. 倡議，主動性
	☐ inter-department	adj. 部門間的
	☐ job cutback	phr. 人力縮減
	☐ lay off	phr. 解雇
	☐ named representative	phr. 被指名的代表
	☐ new appointment	phr. 新的任命
	☐ official title	phr. 正式職稱
	☐ on the recommendation of	phr. 經由…的推薦
	☐ pass up	phr. 拒絕，放棄（機會等）
	☐ preach	v. 說教
	☐ predecessor	n. 前任者
	☐ provincial	adj. 省的，地方的
	☐ push back	phr. 使延期
	☐ ritual	n.（正式的）儀式，例行公事
	☐ run for	phr. 競選…
	☐ speck	n. 污點
	☐ supervisory	adj. 監督的，管理的
	☐ turn away	phr. 驅逐，解僱
	☐ underestimate	v. 低估
	☐ understaffed	adj. 人手不足的

LC	□ plunge	v. 下降，急降
	□ salute	v. 敬禮，致敬
	□ scheme	n. 計畫
Part 5, 6	□ cordially	adv. 誠摯地
	□ delicate	adj. 易碎的，要小心處理的
	□ designation	n. 指定，指派
	□ intent	n. 意圖，目的；adj. 熱切的
	□ irreversible	adj. 不可逆的，不能撤回的
	□ lingering	adj. 持續的，長時間的
	□ lose oneself in	phr. 全神貫注於…
	□ perpetual	adj. 無止盡的
	□ tolerant	adj. 寬容的，容忍的
Part 7	□ degrade	v. 降級，降低（品質、地位等）
	□ demote	v. 降級
	□ deploy	v. 部署
	□ dignitary	n. 顯要人物
	□ disorient	v. 使迷失方向，使混亂
	□ extraordinary feat	phr. 非凡的功績
	□ forage	v. 搜尋
	□ gratis	adv. 免費地
	□ hurdle	n. 障礙，困難
	□ immensity	n. 廣大，巨大
	□ in defiance of	phr. 違抗…
	□ in one's grasp	phr. 在…的掌握中
	□ incumbent	adj. 現任的
	□ miscellaneous	adj. 各種各樣的
	□ reinstate	v. 使復職
	□ scuff	v. 磨壞
	□ shred	v. 用碎紙機碎掉
	□ underpass	n. 地下道
	□ unwind	v. 解開（捲起來的東西），放鬆（緊張的心情）
	□ upbeat	adj. 樂觀的

{ overpass 天橋
{ underpass 地道

人事異動
21
22
23
DAY 24
25
26
27
28
29
30

Hackers TOEIC Vocabulary

DAY 25

開車

交通

只要知道主題，就能掌握新制多益！

　　在交通的主題中，出題方向主要是交通擁塞或道路施工的介紹、大眾交通路線的變更公告等等。讓我們一起來認識在交通的主題中經常出現的單字吧！

嚴重的交通問題也不能阻擋我的約會！

¹ **congestion****
[kənˋdʒɛstʃən]
🔁 congest v. 使充滿，
使擠滿
🔄 traffic jam 塞車

n.（交通）堵塞，擁擠

Traffic **congestion** on the highway is heaviest between 5 p.m. and 7 p.m.
高速公路的塞車情況在下午 5 點到 7 點之間最嚴重。

² **alleviate****
[əˋlivɪˌet]
🔁 alleviation n. 緩和，
減輕
🔄 ease 緩和
🔄 exacerbate 使惡化

v. 緩和，減輕

The new freeway lane **alleviated** traffic congestion.
新的高速公路車道緩和了塞車情況。

 出題重點

常考語句	**alleviate + congestion/concern** 緩和堵塞／減輕憂慮
	alleviate 經常和 congestion, concern 等名詞搭配出題。
同義詞	表示緩和交通情況或憂慮等等時，**alleviate** 可以換成 **ease**。

³ **divert***
美 [daɪˋvɝt]
英 [daɪˋvɜːt]
🔁 diversion n. 轉向

v. 使轉向，使改道

Traffic was **diverted** during construction.
在施工期間，交通被改道了。

⁴ **detour***
美 [ˋditʊr]
英 [ˋdiːtʊə]
v. 繞道

n. 繞道，繞行的路

The express bus had to take a **detour** to avoid heavy traffic.
快捷巴士必須改道，避開擁擠的車潮。

⁵ **fuel***
[ˋfjʊəl]

n. 燃料

Our car ran out of **fuel** on the highway.
我們的車在高速公路上把油用光了。

6 malfunction*

[mæl`fʌnʃən]

v. （內臟、機械等）機能
失常，故障

n. 故障，機能失常

The car's problems stemmed from a brake malfunction.
這台車的問題源自於煞車失靈。

7 permit***

v. 美 [pə`mɪt]
　 英 [pə`mit]
n. 美 [`pɜ·mɪt]
　 英 [`pə:mit]

衍 permission n. 許可
permissive adj.
許可的
permissibly adv. 可容
許地；可獲准地
同 allow 允許
反 forbid, prohibit 禁止

v. 許可，允許

The store permits only shoppers to park in the lot.
這家店只允許顧客在停車場停車。

n. 許可證

Residents must purchase a parking permit every year.
住戶必須每年購買停車許可證。

出題重點

易混淆 單字　**permit : permission**

區分表示「許可」的單字意義差異，是測驗中會考的題目。

━ **permit** 許可證

　 表示證明獲得許可的證書。

━ **permission** 許可

　 表示允許請求或要求的行為。

The pilot requested **permission** for the aircraft to land.
飛行員要求降落飛機的許可。

同義詞　表示允許時，**permit** 可以換成 **allow**。

8 transportation***

美 [ˌtrænspə·`teʃən]
英 [ˌtrænspə·`teiʃən]

衍 transport v. 運輸

n. 運輸，運輸工具

All of the city's major tourist attractions are reachable by public
transportation.
市內所有主要觀光景點都可以利用大眾運輸工具到達。

9 **opportunity*****
美 [ˌɑpɚˋtjunətɪ]
英 [ˌɔpəˋtju:niti]

n. 機會

The bus tour provides visitors an **opportunity** to explore the city in one day.

這一趟的遊覽車旅行，提供觀光客在一天之內探索這座城市的機會。

🗣️ 出題重點

常考 語句	**opportunity to do** 做…的機會
	opportunity 經常和 to 不定詞搭配出題。

10 **clearly*****
美 [ˋklɪrlɪ]
英 [ˋkliəli]
衍 clear adj. 清楚的
adv. 清晰地，完全；
遠離
同 evidently 明顯地

adv. 清楚地，顯然

The reporter's use of animated graphics **clearly** showed the flow of traffic during rush hour.

這位報告者以動畫圖案的使用，清楚顯示出尖峰時段的交通流動情況。

 出題重點

常考 語句	**be clearly displayed** 被清楚展示出來
	speak clearly 說清楚
	clearly 經常和 display, speak 等動詞搭配出題。
易混淆 單字	┌ **clearly** 清楚地
	└ **clear** 清晰地，完全；遠離

區分這兩個字根、詞性相同，但意義不同的單字，是測驗中會考的題目。clearly 表示說話或說明得很清楚、明確、容易理解。clear 當副詞時，除了表示「清晰地、完全地」以外，還有「遠離」的意思，常用在動詞後面。

When the weather is good, you can see **clear** across the lake from one side to the other.

天氣好的時候，你可以從湖的一邊清楚看到另一邊。

¹¹ongoing***

美 [ˋɑnˏɡoɪŋ]
英 [ˋɔnˏɡəʊɪŋ]

 adj. 持續進行中的

Ongoing roadwork is causing delays through the city center.
進行中的道路施工，造成整個市中心的交通延遲。

¹²detailed***

[ˋdiˋteld]
衍 detail n. 細節

adj. 詳細的

The tourist information counter provides **detailed** local maps for visitors.
旅客服務台提供詳細的當地地圖給參觀者。

🧑 出題重點

常考語句	**detailed information** 詳細資訊
	explain/know + in detail 詳細地解釋／知道
	detailed 會和 information 搭配出題。功能相當於副詞的 in detail，主要修飾 explain, know 等動詞。

¹³alternative***

美 [ɔlˋtɝˏnətɪv]
英 [ɔːˋtɜːnətɪv]
衍 alternatively adv. 不然的話，兩者擇一地
alternate v. 交替，輪流
alternation n. 交替

n. 替代方案

Consider walking to work as a healthy **alternative** to driving.
請考慮走路上班，作為開車以外的健康替代方案。

adj. 替代的

Due to a flight cancellation, Samuel had to fly on an **alternative** air carrier.
由於航班取消，Samuel 必須搭其他航空公司的飛機。

🧑 出題重點

常考語句	**a feasible alternative to** 取代…的可行方案
	請把和名詞 alternative 搭配的介系詞 to 一起記下來。

14 obtain***

[əb`ten]

派 obtainable adj.
可獲得的

同 secure 獲得

● v. 得到，獲得

Driver's licenses can be **obtained** from the Department of Motor Vehicles.

駕照可以在機動車輛管理局取得。

15 designated**

[`dɛzɪg͵netɪd]

派 designate v. 指定
designation n.
指定，指派

同 appointed 被任命的

● adj. 指定的

Parking is restricted to **designated** spots.

停車只限於指定地點。

 出題重點

常考語句	**designated + spots/hotels** 指定的地點／旅館
	designated 經常和 spot, hotel 等表示場所的名詞搭配出題。
同義詞	表示「指定的」時，**designated** 可以換成 **appointed**。

16 intersection**

美 [͵ɪntə`sɛkʃən]

英 [͵ɪntə`sekʃən]

○ n. 交叉路口

A traffic light is being installed at the **intersection** of Fifth Avenue and Main Street.

第五大道和主街的路口正在裝設交通號誌。

17 equip**

[ɪ`kwɪp]

派 equipment n. 設備，裝備

● v. 使配備，使具備

Newer cars come **equipped** with emergency kits.

較新的車款配備緊急工具組。

 出題重點

常考語句	**equip A with B** 使 A 配備 B
	be equipped with 配備…
	請把和 equip 搭配的介系詞 with 一起記下來。

交通

21 22 23 24 **25 DAY** 26 27 28 29 30

Hackers TOEIC Vocabulary

¹⁸commute**

[kə`mjut]
n. 通勤路程
衍 commuter n. 通勤者

v. 通勤

Many workers **commute** into the city daily by bus.
許多工作者每天搭公車通勤進入市內。

¹⁹downtown**

[ˌdaʊn`taʊn]
n. 市中心

adv. 在市中心

It is difficult to find free parking **downtown**.
在市中心很難找到免費停車位。

²⁰automotive**

美 [ˌɔtə`motɪv]
英 [ˌɔtə`votɪv]

adj. 汽車的

Automotive repair service is offered for free on new vehicles.
汽車維修服務免費提供給新車。

²¹closure**

美 [`kloʒɚ]
英 [`kləʊʒə]

n. 關閉

Road **closures** occur frequently during the winter.
道路封閉在冬天時常發生。

²²vehicle**

[`viɪkl]

n. 車輛，運載工具

All **vehicles** must be officially registered upon purchase.
所有車輛在購買時都必須正式登記。

²³platform**

美 [`plæt‚fɔrm]
英 [`plæt‚fɔːm]

n. 月台

All trains to Denver will now be departing from **platform** two.
所有往丹佛的列車，現在將會從第二月台出發。

²⁴official**

[ə`fɪʃəl]
衍 officially adv.
　官方地，正式地
同 formal 正式的

n. 公務員，官員

Transportation **officials** announced plans to construct a city bypass.
交通部官員宣布了建設城市外環道路的計畫。

adj. 官方的，正式的

The **official** report showed that automobile accidents have recently increased.

官方報告顯示汽車事故最近增加了。

²⁵**transit****

美 [`trænsɪt]

澳 [`trænsɪt]

 n. 運輸，運送

The travel card can be used for all public **transit**.

這張旅行卡可以使用於所有大眾運輸。

 出題重點

常考 語句	**public transit** 大眾運輸 **in transit** 運送途中 transit 除了大家比較熟悉的「交通運輸」以外，在多益中也 經常以「運送」的意義出題。

²⁶**fare****

美 [fɛr]

澳 [fɛə]

 n. 交通票價

Bus **fares** increased in line with gasoline prices.

公車票價隨著油價上漲了。

 出題重點

易混淆 單字	**fare : fee : toll** 區分表示「費用」的單字用法差異，是測驗中會考的題目。 ┌**fare** 交通票價 　表示利用公車、火車、船等交通工具的費用。 ├**fee** 各種手續費、無形服務的費用 　表示入場費、學費等各種費用。 　The parking lot's entry **fee** is higher on weekends. 　這個停車場的入場費用在週末比較高。 └**toll** 通行費 　表示利用道路或橋樑時支付的費用。 　The transit department voted to double the **toll** for the 　bridge.　交通部投票決定將橋樑的通行費加倍。

27 expense**

[ɪkˋspɛns]

衍 expensive adj. 貴的

同 charge, cost 費用
expenditure 支出

n. 費用，支出

Residents agreed that the new highway was worth the **expense**.

居民同意新的高速公路值得它所花的費用。

Illegally parked vehicles will be removed at the owner's **expense**.

違法停放的車輛將會被移走，費用由車主負擔。

 出題重點

常考
語句

at one's expense 由…負擔，由…付費

travel expenses 旅行費用

expense receipts 支出收據

outstanding expenses 未償付的費用

請記住 expense 在多益中會考的慣用語。

28 trust**

[trʌst]

衍 trusting adj. 容易相信
他人的，輕信的
trustful adj. 相信的，
信任的
trustworthy adj. 值得
信賴的，可靠的

n. 信任，信賴

Car owners who earn the **trust** of insurers are eligible for discounts.

獲得保險公司信賴的車主可以享有折扣。

v. 相信，信賴

Drivers **trust** that the police will keep roadways safe.

駕駛人相信警察會保持道路安全。

29 head**

[hɛd]

v.（朝著…）出發，前進

The motorcyclists **headed** west toward the mountains.

機車騎士們朝西騎向山的方向。

30 drive**

[draɪv]

v. 開（車），駕駛，操作

Vehicles with multiple passengers are allowed to **drive** in the carpool lane.

有多名乘客的車輛可以在共乘車道行駛。

³¹fine**

[faɪn]
v. 處以罰金
adj. 很好的，晴朗的
⃝ penalty, forfeit 罰金

n. 罰金

Drivers speeding in a school zone are subject to a substantial **fine**.

在學校區域超速的駕駛人，會被處以高額罰款。

🗣 **出題重點**

易混淆單字　**fine : tariff : price : charge**

區分表示「費用」的單字用法差異，是測驗中會考的題目。

┌ **fine** 罰金

表示違法時應繳納的費用。

├ **tariff** 關稅

表示對於通過海關的商品課徵的稅金。

The government reduced **tariffs** on imported vehicles by 25 percent.
政府對進口車減少了百分之 25 的關稅。

├ **price** 價格

表示買東西時所付的費用。

The yacht's retail **price** is set at $1 million.
這艘遊艇的零售價格定為一百萬美元。

└ **charge** 費用，收費

表示對於特定服務支付的費用。

The guest asked about a mistaken **charge** for car maintenance.
客人詢問了一筆汽車保養的錯誤收費。

³²pass**

美 [pæs]
英 [pɑːs]
衍 passable adj. 可通行的，可通過的
passage n. 通道，過道

v. 經過，通過

For safety reasons, motorists should not **pass** other cars on the right.

基於安全理由，汽車駕駛不應該從其他車輛的右側超車。

33 securely*

美 [sɪˋkjʊrlɪ]
英 [sɪˋkjuəli]
衍 secure adj. 安全的
security n. 安全，
安全感
反 insecurely
不安全地，危險地

 adv.（繩結等）牢固地，穩固地

Passengers are required to fasten seatbelts **securely**.
乘客必須繫好安全帶。

🔊 出題重點

常考語句	**securely + fastened/attached/anchored**
	穩固地繫上的／貼上的／下錨停泊的
	securely 表示東西連接得很牢固，主要修飾 fasten、attach 等動詞。

34 prominently*

美 [ˋprɑmənəntlɪ]
英 [ˋprɒminəntli]
衍 prominent adj.
顯著的
同 noticeably 明顯地

 adv. 顯著地，顯眼地

Traffic control signs are **prominently** displayed along the highway.
交通管制標誌醒目地沿著高速公路設置。

🔊 出題重點

易混淆單字	**prominently : markedly : explicitly**
	區分表示「顯著」的單字用法差異，是測驗中會考的題目。
	prominently 顯著地，顯眼地
	表示標誌等很顯眼。
	markedly 顯著地，明顯地
	表示變化或差異很明顯。
	The traffic conditions were **markedly** better after the roadwork was completed.
	道路施工完成後，交通狀況明顯變好了。
	explicitly 明白地，明確地
	表示意圖或目的明確而不模糊。
	The government **explicitly** forbids unauthorized importation of automotive parts.
	政府明確禁止未經授權進口汽車零件。

35 reserved*

美 [rɪ`zɜˑvd]
英 [rɪ`zɔːvd]
派 reserve v. 預約
　 reservation n. 預約

adj. 預約的，預訂的；留作專用的

The rail service allows passengers to book **reserved** seats online.

鐵路局允許乘客在網路上預訂對號座。

Reserved parking for tenants is available at the rear of the building.

預留給住戶的專用停車位在大樓後部。

出題重點

常考語句	**reserved parking** 專用停車位
	請記住 reserved 表示「專用的」時常考的這個慣用語。

易混淆單字	**reserved : preserved**
	區分表示「被保留」的單字用法差異，在測驗中會考。

　　reserved 預約的，預訂的

　　　表示為了特定目的而事先預約。

　　preserved 被保存的，被保護的

　　　表示保護目前的狀態免於污染或破壞。

　　Many tourists are attracted to Stewart Island's **preserved** wildlife habitat.

　　許多遊客因為被 Stewart 島上受保護的野生動物棲息地吸引而前往。

36 average*

[`ævərɪdʒ]
adj. 平均的

n. 平均值，平均

Compared to last year's **average**, road accidents have significantly decreased.

相較於去年平均，道路事故已經顯著減少。

37 collision*

美 [kə`lɪʒən]
英 [kə`lɪʒən]

n. 碰撞

Fortunately, no one was hurt in the four-car **collision**.

幸好沒有人在那場四台車碰撞的事故中受傷。

³⁸**tow***
美 [to]
英 [təu]

○ n. 拖吊（汽車）

All unauthorized vehicles will be **towed**.
所有未經許可的車輛都會被拖吊。

³⁹**reverse***
美 [rɪ`vɝs]
英 [ri`vəːs]
n. 相反，背面
v. 逆轉，反轉

○ adj. 相反的，背面的

Jim accidentally put the truck into **reverse** gear.
Jim 不小心把卡車打到倒車檔。

⁴⁰**obstruct***
[əb`strʌkt]
衍 obstruction n. 阻礙，
阻礙物
obstructive adj.
阻礙的
同 block 阻礙

● v. 遮擋（視線等）；阻塞（道路等）

Passengers must not **obstruct** the driver's view.
乘客不可以擋住駕駛人的視野。

The road was **obstructed** by a fallen tree.
路被一棵倒下的樹堵住了。

 出題重點

同義詞 表示擋住視野或道路時，**obstruct** 可以換成 **block**。

***＝出題率最高　**＝出題率高　*＝出題率中

DAY 25 Daily Checkup

請把單字和對應的意思連起來。

01 collision

02 commute

03 automotive

04 fare

05 closure

ⓐ 汽車的

ⓑ 關閉

ⓒ 罰金

ⓓ 交通票價

ⓔ 通勤

ⓕ 碰撞

請填入符合文意的單字。

> 新制多益會這樣出題！
> economical 是「經濟實惠的，節約的」的意思，但 economic 是「經濟上的，與經濟相關的」的意思。

06 The cruise ship is _____ for Jamaica.

07 Buses are an economical form of public _____ .

08 Commuters can avoid traffic _____ by taking the subway.

09 Train passengers must stand behind the yellow line on the _____ .

ⓐ transit   ⓑ alleviated   ⓒ platform   ⓓ headed   ⓔ congestion

10 There was an accident at the _____ beside the park.

11 Buses going _____ are convenient for office workers.

12 There are _____ discussions about expanding the train system.

13 Allen reduced his commuting hours by an hour with the _____ route.

ⓐ downtown   ⓑ intersection   ⓒ alternative   ⓓ ongoing   ⓔ detour

新制多益滿分單字　交通

新制多益基礎單字

LC	☐ bus stop	phr. 公車站
	☐ busy street	phr. 繁忙的街道
	☐ cab	n. 計程車
	☐ car rental	phr. 車輛租賃
	☐ crosswalk	n. 行人穿越道
	☐ free parking	phr. 免費停車
	☐ gas station	phr. 加油站
	☐ get off	phr. 下車，動身出發
	☐ hang	v. 懸掛
	☐ heavy traffic	phr. 繁忙的交通
	☐ highway	n. 高速公路
	☐ on foot	phr. 用走的，徒步
	☐ park	v. 停車
	☐ path	n. 小徑
	☐ subway station	phr. 地下鐵車站
	☐ tour bus	phr. 觀光巴士，遊覽車
	☐ traffic light	phr. 交通號誌，紅綠燈
	☐ wall	n. 牆壁
	☐ wash the car	phr. 洗車
	☐ wheel	n. 輪子
RC	☐ access to	phr. 前往…的方法
	☐ cite	v. 引述
	☐ hood	n.（汽車的）引擎蓋
	☐ inside	prep. 在…內部
	☐ route	n. 路線
	☐ sharp	adj. 鋒利的，尖的
	☐ solve	v. 解決
	☐ stand	v. 站立

LC		
□ across the street	phr. 穿過街道地
□ around the corner	phr. 在街角，即將來臨，在附近
□ be closed to traffic	phr. 禁止通行
□ be held up in traffic	phr. 被塞在車陣中
□ be lined with	phr. 排放著…，與…相排列
□ broadcast	v. 廣播；n. 廣播
□ bypass	n.（避開交通繁忙地區的）外環道
□ carpool	v. 共乘汽車
□ come to a standstill	phr. 停滯
□ commuter	n. 通勤者
□ cross the street	phr. 穿越街道
□ direct traffic	phr. 指揮交通
□ driver's license	phr. 駕駛執照
□ driveway	n.（通往住宅或車庫的）私人車道
□ driving direction	phr. 行車方向
□ footrest (= footstool)	n. 腳凳
□ get a ride	phr. 搭便車
□ get lost	phr. 迷路
□ get to	phr. 到達…
□ give A a ride	phr. 讓 A 搭便車
□ have a flat tire	phr. 汽車爆胎
□ headlight	n. 車頭燈
□ land at the dock	phr. 停泊在碼頭
□ lane	n. 車道
□ lean over the railing	phr. 靠在欄杆上
□ license plate number	phr. 車牌號碼
□ lock the key in the car	phr. 把鑰匙鎖在車裡
□ make a stop	phr. 停止
□ make a transfer	phr. 轉乘，換車
□ march	v. 行進
□ mileage	n. 里程數
□ navigation	n. 航海，導航
□ one-way ticket	phr. 單程車票

□ parking garage	phr. 立體停車場	
□ pathway	n. 小徑，通道	
□ push one's way through	phr. 硬擠穿過，強行穿過	
□ ride away	phr. 騎車離開	
□ road sign	phr. 道路標誌	
□ roadwork (= road construction)	n. 道路施工	
□ shortcut	n. 捷徑	
□ stop at a light	phr. 紅燈停車	
□ stop for fuel	phr. 停車加油	
□ storage compartment	phr.（公車、火車等的）行李置放區	
□ street sign	phr. 路牌	
□ toll price	phr.（高速公路等的）通行費	
□ traffic jam	phr. 塞車	
□ walk through	phr. 走路通過…	
□ walking distance	phr. 走路可以到的距離	
□ walkway	n. 走道	
□ windshield	n. 擋風玻璃	

Part 5, 6	□ creation	n. 創造
	□ motivate	v. 給予動機，刺激
	□ normal	n. 標準，常態
	□ still	adj. 靜止的，不動的；adv. 仍然，依舊
	□ traffic signal	phr. 交通號誌，紅綠燈
	□ valuable	adj. 貴重的，寶貴的
	□ volunteer	n. 自願者，義工

Part 7	□ at full speed	phr. 用全速
	□ clear A from B	phr. 把 A 從 B 清除
	□ collide	v. 碰撞
	□ congested	adj.（人潮、交通）擁擠的，堵塞的
	□ encounter	v.（偶然）遇到，遭遇（困難）
	□ move forward	phr. 向前移動
	□ principal (= primary)	adj. 主要的，首要的；n.（團體的）首長，校長
	□ public transportation	phr. 大眾運輸
	□ standing room	phr. 站立的空間
	□ steering wheel	phr. 方向盤
	□ traffic congestion	phr. 塞車

tow

新制多益900分單字

LC		
☐ be towed away	phr. （車）被拖走
☐ bicycle rack	phr. 自行車停車架
☐ carriage	n. 車廂
☐ fuel-efficient	adj. 燃料效率好的
☐ navigate	v. （常指借助地圖）導航，確定…的方向
☐ overnight express	phr. 深夜快車
☐ pass by	phr. 經過，路過
☐ passerby	n. 路過的人，過客
☐ pave	v. 鋪（路）
☐ pedestrian	n. 行人
☐ pull into	phr. 停進，停泊
☐ sidewalk	n. 人行道
☐ specialist	n. 專家
☐ spoke	n. 輻條，輪輻
☐ streetcar	n. 路面電車
☐ towing service	phr. 拖車服務
☐ wagon	n. 運貨車廂；旅行車

Part 5, 6		
☐ bear (= carry)	v. 攜帶，具有
☐ emphatic	adj. 強調的，堅定的
☐ hastily	adv. 匆忙地，倉促地
☐ inconveniently	adv. 不便地
☐ necessitate	v. 使…成為必要
☐ opposition	n. 反對，對抗
☐ ridership	n. （公共交通工具的）使用人數，搭乘人數
☐ surround	v. 圍繞，環繞

Part 7		
☐ compact car	phr. 小型車
☐ conform to	phr. 符合，遵守（規則等）
☐ drawbridge	n. （可以從兩邊拉起來的）開合橋
☐ give off	phr. 散發，排放
☐ gratuity	n. 小費，酬金
☐ ramp	n. 坡道
☐ refurbish	v. 整修

26

存款與盡孝

銀行

只要知道主題，就能掌握新制多益！

在銀行的主題中，出題方向主要是貸款、入帳、繳交帳單、詢問轉帳事宜、介紹ATM機器使用方法等等。讓我們一起來認識在銀行的主題中經常出現的單字吧！

銀行存款和孝順程度成反比

1 delinquent*

[dɪ`lɪŋkwənt]

派 delinquency n.
滯納，未付
delinquently adv.
拖欠地

同 overdue 逾期未付的

adj.（稅款等）到期未付的，拖欠的

The **delinquent** account has been suspended.
拖欠的帳戶已經被停用。

 出題重點

同義詞　表示超過支付期限時，**delinquent** 可以換成 **overdue**。

2 overdue*

美 [`ovɚ`dju]
美 [`əuvə`dju:]

同 outstanding,
delinquent 未償付的

adj.（付款、償還等）逾期未付的，超過支付期限的

The bill for October is **overdue** and must be paid soon.
十月的帳單過期了，必須盡快付款。

 出題重點

易混淆單字　**overdue : outdated**

區分表示「過期」的單字用法差異，是測驗中會考的題目。

overdue 逾期未付的
表示水電瓦斯費等等沒有按時繳費。

outdated 過時的
表示因為太舊了，所以跟不上時代或者沒用了。

Our billing forms are far too **outdated**.
我們的請款單格式太舊了。

3 regrettably*

[rɪ`grɛtəblɪ]

派 regret v. 後悔，遺憾
regrettable adj.
令人遺憾的
regretfully adv.
後悔地，遺憾地

adv. 遺憾地

We are **regrettably** unable to approve your loan.
很遺憾，我們無法批准您的貸款。

4 balance**

[`bæləns]
v. 使平衡

同 remainder 剩餘物

n. 結餘，帳戶餘額

Urban Bank's Web site allows customers to check their account **balance** online.
Urban 銀行的網站讓客戶可以在網路上查看帳戶餘額。

出題重點

同義詞 表示餘額時，**balance** 可以換成 **remainder**。

---

5 **deposit*****
美 [dɪˋpɑzɪt]
英 [dɪˋpɔzɪt]
n. 存款；保證金，押金
反 withdraw 提領

v. 存（款）

Steve **deposited** his paycheck at the bank this morning.
Steve 今天早上把他的薪資支票存到銀行。

6 **investigation****
美 [ɪnˌvɛstəˋgeʃən]
英 [ɪnˌvestiˋgeiʃən]
衍 investigate v. 調查
investigative adj.
調查的

n. 調查

The government's **investigation** into Harp Financial revealed no signs of illegal activity.
政府對於 Harp Financial 公司的調查，沒有顯示出非法活動的跡象。

 出題重點

常考
語句
conduct an investigation 進行調查
under investigation 受到調查中的
請把和 investigation 搭配的動詞 conduct 和介系詞 under 記下來。

7 **account****
[əˋkaʊnt]
衍 accounting n. 會計
accountant n. 會計師
同 description 說明

n. 帳戶；說明；考慮

More than $100 must be put in the **account** to keep it active.
必須要有超過 100 美元存在帳戶裡，讓它保持使用中（非靜止）的狀態。

The report gave an **account** of the financial negotiations.
這份報告對於金融協商提供了說明。

Banks always take security into **account**.
銀行總是會考慮安全性。

v. 解釋，說明（…的理由）；佔（多少比率）

The teller could not **account** for the error.

銀行出納員無法解釋那個錯誤。

Mail-in orders **account** for most of the company's gross revenue.

郵購訂單佔那家公司總收入的大部分。

 出題重點

常考 語句	1. **take ... into account** 考慮到…
	on account of 由於…，因為…
	account for 解釋（…的理由）；佔（多少比率）
	名詞 account 經常以 take ... into account 及 on account of 的形式出題。動詞 account 經常和介系詞 for 一起使用，表示「解釋（…的理由）」或「佔（多少比率）」。
	2. **bank account** 銀行帳戶
	account number 帳戶號碼
	checking account 支票存款帳戶
	savings account 儲蓄帳戶
	account 表示「帳戶」時，經常以複合名詞的形式出現。
同義詞	名詞 **account** 表示「說明」時，可以換成 **description**。

8 **statement****
[`stetmənt]
쮎 state v. 敘述 n. 狀態

n. 結算單，聲明

Bank **statements** are sent out monthly.

銀行結算單每個月寄出。

9 **amount*****
[ə`maʊnt]
v. 總計…

n. 總數，總額

The **amount** of money needed to open a savings account is $50.

開設儲蓄帳戶所需要的金額是 50 美元。

¹⁰**withdrawal***
[wɪð`drɔəl]
衍 withdraw v. 提領
反 deposit 存款

n.（存款的）提領
Withdrawals can be made anytime at the cash machine.
提款可以隨時在提款機進行。

¹¹**previously*****
[`priviəslɪ]
衍 previous adj. 先前的
同 before, earlier 之前

adv. 之前
The SC card application requires proof of a **previously** opened credit card account.
SC 卡的申請需要先前開設信用卡帳戶的證明。

¹²**due*****
[dju]

adj. 到期的，到支付期限的；（金錢等）應支付的
Payment must be received by the **due** date.
款項必須在到期日前收到。
Remittance is **due** to the contractor.
匯款是應付給承包商的。

 出題重點

常考語句	**due to** 由於…
	請把多益常考的介系詞 due to 記下來。

¹³**receive*****
[rɪ`siv]
衍 receipt n. 收據；收到
reception n.（飯店等的）接待；歡迎（會）

v. 收到，接收
Carmen **received** a statement for her credit card in the mail.
Carmen 在郵件中收到了信用卡的結算單。

¹⁴**expect*****
[ɪk`spɛkt]
衍 expectation n. 預期，期待
expected adj. 預期的
expectedly adv. 預期地
同 anticipate 預期，期待

v. 預期，期待
Interest rates are **expected** to increase by 2 percent.
利率預期將增加百分之 2。

😊 出題重點

常考語句	**expect A to do** 預期／期待 A 做…
	be expected to do 被預期／期待做…

expect 經常以受詞後面接 to 不定詞的句型使用。被動態也經常出現，所以請一起記下來。

同義詞	表示預期某事發生時，**expect** 可以換成 **anticipate**。

15 certificate***

- 美 [səˋtɪfəkɪt]
- 英 [səˋtifikit]
- 衍 certification n. 證明
  certify v. 證明
  certified adj. 經認證的

n. 證書

The bank requires a **certificate** of employment to approve the loan.
這間銀行要求在職證明，以核准貸款。

16 document***

- n. 美 [ˋdɑkjəmənt]
  英 [ˋdɔkjumənt]
- v. 美 [ˋdɑkjə͵mɛnt]
  英 [ˋdɔkjument]
- 衍 documentary n. 紀錄片
  documentation n. 證明文件

n. 文件

Please submit the required tax **documents** by this Friday.
請在本週五前提交必要的稅務文件。

v. 記錄，用文件證明

The secretary must **document** all of the office's costs.
祕書必須記錄辦公室的所有支出。

17 spending***

- [ˋspɛndɪŋ]
- 衍 spend v. 花費（精力、時間等）
- 同 expense 費用；支出
  expenditure 支出；花費

n. 花費；支出

The Vantage Checking Account is ideal for your daily **spending** needs.
Vantage 支票存款帳戶對於您每日的支出需求很理想。

18 successfully***

- [səkˋsɛsfəlɪ]
- 衍 succeed v. 成功，接續
  success n. 成功
  successful adj. 成功的

adv. 成功地

James **successfully** transferred $5,000 to his overseas account.
James 成功將 5,000 美元轉到他的海外帳戶。

¹⁹**bill*****

[bɪl]

同 charge 收費

　check 帳單

○ v. 開帳單給…

Residents will be **billed** separately for gas and electricity charges.

住戶將分別收到瓦斯費和電費的帳單。

n. 帳單，請款單

The times and dates of all calls made appear on the **bill**.

所有通話的時間和日期都顯示在帳單上。

²⁰**pleasure*****

美 [`plɛʒɚ]

英 [`plɛʒə]

衍 please v. 使高興，

　取悅

　pleased adj. 高興的

　pleasant adj.（人、

　態度等）討人喜歡的；

　（事物等）令人愉快的

　（↔unpleasant）

○ n. 愉快，高興，樂意

Fast and friendly service makes it a **pleasure** to bank with Township Capital.

快速且親切的服務，使得在 Township Capital 進行銀行業務成為一件愉快的事。

²¹**study*****

[`stʌdɪ]

v. 研究

同 research 研究

● n. 研究

This **study** investigates the feasibility of the proposed tax cuts.

這項研究是調查減稅提案的可行性。

 出題重點

常考語句	**some studies + indicate/suggest + that 子句** 有些研究指出／暗示… study 經常和 indicate, suggest 等表示「顯示」的動詞搭配。

²²**summary*****

[`sʌmərɪ]

衍 summarize v. 總結，

　概述

○ n. 概要，大綱

The statement gives a **summary** of Cantor's financial activities.

結算單提供了 Cantor 公司的財務活動概要。

²³temporary**

美 [ˈtɛmpəˌrɛrɪ]

英 [ˈtɛmpərərɪ]

派 temporarily adv.
臨時地，暫時地

adj. 臨時的，暫時的

A **temporary** password is given to bank clients until they choose a new one.

在銀行客戶選擇新密碼之前，會提供一個臨時密碼。

²⁴lower**

美 [ˈloɚ]

英 [ˈləʊə]

派 low adj. 低的

反 raise 提高

v. 降低（量、價格）

The new tax break **lowers** costs for large businesses.

新的減稅優惠降低大企業的支出。

🦫 **出題重點**

常考
語句
— **lower the price** 降低價格
— **the lower price** 較低的價格

動詞 lower 和形容詞 low 的比較級形態相同，所以要依照上下文來區分意思。

²⁵transaction**

[trænˈzækʃən]

派 transact v. 處理
（業務、交涉等）

n. 交易，買賣

The first five **transactions** will not be charged a service fee.

前五次交易不會被收取服務費。

²⁶double**

[ˈdʌbl]

n. 兩倍

adj. 兩倍的

v.（使）變成兩倍

All of the investors who purchased MAGG's stock a month ago **doubled** their money.

所有在一個月之前購買 MAGG 公司股票的投資者，資金都翻倍了。

²⁷identification**

美 [aɪˌdɛntəfəˋkeʃən]

美 [aɪˌdentifiˋkeɪʃən]

衍 identify v. 確認，識別
（身分等）

identity n. 身分，特性

n. 身分證明

Two forms of **identification** are required to open an account.

要開設帳戶，需要兩種身分證明。

🗨 **出題重點**

常考
語句 ─ **identification** 身分證明
　　└ **identity** 身分，特性

區分這兩個字根相同但意義不同的單字，在測驗中會考。

The bank clerk requested proof of **identity**.
銀行行員要求了身分的證明。

²⁸dissatisfaction** ○

[ˌdɪssætɪsˋfækʃən]

衍 dissatisfy v. 使不滿意
satisfaction 滿足，
滿意

n. 不滿，不滿意

Clients registered their **dissatisfaction** with the bank at the
Consumer Protection Office.
客戶們在消費者保護處登記了他們對銀行的不滿。

²⁹in common**

phr. 共通地，共同地

Credit unions and banks have much **in common.**
信用合作社和銀行有許多共同之處。

³⁰interest**

美 [ˋɪntərɪst]

美 [ˋɪntərɪst]

衍 interested adj. 感興
趣的，有利害關係的
interesting adj.
有趣的

n. 興趣；利益；利息

Investors have shown great **interest** in shares of Speedy Motors.
投資人對 Speedy Motors 公司的股票表現出很大的興趣。
PlusTech has a particular **interest** in developing the local
cellular phone market.
PlusTech 公司對於開發當地手機市場特別有興趣。
Bay Bank offers the most competitive **interest** rates.
Bay 銀行提供最有競爭力的（最好的）利率。

😊 **出題重點**

常考語句	**interest in** 對…的興趣
	in one's best interest 對…最有利地
	in the interest of 為…的緣故
	a vested interest 既得利益
	interest 和介系詞 in 都是測驗中會考的部分。

31 **reject****
[rɪ`dʒɛkt]

囿 rejection n. 拒絕

○ v. 拒絕

Sarah was **rejected** for a mortgage application at Singer Bank.

Sarah 在 Singer 銀行的抵押貸款申請被拒絕了。

32 **relation****
[rɪ`leʃən]

囿 related adj. 有關聯的

● n. 關係

Relations between the financial corporation and investors became strained.

這家金融企業和投資人的關係變得緊張。

33 **tentatively****
[`tɛntətɪvlɪ]

囿 tentative adj.
試驗性的，暫時性的

● adv. 試驗性地，暫時地

Helen **tentatively** agreed to invest $10,000 in Jim's company.

Helen 暫時同意投資 10,000 美元到 Jim 的公司。

34 **alternatively****
㊤ [ɔl`tɜnə͵tɪvlɪ]
㊧ [ɔːl`tɜːnə͵tivli]

囿 alternative adj.
可供替代的
alternate adj. 輪流
的，交替的 v. 輪流，交替
alternation n. 交替，
輪流

● adv. 不然的話，或者

The money can go in a savings account; **alternatively**, it can be placed into an investment fund.

錢可以存進儲蓄帳戶，或者也可以投資基金。

³⁵attentive**

[ə`tɛntɪv]

衍 attend v. 注意；出席
attention n.
注意（力）

反 inattentive 漫不經心
的，不注意的

adj. 注意的，關心的

Martin was very **attentive** while he discussed investment options with the advisor.

Martin 和顧問討論投資選擇時非常專心。

³⁶convert**

美 [kən`vɝt]

美 [kən`vɔːt]

衍 conversion n. 轉換，
轉變

v. 轉換，轉變

Savings accounts can be **converted** into mutual funds at no charge.

儲蓄帳戶可以免費轉換到共同基金。

🗣️ 出題重點

常考
語句

convert A into B 把 A 轉換成 B

請把和 convert 搭配的介系詞 into 一起記下來。

³⁷heavily**

[`hɛvɪlɪ]

衍 heavy adj. 重的，
激烈的

adv. 程度很大地，非常

The institution **heavily** relies on capital gained from lending.

這個機構非常依賴來自借款的資金。

🗣️ 出題重點

常考
語句

heavily rely on 非常依賴…

rain heavily 雨下得很大

heavily 是表示程度非常大的強調副詞，經常搭配 rely on, rain 等動詞出題。

³⁸**loan***
美 [lon]
英 [ləun]

○ n. 借貸，貸款
The couple took out a **loan** to finance their child's college education.
那對夫妻申請了貸款，為孩子的大學教育提供資金。

³⁹**unexpected***
[ˌʌnɪkˋspɛktɪd]
衍 unexpectedly adv.
意料之外地

● adj. 意料之外的
Price drops were an **unexpected** side effect of the economic reform policy.
物價下跌是經濟改革政策的意外副作用。

⁴⁰**cash***
[kæʃ]
n. 現金

○ v. 兌現
The bank refuses to **cash** the check without proper identification.
銀行拒絕在沒有適當身分證明的情況下兌現支票。

⁴¹**mortgage***
美 [ˋmɔrgɪdʒ]
英 [ˋmɔːgidʒ]

○ n. 抵押貸款
Higher **mortgage** rates will hurt homeowners.
較高的抵押貸款利率會對屋主造成損失。

⁴²**payable***
[ˋpeəbl]
衍 pay v. 支付
payment n. 支付，
付款

● adj. 應支付的
Make all checks **payable** to Everson Ltd.
請把所有支票的受款人指定為 Everson 公司。

 出題重點

常考 語句	1. **payable to + 人/公司** 支付給…的
	選出 payable 後面接的介系詞 to，是測驗中會考的題目。
	2. **account payable** 應付帳款

⁴³**personal**[*]

美 [`pɝ·sn̩l]

美 [`pɔːsənl]

衍 person n. 人
personality n. 性格，
個性
personify v. 象徵；
把…擬人化、人格化
personally adv.
親自，當面

 adj. 個人的

Jane visited the bank to cash a **personal** check.

Jane 去銀行兌現個人支票。

出題重點

常考
語句 **personal check** 個人支票

personal belongings 個人攜帶物品

personally welcome 親自歡迎

請注意不要在副詞 personally 的位置使用形容詞 personal。

DAY 26 Daily Checkup

請把單字和對應的意思連起來。

01 successfully
02 attentive
03 temporary
04 alternatively
05 previously

ⓐ 或者
ⓑ 臨時的，暫時的
ⓒ 之前
ⓓ 試驗性地
ⓔ 成功地
ⓕ 注意的

請填入符合文意的單字。

新制多益會這樣出題！
名詞 bank 與 statement、account 結合的複合名詞經常出現。

06 Sharon's bank savings _____ after a few months.
07 Customers receive bank _____ at the end of each month.
08 Researchers monitored people's _____ habits in the store.
09 Investors _____ a seven percent return on their investment.

ⓐ spending   ⓑ statements   ⓒ doubled   ⓓ interest   ⓔ expected

10 Coreland has been under several _____ into financial fraud.
11 Customers may _____ cash using an automated teller machine.
12 A _____ of employment is required when requesting a mortgage.
13 The bank _____ the loan application, because the financial risk was great.

ⓐ rejected   ⓑ dissatisfaction   ⓒ investigations   ⓓ deposit   ⓔ certificate

新制多益基礎單字

LC	☐ at the earliest	phr.	（表示可能的時間）最早
	☐ at the same time	phr.	同時
	☐ at this point	phr.	現在，目前
	☐ automatic payment	phr.	自動付款
	☐ banker	n.	銀行家
	☐ banking	n.	銀行業務，銀行業
	☐ be used to -ing	phr.	習慣…
	☐ by the end of the year	phr.	在年底前
	☐ by this time	phr.	到現在（已經）
	☐ clerk	n.	職員，店員
	☐ cozy	adj.	舒適的
	☐ credit card number	phr.	信用卡號碼
	☐ float	v.	漂浮，浮動
	☐ for a short time	phr.	短時間，暫時
	☑ gesture	n.	手勢
	☐ hand	n.	手 v. 遞交
	☐ next to	phr.	在…旁邊
	☐ password	n.	密碼
RC	☐ coin	n.	硬幣
	☐ evening news	phr.	晚間新聞
	☐ generously	adv.	慷慨地
	☐ in addition	phr.	此外
	☐ in addition to	phr.	除了…以外
	☐ in short	phr.	總之，簡而言之
	☐ thankful	adj.	感謝的
	☐ unnecessary	adj.	不必要的
	☐ useful	adj.	有用的

LC	□ alternate	adj. 輪流的，交替的；間隔的
	□ awfully	adv. 極度地，非常
	□ bank loan	phr. 銀行貸款
	□ bank teller	phr. 銀行出納員
	□ be amazed at	phr. 對…感到驚訝
	□ be caught in	phr. 被困在…，陷在…
	□ be spread out	phr. 被向外展開、擴散的
	□ every other day	phr. 每隔一天（兩天一次）
	□ flawed	adj. 有缺陷的
	□ foreign currency	phr. 外國貨幣
	□ gaze into	phr. 凝視…
	□ get a loan	phr. 取得貸款
	□ give out	phr. 分發
	□ glance at	phr. 匆匆一看…，快速閱讀…
	□ go wrong with	phr. …出問題
	□ hang out	phr. 消磨時間
	□ have around	phr. 隨身攜帶…
	□ if possible	phr. 可能的話
	□ if you insist	phr. 如果你堅持的話
	□ I'll bet	phr. 我很肯定
	□ locally	adv. 在當地
	□ pay off	phr. 清償（債務），帶來回報
	□ perhaps	adv. 大概，或許，可能
	□ put in	phr. 存款，投資
	□ savings	n. 儲蓄
	□ short-term deposit	phr. 短期存款
	□ the following day	phr. 翌日，隔天
	□ until the first of next month	phr. 直到下個月 1 日
Part 5, 6	□ across from	phr. 在…對面
	□ alarming	adj. 使人驚恐的，引起恐慌的；令人擔憂的
	□ anymore	adv. （不）再，再也（不）
	□ at a time	phr. 每次，一次
	□ courteously	adv. 有禮貌地
	□ indeed	adv. 真正地，確實，實在地

□ otherwise	adv. 別樣地，以另外的方式；否則，不然
□ owing to	phr. 由於…
□ partial	adj. 部分的，偏袒的
□ pay out	phr. 支付，支出
□ receptive	adj. 善於接受的
□ simplify	v. 簡化
□ someday	adv.（將來）有一天，有朝一日
□ turn down	phr. 拒絕
□ twofold	adv. 兩倍地；adj. 兩倍的；有兩部分的，雙重的

Part 7

□ account payable	phr. 應付帳款
□ bank account	phr. 銀行帳戶
□ be highly regarded	phr. 獲得很高的評價
□ be of particular interest to	phr. 讓…特別有興趣
□ billing information	phr.（被請款者的）請款資訊
□ credit	n. 信用
□ creditor	n. 債權人
□ currency	n. 貨幣
□ debit card	phr.（直接從帳戶扣款的）簽帳卡
□ debt	n. 債
□ expiration date	phr. 到期日
□ financial history	phr. 金融史
☑ for the sake of *With a view to.*	phr. 為了…
□ forge	v. 偽造
□ forgery	n. 偽造
□ forthcoming	adj. 即將來臨的
□ midtown	n. 市中心和外圍之間的地帶
☑ owe	v. 欠（債）
□ PIN (personal identification number)	n. 個人識別密碼
□ pop up	phr.（在畫面上）跳出
□ public holiday	phr. 國定假日
□ reluctant	adj. 不情願的
□ requisition	n. 正式要求
☑ scrutinize	v. 仔細檢查
□ sustain	v. 維持，使持續

新制多益900分單字

LC	☑ be held up	phr.	被延誤
	☐ crash	n.	（股價的）暴跌，碰撞，墜毀
	☐ make a withdrawal	phr.	提款
	☐ on loan	phr.	借出中的
	☐ overdrawn	adj.	透支的
	☐ take out a loan	phr.	貸款
	☐ take out insurance on	phr.	為…買保險
Part 5, 6	☐ accrue	v.	累積
	☐ credible	adj.	可信的，可靠的
	☐ curb	v.	抑制；n. 抑制，約束
	☐ redemption	n.	贖回，挽救
	☐ remit	v.	匯寄，匯款；豁免（捐稅等）
	☐ secured	adj.	有擔保的
Part 7	☐ belatedly	adv.	延遲地
	☐ bounce	v.	（支票）跳票
	☐ cluster	n.	一群，集團，群體
	☐ collateral	n.	擔保品，抵押品
	☐ confiscate	v.	沒收
	☐ contender	n.	競爭者
	☐ counterfeit	n.	偽造物，冒牌貨
	☐ credit money to one's account	phr.	存金額到帳戶裡
	☐ deposit slip	phr.	存款單
	☐ deterrent	n.	制止物，阻止物
	☐ direct deposit	phr.	（薪資）直接存入
	☐ draw a check	phr.	開支票
	☐ fortnight	n.	兩週
	☐ on standby	phr.	待命中的
	☐ spurious	adj.	假的，偽造的
	☐ trust company	phr.	信託公司
	☐ trustee	n.	受託人
	☐ wire money to	phr.	匯款到…
	☐ wire transfer	phr.	電匯

DAY 27

友情與投資

投資

只要知道主題，就能掌握新制多益！

在投資的主題中，出題方向主要是新產品的投資介紹與說明，新事業的投資招攬訊息等等。讓我們一起來認識在投資的主題中經常出現的單字吧！

讓友情出現裂痕的投資

社員啊！跟你講一個 investment，馬上讓你 lucrative 的情報如何？

投資情報？但是股票市場本身並不 inherently secure 耶…

喂！你不覺得我有 foresee 股票市場的 innate 能力嗎？因為你是我朋友才特別告訴你的哦！

對啊！「上漲輪胎」一看就是個飆股…賣掉 property 然後大量買進我就發了！

數天後

因新款汽車開發失敗，輪胎類股正持續暴跌中！

輪胎類股

1 investment***

[ɪnˋvɛstmənt]

派 investor n. 投資人

n. 投資，投資額

Development of a new laptop will require a minimum **investment** of $250,000.

一台新的筆記型電腦的開發，最少需要 25 萬美元的投資。

出題重點

易混淆
單字 ┌─ **investment** 投資
　　└─ **investor** 投資人

區分抽象名詞 investment 和人物名詞 investor，是測驗中會考的題目。

2 lucrative*

[ˋlukrətɪv]

adj. 有利可圖的，賺錢的

The company scanned the market for **lucrative** investment opportunities.

這家公司搜尋了市場中有利可圖的投資機會。

inherently = essentially

3 inherently*

[ɪnˋhɪrəntlɪ]

派 inherent adj.
內在的，固有的

同 essentially 本質上

adv. 本質上

Stock market investment is considered **inherently** risky.

股市投資被認為本質上是有風險的。

出題重點

同義詞 表示本質上的時候，**inherently** 可以換成 **essentially**。

4 secure***

美 [sɪˋkjʊr]

英 [siˋkjuə]

adj. 安全的，牢固的

同 obtain 取得，獲得
fasten 繫緊

v. 確保，獲得；使安全；使牢固

The retailer saved some money by **securing** favorable terms on a loan.

那個零售商藉著取得有利的貸款條件而省了一些錢。

Whatever is placed in your vault will be **secured** by multiple security systems.

任何放在您保險庫裡的東西都會受到多重保全系統的保護。

Please make sure that your seatbelt is secured at all times.
請確認您的安全帶隨時都是繫好的狀態。

 出題重點

同義詞 **secure** 表示取得什麼東西的時候，可以換成 **obtain**；表示
用鎖等裝置固定的時候，可以換成 **fasten**。

---

5 **foreseeable****
美 [for`siəbl]
英 [fɔːˈsiːəbl]
衍 foresee v. 預見
同 predictable 可預測的

foreseeable
=predictable

adj. 可預見的

The recent financial losses were not foreseeable.
最近的財務損失是無法預見的。　可見的未來

Oil companies have no expansion plans in the foreseeable
future.
在可預見的未來，石油公司並沒有擴張的計畫。

 出題重點

常考
語句 **in the foreseeable future** 在可預見的未來

foreseeable 經常以 in the foreseeable future 的形式出題。

---

6 **innate***
[ɪn`et]
衍 innately adv. 天生地

adj. 天生的

Mr. Rogers has an innate ability to predict market fluctuations.
Mr. Rogers 有天生能預測市場波動的能力。

---

7 **property*****
美 [`prɑpɚtɪ]
英 [`prɔpəti]

n. 財產，房地產

All real estate transactions are liable for property tax.
所有不動產交易都必須繳財產稅。

---

8 **on behalf of*****

phr. 代表…

The broker received authorization to sell shares on behalf of
his client.
那位股票經紀人得到了代表客戶出售股份的授權。

9 **lease*****

[lis]
v. 租用，出租

○ n. 租賃，租約

Investors agreed to a 25-year **lease** on the office building.
投資者們同意了對那棟辦公大樓的 25 年租約。

10 **sponsor*****

美 [`spɑnsə]
英 [`spɔnsə]
衍 sponsorship n.
資助，贊助

○ v. 贊助

Reed Bank **sponsored** a series of financial seminars.
Reed 銀行贊助了一系列的金融研討會。

n. 贊助者

The organizer kindly thanked the **sponsors** of the event.
主辦人親切地感謝了活動的贊助者們。

11 **propose*****

美 [prə`poz]
英 [prə`pəuz]

● v. 提議

Gould Capital **proposed** to fund Ms. Locke's venture.
Gould Capital 公司提議為 Ms. Locke 的風險投資提供資金。

12 **support*****

美 [sə`port]
英 [sə`pɔːt]
衍 supporter n. 支持
者，擁護者；扶養者，
贍養者
supportive adj. 支援
的，贊助的；擁護的
同 aid n. 支援，幫助 v.
幫助
反 oppose 反對，反抗

● n. 支持，支援

The small business owner is seeking the **support** of investors.
那個小企業的業主正在尋求投資人的（資金）支持。

v. 支持，支援；供養，維持（生命、力量等）

The museum is **supported** financially by several local companies.
這間博物館受到幾家當地公司的財務資助（贊助）。

Wildlife reserves **support** many different species of animals.
野生動物保護區讓許多不同物種的動物能夠生活。

😊 出題重點

常考語句	**for one's continued support** 對於某人的持續支持

support 經常以 for one's continued support 的形式出題，是用
在感謝持續往來或持續使用商品、服務的情況。

13 distribution***
美 [ˌdɪstrəˈbjuʃən]
英 [ˌdistriˈbjuːʃən]

n. 分發，分配

The **distribution** of profits will be announced to shareholders next week.

利潤的分配將在下週對股東宣布。

14 consider***
美 [kənˈsɪdə]
英 [kənˈsidə]
衍 considerate adj. 體貼的
consideration n. 考慮

v. 考慮

Before buying a property, it's important to **consider** the hidden expenses involved.

購買房地產之前，考慮相關的隱藏費用是很重要的。

15 nearly***
美 [ˈnɪrlɪ]
英 [ˈniəli]
衍 near adv. 接近 adj. 近的
同 almost 幾乎

adv. 幾乎，將近

The firm was operated so well that investors **nearly** doubled their money.

這間公司經營得很好，讓投資人的錢幾乎翻倍了。

 出題重點

常考語句 **nearly + 數值** 將近…
nearly 經常和表示數值的詞語搭配出題。請注意不要和形態相近但意義不同的 near（接近，近的）搞混。

16 consent***
[kənˈsɛnt]
v. 同意
同 approval, permission 許可，允許
反 dissent, objection 異議，反對

n. 同意，贊同

A sale of the business will require the **consent** of shareholders.

企業的出售需要有股東們的同意。

 出題重點

常考語句 **consent of** …的同意
請把和 consent 搭配的介系詞 of 一起記下來。

同義詞 表示許可時，consent 可以換成 approval 或 permission。

¹⁷gratitude***
- 美 [ˋɡrætə͵tjud]
- 英 [ˋɡrætitjuːd]

n. 感謝，謝意

The CEO showed his **gratitude** to those who have stayed with the company from the beginning.

報行長對陪著公司度過草創期的人表示了自己的謝意。

¹⁸consult**
- [kənˋsʌlt]

v. 商量，諮詢

Unsure about whether to invest, Jacob **consulted** with his financial advisor.

因為不確定要不要投資，所以 Jacob 諮詢了他的財務顧問。

出題重點

常考語句	**consult the manual** 查看手冊

consult 除了表示「商量」以外，在多益中也經常以「查閱」、「查看」的意義使用。

¹⁹advice**
- [ədˋvaɪs]
- 派 advise v. 勸告

n. 勸告，建議

The bank provides its clients with **advice** on how to save more money.

這間銀行提供顧客關於如何省更多錢的建議。

²⁰partially**
- 美 [ˋpɑrʃəlɪ]
- 英 [ˋpɑːʃəli]

adv. 部分地，一部分

Indigo Inc. will be **partially** funded by the sale of bonds.

Indigo 公司將藉由發行債券獲得部分資金。

²¹evident**
- 美 [ˋɛvədənt]
- 英 [ˋeˍvidənt]

adj. 明顯的

The executives of Panta Ltd. are pleased at the **evident** interest shown in their public offering.

市場對公司股票的公開發行表現出明顯的興趣，讓 Panta 公司的主管很高興。

²²reliability**
美 [rɪˌlaɪəˈbɪlətɪ]
英 [rɪˌlaɪəˈbɪliti]

n. 可靠性，可信賴性

KTR's success is dependent on the **reliability** of its financial research analysis.

KTR 公司的成功，仰賴於公司財務研究分析的可靠性。

²³cautious**
[ˈkɔʃəs]
衍 cautiously adv.
小心地
caution n. 小心，
謹慎
反 careless 粗心的

adj. 小心的，謹慎的

Analysts are **cautious** about recommending the troubled company's stocks.

對於推薦遭遇困境的公司股票，分析師們很謹慎。

 出題重點

常考語句

cautiously optimistic 審慎樂觀的

reenter the market cautiously 謹慎地重新進入市場

cautiously 經常以 cautiously optimistic 的形式出題。

²⁴insight**
[ˈɪnˌsaɪt]

n. 深刻見解，洞察力

The feature article on Dunbar offered valuable **insight** into the company's operations.

關於 Dunbar 公司的專題報導，提供了關於該公司經營情況的重要洞見。

²⁵portfolio**
美 [portˈfolɪˌo]
英 [pɔːtˈfəuljəu]

n. 作品集，投資組合

The advisor suggested that his client diversify her **portfolio**.

那位顧問建議他的客戶將投資組合多樣化。

²⁶possible**
美 [ˈpɑsəbl̩]
英 [ˈpɔsəbl̩]
衍 possibly adv. 可能，
也許
possibility n. 可能性
反 impossible 不可能的

adj. 可能的，可能發生的

Cautious investors take every **possible** measure to prevent losses.

謹慎的投資人會採取各種可能的措施來預防損失。

出題重點

| 常考語句 | **in any way possible** 盡一切可能 |

possible 經常在名詞後面做修飾。

| 文法 | 請區分 **possible**（adj. 可能的）和 **possibility**（n. 可能性）的詞性。 |

---

27 speculation*
[ˌspɛkjəˈleʃən]
㊟ speculate v. 推測

n. 推測，猜測

Company shares fell amid growing **speculation** of bankruptcy.
公司的股價在逐漸升高的破產臆測中下跌了。

出題重點

| 常考語句 | **widespread/growing + speculation** |

廣為流傳的／越來越多的推測

speculation 經常和 widespread, growing 等形容詞搭配出題。

---

28 solely*
㊤ [ˈsollɪ]
㊥ [ˈsəulli]
㊟ sole adj. 僅有的，唯一的
㊐ exclusively 僅僅

adv. 單獨地，僅僅

Their interest was **solely** in foreign investment.
他們的興趣僅限於海外投資。

exclusion area 排民
exclasive (A)

---

29 entrepreneur*
㊤ [ˌɑntrəprəˈnɝ]
㊥ [ˌɔntrəprəˈnəː]
㊟ enterprise n. 企業，公司

n. 企業家

Rosedale Investments offers venture capital to young **entrepreneurs**.
Rosedale Investments 公司提供創業資金給年輕的企業家。

---

30 eventually*
㊤ [ɪˈvɛntʃʊəlɪ]
㊥ [iˈventjuəli]
㊟ eventual adj. 最後的
㊐ finally, ultimately 終於，最終

adv. 最終，最後

Stocks are expected to stabilize **eventually**.
股票（的價格）被預期終將穩定。

31 shareholder*
美 [`ʃɛr͵holdə]
英 [`ʃɛə͵həʊldə]

n. 股東

Shareholders can now gain access to updated financial reports on the company's Web site.

股東現在可以在公司的網站上查看更新過的財務報告。

32 outlook*
[`aʊt͵lʊk]
同 prospect 展望，前景

n. 展望，前景

The **outlook** for financial markets is positive.

金融市場的前景是正面的。

33 stability*
美 [stə`bɪlətɪ]
英 [stə`bilɪtɪ]
衍 stable adj. 穩定的
stabilize v. 穩定

n. 穩定，穩定性

Sound economic policies are essential for long-term **stability**.

健全的經濟政策，對於長期的穩定是必要的。

34 bond*
美 [bɑnd]
英 [bɒnd]

n. 債券

The government issued public **bonds** to raise money for infrastructure projects.

政府為了募集基礎建設計畫的資金而發行了公債。

35 depreciation*
[dɪ͵priʃɪ`eʃən]
衍 depreciate v. 貶值

n. 貶值

Due to the currency **depreciation**, many investors experienced a loss.

由於貨幣貶值，許多投資者遭受到損失。

36 increasing*
[ɪn`krisɪŋ]
衍 increase v. 增加
increasingly adv.
漸增地

adj. 增加中的

Increasing market pressure led banks to decrease lending rates.

越來越大的市場壓力，使得銀行降低了貸款利率。

2010年 2020年 2030年

（😊）出題重點

常考語句　**increasing amount of information** 增加中的資訊量

increasing market pressure 越來越大的市場壓力

increasing 經常和 amount, pressure 等等與「量」有關的名詞
搭配出題。

---

³⁷**prevalent*** ●

[`prɛvələnt]

勔 prevail v. 盛行

  prevalence n. 盛行

勔 widespread 普遍的

  popular 受歡迎的，
流行的

prevalent
＝popular

＝widespread

adj. 流行的，普遍的

Analysis watch the most **prevalent** trends in the market.

分析師們觀察市場上最流行的趨勢。

（😊）出題重點

易混淆單字　**prevalent : leading**

區分表示「主導性的」的單字用法差異，在測驗中會考。

┌ **prevalent** 普遍的

   表示某種狀態或習慣很普遍。

└ **leading** 主要的，領導的

   表示在特定領域中最重要或突出。

   Corruption is a **leading** cause of economic instability in
the region.

   貪污是那個地區經濟不穩定的主要原因。

同義詞　表示廣為普及時，**prevalent** 可以換成 **widespread** 或

popular。

---

³⁸**rapid*** ●

[`ræpɪd]

勔 rapidly adv. 迅速地

  rapidity n. 迅速

adj. 迅速的，快速的

Utility companies have been growing at a **rapid** rate in suburban
areas.

公用事業公司在郊區以很快的速度成長。

（😊）出題重點

常考語句　**rapid + rate/increase/decline/growth/change**

很快的速度／增加／減少／成長／變化

rapid 經常和表示速度或增減的名詞搭配出題。

39 **unprecedented***

美 [ʌnˈprɛsəˌdɛntɪd]

英 [ʌnˈprɛsidəntid]

adj. 前所未有的，空前的

V.

Housing prices in the region rose an **unprecedented** 50 percent in just six months.

僅僅六個月，這個區域的房價就前所未有地上漲了 50%。

40 **yield***

[jild]

n. 生產量；利潤

v. 產生（利潤）

V.

Our investments for the past fiscal year **yielded** returns exceeding 100 percent.

我們在上個會計年度的投資，產生了超過 100% 的利潤。

unprecendented (a)

DAY 27 Daily Checkup

請把單字和對應的意思連起來。

01 secure
02 support
03 consult
04 yield
05 property

ⓐ 商量，諮詢
ⓑ 財產
ⓒ 租賃，租約
ⓓ 產生（利潤）
ⓔ 確保，獲得
ⓕ 支持，支援

> 新制多益會這樣出題！
> 介系詞 on 使用上有「與…相關，在…上」的意思。請仔細想想「在儲蓄計畫上」會提供什麼？

請填入符合文意的單字。

06 The facilitator provided excellent _____ on savings plans.

07 Companies cannot sell its properties without the _____ of shareholders.

08 The director _____ putting funds into new machinery and everyone agreed.

09 Because of the _____ of its data, *Stock Today* is popular with economists.

ⓐ advice ⓑ reliability ⓒ consent ⓓ distribution ⓔ proposed

10 Inexperienced amateurs need to be _____ when buying stocks.

11 It was _____ that the economy was improving after stock prices rose.

12 Experts predict real estate value in the city will drop in the _____ future.

13 Mr. Kerns invested in a _____ shipping company, which is now a success.

ⓐ foreseeable ⓑ lucrative ⓒ cautious ⓓ evident ⓔ innate

Answer 1.ⓔ 2.ⓕ 3.ⓐ 4.ⓓ 5.ⓑ 6.ⓐ 7.ⓒ 8.ⓔ 9.ⓑ 10.ⓒ 11.ⓓ 12.ⓐ 13.ⓑ

新制多益基礎單字

LC	☐ challenge	n. 挑戰；v. 挑戰
	☐ comfort	v. 安慰；n. 安慰
	☐ compact	adj. 小型的
	☐ data	n. 資料
	☐ distance	n. 距離
	☐ elementary	adj. 基本的，初級的
	☐ extra	adj. 額外的
	☐ fake	adj. 偽造的；n. 偽造品
	☐ joint	adj. 聯合的
	☐ listen to	phr. 聆聽…
	☐ mentor	n. 導師
	☐ network	n. 網路
	☐ relaxing	adj. 令人放鬆的
	☐ rental car	phr. 出租用的車
	☐ single	adj. 單一的
	☐ soon	adv. 不久，很快
	☐ spot	n. 場所
RC	☐ accuracy	n. 正確性
	☐ goal	n. 目標
	☐ lose	v. 失去，損失
	☐ owner	n. 物主，所有人
	☐ risky	adj. 危險的
	☐ somewhat	adv. 有點，稍微
	☐ tight	adj. 緊的，緊湊的
	☐ truly	adv. 真正地
	☐ usual	adj. 通常的，平常的
	☐ wait	v. 等待；n. 等待
	☐ worry	v. 擔心

LC	☐ at one's disposal	phr. 供某人任意使用
	☐ be reluctant to do	phr. 不情願做…
	☐ believe it or not	phr. 信不信由你
	☐ blame A on B	phr. 把 A 歸咎於 B
	☐ call an urgent meeting	phr. 召開緊急會議
	☐ call for some assistance	phr. 要求協助
	☐ circumstances	n. 狀況，環境
	☐ cutback	n. 削減
	☐ emergency evacuation	phr. 緊急疏散
	☐ festive	adj. 節慶的
	☐ frustrate	v. 挫折
	☐ get rid of	phr. 擺脫…
	☐ give it a try	phr. 嘗試
	☐ have reason to do	phr. 有理由做…
	☐ hazardous	adj. 危險的
	☐ in private	phr. 私下，祕密地
	☐ in the distant past	phr. 在遙遠的過去
	☐ intake	n.（飲食的）攝取
	☐ leaky	adj.（對於液體）易漏的
	☐ look for	phr. 尋找…
	☐ organize a picnic	phr. 籌備野餐活動
	☐ pair up with	phr. 和…搭檔
	☐ reflection	n.（鏡子等的）反射，反映
	☐ self-esteem	n. 自尊
	☐ show off	phr. 炫耀
	☐ sponsored by	phr. 由…贊助的
	☐ stock market	phr. 股票市場
	☐ supporting	adj. 支持的，支援的
	☐ tear	v. 撕
	☐ unconditionally	adv. 無條件地
Part 5, 6	☐ abundantly	adv. 大量地，極其
	☐ additionally	adv. 另外
	☐ ambitious	adj. 有野心的

Impractical people are not good at doing useful jobs such as making or repairing things.

□ cautiously	adv. 小心地	
□ considerate	adj. 體貼的	
□ consultation	n. 商議，諮詢	
□ effectively	adv. 有效地	
□ favored	adj. 受到優待的，受到偏愛的	
☑ impractical	adj. 不切實際的，不現實的	
□ improper	adj. 不適當的，不得體的	
□ insecure	adj. 不安全的，沒有把握的	
□ insecurely	adv. 不安全地	
□ justify	v. 證明為正當	
□ reduced	adj. 縮小的，減少的	
□ reluctance	n. 不情願，勉強	
☑ reviewer	n. 評論者	
□ take pride in	phr. 以…自豪	
□ threaten	v. 威脅，恐嚇；揚言要	
□ venture	n. 冒險；v. 冒險	

Part 7		
□ branch office (= satellite office)	phr. 分公司，分支機構	
□ confusion	n. 混亂	
□ controversy	n. 爭議	
□ cost analysis	phr. 成本分析	
☑ faintly	adv. 微弱地	
□ input	n. 投入，輸入	
□ investor	n. 投資人	
□ legacy	n. 遺產，遺存物	
□ meet the expenses	phr. 支付經費	
□ on a regular basis	phr. 定期地	
□ on one's own account	phr. 獨自，為了自己的利益	
□ pioneer	n. 先驅者，開拓者	
☑ projected	adj. 預測的，預計的	
□ reexamine	v. 再檢查	
□ repetitive	adj. 反覆的	
□ set up a business	phr. 成立事業	
□ strength	n. 力量，長處	
□ take precautions	phr. 採取預防措施	
□ throw out (= throw away)	phr. 丟掉	

outlying = distant = remote = distant (a).

新制多益900分單字

LC			
	☐ cost estimate	phr.	成本估計
	☐ dispatch	v.	發送（包裹等）
	☐ faithfully	adv.	忠實地，準確地
	☐ impair	v.	損傷
	☐ in the vicinity of	phr.	在⋯附近
	☐ outlying	adj.	遠離中心的，偏遠的
	☐ play a role in	phr.	在⋯扮演角色
Part 5, 6	☐ approximation	n.	近似值
	☐ attainable	adj.	可達到的，可獲得的
	☐ courteousness	n.	有禮貌
	☐ devalued	adj.	（使）貶值
	☐ dividend	n.	股息
	☐ fictitious	adj.	虛構的，假的
	☐ overhaul	n.	檢修，整修；v. 徹底檢修，大修
	☐ speculate	v.	推測
	☐ unbeatable	adj.	無法戰勝的；（價格、優惠等）不能再好了的
	☐ unbiased	adj.	無偏見的
	☐ untimely	adj.	不適時的，不合時宜的
Part 7	☐ accredit	v.	認可
	☐ deflate	v.	使通貨緊縮，使物價下跌
	☑ deliberately	adv.	故意地
	☐ devastate	v.	摧毀
	☐ disparately	adv.	截然不同地，迥然不同地
	☐ evoke = arise	v.	喚起（記憶等）
	☐ manipulation	n.	操縱
	☐ outweigh	v.	（價值、重要性方面）比⋯重
	☐ property line	phr.	地界線
	☐ set aside	phr.	留出，撥出
	☐ start-up cost	phr.	創業成本
	☐ take steps	phr.	採取步驟
	☐ well-balanced	adj.	均衡的
	☐ wipe off	phr.	擦掉，清除

timely
in time
on time.

on purpose, mean to

Hackers TOEIC Vocabulary

古典風味？

建築、住宅

只要知道主題，就能掌握新制多益！

在建築、住宅的主題中，出題方向主要是新的住宅出售公告、詢問建築物設施維修與改造等等。讓我們一起來認識在建築、住宅的主題中經常出現的單字吧！

老舊房屋 vs. 古典住宅，就看你怎麼想

社員先生，聽說你實習結束了？那麼下個月開始會住在公司提供的 furnished residence 吧。

是的，我很期待。聽說房子 spacious，而且還 drape 了絲質窗簾及大理石地板對吧？

這…這個嘛…或許長久時間 unoccupied，所以說不定需要各種 renovation…

沒關係！我就喜歡那種具有年代積澱的古典風味！

搬家當天

不是這樣吧…

1 furnished*

- 美 [`fɜnɪʃt]
- 美 [`fɔ:nɪʃt]
- 衍 furnish v. 配置家具
  furniture n.
  （集合名詞）家具
  furnishing n. 傢俱，
  室內陳設
- 反 unfurnished
  沒有家具的

adj. 配有家具的

Furnished apartments often cost more to rent than those that come empty.

配有家具的公寓套房，租起來通常比沒有家具的貴。

2 residence*

- 美 [`rɛzədəns]
- 美 [`rezidəns]
- 衍 reside v. 居住
  resident n. 居民
  residential adj. 居住
  的；住宅區的

n. 住處，住宅

Students usually attend the school closest to their **residence**.

學生通常會就讀距離住處最近的學校。

 出題重點

| 常考語句 | **an official residence** 官邸 |

residence 表示「住處」或「住宅」。也有像 an official residence 一樣表示「官邸」的說法。

3 spacious*

- [`speʃəs]
- 衍 spaciously adv.
  寬敞地
- 同 roomy 寬敞的

adj.（空間）寬敞的

The corporate offices are equipped with a **spacious** kitchen area.

公司的辦公室配備寬敞的廚房區域。

 出題重點

| 同義詞 | 表示空間寬敞時，**spacious** 可以換成 **roomy**。 |

4 drape*

- [drep]
- n. (-s) 窗簾

v. 用窗簾等裝飾

The decorator draped the living room windows with a silk curtain.

裝潢師為客廳的窗戶裝上了絲質窗簾。

 出題重點

| 常考語句 | **drape A with B** 用 B 裝飾 A |

請把和 drape 搭配的介系詞 with 一起記下來。

5 unoccupied*

美 [ʌnˈɑkjəˌpaɪd]
英 [ˈʌnˈɔkjupaɪd]
衍 occupy v.
佔用（場所）
occupant n.
（房子的）居住者
同 vacant 沒有人住的
反 occupied 有人住的，
被佔用的

adj.（房子等）空著的，沒有人住的
The top floor has been **unoccupied** for four months.
頂樓已經空了四個月。

 出題重點

同義詞　表示房子、辦公室沒有人使用，或者座位空著的時候，
unoccupied 可以換成 **vacant**。

6 renovation**

[ˌrɛnəˈveʃən]
衍 renovate v. 整修（=
refurbish, remodel）

n. 整修，翻修
The archives room will be closed for **renovation**.
檔案室將會因為整修而關閉。

7 appropriate***

美 [əˈproprɪˌet]
英 [əˈprəupriət]

adj. 合適的，適當的
The apartment's size is **appropriate** for a family of four.
這個公寓套房的大小適合四人家庭。

8 delay***

[dɪˈle]
n. 延遲，拖延

v. 延遲，拖延
The landlord repeatedly **delayed** repairing the roof.
房東一再拖延屋頂的修理。

 出題重點

常考　**without delay** 毫不拖延地，立刻
語句　名詞 delay 經常和介系詞 without 搭配出題，請記起來。

9 community***

[kəˈmjunətɪ]

n. 社區，社會
Plans for building a new airport were met with strong
community opposition.
建設新機場的計畫受到社區的強烈反對。

10 construction***

[kən`strʌkʃən]
派 construct v. 建設
constructive adj.
建設性的
反 demolition,
destruction 毀壞

n. 建設，建築物

The **construction** of the bridge is progressing well.
那座橋的建設工程順利進行中。

 出題重點

常考
語句　**under construction** 建設中的，施工中的

construction 前面的介系詞 under 是測驗中會考的部分。

11 repair***

美 [rɪ`pɛr]
英 [ri`pɛə]
派 repairable adj.
可修理的
repairman n. 修理工

v. 修理

The plumber **repaired** the leaking pipe.
水管工修理了漏水的水管。

12 currently***

美 [`kɝəntlɪ]
英 [`kʌrəntli]
派 current adj. 現在的，
目前的

過去　　現在　　未來

adv. 現在，目前

The museum is **currently** closed due to reconstruction.
這座博物館目前由於重建工程而關閉中。

 出題重點

常考
語句　**currently + available/closed** 目前可利用的／關閉的

currently 經常和 available 等表示能否使用的形容詞搭配。

13 regularly***

美 [`rɛgjələ˞lɪ]
英 [`regjuləli]

adv. 定期地

A gardener **regularly** does yard work in front of the home.
園丁定期在房屋前面整理庭院。

14 arrange***

[ə`rendʒ]
派 arrangement n.
安排，整理

v. 布置，整理

Miranda **arranged** the boardroom furniture in a functional way.
Miranda 把董事會議室的家具安排得很實用。

15 location***

美 [loˋkeʃən]
英 [ləuˋkeiʃən]
衍 locate v. 使⋯座落於

n. 地點，位置

The bay area is an ideal **location** for a house.
灣區是房屋的理想地點。

 出題重點

常考語句 **strategic/perfect/convenient + location**
策略性的／完美的／便利的地點

location 經常和 strategic, perfect, convenient 等形容詞搭配。

文法 請區分 **location**（n. 地點）和 **locate**（v. 使⋯座落於）的詞性。

16 restore***

美 [rıˋstor]
英 [rıˋstɔː]
衍 restoration n. 恢復，修復

v. 恢復，修復

The historic sites were **restored** to their original appearance.
那些歷史遺跡被恢復成原來的樣子了。

 出題重點

常考語句 **restore A to B** 把 A 恢復成 B

請把和 restore 搭配的介系詞 to 一起記下來。

17 presently***

[ˋprɛzn̩tlı]
衍 present adj. 現在的 n. 現在

adv. 現在

The entrance is **presently** under construction.
入口正在施工中。

18 numerous***

[ˋnjumərəs]
衍 number n. 數，數字
numerously adv. 許多地
numerically adv. 數字上，用數字表示地
同 multiple 多個的，多種的
countless 無數的，數不清的

adj. 許多的

The condominium has been rented to **numerous** families in recent years.
這間獨立產權公寓，最近幾年曾經出租給許多家庭。

¹⁹abandon***
[ə`bændən]

v. 放棄，中止；拋棄

The building project was **abandoned** when funds ran out.
這項建築工程在資金用盡時被中止了。

²⁰contractor***
(美) [`kɑntræktɚ]
(英) [kən`træktə]

n. 承包商

The **contractor** expects to finish all renovations in one month.
承包商預計一個月後完成所有整修工作。

²¹develop***
[dɪ`vɛləp]

v. 開發

Asiawide is **developing** the property into a complex of townhouses.
Asiawide 正在把那塊地開發成連棟住宅群。

²²maintain***
[men`ten]
(衍) maintenance n. 保養
(同) keep 保持

v. 維持，保養

Tenants must pay fees to **maintain** the building.
承租人必須支付費用來維護大樓。

 出題重點

同義詞 表示維持特定狀態或位置時，**maintain** 可以換成 **keep**。

²³densely***
[`dɛnslɪ]
(衍) dense adj. 密集的
density n. 密度

adv. 密集地

Hong Kong is **densely** packed with apartment buildings.
香港擠滿了公寓大樓。

²⁴prepare***
(美) [prɪ`pɛr]
(英) [prɪ`pɛə]

v. 準備

The custodian is **preparing** the apartment for the new tenants.
管理員正在為新房客把公寓準備好。

25 finally**
[ˋfaɪnḷɪ]
衍 final adj. 最終的
finalize v. 完成，結束

⬤ adv. 最後，終於

The vacant lot was **finally** sold for $1.2 million.

那塊空地最後以 120 萬美元的價格售出。

26 district**
[ˋdɪstrɪkt]
同 area 區域

◯ n. 地區，區域

The business **district** is the most expensive area of city.

商業區是市內最昂貴的地區。

 出題重點

同義詞 表示特定地區、區域時，**district** 可以換成 **area**。

27 renewal**
[rɪˋnjuəl]
衍 renew v. 更新

⬤ n. 更新

The city embarked on an urban **renewal** project.

這個城市開始進行了一項都市更新計畫。

 出題重點

常考
語句　**a renewal of urban towns** 都市的更新

請記住 renewal 的常考慣用說法。

28 compulsory**
[kəmˋpʌlsərɪ]
衍 compel v. 強迫
compulsion n. 強迫
同 obligatory 義務的

◯ adj. 義務的，必須做的

Obtaining permission for home renovations is compulsory.

獲得房屋整修的許可是必要的。

出題重點

同義詞 表示依法或依規定必須做時，**compulsory** 可以換成 **obligatory**。

29 interfere**

英 [ˌɪntəˈfɪr]
英 [ˌɪntəˈfɪə]
衍 interference n. 干涉，干預；干擾，擾亂

v. 妨礙

Persistent bad weather **interfered** with construction progress.
持續的壞天氣妨礙了建設進度。

 出題重點

常考 語句 **interfere with** 妨礙

請把和 interfere 搭配的介系詞 with 一起記下來。

30 relocation**

英 [riloˈkeʃən]
英 [riːləʊˈkeɪʃən]

n. 遷移

Relocation of the company's offices can begin as soon as the new building is completed.
新大樓一完成，公司辦公室的遷移就可以開始了。

31 totally**

英 [ˈtotḷɪ]
英 [ˈtəʊtəli]

adv. 完全，全然

The theater has been **totally** renovated and will reopen soon.
劇場已經完全翻新，很快就會重新開幕。

32 actually**

[ˈæktʃʊəlɪ]

adv. 實際上，事實上

Axiom Tower has fewer floors than the Wade Building, but it is **actually** taller.
Axiom Tower 的樓層數比 Wade Building 的少，但它實際上卻比較高。

33 architect**
美 [`ɑrkə‚tɛkt]
英 [`ɑ:kitekt]

● n. 建築師

Architects at the firm of McCall and Associates are busy working on a design for the building.

在 McCall and Associates 公司的建築師正忙著處理那棟大樓的設計。

 出題重點

易混淆
單字
┌ **architect** 建築師
└ **architecture** 建築物

區分人物名詞 architect 和事物名詞 architecture，是測驗中會考的題目。

34 enlarge**
美 [ɪn`lɑrdʒ]
英 [in`lɑ:dʒ]

○ v. 擴大

The parking area will need to be **enlarged** to accommodate more cars.

停車區域需要擴大，以容納更多車輛。

35 install**
[ɪn`stɔl]
衍 installation n. 安裝
同 set up 設置，安裝

○ v. 設置，安裝

The Internet line will be **installed** on Monday.

網路線將在星期一安裝。

 出題重點

同義詞 表示設置機械或設備以供使用時，**install** 可以換成 **set up**。

36 permanent*

- 美 [ˋpɝmənənt]
- 英 [ˋpɑːmənənt]
- 衍 permanently adv.
  永久地
- 反 temporary 暫時的

adj. 永久的

Please write your permanent address in the space provided.
請在提供的欄位內填寫您的固定地址。

 出題重點

文法　請區分 **permanent**（adj. 永久的）和 **permanently**（adv. 永久地）的詞性。

37 suppose*

- 美 [səˋpoz]
- 英 [səˋpəuz]

v. 認為，猜想

The building project could take longer to finish than anyone supposes.
這個建築工程完成的時間，可能會比任何人所想的都還要久。

38 adjacent*

[əˋdʒesənt]

adj. 鄰接的

The storage room is adjacent to the administrative offices.
儲藏室在管理辦公室隔壁。

 出題重點

常考　**adjacent to** 鄰接⋯的
單字　請把和 adjacent 搭配的介系詞 to 一起記下來。

39 consist*

[kənˋsɪst]

v. 構成，組成

The center consists of two conference rooms.
那個中心包含兩間會議室。

 出題重點

常考　**consist of** 由⋯構成
單字　請把和 consist 搭配的介系詞 of 一起記下來。

⁴⁰**utility***

[juˋtɪlətɪ]

⑦ utilize v. 利用

○ n. 公共事業，公共事業費用

Ohio Water was named the best **utility** company in America.

Ohio Water 被評為美國最佳的公共事業公司。

This property's **utility** bills are very high.

這棟建築物的公共事業費（水電瓦斯費）很高

 出題重點

常考
語句

utility company （電、瓦斯等的）公共事業公司

no utilities included 不含公共事業費用

utility 表示水、電、瓦斯等公共事業，以及這些事業收取的

費用。請把這個字常考的慣用語一起記下來。

DAY 28 Daily Checkup

請把單字和對應的意思連起來。

01 utility   ⓐ   目前

02 currently   ⓑ   公共事業，公共事業費用

03 furnished   ⓒ   密集地

04 finally   ⓓ   配有家具的

05 renovation   ⓔ   整修，翻修

                                ⓕ   最後，終於

請填入符合文意的單字。

> 新制多益會這樣出題！
> 形容詞 appropriate、responsible 常常跟介系詞 for 一起出現。

06 The lot makes an ideal _____ to build a gas station.

07 The studio unit is not _____ for more than two residents.

08 _____ tenants complained about the increase in maintenance fees.

09 _____ of the new house will start as soon as the weather improves.

ⓐ construction   ⓑ location   ⓒ appropriate   ⓓ compulsory   ⓔ numerous

---

10 The factory was _____ three years ago, and is still unoccupied.

11 Work crews _____ the construction site so that the project could begin.

12 Heating and air conditioning systems are _____ by the building custodian.

13 Ms. Thomas _____ her move as her new apartment was not ready for tenants.

ⓐ prepared   ⓑ delayed   ⓒ abandoned   ⓓ developed   ⓔ maintained

---

ornamental @.

新制多益基礎單字

LC	☐ armchair	n. 扶手椅，單人沙發
	☑ ceiling	n. 天花板
	☐ cleanup	n. 清掃
	☑ decoration	n. 裝飾，裝潢
	☐ fence	n. 圍欄
	☐ floor	n. 地板
	☐ frame	n. 框架，外框
	☐ furniture	n. 家具
	☑ garage	n. 車庫
	☐ heating system	phr. 暖氣系統
	☐ lobby	n. 大廳
	☐ remodeling	n. 房屋改建
	☐ rooftop	n. 屋頂
	☐ rope	n. 繩索
	☐ stick	n. 棍子，手杖
	☐ tank	n.（水、瓦斯等的）儲存槽
	☐ veranda	n. 建築物外側有屋簷的走廊
RC	☐ desktop	adj. 桌上型的；n. 桌上型電腦
	☐ dwell	v. 居住
	☐ fireplace	n. 壁爐
	☐ heat	n. 熱；v. 加熱
	☐ homemade	adj. 自家製作的
	☐ homeowner	n. 有房子的人
	☐ inhabit	v. 居住
	☐ lighten	v. 照亮
	☐ neighbor	n. 鄰居
	☐ urban (↔rural)	adj. 都市的
	☐ washing machine	phr. 洗衣機

LC	□ architecture	n. 建築物，建築學
	□ canopy	n. 頂篷；罩；華蓋
	□ cast a shadow	phr. 投下陰影
	□ column	n. 柱、圓柱
	□ courtyard	n. 中庭，天井
	□ cupboard	n. 碗盤櫃，櫥櫃
	□ cut the grass	phr. 割草
	□ dedication ceremony	phr. 落成典禮，啟用儀式；（新教堂的）獻堂式
	□ doorway	n. 門口
	☑ dresser	n. （附有鏡子的）衣櫥；（附有抽屜的）梳妝臺
	□ emergency exit	phr. 緊急出口
	☑ erect	adj. 豎直的；v. 豎立
	□ every hour on the hour	phr. 每小時整點
	□ faucet /tap	n. 水龍頭 run the tap
	□ floor plan	phr. 樓層平面圖
	□ flooring	n. 製地板的材料，板材
	□ front door	phr. 正門
	□ hallway	n. 走廊
	☑ hammering	adj. 發出錘擊聲的
	☑ handrail	n. （樓梯等的）扶手
	□ home-improvement	adj. 住宅改善的
	□ lamppost	n. 路燈柱
	□ lean against the fence	phr. 倚靠在柵欄上
	□ light bulb	phr. 燈泡
	□ make repairs	phr. 修理
	□ make the bed	phr. 鋪床
	□ multistory	adj. 多層的
	□ outdoor wall	phr. 外牆
	□ plug in	phr. 把…插上電源
	☑ pole	n. 柱子
	□ private residence	phr. 私人住宅
	☑ put away	phr. 放好，歸位；儲存
	□ rebuild	v. 重新建造

☐ repairperson	n. 修理工	
☐ spread on	phr. 塗在…上	
☐ staircase	n.（有扶手的）樓梯	
☐ stairway	n. 樓梯	
☐ storage cabinet	phr. 儲藏櫃	
☐ switch on	phr. 把…的開關打開	
☐ turn on its side	phr. 轉成橫的，側面倒在地上	
✓☐ undergo renovation	phr. 受到整修	
☐ windowsill	n. 窗臺；窗沿	

Part 5, 6	☐ construct	v. 建設，建造
	☐ describe	v. 描述
	☐ desirable	adj. 值得擁有的，理想的
	☐ structure	n. 結構，建築物

Part 7	☐ access road	phr. 通道
	☐ arrange the furniture	phr. 擺設家具
	☐ be arranged on the patio	phr. 被擺設在露台上
	☐ built-in	adj. 內建的
	☐ carpentry	n. 木工藝
	☐ fire alarm	phr. 火災警報器
	☐ fire extinguisher	phr. 滅火器
	☐ fitting room	phr. 試衣間
	☐ fixture	n. 固定在屋內的設備
	✓☐ homebuilder	n. 住宅建商
	✓☐ housekeeping	n. 家事
	✓☐ housewares	n. 家庭用品
	☐ housing development	phr. 住宅開發
	☐ in error	phr. 錯的，錯誤地
	☐ overprice	v. 開價過高
	✓☐ reinforce	v. 加強，強化
	☐ resident	n. 住戶，居民
	☐ restoration	n. 恢復，修復
	☐ scrubbing	n. 擦洗
	☐ skyscraper	n. 摩天大樓
	☐ space-saving	adj. 節省空間的
	✓☐ tenant	n. 承租人，房客

{ plumbing 水管
plumber 水管工.

LC		
□ archway	n. 拱門，拱道
□ be mounted on	phr. 被安裝（鑲嵌；裱貼）在…上
□ dig with a shovel	phr. 用鏟子挖
□ drain	v. 排掉…的水
□ hedge	n. 樹籬，籬笆
□ landlord	n. 房東，地主
□ ledge	n. 架狀突出物，岩石突出部
□ lock oneself out of one's house	phr. 把自己鎖在房子外面
□ plumber	n. 水管工
□ porch	n. 門廊
□ run the tap	phr. 打開水龍頭
□ saw	n. 鋸子；v. 鋸
□ scaffolding	n.（建築工地現場的）鷹架
□ screw	n. 螺絲；v.（用螺絲）固定，拴緊
□ symmetrically	adv. 對稱地
□ tear down	phr. 拆掉（建築物）
□ uninhabited	adj. 無人居住的，荒無人煙的
□ woodwork	n.（房屋的）木造部分

Part 5, 6		
□ complex	n.（建築物等的）複合體，園區；adj. 複雜的
□ constructively	adv. 建設性地
□ locale	n.（事情發生的）現場；（書籍或電影中的）場景
□ maintenance	n. 維護，保養
□ reconfiguration	n. 結構變更
□ startle	v. 使嚇一跳

Part 7		
□ annex	n. 建築物的擴建部分
□ demolish	v. 毀壞，拆除
□ demolition	n. 毀壞，拆除
□ for lease	phr.（房屋）供出租的
□ insulation	n. 隔熱材料
□ premises	n. 建築物及其地基
□ rack	n. 架子
□ shockproof	adj. 防震的

DAY 29

天氣預報

環境

只要知道主題，就能掌握新制多益！

在環境的主題中，出題方向主要是天氣預報、環保的新產品開發訊息等等。讓我們一起來認識在環境的主題中經常出現的單字吧！

去很棒的地方，下雨也無所謂？

親愛的！明天一起去「草綠山」登山吧！聽說那是以自然的 conservation 構成的森林區！

但是氣象報告的 forecast 說明天會下雨的 chance 是70%。要去似乎很勉強…

氣象報告哪能信啊！一定會出大太陽的，所以帶冰水來吧！我會準備食物和 dispose waste 的垃圾袋。下山時順便做點 recycling 吧！

隔天

嘩啦～

你說不會下雨的…

1 conserve*

美 [kən`sɝv]
澳 [kən`sɜːv]
衍 conservation n.
保存，保護
conservative adj.
保守的
（↔ progressive）
同 preserve 保存
maintain 維持

v. 保存，保護

Measures were introduced to **conserve** forests in the region.
有一些措施獲得採用，來保護這個區域的森林。

 出題重點

同義詞 表示進行保護以避免浪費或毀損時，**conserve** 可以換成
preserve 或 **maintain**。

2 chance***

美 [tʃæns]
澳 [tʃɑːns]

n. 可能性，機會

The morning weather report predicted a 30 percent **chance** of
rain today.
早上的氣象報告預測今天有百分之 30 的降雨機率。

 出題重點

易混淆
單字 **chance : opportunity**

區分表示「機會」的單字用法差異，是測驗中會考的題目。

chance 可能性，機會

除了和 opportunity 一樣表示「機會」的用法以外，chance
還能表示「某事發生的可能性」，這是兩者差別所在。

opportunity 機會

因為周圍環境與條件允許，而能夠做某事的機會。

The Green Earth Symposium provided a good
opportunity to meet like-minded colleagues.
Green Earth 研討會提供認識志同道合的同伴的機會。

3 forecast*

美 [`fɔr͵kæst]
澳 [`fɔːkɑːst]
v. 預測（= predict）
同 prediction 預測

n.（天氣）預報

The news station gives hourly weather **forecasts.**
這家新聞台提供每小時的天氣預報。

出題重點

常考語句	**weather forecast** 天氣預報
	market forecast 市場預測
	forecast 經常以複合名詞的形態出題，請記住這些慣用說法。
同義詞	表示對於未來會發生的事所做的預測時，**forecast** 可以換成 **prediction**。

---

4 **waste***
[west]
v. 浪費
📖 wasteful adj. 浪費的；揮霍的；耗費的
📖 garbage, trash, rubbish 垃圾

n. 廢棄物，垃圾

Recyclable **waste** must be placed in the designated receptacles.
可回收垃圾必須放在指定的容器裡。

 出題重點

| 同義詞 | 表示垃圾時，**waste** 可以換成 **garbage, trash, rubbish** 等。 |

---

5 **dispose****
🇺🇸 [dɪˋspoz]
🇬🇧 [dɪˋspəuz]
📖 disposable adj. 一次性使用的，可任意處理的（↔ reusable）
disposal n. 處理，處置（= dumping）

v. 處理，處置

Manufacturers must <u>dispose</u> of their waste appropriately.
製造業者必須適當處理廢棄物。

 出題重點

文法	**1. dispose of** 把…處理掉
	表示把事物處理掉（丟掉），dispose 要和介系詞 of 一起使用，請記住。
	2. disposable income 可支配收入
	disposable towel 拋棄式毛巾
	disposable income 表示可支配的所得，也就是扣除稅金之後的所得淨額。

⁶ **recycling***

[ˌriˈsaɪk!ɪŋ]

派 recycle v. 回收再利用

n. 回收再利用

Recycling saves energy and reduces acid rain.

資源回收再利用，可以節省能源，並且減少酸雨。

⁷ **clear*****

美 [klɪr]

英 [klɪə]

v. 清理（場所）；清空
（場地）；（安全審查
等）可通過（＝ pass）

派 clearly adv. 清楚地，
顯然
clearable adj.
可清理的

同 obvious 明顯的

adj. 晴朗的；清楚的，明顯的

The picnic was held at the park on a **clear** day.

野餐是在一個晴朗的日子在公園舉辦的。

adv. 清晰地，完全；遠離

When the weather is good, you can see **clear** across the lake
from one side to the other.

天氣好的時候，你可以從湖的一邊清楚看到另一邊。

 出題重點

同義詞 表示事實很明顯的時候，**clear** 可以換成 **obvious**。

⁸ **damage*****

[ˈdæmɪdʒ]

派 damaging adj.
造成損害的
damaged adj. 受損的

同 harm 傷害

n. 損害，傷害

The thunderstorm caused extensive **damage** to the region.

大雷雨對那個地區造成了大規模的損害。

v. 損害（事物）

The spilled chemicals **damaged** some factory machinery.

濺出的化學物質損壞了一些工廠機械。

 出題重點

常考
語句 **cause damage to the machine** 對機器造成損壞

damage the machine 損壞機器

名詞 damage 經常搭配介系詞 to 使用。不過，請記住動詞
damage 是及物動詞，後面不能加介系詞 to。

同義詞 表示物理性損壞、造成精神上的傷害，或者傷害的行為時，
名詞或動詞 **damage** 可以換成 **harm**。

9 significant***
[sɪɡ`nɪfəkənt]
同 important 重要的

adj. 相當大的；重要的，重大的

Hurricane Aida produced **significant** winds in excess of 200 kilometers an hour.

Aida 颶風產生了超過時速 200 公里的強風。

Greenhouse gases have a **significant** impact on global temperatures.

溫室氣體對全球氣溫造成了重大的影響。

10 solution***
[sə`luʃən]
衍 solve v. 解決

n. 解決方法

Solar power is one **solution** to energy problems.

太陽能是能源問題的一個解決方法。

 出題重點

常考
語句　**solution to** …的解決方法

solution 會和介系詞 to 一起使用，請記起來。

11 occur***
美 [ə`kɝ]
英 [ə`kɜ:]
衍 occurrence n. 發生，事件
同 happen 發生

v. （事情）發生，出現

Earthquakes **occur** frequently in several regions of Japan.

地震在日本的幾個地區經常發生。

 出題重點

同義詞　表示某件事發生時，**occur** 可以換成 **happen**。

12 ideal***
美 [aɪ`diəl]
英 [aɪ`diəl]
n. 理想，典範
同 perfect 完美的

adj. 理想的

The weather this week has been **ideal** for a camping trip.

（過去）這個禮拜的天氣很適合露營旅行。

出題重點

常考語句
1. ideal + venue/place 理想的場地／地點

ideal 會和 venue, place 等表示場所的名詞搭配出題。

2. be ideal for 很適合…

選出和 ideal 搭配的介系詞 for，是測驗中會考的題目。

同義詞 表示條件適合做某事時，**ideal** 可以換成 **perfect**。

13preserve**
美 [prɪˋzɝv]
美 [priˋzɑːv]
衍 preserved adj.
被保存的

v. 保存，保護

EnviroCore's mandate is to **preserve** natural habitats in North America.

EnviroCore 的任務是保存北美洲的自然棲息地。

14aid**
[ed]
v. 援助，幫助

n. 援助

The government pledged $15 million in **aid** to repair flood damage.

政府保證會給予 1500 萬美元，支援修復洪水的損害。

15excessive**
美 [ɪkˋsɛsɪv]
美 [ekˋsesiv]

adj. 過度的，過分的

Excessive garbage is a serious problem for many megacities.

過多的垃圾是許多大都市的嚴重問題。

16intensively**
[ɪnˋtɛnsɪvlɪ]

adv. 集中地

The wind blew **intensively** for hours during the storm.

暴風雨期間，風密集地颳了幾個小時。

17vary**
美 [ˋvɛrɪ]
美 [ˋveəri]
衍 variation n. 變化；變動；變化程度
varied adj. 各種各樣的；形形色色的

v. 不同，變化

The level of water in the lake **varies** greatly from year to year.

這座湖的水位每年變化很大。

18pleasing**

[`plizɪŋ]

○ adj. 令人愉快的，令人滿意的

Trees in city parks are not only **pleasing** to see, but environmentally beneficial.

都市公園內的樹木不僅賞心悅目，也對環境有益。

 出題重點

易混淆單字

┌ **pleasing** 令人愉快的，令人滿意的

pleasing 是說明令人感到愉快或滿意的對象。

└ **pleased** 感到愉快的，感到滿意的

pleased 表示感到愉快或滿意的人，主要以 be pleased with 的形式出題。

Most residents were **pleased** with the city council's new environmental initiative.

大部分的居民對市議會新的環境提案感到滿意。

19mark**

美 [mɑrk]

英 [mɑːk]

同 rating 評價，等級

celebrate 慶祝

○ n. 得分，記號，標誌

Allor Corp. received an excellent **mark** from environment monitoring groups.

Allor 公司得到環境監督團體的優秀評分。

v. 慶祝

The company **marked** Arbor Day by planting trees on its compound.

這家公司在自己的園區種樹來慶祝植樹節。

 出題重點

同義詞 **mark** 表示經由評價獲得的分數時，可以換成 **rating**；表示慶祝紀念日時，可以換成 **celebrate**。

20 inaccessible**
美 [ˌɪnækˈsɛsəbl]
英 [ˌɪnækˈsesibl]

adj. 不能進入的，不能利用的

The wildlife park is **inaccessible** by car, so visitors have to take a ferry.

野生動物公園不能乘車進入，所以遊客必須搭渡船。

🎓 出題重點

常考 語句	**currently inaccessible** 目前不能進入／利用的
	inaccessible 主要搭配 currently 等表示時間的副詞使用。

21 disturb**
美 [dɪsˈtɚb]
英 [dɪsˈtəːb]

v. 打擾

The guests were **disturbed** by the noise from the construction site.

客人受到了建設工地的噪音打擾。

22 pollutant**
[pəˈlutənt]
衍 pollute v. 污染
pollution n. 污染

n. 污染物質

Automotive exhaust introduces harmful **pollutants** into the air.

汽車廢氣會把有害污染物質帶到空氣中。

🎓 出題重點

易混淆 單字	┌ **pollutant** 污染物質
	└ **pollution** 污染
	區分物質名詞 pollutant 和抽象名詞 pollution，是測驗中會考 的題目。

23 emission**
[ɪˈmɪʃən]
衍 emit v. 散發，排出

n. 排放，排放物

New laws now limit **emissions** from cars.

新的法律現在限制汽車的排放廢氣量。

²⁴dense**

[dɛns]

adj. 密集的，濃密的

The Black Forest is so dense that it appears dark even at noon.

「黑森林」很茂密，即使在中午也顯得陰暗。

²⁵environmental**

美 [ɪn͵vaɪrən`mɛntl̩]

美 [ɪn͵vaɪrən`mɛntl̩]

衍 environment n. 環境

environmentalist n.

環保人士

environmentally adv.

在環境方面

adj. 環境的

Climate change has become a major global environmental issue.

氣候變遷已經成為重大的全球環境問題。

²⁶consistent*

[kən`sɪstənt]

衍 consistently adv.

一貫地，持續地

adj. 一致的，一貫的，持續的

A

(Factory construction) must be consistent with (government environmental regulations) .

工廠建設必須符合（和…一致）政府的環境規定。

B

²⁷leak*

[lik]

n. 洩漏，漏出

A leak in an oil pipeline caused considerable sickness in wildlife.

油管的洩漏造成了許多野生動物的疾病。

v.（水、光）滲漏，洩漏

Improperly sealed tanks slowly leaked chemicals into the water.

沒有適當密封的儲存槽，慢慢地滲漏出化學物質到水中。

²⁸organization*

美 [͵ɔrgənə`zeʃən]

美 [͵ɔ:gənai`zeiʃən]

衍 organize v. 組織

同 association 協會

n. 組織，機構

Many organizations have grouped together to protect the African savanna.

許多組織已經團結起來保護非洲的莽原。

29continually*

[kən`tɪnjʊəlɪ]

衍 continue v. 持續
continual adj. 頻繁
的，再三的
continuous adj.
持續不斷的
continuity n. 連續性
continuation n.
延續；繼續發生（或進
行）之事

adv. 頻繁地，一再地

The processing plant **continually** polluted nearby lakes.
這座加工處理工廠一再污染附近的湖泊。

 出題重點

常考語句 **continually : lastingly**
區分表示「持續地」的單字用法差異，在測驗中會考。

┌ **continually** 頻繁地，一再地
  表示某件事斷斷續續地一直發生。
└ **lastingly** 持續地，連續地
  表示某件事持續存在或產生影響。

The new environmental bill promises to **lastingly** protect the nation's waterways.
新的環境法案承諾持續保護國內的水路。

30contaminate*

美 [kən`tæmə‚net]
英 [kən`tæmineit]

衍 contamination n.
污染
同 pollute 污染

v. 污染

石油

The water was **contaminated** with gasoline.
水受到了汽油的污染。

 出題重點

同義詞 表示放出危險或污染物質並造成破壞時，**contaminate** 可以換成 **pollute**。

31disaster*

美 [dɪ`zæstə]
英 [di`zɑ:stə]

n. 災難

Emergency procedures are implemented in case of a natural **disaster**.
萬一發生天然災害，將實施緊急程序。

32 **discharge***

美 [dɪs`tʃɑrdʒ]
英 [dis`tʃɑ:dʒ]
n. 排放

v. 排放

It is illegal to **discharge** industrial chemicals into the environment.

排放工業化學物質到環境中是違法的。

33 **resource***

美 [rɪ`sors]
英 [rɪ`sɔ:s]
衍 resourceful adj. 資源豐富的；足智多謀的

n. 資源

Designating lands as national parks can help preserve natural **resources**.

將土地指定為國家公園，有助於保護自然資源。

 出題重點

常考語句 ┌ **natural resources** 天然資源
└ **human resources** 人力資源，人事（部）

resource 經常以複合名詞的形式出題，請記住它的慣用語。

34 **prominent***

美 [`prɑmənənt]
英 [`prɔminənt]
衍 prominence n. 顯著，傑出
prominently adv. 著名地，顯著地
同 renowned 著名的

eminent, brilliant

adj. 著名的，顯著的

Mr. Goldstein is a **prominent** expert in the energy industry.
Mr. Goldstein 是能源產業著名的專家。

 出題重點

同義詞 表示人或團體很知名時，**prominent** 可以換成 **renowned**。

35 **deplete***

[dɪ`plit]
衍 depletion n. 耗盡
同 exhaust 耗盡

v. 耗盡

The area's water resources have been **depleted**, causing a drop in produce.

這個地區的水資源已經消耗殆盡，造成農作物產量的下降。

 出題重點

同義詞 表示把資源或資金用到幾乎沒有時，**deplete** 可以換成 **exhaust**。

　***＝出題率最高　**＝出題率高　*＝出題率中

³⁶purify*

美 [`pjʊrə‚faɪ]
美 [`pjuərɪfaɪ]
派 purification n. 淨化

v. 淨化

The plant **purifies** the water before it is offered to the local population.

這座工廠在把水供應給當地人口之前先把水淨化。

³⁷endangered*

美 [ɪn`dendʒəd]
美 [ɪn`deɪndʒəd]
同 threatened
瀕臨絕種的

adj. 瀕臨絕種的

WildAid is fighting to <u>protect **endangered** species.</u>
WildAid 正努力保護瀕臨絕種的物種。

 出題重點

同義詞 表示有絕種危機的時候，**endangered** 可以換成 **threatened**。

³⁸extinction*

[ɪk`stɪŋkʃən]
派 extinct adj. 絕種的

n. 絕種

Polar bears are now <u>in danger of **extinction**.</u>
北極熊現在有絕種的危險。

³⁹drought*

[draʊt]

n. 乾旱

The persistent **drought** affected the water supply.
持續的乾旱影響了水的供應。

⁴⁰inflict*

[ɪn`flɪkt]
派 infliction n. （痛苦、傷害的）施加

v. 施加，使遭受（痛苦、傷害）

The new dam has **inflicted** considerable damage on the local communities.
新的水壩對當地的社區造成了很大的傷害。

⁴¹**migration***
[maɪˋɡreʃən]
衍 migrate v. 遷移

○ n. 遷移，移動

The tank was isolated to prevent the **migration** of contaminants.
為了預防污染物質的轉移，這個儲存槽被隔離了。

🐶 出題重點

易混淆單字　**migration : immigration**

請區分表示「遷移」的單字用法差異。

┌ **migration** 遷移，移動

　表示從一個地方移動或移居到另一個地方。

└ **immigration**（外來的）移民（↔ emigration）

　表示從外國移居本國。

The government adopted strict new controls on **immigration**.
政府對於外來移民採用了嚴格的新管制措施。

⁴²**ecology***
美 [ɪˋkɑlədʒɪ]
美 [iːˋkɔlədʒi]

○ n. 生態，生態學

Global warming alters the **ecology** of our planet.
全球暖化改變我們星球的自然生態。

⁴³**habitat***
[ˋhæbəˏtæt]
衍 habitation n. 居住
　inhabitant n. 居民，
　居住者

○ n.（動植物的）棲息地

The plant rarely grows outside its natural **habitat**.
這種植物很少生長在自然棲息地以外的地方。

DAY 29 Daily Checkup

請把單字和對應的意思連起來。

01	emission	ⓐ	處理，處置
02	consistent	ⓑ	慶祝
03	clear	ⓒ	資源
04	dispose	ⓓ	晴朗的，清楚的
05	mark	ⓔ	排放，排放物
		ⓕ	一致的，一貫的

請填入符合文意的單字。

06 Weather on the island _____ daily in the spring.

07 The lake's reeds are too _____ to walk through.

08 Factory waste _____ the river so no fish can survive.

09 Using recycled materials can save a(n) _____ amount of money.

ⓐ contaminates　ⓑ significant　ⓒ dense　ⓓ environmental　ⓔ varies

10 Congo Wildlife Park _____ the natural habitats of wild animals.

新制多益會這樣出題！
名詞 habitat 常常與 preserve、damage 之類的動詞一起出現。

11 The company was fined for _____ pollution far above standards.

12 The researcher _____ studied the environmental impact of the project.

13 The fundraiser's proceeds will be used as _____ for victims of the hurricane.

ⓐ aid　ⓑ forecasts　ⓒ preserves　ⓓ intensively　ⓔ excessive

Answer　1.ⓔ 2.ⓕ 3.ⓓ 4.ⓐ 5.ⓑ 6.ⓔ 7.ⓒ 8.ⓐ 9.ⓑ 10.ⓒ 11.ⓔ 12.ⓓ 13.ⓐ

cavity n. 蛀牙

新制多益基礎單字

LC		
✓☐ cave		n. 洞穴
☐ Celsius		n. 攝氏
☐ chilly		adj. 冷颼颼的
☐ clean up		phr. 打掃乾淨，清理
☐ cleaning supply		phr. 清潔用品
☐ desert		n. 沙漠
☐ dirt	*dust.*	n. 灰塵
☐ empty a trash can		phr. 清空垃圾桶
☐ factory		n. 工廠
☐ harvest		v. 收穫；n. 收穫
☐ humid		adj. 潮濕的
☐ landscape		n. 陸上風景
☐ point		n. 論點；v. 指出
☐ seed		n. 種子；n. 播種
✓☐ shade	*shadow*	n. 陰影
☐ sunny		adj. 晴朗的
☐ sunset		n. 日落
☐ wet		adj. 濕的
☐ windy		adj. 颳風的
☐ wood		n. 木頭，木材

RC		
✓☐ dust	*dirt*	n. 灰塵；v. 除去灰塵
☐ flood		n. 洪水
☐ general		adj. 一般的
☐ pollution		n. 污染
☐ shower		n. 陣雨
☐ source		n. 源頭
☐ southern		adj. 南方的
☐ temperature		n. 溫度

LC	☐ along the shore	phr. 沿著岸邊
	☐ bay	n.（海、湖的）灣
	☐ body of water	phr. 水體
	☐ bush	n. 灌木
	☐ cliff	n. 懸崖
	☐ countryside	n. 鄉間，鄉下
	☐ eco-friendly (= environment-friendly)	adj. 環保的，不損害環境的
	☐ footpath	n. 小徑，步道
	☐ fountain	n. 噴泉
	☐ freezing	adj. 冰冷的
	☐ gardening tool	phr. 園藝工具
	☐ grasp	v. 握緊，抓牢
	☐ hail	n. 冰雹
	☐ lakefront	n. 湖邊
	☐ landscaping	n. 景觀美化
	☐ lighthouse	n. 燈塔
	☐ nightfall	n. 傍晚，黃昏
	☐ off the shore	phr. 離岸
	☐ overlook the water	phr. 俯瞰水面
	☐ pull weeds	phr. 拔除雜草
	☐ rain forest	phr. 雨林
	☐ rain or shine	phr. 不管天氣如何，不論有什麼事發生
	☐ rain shower	phr. 陣雨
	☐ rainstorm	n. 暴風雨
	☐ ranger	n.（森林、國家公園等的）護管員
	☐ riverbank	n. 河岸
	☐ riverside	n. 河邊
	☐ scenery	n. 風景
	☐ scenic	adj. 風景的
	☐ slope	n. 斜坡；v. 傾斜
	☐ stream	n. 溪流；v. 流動
	☐ suburb	n. 郊區
	☐ sweep the leaves	phr. 掃落葉

環境

21
22
23
24
25
26
27
28
DAY 29
30

Hackers TOEIC Vocabulary

□ thunderstorm	n. 大雷雨	
□ trail	n. 蹤跡；足跡；（荒野中踏成的）小道	
□ trap	v. 設陷阱捕捉，使困住	
□ tree trunk	phr. 樹幹	
□ twilight	n. 暮色，薄暮	
□ weather forecast	phr. 氣象預報	
□ weather report	phr. 氣象報告	
□ windstorm	n. 暴風	

Part 5, 6

□ affirmative	adj. 肯定的；同意的
□ dislike	v. 不喜歡
□ fertile .	adj. 肥沃的，富饒的
□ in particular	phr. 特別，尤其
□ quietly	adv. 安靜地
□ revolve	v. （使）旋轉；反覆思考，斟酌
□ setting	n. 環境，背景
□ sheer	adj. 純粹的；極薄的
□ solid	adj. 固體的，結實的
□ tangible	adj. 真實的，非想像的，可觸摸的，可感知的
□ thoughtfully	adv. 深思熟慮地

Part 7

□ atmospheric	adj. 大氣的，有氣氛的
□ conservation	n. 保存
□ environmental regulations	phr. 環境法規
□ ground	n. 地面，根據
□ inclement	adj. （天氣）惡劣的，嚴酷的
□ mining	n. 採礦，礦業
□ natural habitat	phr. 自然棲息地
□ noise and air pollution	phr. 噪音與空氣汙染
□ nourishment	n. 滋養，養育
□ nurture	v. 養育，培養
□ overflow	v. 溢出，泛濫
□ react to	phr. 對…作出反應
□ recyclable	adj. 可回收再利用的
□ under construction	phr. 施工中的
□ vague	adj. 模糊的
□ water level	phr. 水位

blurry

LC		
	☐ botanical	adj. 植物的
	☐ irrigation system	phr. 灌溉系統
	☐ mow the lawn	phr. 修剪草坪
	☐ overpass	n. 天橋，陸橋
	☐ potted	adj. 種在盆栽的
	☐ pull up	phr. 拔起，停車
	☐ shrub	n. 矮樹，灌木
	☐ vacant site	phr. 空地

Part 5, 6		
	☐ outwardly	adv. 外表上，表面上
	☐ precipitation	n. 降水量，降雨量
	☐ promptness	n. 迅速，準時
	☐ revert	v. 使恢復原狀
	☐ sustainable (↔unsustainable)	adj. 可持續發展的
	☐ tranquility	n. 寧靜
	☐ trimming	n. 修剪，裝飾

Part 7		
	☐ depletion	n.（資源等的）耗盡
	☐ disposal	n. 處理，處置
	☐ downpour	n. 傾盆大雨
	☐ drench	v. 使濕透
	☐ fade	v. 凋謝，逐漸消失
	☐ fuel emission	phr. 燃料排放
	☐ fumes	n.（有害的）氣體
	☐ grazing	n. 放牧，牧草地
	☐ logging	n. 伐木
	☐ outskirts	n. 郊區，市郊
	☐ residue	n. 殘餘物
	☐ rugged	adj. 凹凸不平的
	☐ sewage	n. 汙水
	☐ splendor	n. 光輝，輝煌
	☐ terrestrial	adj. 地球的
	☐ timber	n. 木材
	☐ toxication	n. 中毒

環境 21 22 23 24 25 26 27 28

DAY 29

30

Hackers TOEIC Vocabulary

DAY 30

重大疾病

健康

只要知道主題，就能掌握新制多益！

在健康的主題中，出題方向主要是定期健康檢查的介紹、健康課程實施的公告、新健身房開張的廣告等等。讓我們一起來認識在健康的主題中經常出現的單字吧！

健康與工作，站在選擇的分岔路口

不知是否因這幾天熬夜加班累積了 fatigue，身體現在不太好，所以早退來這裡接受 checkup。

有沒有什麼 symptom？

頭暈、消化也不太好。

很嚴重嗎？physician 也沒辦法下 diagnosis，連要 prescribe 哪種藥也很困惑的樣子。是不是該休息一陣子讓自己快點 recover 啊？

我看他是因為討厭上班才來的啊…

星期症？ 憂慮 憂慮 工作 憂慮

1 **fatigue***
[fə`tig]

○ n. 疲勞

Too much stress can lead to **fatigue**.

過多的壓力會導致疲勞。

2 **checkup***
[`tʃɛk͵ʌp]

● n. 健康檢查

Yearly medical **checkups** are required for public school students.

公立學校學生必須接受每年的健康檢查。

3 **symptom***
[`sɪmptəm]

○ n. 症狀

The lawyer exhibited **symptoms** of a stress disorder.

那位律師出現了壓力失調的症狀。

4 **physician***
[fɪ`zɪʃən]
同 doctor 醫師

● n. 內科醫師

Mr. Bentley consulted a **physician** about his high blood pressure.

Mr. Bentley 因為高血壓而向醫師求診。

🗣️ **出題重點**

易混淆
單字 ┌ **physician** 內科醫師
└ **physics** 物理學

區分人物名詞 physician 和抽象名詞 physics，是測驗中會考的題目。physician 也可以泛指各種醫師。

5 **diagnosis***
美 [͵daɪəg`nosɪs]
美 [͵daɪəg`nəusis]
衍 diagnose v. 診斷

● n. 診斷

The doctor's **diagnosis** turned out to be wrong.

結果證明這位醫師的診斷是錯的。

diagnose Ⓥ

6 prescribe**
[prɪˋskraɪb]
衍 prescription n.
　處方箋

v. 開（藥方）

The doctor prescribed a remedy for Elaine's cold.
醫生開了治療 Elaine 的感冒的藥。

出題重點

常考
語句 **prescribe medicine** 開藥方
fill a prescription 依處方配藥

prescribe 主要接 medicine 等表示藥的名詞當受詞。也請記住
名詞 prescription 會和動詞 fill 搭配使用。

7 recovery*
[rɪˋkʌvərɪ]
衍 recover v. 恢復，
　康復

n. 恢復，康復

Time is needed to make a complete recovery.
完全恢復需要時間。

8 recognize***
[ˋrɛkəg͵naɪz]
衍 recognizable adj.
　可辨認的，可認出的
同 honor 給予榮譽
　realize 領悟，了解，
　認識到

v. 認定，承認，認出；表彰

Many alternative medicines are not recognized as valid
treatments.
許多替代藥物不被認為是有效的治療方法。

出題重點

同義詞 表示「表揚某人的努力、辛勞」時，**recognize** 可以換成
honor。而「經過研究、調查，了解了事務或狀況的本質」
時，**recognize** 可以換成 **realize**。

9 join***
[dʒɔɪn]
衍 joint adj. 共有的，共
　用的；共同的
　jointly adv. 共同地，
　聯合地

v. 加入

Employees are encouraged to join the health club.
員工被鼓勵加入健身俱樂部。

出題重點

常考語句	**join a club** 加入俱樂部
	join a company 加入公司
	請注意 join 是及物動詞，後面不加介系詞，直接接受詞。

10**comprehensive*****
⑱ [ˌkɑmprɪˈhɛnsɪv]
⑱ [ˌkɔmprɪˈhensiv]
㊉ comprehend v.
理解，包含
comprehension n.
理解（力）
comprehensible adj.
可理解的
comprehensively
adv. 完全地，徹底地

adj. 全面的，綜合的
Executives are required to undergo a **comprehensive** physical examination once a year.
主管每年必須接受一次綜合體檢。

11**participate*****
⑱ [pɑrˈtɪsəˌpet]
⑱ [pɑːˈtisipeit]

v. 參與，參加
Over 100 people **participated** in the medical study.
一百多人參加了那項醫學研究。

12**recommend*****
[ˌrɛkəˈmɛnd]
㊉ recommendation n.
推薦

v. 推薦，建議
The doctor **recommended** that Phillip get enough rest.
醫生建議 Phillip 要充分休息。

 出題重點

常考語句	**1. be strongly recommended** 被強烈建議
	recommend 經常搭配副詞 strongly 使用。
	2. on the recommendation of 藉著…的推薦
	選出這個慣用語裡和 recommendation 搭配的介系詞 on，是測驗中會考的題目。

13**necessary*****
[ˈnɛsəˌsɛrɪ]

adj. 必要的
Surgery may be **necessary** to remove the patient's tumor.
可能必須動手術來移除患者的腫瘤。

¹⁴**ability*****
美 [ə`bɪlətɪ]
英 [ə`biliti]

n. 能力

Some diseases weaken the body's **ability** to defend itself.
有些疾病會減弱身體防禦自己的能力。

¹⁵**operation*****
美 [ˌɑpə`reʃən]
英 [ˌɔpə`reiʃən]

n. 手術

Mr. Stanley underwent a four-hour **operation** on his heart.
Mr. Stanley 接受了四小時的心臟手術。

¹⁶**cleanliness*****
美 [`klɛnlɪnɪs]
英 [`klenlinəs]

n. 清潔

Maintaining **cleanliness** can help prevent the spread of
bacteria.
保持潔淨有助於預防細菌傳播。

¹⁷**duration*****
美 [djʊ`reʃən]
英 [dju`reiʃən]

n. 持續期間

The **duration** of the illness may vary from one person to the
next.
疾病持續的時間可能因人而異。

¹⁸**examination*****
美 [ɪgˌzæmə`neʃən]
英 [ɪgˌzæmi`neiʃən]

n. 檢查，審查

Dr. Knowles began the patient's **examination** by asking a series
of questions.
Dr. Knowles 以詢問一系列的問題開始了對患者的檢查。

¹⁹**eliminate****
美 [ɪ`lɪməˌnet]
英 [i`limineit]
衍 elimination n. 消除
同 remove, get rid of
去除

v. 排除，消除

The kidneys **eliminate** wastes from the body.
腎臟會排除體內的廢物。

出題重點

同義詞 去示去除不必要或不想要的東西時，**eliminate** 可以換成 **remove** 或 **get rid of**。

---

²⁰**easily****
[ˋizɪlɪ]

adv. 容易地

Doctors **easily** removed the patient's appendix using advanced equipment.

醫師用先進的設備輕易地切除了患者的闌尾。

---

²¹**dental****
[ˋdɛntl]

adj. 牙科的，牙齒的

It is important to receive **dental** checkups regularly.

定期接受牙齒檢查是很重要的。

---

²²**dietary****
🇺🇸 [ˋdaɪəˌtɛrɪ]
🇬🇧 [ˋdaɪəteri]
n. 規定的飲食，飲食規定

adj. 飲食的，節食的

The Bureau of Health has issued a set of **dietary** guidelines for optimal nutrition.

健康局發表了一套理想營養的飲食指南。

---

²³**related****
[rɪˋletɪd]

adj. 有關的

Illnesses with **related** symptoms can be a challenge to diagnose properly.

有彼此相關的症狀的疾病，對於正確診斷可能是個挑戰。

---

²⁴**transmit****
[trænsˋmɪt]

v. 傳播，傳送

The flu virus is **transmitted** through the air.

流行感冒病毒是經由空氣傳播的。

²⁵**periodically****
 躁 [pɪrɪˋɑdɪklɪ]
 躁 [pɪərɪˋɔdɪkli]
 衍 periodic adj.
  週期性的，定期的

adv. 週期性地，定期地

Free health checkups for all staff members are offered **periodically**.
員工的免費健康檢查是定期提供的。

²⁶**reaction****
 [rɪˋækʃən]
 衍 react v. 反應

n. 反應

Some foods can cause allergic **reactions** in children.
有些食物會引起兒童的過敏反應。

 出題重點

常考語句　**allergic reactions** 過敏反應

reaction to + 名詞 對…的反應

請記住和 reaction 搭配的形容詞 allergic 和介系詞 to。

²⁷**simple****
 [ˋsɪmpl]

adj. 簡單的

A number of **simple** remedies are available for insomnia.
失眠症有許多簡單的治療法。

²⁸**coverage***
 [ˋkʌvərɪdʒ]
 衍 cover v. 涵蓋，報導

n.（保險）理賠範圍；（新聞等的）報導

Employees may extend their insurance **coverage** to spouses.
員工可以把保險涵蓋範圍擴大到配偶身上。

News **coverage** of the epidemic has been extensive.
對流行病的新聞報導程度很大。

²⁹**exposure***
 躁 [ɪkˋspoʒə]
 躁 [iksˋpəuʒə]
 衍 expose v. 使暴露

n. 暴露

Prolonged **exposure** to sunlight can cause skin cancer.
長時間暴露在陽光下會引發皮膚癌。

出題重點

| 常考
語句 | **exposure to** 對…的暴露（在…中的暴露）
be exposed to 暴露在…
exposure 和動詞 expose 都是用介系詞 to。 |

---

³⁰**pharmaceutical*** ◯

美 [ˌfɑrməˈsjutɪkl]
英 [ˌfɑːməˈsjuːtikl]

adj. 製藥的，藥劑學的

The **pharmaceutical** company markets children's dietary supplements.

這間製藥公司銷售兒童的飲食補給品。

---

³¹**premium*** ●

[ˈprimɪəm]
adj. 高級的，優質的

n. 保險費

Monthly medical insurance **premiums** will rise next year.

明年，每月的醫療保險費將會上漲。

---

³²**relieve*** ◯

[rɪˈliv]
衍 relief n. 緩和，減輕
同 ease 減輕
反 aggravate 加重，
使惡化

v. 緩解

AlphaCough effectively **relieves** the symptoms of winter colds.

AlphaCough 能有效緩解冬季感冒的症狀。

 出題重點

| 同義詞 | 表示減輕疼痛或問題時，**relieve** 可以換成 **ease**。 |

---

³³**combination*** ●

美 [ˌkɑmbəˈneʃən]
英 [ˌkɔmbiˈneiʃən]
衍 combine v. 結合

n. 結合，組合

Vitamin supplements are used in **combination** with other preventative measures.

維他命補給品和其他預防措施一併使用。

常考
語句　**in combination with** 和…一起，和…聯合

combination 會以 in combination with 的形式出題，請務必記
住。

34 conscious*

- 美 [`kɑnʃəs]
- 美 [`kɔnʃəs]
- 衍 **consciousness** n.
  意識，知覺
  consciously adv.
  有意識地
- 同 **aware** 知道的

adj. 有意識的，意識到的

People taking medication need to be conscious of the risks.
服用藥物的人需要意識到風險。

 出題重點

同義詞　表示知道某件事或意識到感情時，**conscious** 可以換成
aware。

35 deprivation*

- [ˌdɛprɪ`veʃən]
- 衍 **deprive** v. 剝奪

n. 剝奪，缺乏

Sleep deprivation weakens the immune system.
睡眠剝奪會使免疫系統變弱。

出題重點

常考
語句　**deprive A of B** 剝奪 A 的 B

請把和動詞 deprive 搭配的介系詞 of 一起記下來。

36 health*

- [hɛlθ]
- 衍 **healthy** adj. 健康的
  healthful adj.
  有益健康的

n. 健康；（社會、機關的）健全

To maintain good health, physicians recommend an active
lifestyle.
為了維持健康，醫師建議保持活動的生活型態。
It is difficult to forecast the future health of the medical
industry.
預測醫療業未來的健全程度是很困難的。

出題重點

常考語句	**health insurance** 健康保險
	health benefits of exercise 運動對健康的好處
	financial health 財務健全
	health 除了表示「健康」以外，在測驗中也會以社會、機關「健全」的意義出題。

---

37 induce *

[ɪn`djus]

㉚ inducement n. 引起

㊂ cause 造成

○ **v. 引起**

Users were warned that the medication may induce drowsiness.
用藥者被警告這種藥物可能引起睡意。

 出題重點

同義詞	表示引起某種行動或症狀時，**induce** 可以換成 **cause**。

---

38 insurance *

㊍ [ɪn`ʃʊrəns]

㊍ [ɪn`ʃuərəns]

○ **n. 保險**

Employees are eligible for dental insurance coverage.
員工有資格得到牙齒保險的涵蓋範圍。

出題重點

常考語句	**insurance company** 保險公司
	insurance policy 保單
	insurance 主要以複合名詞的形式出題，請一起記下來。

---

39 nutrition *

[nju`trɪʃən]

㉚ nutritious adj. 營養的

nutritionist n. 營養師

○ **n. 營養**

Balanced nutrition is essential for growing children.
均衡的營養對成長中的孩子是必要的。

⁴⁰prevention*

[prɪ`vɛnʃən]

🔄 prevent v. 預防
preventive adj.
預防性的
preventable adj.
可預防的

n. 預防

Proper diet is necessary for the prevention of illness.
適當的飲食對於疾病的預防是必要的。

⁴¹susceptible*

美 [sə`sɛptəbl]

英 [sə`sɛptibl]

🔄 susceptibility n. 易受
感染，易受影響

adj. 易受感染的，易受影響的

A weakened immune system makes one susceptible to colds.
衰弱的免疫系統會使人容易得到感冒。

 出題重點

常考
語句　**susceptible to** 容易感染...的
請把和 susceptible 搭配的介系詞 to 一起記下來。

DAY 30 Daily Checkup

請把單字和對應的意思連起來。

01 ability

02 participate

03 duration

04 prescribe

05 transmit

ⓐ 開（藥方）

ⓑ 參與，參加

ⓒ 能力

ⓓ 持續期間

ⓔ 緩解

ⓕ 傳播，傳送

請填入符合文意的單字。

新制多益會這樣出題！
名詞 reaction、solution 常常
跟介系詞 to 一起出現。

06 Janine often has an allergic _____ to dairy products.

07 The physician _____ a vitamin supplement to Ms. Post.

08 A(n) _____ of the patient's lungs revealed nothing unusual.

09 Television _____ of the drug's benefits has attracted investors.

| ⓐ coverage | ⓑ recommended | ⓒ examination | ⓓ joined | ⓔ reaction |

10 Steve was forced to undergo a knee _____ to relieve pain.

11 Susan's stomach tumor was _____ completely by the surgery.

12 The doctor _____ Ms. Han's symptoms and said she had the flu.

13 Doctors blamed the patient's heart ailment on his poor _____ habits.

| ⓐ recognized | ⓑ operation | ⓒ insurance | ⓓ dietary | ⓔ eliminated |

Answer   1.ⓒ 2.ⓑ 3.ⓓ 4.ⓐ 5.ⓕ 6.ⓔ 7.ⓑ 8.ⓒ 9.ⓐ 10.ⓑ 11.ⓔ 12.ⓐ 13.ⓓ

新制多益基礎單字

LC	□ allergic	adj. 過敏的
	□ blind	adj. 盲目的
	☑ cavity	n. 蛀牙洞
	□ cold	n. 感冒，寒冷；adj. 冷的
	□ cosmetic	adj. 美容的，化妝的
	□ feel sick	phr. 覺得不舒服，覺得噁心
	□ fitness	n. 健康狀態
	□ gym	n. 健身房
	□ have an injection	phr. 接受注射
	□ medical facility	phr. 醫療設施
	□ raincoat	n. 雨衣
	□ surgery	n. 手術
	□ toothache	n. 牙痛
	□ treat	v. 治療
	□ vision	n. 視力
	□ workout	n. 鍛鍊身體
RC	□ beat	v.（心臟、脈搏）跳動
	□ blink	v. 眨眼
	□ cure	n. 治療法，治療藥物；v. 治療
	□ disease	n. 疾病
	□ healing	adj. 治療的
	□ internal	adj. 內部的
	□ lung	n. 肺
	□ organ	n.（身體）器官
	☑ remedy	n. 治療法，治療藥物
	□ stomachache	n. 胃痛
	☑ well-being	n. 幸福與健康

cave.

prescribe
remedy to 人

LC			
	aging	adj. 老化的	
	ankle sprain	phr. 腳踝扭傷	
	back injury	phr. 背部受傷，後腰部受傷	
	be on a special diet	phr. 正在接受特殊飲食療法	
	blood pressure	phr. 血壓	
	blood supply	phr. 血液供給	
	buzzing	adj. 發出嗡嗡聲的	
	doctor's appointment	phr. 看診的預約	
	emergency room	phr. 急診室	
	get some exercise	phr. 做點運動	
	heart ailment	phr. 心臟疾病	
	heart attack	phr. 心臟病發作	
	heart disease	phr. 心臟疾病	
	injection	n. 注射	
	insomnia	n. 失眠	
	lean back	phr. 往後仰，往後躺	
	lose weight	phr. 減重	
	maternity ward	phr. 產科病房	
	patient's record	phr. 患者的醫療紀錄	
	physical examination	phr. 身體檢查	
	physical therapy	phr. 物理治療	
	resist	v. 忍耐；抵抗，抗拒	
	sneeze	v. 打噴嚏	
	surgical instrument	phr. 手術工具	
	tablet	n. 藥片	
	take effect	phr. 生效	
	take medication	phr. 服用藥物	
	take some medicine	phr. 吃藥	
	terminal	adj. 末期的	
	vaccination	n. 疫苗接種	
	watch over	phr. 看守，照護	
Part 5, 6	consequently	adv. 結果，因此	
	harmful	adj. 有害的	

健康 21 22 23 24 25 26 27 28 29 DAY 30

Hackers TOEIC Vocabulary

cabinet

□ maximize	v. 使最大化
□ medicinal	adj. 藥用的，有藥效的
□ patiently	adv. 耐心地；堅韌不拔地
□ recover	v. 恢復，康復
□ resemble	v. 看起來像…；與…相似
□ ultimately	adv. 最後，終極地
□ urgently	adv. 緊急地，急迫地
□ visualize	v. 使形象化；使能被看見

□ antibiotic	n. 抗生素
□ asthma	n. 氣喘
□ athletic skill	phr. 運動技能
□ chronic	adj. 慢性的
✓□ contagious	adj. 接觸傳染的
✓□ diabetes	n. 糖尿病
□ donor	n. 捐贈者
□ dosage	n. 劑量
□ dose	n.（藥的）一次的劑量
□ eradicate	v. 根除
✓□ exhale	v. 吐氣
□ first aid	phr. 急救
□ food poisoning	phr. 食物中毒
□ forbid	v. 禁止
□ genetic research	phr. 遺傳學研究
✓□ germ *bacteria, virus,*	n. 細菌
✗□ hiccup	n. 打嗝
✓□ hygiene *sanitation.*	n. 衛生
□ immune	adj. 免疫的
□ infection	n. 感染
□ infectious disease	phr. 傳染病
□ inhale	v. 吸氣
□ overdose	n. 服藥過量
□ painkiller	n. 止痛藥
✓□ paralysis	n. 麻痺，癱瘓
□ pulse	n. 脈搏
□ robust	adj. 強壯的，結實的

新制多益900分單字

LC		
	□ be on medication	phr. 正在接受藥物治療
	□ blurry	adj. 模糊不清的
	□ compressed	adj. 被壓縮的，被精簡的
	□ get a prescription filled	phr. 拿處方箋讓人配藥
	□ have one's vision tested	phr. 接受視力檢查
	□ milestone	n. 里程碑；劃時代的事件
	□ on an empty stomach	phr. 以空腹狀態
	□ outpatient clinic	phr. 門診部
	□ practitioner	n. 從業人員
	□ recurring	adj. 反覆出現的，再次發生的
	□ refill	v.（藥等）再調配；n（藥等的）再次的調配
	□ wing	n.（主建築兩側的）側廳，廂房

Part 5, 6		
	□ elderly	adj. 年長的
	□ insistent	adj. 堅持的，強要的；持續的
	□ intuitively	adv. 直覺地
	□ plausible	adj. 貌似合理的
	□ prolonged	adj. 長期的
	□ vocation	n. 職業，天職，使命感

plausible explanation

Part 7		
	□ acute	adj. 劇烈的，急性的
	□ dehydration	n. 脫水（症狀）
	□ deter	v. 使斷念，阻止
	□ epidemic	adj. 流行性的，傳染性的；n. 傳染病的流行
	□ life expectancy	phr.（群體的）平均壽命，預期壽命
	□ life span	phr. 壽命
	□ over-the-counter medicine	phr. 非處方藥，成藥
	□ palpitations	n. 心悸
	□ perspire	v. 出汗
	□ quarantine	n. 檢疫隔離；v. 隔離
	□ recuperate	v. 恢復，恢復健康
	□ respiratory system	phr. 呼吸系統
	□ respire	v. 呼吸
	□ sterilize	v. 殺菌，消毒

實戰 Test 3

01 By following their doctors'
recommendations, patients can
------- the need to undergo
additional treatments.

(A) require
(B) prescribe
(C) organize
(D) eliminate

02 Although subway fares are
increasing, most people believe
the speediness of train travel is
worth the ------- .

(A) waste
(B) expense
(C) migration
(D) entry

03 Staff must ------- display parking
passes on their vehicles so
security guards can easily see
them.

(A) intensively
(B) successfully
(C) prominently
(D) alternatively

04 The research has ------- that
workers today are more interested
in enjoying their work than in
making a lot of money.

(A) merged
(B) approved
(C) revealed
(D) expected

05 Ms. Palumbo was recognized
during her retirement party for her
years of ------- to the company.

(A) dedication
(B) appreciation
(C) relation
(D) duration

06 After reading an article on the
health benefits of fruits and
vegetables, Katherine made a
------- effort to change her diet.

(A) compulsory
(B) detailed
(C) conscious
(D) dense

07 Detour signs have been placed at
several spots along the road to
------- traffic away from the
construction site.

(A) divert
(B) induce
(C) interfere
(D) designate

08 The widespread availability of
financial information has made
stock investment more ------- even
among amateur investors.

(A) tentative
(B) prevalent
(C) reserved
(D) spacious

Questions 09-12 refer to the following notice.

新類型

Dear Residents,

We would like to inform you that we will be ------- roadwork in your area. This
project is expected to start on June 1 and end on July 15. The work will
include repairs to Longham, Greystone, and Wallford Streets, as well as to the
Longham Street Bridge. Those streets will be ------- during the period. A notice
listing alternative routes for motorists will be posted within the week.

We apologize for any inconvenience and assure you that it will be ------- We
expect traffic to and from the city to move slowly for the duration of the
project. Once the work has been completed, road conditions will improve
considerably. ------- We appreciate your patience and cooperation while the
repairs are being made.

Rachel Bingley, District Representative

09 (A) supporting   (B) delaying
    (C) dismissing   (D) commencing

10 (A) uncertain   (B) inaccessible
    (C) damaged   (D) prominent

11 (A) significant   (B) temporary
    (C) exceptional   (D) improbable

12 新類型 (A) A subsequent notice will
inform you what streets are
involved.
(B) This should speed up traffic
and make driving much easier.
(C) The roadworks department
regrets the postponement of
street repairs.
(D) Please keep these regulations
in mind when driving through
the area.

Question 13 refers to the following article.

MX Industries secured sufficient capital from investors to proceed with its
project. The project will utilize new technology to greatly improve the existing
products. A press release on the company's specific plans will follow.

13 The word "secured" in paragraph 1, line 1, is closest in meaning to
    (A) assured   (B) obtained   (C) tightened   (D) positioned

Hackers TOEIC Vocabulary

正確答案和解析

01 (C) 02 (B) 03 (D) 04 (D) 05 (B) 06 (C) 07 (B) 08 (A) 09 (C) 10 (D) 11 (D) 12 (C) 13 (D)

01

翻譯　社區中心提供居民多樣的藝術及工藝課程。

單字　community center 社區中心　provide [prə'vaɪd] 提供　resident ['rɛzədənt] 住戶，居民
arts and crafts 藝術與工藝　showing（電影、戲劇的）上演　prospect ['prɑspɛkt] 展望
variety [və'raɪətɪ] 多樣性，變化　consequence ['kɑnsə,kwɛns] 結果，後果

02

翻譯　Zwisher 公司廚房用品系列的使用者，將能從它們提供的許多便利中受惠。

單字　kitchen appliance 廚房用品　convenience [kən'vinjəns] 便利，方便
improvise ['ɪmprəvaɪz] 即興演奏，即興創作　benefit ['bɛnəfɪt] 受益，受惠
follow ['fɑlo] 跟隨　transform [træns'fɔrm] 改變，轉變

03

翻譯　小孩不可以獨自參加節慶，必須由一位大人陪同。

單字　allow [ə'laʊ] 准許，允許　attend [ə'tɛnd] 出席，參加
appear [ə'pɪr] 出現，顯現　require [rɪ'kwaɪr] 要求
succeed [sək'sid] 成功；接著發生，接替　accompany [ə'kʌmpənɪ] 陪同，伴隨

04

翻譯　參與的顧客會被要求在意見調查表上表明自己對公司的產品有什麼想法。

單字　participate [pɑr'tɪsə,pet] 參與，參加　survey ['sɝve] 問卷調查
manage ['mænɪdʒ] 管理；設法做到…　demand [dɪ'mænd] 要求；需求
adopt [ə'dɑpt] 採納；領養　indicate ['ɪndə,ket] 指出，表明

05

翻譯　這間博物館目前的展覽，主打去年在土耳其的歷史遺址發現的古代文物展示。

單字　current ['kɝənt] 目前的　feature ['fitʃə] 以…為特色，主打…　ancient ['enʃənt] 古代的
artifact ['ɑrtɪ,fækt] 人工製品，文物　historical site 歷史遺址
audience ['ɔdɪəns] 聽眾，觀眾　exhibition [,ɛksə'bɪʃən] 展覽
subscription [səb'skrɪpʃən]（定期刊物的）訂閱　announcement [ə'naʊnsmənt] 宣布，發表

06

翻譯　網路上的公司比傳統零售店更有優勢，因為它們花比較少錢在維護方面。

單字　traditional [trə'dɪʃənl] 傳統的　retail ['ritel] 零售的　maintenance ['mentənəns] 維護，保養
admission [əd'mɪʃən] 入場　influence ['ɪnfluəns] 影響，作用
advantage [əd'væntɪdʒ] 優點，優勢　experience [ɪk'spɪrɪəns] 經驗，體驗

07

翻譯　想要知道新政策可能對自己有什麼影響的員工，應該和主管商談。

單字　policy [`pɑləsɪ] 政策　affect [ə`fɛkt] 影響⋯　consult 向⋯諮詢、商議、商談
　　　enable [ɪn`ebl] 使⋯能夠　clarify [`klærə,faɪ] 闡明　contain [kən`ten] 包含　inform [ɪn`fɔrm] 通知

08

翻譯　作為特別優惠的一部分，Stomps 健身房正在為新使用者提供會員費用的折扣。

單字　discount [`dɪskaʊnt] 打折；折扣　membership fee 會員費用　offer [`ɔfɚ] 優惠；提供
　　　notice [`notɪs] 通知；注意到　charge [tʃɑrdʒ] 收費　warranty [`wɔrəntɪ] 保固，保證書

09-12 題參照以下電子郵件。

親愛的 Mr. Elias：

09 身為管理部副主任，我想請公司准許我參加下個月在洛杉磯舉行的商務會議。10 我需要離開一週，但我希望在活動上獲得的資訊，將會對公司有益。11 這場會議是關於重新組織公司以達到最高效率，而且那些材料能夠被用於我們開發出更好的辦公系統的努力中。

為了讓我們辦公室能更加創新，我對運用最尖端技術一事特別感興趣。這將幫助我們跟上現在許多公司所擁有的標準。也有其他我可以想到但還不會在此時提及的問題。當然，我很歡迎您的指教與建議。12 或許您洞察到一些我還未能考慮到的地方。我希望公司能提供我參加這場會議所需要的支援。

我希望公司能提供我參加這場會議所需要的支援。

request [rɪ`kwɛst] 請求　attend [ə`tɛnd] 參加　be away 不在，離開　obtain [əb`ten] 得到，獲得
reorganize [ri`ɔrgə,naɪz] 重新組織　efficiency [ɪ`fɪʃənsɪ] 效率　cutting-edge [`kʌtɪŋ,ɛdʒ] 最尖端的
progressive [prə`grɛsɪv] 革新的，進步的　standard [`stændəd] 標準，水準
support [sə`port] 支持，支援

09

解析　在句子裡，空格表示「為了參加會議而必須向公司請求的東西」，所以最適合的單字是 (C) permission（允許，許可）。

單字　experience [ɪk`spɪrɪəns] 經驗，體驗　incentive [ɪn`sɛntɪv] 獎勵金
　　　permission [pɚ`mɪʃən] 允許，許可　feedback [`fid,bæk] 回饋意見

10

解析　單獨從空格所在的句子來判斷的話，(A) creative、(C) advanced 和 (D) beneficial 都是可能的答案。不過，接下來的句子提到「可以提供我們開發出更好的辦公系統的想法」，可知從會議中得到的知識有助開發辦公系統，所以答案是 (D) beneficial（有益的）。

單字　creative [krɪˋetɪv] 有創意的　involved [ɪnˋvɑlvd] 有關聯的，牽涉其中的
　　　advanced [ədˋvænst] 進步的，先進的　beneficial [͵bɛnəˋfɪʃəl] 有利的，有益的

11
解析　含空格的句子具有「會議的材料能夠被＿＿＿＿於我們開發出更好的辦公系統的努力中」的意思，需要填入適當的選項，因此答案應為 (D) applied to（被適用於…）。
單字　check for 檢查是否有…　qualify for 有…的資格　comply with 遵守…　apply to 適用於…

12　新題型
解析　前文提到「我很歡迎您的指教與建議」，因此可知空格中須出現接受對方建言的理由，以及對那建言的補充內容。正確答案是 (C) You probably have insights that I haven't thought of yet.。
　　　選項翻譯
　　　(A) 有其他公司已經解決的問題。
　　　(B) 我想要說明會議為何對我們公司而言是必要的。
　　　(C) 或許您洞察到一些我還未能考慮到的地方。
　　　(D) 我們已經盡力使自己保持的更有條理。
單字　resolve [rɪˋzɑlv] 解決　vital [ˋvaɪtl̩] 必須的，致命的
　　　organized [ˋɔrgən͵aɪzd] 有組織的；有系統的

13 題參照以下文章

Almaca 大學理事會將於本月底開會討論最近的議題。預計提出的議題包括翻修舊建築物的計畫，以及今年是否提高學費。

board of governors 理事會　concern [kənˋsɝn] 關心的事　issue [ˋɪʃʊ] 問題，議題
raise [rez] 提高；提出　renovate [ˋrɛnə͵vet] 翻修　tuition fee 學費

題目　第 1 段第 2 行的 concerns，意思最接近
　　　(A) 興趣　(B) 方法　(C) 壓力　(D) 問題
解析　concerns 表示要討論的「議題、問題」，所以答案是 (D) matters（問題，事情）。
單字　interest [ˋɪntərɪst] 興趣　method [ˋmɛθəd] 方法　stress [strɛs] 壓力　matter [ˋmætə] 問題；事情

01 (B) 02 (A) 03 (D) 04 (D) 05 (C) 06 (D) 07 (B) 08 (A) 09 (D) 10 (A) 11 (C) 12 (D) 13 (D)

01

翻譯　這家公司提供定期的安全訓練，以預防工作場所的意外。

單字　regular [`rɛgjələ] 定期的　safety training 安全訓練　decline [dɪ`klaɪn] 拒絕
prevent [prɪ`vɛnt] 預防　refuse [rɪ`fjuz] 拒絕　oblige [ə`blaɪdʒ] 迫使

02

翻譯　幾位大樓住戶到管理處提出關於訪客停車位不足的抱怨。

單字　tenant [`tɛnənt] 房客，承租人　administration office 管理處　file [faɪl] 提出
visitor [`vɪzɪtə] 訪客　parking [`parkɪŋ] 停車空間　complaint [kəm`plent] 抱怨
inventory [`ɪnvənˌtorɪ] 庫存　dispute [dɪ`spjut] 爭論　commitment [kə`mɪtmənt] 投入

03

翻譯　Sunshine Electronics 公司的工程師把這款纜線設計成能和目前市面上大部分種類的電腦相容。

單字　design [dɪ`zaɪn] 設計　available [ə`veləbl] 可得的　manual [`mænjuəl] 手動的
broad [brɔd] 寬廣的　successful [sək`sɛsfəl] 成功的　compatible [kəm`pætəbl] 相容的

04

翻譯　這間餐廳要求顧客在付款前確認自己拿到了正確的外帶點餐單。

單字　correct [kə`rɛkt] 正確的　takeout [`tekˌaʊt] 外帶的　order [`ɔrdə] 點餐
payment [`pemənt] 付款　calculate [`kælkjəˌlet] 計算　combine [kəm`baɪn] 結合
contact [kən`tækt] 聯絡　confirm [kən`fɝm] 確認

05

翻譯　Ms. Anderson 令人印象深刻的簡報很成功，帶來了兩個高利潤的客戶。

單字　presentation [ˌprizɛn`teʃən] 簡報　success [sək`sɛs] 成功
lucrative [`lukrətɪv] 有利可圖的　unlimited [ʌn`lɪmɪtɪd] 無限的
absolute [`æbsəˌlut] 完全的　impressive [ɪm`prɛsɪv] 令人印象深刻的
argumentative [ˌargjə`mɛntətɪv] 好爭論的

06

翻譯　員工必須提交出差時的收據，以獲得支出的核銷。

單字　submit [səb`mɪt] 提交　receipt [rɪ`sit] 收據　business trip 出差
in order to do 為了做…　expense [ɪk`spɛns] 支出　amend [ə`mɛnd] 修正
deduct [dɪ`dʌkt] 扣除　prompt [prɑmpt] 促使　reimburse [ˌriɪm`bɝs] 補償，核銷

07

翻譯　住宅室內裝潢的最新趨勢，是可以摺疊起來節省空間的創新家具。

單字　latest ['letɪst] 最新的　trend [trɛnd] 趨勢　furniture ['fɜnɪtʃə] 家具
　　　save [sev] 節省　defective [dɪ'fɛktɪv] 有缺陷的　innovative ['ɪnoˌvetɪv] 創新的
　　　perishable ['pɛrɪʃəbl] 易腐壞的　unavailable [ˌʌnə'veləbl] 無法利用的

08

翻譯　雖然這間公司上一季是赤字，但被預期會在今年秋天藉由手機獲利。

單字　although [ɔl'ðo] 雖然　quarter ['kwɔrtə] 季度　expect [ɪk'spɛkt] 預期
　　　make money 賺錢　deficit ['dɛfɪsɪt] 赤字　market ['mɑrkɪt] 市場
　　　budget ['bʌdʒɪt] 預算　commodity [kə'mɑdətɪ] 商品

09-12 題參照以下報導。

Bolton 公司創下獲利紀錄

09 受歡迎的服飾零售商 Bolton 公司最近發表的數據顯示，去年的利潤率超越了以往所有年度。
Bolton 公司發言人 Rochelle DeVries 表示，去年男裝系列的銷售急劇成長。10 一般而言，這家
連鎖業者的銷售額只有百分之 20 來自男裝。去年，這個比率上升了百分之 12，總銷售額也成
長將近百分之 28。11 據 Devries 所言，該公司現在依照銷售的表現水準，以現金獎勵補償銷售
人員。DeVries 主張，這個佣金制度是獲利能力提升的主要原因。12 經營團隊打算將這種安排
不斷持續下去。無疑地，這對公司整體來說是有益的。

set a record 創下紀錄　figure ['fɪgjə] 數字，數額　release [rɪ'lis] 發表，公開
profit margin 利潤率　previous ['priviəs] 以前的　spokesperson ['spoksˌpɜsn] 發言人
dramatic [drə'mætɪk] 急劇的　gross sales 總銷售額　claim [klem] 主張
commission [kə'mɪʃən] 佣金　profitability [ˌprɑfɪtə'bɪlətɪ] 獲利能力　without a doubt 無疑地

09

解析　這是要從整篇文章中尋找線索的題目。空格後面提到「去年男裝系列的銷售急劇成長」以及
　　　「總銷售額也成長將近百分之 28」，可知去年的利潤率超越了過去的年度，所以答案是 (D)
　　　exceeds（超過）。

單字　total ['totl̩] 合計是⋯　curtail [kɜ'tel] 縮減　represent [ˌrɛprɪ'zɛnt] 代表，表現
　　　exceed [ɪk'sid] 超過，超越

10

解析　單獨從空格所在的句子來判斷的話，四個選項都是可能的答案。不過，上一句提到「去年男裝
　　　系列的銷售急劇成長」，可知男裝佔銷售額百分之 20 是除了去年以外的一般情況，所以答案
　　　是 (A) Typically（通常，一般而言）。

單字　typically ['tɪpɪklɪ] 通常，一般而言　markedly ['mɑrkɪdlɪ] 顯著地
　　　accurately ['ækjərɪtlɪ] 精確地　fortunately ['fɔrtʃənɪtlɪ] 幸運地，幸好

11

解析 空格所在的句子表示「公司給銷售人員獎金」的意思，選項中最恰當的答案是 (C) compensates（補償）。

單字 improve [ɪmˋpruv] 改善　replace [rɪˋples] 取代，代替
compensate [ˋkɑmpən,set] 補償　produce [prəˋdjus] 生產

12

解析 在前文中提到「這個佣金制度是獲利能力提升的主要原因」，後文則提到「這對公司整體來說是有益的」，因此在空格中，帶來正面效果的佣金制度，將成為今後的計畫。因此正確答案是 (D) Management intends to continue this arrangement indefinitely.。

選項翻譯
(A) 這是在 Bolton 公司賣場中首次販售男裝。
(B) 另一場服裝特賣會將在近期內宣布。
(C) 這間公司計畫增加更多的連鎖賣場。
(D) 經營團隊打算將這種安排不斷持續下去。

單字 management [ˋmænɪdʒmənt] 經營團隊　intend to do 決定做…
indefinitely [ɪnˋdɛfənɪtlɪ] 無期限地

13 題參照以下資訊

顧客對訂單進行的所有變更，會立即反映在網路帳戶裡。此外，如果任何品項的數量被更改，就會寄電子郵件通知顧客訂單已經變更。

modification [mɑdəfəˋkeʃn] 修改　immediately [ɪˋmidɪɪtlɪ] 立即　reflect [rɪˋflɛkt] 反映
account [əˋkaʊnt] 帳戶　additionally [əˋdɪʃənlɪ] 此外　quantity [ˋkwɑntətɪ] 量，數量
item [ˋaɪtəm] 品項　inform [ɪnˋfɔrm] 通知　alter [ˋɔltɚ] 改變

題目 第 1 段第 1 行的 reflected，意思最接近
(A) 被暗示的　(B) 被指示的　(C) 被用信號告知的　(D) 被顯示的

解析 reflected 表示「被反映的」，所以答案是 (D) indicated（被顯示的）。

單字 imply [ɪmˋplaɪ] 暗示　direct [dəˋrɛkt] 指示；指導　signal [ˋsɪgnl] 用信號告知
indicate [ˋɪndə,ket] 指出，顯示

01 (D) 02 (B) 03 (C) 04 (C) 05 (A) 06 (C) 07 (A) 08 (B) 09 (D) 10 (B) 11 (B) 12 (B) 13 (B)

01

翻譯　藉由遵守醫師的建議，患者可以免除接受額外治療的需要。

單字　recommendation [,rɛkəmən'deʃən] 推薦，建議　patient ['peʃənt] 患者
need [nɪd] 需要，必要　undergo [,ʌndə'go] 接受（檢查、手術），經歷（變化等），承受（苦難）
treatment ['tritmənt] 治療　require [rɪ'kwaɪr] 需要　prescribe [prɪ'skraɪb] 開藥方
organize ['ɔrgə,naɪz] 組織　eliminate [ɪ'lɪmə,net] 排除，消除

02

翻譯　雖然地下鐵的票價正在上漲，但大部分的人認為搭乘列車移動的快速值得它的費用。

單字　fare [fɛr] 交通費，票價　increase [ɪn'kris] 增加　believe [bɪ'liv] 相信，認為…
speediness ['spidɪnɪs] 迅速，快　travel ['trævl] 旅行，移動　worth [wɝθ] 值得…的
waste [west] 浪費　expense [ɪk'spɛns] 費用　migration [maɪ'greʃən] 遷移　entry ['ɛntrɪ] 進入，入場

03

翻譯　員工必須把停車證明顯地出示在車輛上，讓警衛可以容易看到。

單字　display [dɪ'sple] 展示，陳列　vehicle ['viɪkl] 車輛　easily ['izɪlɪ] 容易地，輕鬆地
intensively [ɪn'tɛnsɪvlɪ] 密集地　successfully [sək'sɛsfəlɪ] 成功地
prominently ['prɑmənəntlɪ] 顯著地，顯眼地　alternatively [ɔl'tɝnə,tɪvlɪ] 或者，不然的話

04

翻譯　調查顯示，比起賺很多錢，今日的勞工對於享受自己的工作更感興趣。

單字　research [rɪ'sɝtʃ] 研究，調查　interested ['ɪntərɪstɪd] 感興趣的　enjoy [ɪn'dʒɔɪ] 享受
merge [mɝdʒ] 合併　approve [ə'pruv] 批准，認可　reveal [rɪ'vil] 揭露，顯示　expect [ɪk'spɛkt] 期待

05

翻譯　在自己的退休派對上，Ms. Palumbo 因為多年來對公司的奉獻而獲得表彰。

單字　recognize ['rɛkəg,naɪz] 認可，表彰　retirement [rɪ'taɪrmənt] 退休
dedication [,dɛdə'keʃən] 奉獻　appreciation [ə,priʃɪ'eʃən] 感謝
relation [rɪ'leʃən] 關係　duration [djʊ'reʃən] 持續期間

06

翻譯　讀了關於蔬果對健康的好處的文章後，Katherine 做出有意識的努力來改變她的飲食。

單字　article ['ɑrtɪkl] 文章　health [hɛlθ] 健康　benefit ['bɛnəfɪt] 好處，益處
effort ['ɛfət] 努力　diet ['daɪət] 飲食　compulsory [kəm'pʌlsərɪ] 義務性的
detailed ['dɪ'teld] 詳細的　conscious ['kɑnʃəs] 有意識的，意識到的　dense [dɛns] 密集的

07

翻譯　沿路在幾個地點上放置了改道標誌，讓車流避開施工的地方。

單字　detour [ˈditʊr] 繞道　place [ples] 放置　several [ˈsɛvərəl] 幾個　spot [spɑt] 地點，場所
traffic [ˈtræfɪk] 交通，車流　construction [kənˈstrʌkʃən] 建設，工程
site [saɪt] 地點，工地　divert [daɪˈvɝt] 使改道　induce [ɪnˈdjus] 引起
interfere [ˌɪntəˈfɪr] 妨礙　designate [ˈdɛzɪɡˌnet] 指定，指派

08

翻譯　金融資訊的普遍可得，使得股票投資即使在業餘投資人之間也變得更加流行。

單字　widespread [ˈwaɪdˌsprɛd] 普遍的　availability [əˌveləˈbɪlɪtɪ] 可得性，可利用性
financial [faɪˈnænʃəl] 金融的，財務的　tentative [ˈtɛntətɪv] 試驗性的，暫定的
prevalent [ˈprɛvələnt] 普遍的，流行的　reserved [rɪˈzɝvd] 預約的，預訂的　spacious [ˈspeʃəs] 寬敞的

09-12 題參照以下公告。

新題型

> 親愛的住戶們：
>
> 09 我們要通知大家，我們將在您的區域開始進行道路施工。工程預計 6 月 1 日開始，7 月 15 日結束。工程將包括對 Longham 街、Greystone 街、Wallford 街以及 Longham 街橋的維修。10 這些道路屆時將無法使用。本週內將會張貼為駕駛人列出替代道路的公告。11 我們為任何可能的不便致歉，並且保證這只是暫時的。我們預計在此工程的期間往返城市的車流會變慢，但只要施工完畢，道路狀況將會大幅改善。12 這項工程將使車流變快，讓駕駛更加容易。感謝各位在修理進行期間的忍耐與配合。
>
> Ronald Bingley
> 區代表
>
> roadwork [ˈrodˌwɝk] 道路施工　expect [ɪkˈspɛkt] 預計　repair [rɪˈpɛr] 修理，維修
> list [lɪst] 列出　alternative route 替代路線　inconvenience [ˌɪnkənˈvɪnjəns] 不便
> assure [əˈʃʊr] 保證　duration [djʊˈreʃən] 持續期間　complete [kəmˈplit] 完成
> considerably [kənˈsɪdərəblɪ] 相當大地，相當多地

09

解析　單獨從空格所在的句子來判斷的話，(A) supporting、(B) delaying 和 (D) commencing 都是可能的答案。不過，接下來的句子提到「工程預計 6 月 1 日開始」，可知這則公告是要告知開始施工這件事，所以答案是 (D) commencing（開始）。

單字　support [səˈport] 支持，贊助　delaying [dɪˈleɪŋ] 延期
dismiss [dɪsˈmɪs] 解散，解雇　commence [kəˈmɛns] 開始，著手

10

解析　單獨從空格所在的句子來判斷的話，(B) inaccessible 和 (C) damaged 都是可能的答案。不過，接下來的句子提到「本週內將會張貼為駕駛人列出替代道路的公告」，可知是因為道路不能使用而提供替代路線，所以答案是 (B) inaccessible（不能進入的，不能利用的）。

單字　uncertain [ʌnˈsɜtn] 不確定的　inaccessible [ˌɪnækˈsɛsəbl] 不能進入的，不能利用的
damaged [ˈdæmɪdʒd] 受損的　prominent [ˈprɑmənənt] 顯著的

11

解析　這是要從整篇文章中尋找線索的題目。第一段提到「工程預計 6 月 1 日開始，7 月 15 日結束」，可知施工是暫時的，所以答案是 (B) temporary（暫時的）。

單字　significant [sɪgˈnɪfəkənt] 重要的　temporary [ˈtɛmpəˌrɛrɪ] 暫時的
exceptional [ɪkˈsɛpʃənl] 例外的　improbable [ɪmˈprɑbəbl] 不太可能的

12

解析　在前文中提到「只要施工完畢，道路狀況將會大幅改善」，因此可知會出現對於道路改善的結果。正確答案是 (B) This should speed up traffic and make driving much easier.。

選項翻譯
(A) 下次公告，將告知各位涵蓋了哪些街道。　(B) 這工程將使車流變快，讓駕駛更容易。
(C) 道路工程局對道路工程延期感到遺憾。　(D) 開車通過該區域時，請銘記這規定。

單字　subsequent [ˈsʌbsɪˌkwɛnt] 下次的，今後的　involve [ɪnˈvɑlv] 包含，使之具有關聯
regret [rɪˈgrɛt] 後悔，遺憾　postponement [postˈponmənt] 延期
keep in mind 銘記　regulation [ˌrɛgjəˈleʃən] 規定

13 題參照以下報導

MX industries 公司從投資人那裡獲得了繼續進行計畫的充足資金。這項計畫將利用新的技術，大幅改善既有產品。之後將有關於公司具體計畫的新聞稿。

secure [sɪˈkjʊr] 確保，獲得　sufficient [səˈfɪʃənt] 充足的　capital [ˈkæpətl] 資本，資金
proceed [prəˈsid] 繼續進行　utilize [ˈjutlˌaɪz] 利用　greatly [ˈgretlɪ] 大大地，非常
improve [ɪmˈpruv] 改善，改進　existing [ɪgˈzɪstɪŋ] 現存的　specific [spɪˈsɪfɪk] 明確的，具體的
follow [ˈfɑlo] 跟隨

題目　第 1 段第 1 行的 secured，意思最接近
(A) 保證　(B) 獲得　(C) 使變緊　(D) 放置
解析　secured 在這裡表示「獲得」，所以答案是 (B) obtained（獲得）。
單字　assure [əˈʃʊr] 保證，確保　obtain [əbˈten] 獲得，得到
tighten [ˈtaɪtn] 使變緊　position [pəˈzɪʃən] 放置（在特定位置）

新制多益必考
慣用語120

新制多益必考慣用語120

在新多益聽力 PART 3、4 的提示與閱讀 PART 7 的對話中，會出現許多慣用語的題目，若是沒有完全理解原意，稍不注意就會誤解成別的意思。請學習以下的必考慣用語並試著解題，就能更全面地準備好新多益考試。

☑ 請確認並複習這些從字面不太容易聯想至原意的慣用語。

1 ☐	across the board	全盤的，全面的
2 ☐	around the corner	近在眼前的，在附近的
3 ☐	as we speak	就是現在，就在我們談話的時候
4 ☐	at any rate	無論如何
5 ☐	back out	（從本想做的事當中）退出
6 ☐	be better off	不如…，做…會更好
7 ☐	be jammed with	被…擠滿的，被…塞住的
8 ☐	be on one's way	在某人前往的道路上
9 ☐	be on track	在朝向目標的軌道上
10 ☐	be open to	向…開放的，歡迎、接受…的
11 ☐	be set to do	被預定做…
12 ☐	be up for	欣然打算做…
13 ☐	better (to be) safe than sorry	與其有不好的結果，倒不如小心行事
14 ☐	big on	非常喜歡…，對…很狂熱
15 ☐	big-name	一流的，有名的
16 ☐	blow A away	給 A 留下深刻的印象
17 ☐	bottom line	核心要件；最終結果
18 ☐	break ground	開始，動工
19 ☐	build up	建立，累積，逐漸增加
20 ☐	by all means	（表示許可的）當然可以；務必

QUIZ 請將各個必考慣用語的意思，與正確的選項連結起來

1. across the board	ⓐ 欣然打算做…
2. bottom line	ⓑ 無論如何
3. big on	ⓒ 非常喜歡…，對…很狂熱
4. be up for	ⓓ 核心要件；最終結果
	ⓔ 全盤的，全面的

解答：1. ⓔ 2. ⓓ 3. ⓒ 4. ⓐ

campground

21 ☐ call a meeting	召開會議
22 ☐ catch up	趕上（進度、水準等）
23 ☐ come along	發展，進行
24 ☐ come around	讓步，改變立場
25 ☐ count A in	（在某個活動中）納入 A，把 A 算進去
26 ☐ cover for	代替做…的事
27 ☐ curve ball	料想不到的事；騙局
28 ☐ cut into	切入…；侵入（市場）
29 ☐ cut it close	在（時間、預算等）極限下做某事
30 ☐ cut to the chase	直接切入重點，開門見山
31 ☐ do not make sense	不合常理，沒有道理
32 ☐ fall behind	無法配合，跟不上（期限、目標等等）
33 ☐ fall within (= fall under)	屬於…的範圍
34 ☐ for sometime	暫時，一段時間
35 ☐ gain a foothold in	在…之上獲得立足點
36 ☐ get back to	接著做…；給…回電
37 ☐ get in the way of	妨礙…，介入…
38 ☐ get in touch with	與…取得聯絡
39 ☐ get into	對…感興趣，加入…，參與…
40 ☐ get underway	開始，進行

QUIZ 請將各個必考慣用語的意思，與正確的選項連結起來

1. cover for
2. fall within
3. get back to
4. cut to the chase

ⓐ 代替做…的事
ⓑ 屬於…的範圍
ⓒ 在…之上獲得立足點
ⓓ 直接切入重點，開門見山
ⓔ 接著做…；給…回電

解答：1. ⓐ 2. ⓑ 3. ⓔ 4. ⓓ

新制多益必考慣用語120

41 ☐	get word	接到通知，聽到消息
42 ☐	give A a go	做一次 A 試試
43 ☐	give A a hand	幫 A 一個忙
44 ☐	give A a round of applause	給 A 一陣掌聲
45 ☐	go ahead	開始，進行
46 ☐	go out of one's way	特別費心，努力
47 ☐	go over	檢討，檢查
48 ☐	hang in	堅持住，挺住
49 ☐	have a lot on one's plate	某人有很多需要做的事
50 ☐	have a point	有道理
51 ☐	have a taste of	嚐嚐看…，試試看…，體驗…
52 ☐	heads up	預先告知，預先警告
53 ☐	here we go	我們開始吧；開始了
54 ☐	hit the road	出發（旅行等）
55 ☐	hit the store	發售
56 ☐	hold off on	將…延期，推遲
57 ☐	in a bind	為難的，處於困境的
58 ☐	in a rush	匆忙地
59 ☐	in due time	不久後，到時候
60 ☐	in no time	立刻，馬上

QUIZ 請將各個必考慣用語的意思，與正確的選項連結起來

1. give A a go	ⓐ 做一次 A 試試
2. have a lot on one's plate	ⓑ 某人有很多需要做的事
3. hit the store	ⓒ 不久後，到時候
4. in a bind	ⓓ 為難的，處於困境的
	ⓔ 發售

解答：1. ⓐ 2. ⓑ 3. ⓔ 4. ⓓ

☑ 請確認並複習這些從字面不太容易聯想至原意的慣用語。

61 ☐	in shape	健康的
62 ☐	in talks with	協議中的
63 ☐	in the long run	終究，從長遠來看
64 ☐	in the works	正在進行的，正在討論的
65 ☐	iron out	解決（問題）；消除（分歧）
66 ☐	it can't be helped	沒有辦法；別無選擇
67 ☐	jot down	匆匆記下
68 ☐	jump the gun	輕率地行動，冒進
69 ☐	keep A in the loop	繼續告訴 A 圈內消息，使 A 介入決策圈
70 ☐	keep A posted	持續告知 A 最新消息
71 ☐	keep up with	跟上…，不落後於…
72 ☐	live with	承受…，忍耐…
73 ☐	lose one's spot	錯失某人的順位，失去某人的位置
74 ☐	make good money	賺很多錢
75 ☐	make it	趕得上；成功
76 ☐	mark A down	把 A 記下來；降低 A 的價格
77 ☑	miss out on	錯過…，錯失…
78 ☐	new face	新人，新面孔
79 ☐	not for the world	不管怎樣都不…，無論如何都不…
80 ☐	of late	最近，近來

QUIZ 請將各個必考慣用語的意思，與正確的選項連結起來

1. iron out
2. mark A down
3. jump the gun
4. live with

ⓐ 承受…，忍耐…
ⓑ 把 A 記下來；降低 A 的價格
ⓒ 輕率地行動，冒進
ⓓ 解決（問題）；消除（分歧）
ⓔ 賺很多錢

解答：1. ⓓ 2. ⓑ 3. ⓒ 4. ⓐ

新制多益必考慣用語120

請確認並複習這些從字面不太容易聯想至原意的慣用語。

81 ☐	off the top of one's head	憑既有的知識；不假思索地
82 ☐	on a walk-in basis	不用事先預約地
83 ☐	on the alert	警戒
84 ☐	one's hands are tied	無法幫忙地，受到限制地
85 ☐	out of the question	不可能的，討論也沒有用的
86 ☐	point taken	知道了（聽了並接受對方的話）
87 ☐	pose a problem	引起問題
88 ☐	put A out	使 A 心情不高興
89 ☐	put on hold	暫停，保留
90 ☐	put together	組裝，組合，拼湊
91 ☐	receive word from	從⋯那裡聽到消息
92 ☐	ring up	（在收銀機）輸入商品價格，結帳
93 ☐	run into	邂逅⋯，偶然遇見⋯
94 ☐	run long	長期，長遠
95 ☐	say the word	下命令，要求
96 ☐	send A off	把 A 送走，將 A 寄出
97 ☐	sort out	整理⋯，處理⋯，歸類⋯
98 ☐	stand out	醒目，顯眼，突出
99 ☐	stay on the line	在線上稍等不要掛斷電話
100 ☐	take note of	注意

QUIZ 請將各個必考慣用語的意思，與正確的選項連結起來

1. put A out   ⓐ 警戒
2. on a walk-in basis   ⓑ 使 A 心情不高興
3. ring up   ⓒ 不用事先預約地
4. out of the question   ⓓ 不可能的，討論也沒有用的
     ⓔ （在收銀機）輸入商品價格，結帳

解答：1. ⓑ 2. ⓒ 3. ⓔ 4. ⓓ

☑ 請確認並複習這些從字面不太容易聯想至原意的慣用語。

101 ☐	take on	承擔…
102 ☐	take one's chances	碰運氣,準備冒險
103 ☐	take one's time	慢慢來,不著急
104 ☐	take one's word	相信某人的話
105 ☐	take up	佔用(時間、場所等)
106 ☐	team up with	與…協力;與…相配
107 ☐	tell me about it	(表示附和贊同對方時)可不是嗎
108 ☐	throw a party	開派對
109 ☐	toss-up	勝負各半的機會
110 ☐	tune in	調整頻道收聽或收看某節目
111 ☐	turn out	結果成為,最終發現
112 ☐	up and running	運轉中的,運行中的
113 ☐	up in the air	懸而未決的,不確定的
114 ☐	up-and-coming	引人矚目的,有前途的
115 ☐	wave down	(向司機、車等)招手停車
116 ☐	without further ado	不再遲延地,乾脆地
117 ☐	word of mouth	口耳相傳,口碑
118 ☐	work against the clock	爭分奪秒的工作(以準時完成)
119 ☐	work around	避開…來做
120 ☐	work out	(事情)解決

QUIZ 請將各個必考慣用語的意思,與正確的選項連結起來

1. up in the air
2. word of mouth
3. take one's word
4. take on

ⓐ 承擔…
ⓑ 口耳相傳,口碑
ⓒ 相信某人的話
ⓓ 懸而未決的,不確定的
ⓔ 勝負各半的機會

解答:1. ⓓ 2. ⓑ 3. ⓒ 4. ⓐ

Hackers TOEIC Vocabulary

索引

本書收錄的核心單字，以套色標示；補充的「新制多益滿分單字」為黑色。

A
B
C
D
E
F
G
H
I
J
K
L
M
N
O
P
Q
R
S
T
U
V
W
X
Y
Z

A
B
C
D
E
F
G
H
I
J
K
L
M
N
O
P
Q
R
S
T
U
V
W
X
Y
Z

A
B
C
D
E
F
G
H
I
J
K
L
M
N
O
P
Q
R
S
T
U
V
W
X
Y
Z

A B C D E F G H I J K L M N O P Q R S T U V W X Y Z

A
B
C
D
E
F
G
H
I
J
K
L
M
N
O
P
Q
R
S
T
U
V
W
X
Y
Z

A
B
C
D
E
F
G
H
I
J
K
L
M
N
O
P
Q
R
S
T
U
V
W
X
Y
Z

A
B
C
D
E
F
G
H
I
J
K
L
M
N
O
P
Q
R
S
T
U
V
W
X
Y
Z

A
B
C
D
E
F
G
H
I
J
K
L
M
N
O
P
Q
R
S
T
U
V
W
X
Y
Z

A
B
C
D
E
F
G
H
I
J
K
L
M
N
O
P
Q
R
S
T
U
V
W
X
Y
Z

台灣廣廈 國際出版集團
Taiwan Mansion International Group

國家圖書館出版品預行編目（CIP）資料

新制多益 NEW TOEIC 單字大全 / David Cho 著. -- 初版. -- 新北市：國際
學村, 2017.12
　面；　公分
ISBN 978-986-454-056-3
1. 多益測驗　2. 詞彙

805.1895　　　　　　　　　　　　　　　　　　106015908

國際學村

新制多益 NEW TOEIC 單字

作　　者／David Cho
譯　　者／許竹瑩、張育菁

編輯中心／第七編輯
編 輯 長／伍峻宏・編輯／賴敬宗、伍峻宏
封面設計／呂佳芳・內頁排版／菩薩蠻數位文化有限…
製版・印刷・裝訂／皇甫・皇甫・秉成

發 行 人／江媛珍
法 律 顧 問／第一國際法律事務所 余淑杏律師・北辰著作權事務所 蕭雄淋律師
出　　版／台灣廣廈有聲圖書有限公司
　　　　　地址：新北市235中和區中山路二段359巷7號2樓
　　　　　電話：（886）2-2225-5777・傳真：（886）2-2225-8052

行企研發中心總監／陳冠蒨
整合行銷組／王淳蕙
媒體行銷組／徐毓庭
綜合行政組／莊匀青
　　　　　地址：新北市234永和區中和路345號18樓之2
　　　　　電話：（886）2-2922-8181・傳真：（886）2-2929-5132

代理印務・全球總經銷／知遠文化事業有限公司
　　　　　地址：新北市222深坑區北深路三段155巷25號5樓
　　　　　電話：（886）2-2664-8800・傳真：（886）2-2664-8801
　　　　　網址：www.booknews.com.tw（博訊書網）
郵 政 劃 撥／劃撥帳號：18836722
　　　　　劃撥戶名：知遠文化事業有限公司（※單次購書金額未達500元，請另付60元郵資。）

■出版日期：2019年10月11刷
ISBN：978-986-454-056-3　　　版權所有，未經同意不得重製、轉載、翻印。